白羽 著

U0075138

牧野雄風

廢長立幼出師門×遍歷江湖求絕藝×胸懷大志屢碰壁

為一吐冤抑奔走數年，尋訪名師的習藝之路！

師門越次傳宗、差點淪為綠林、四處重訪名師

飛豹子袁振武是個青年英雄，自打被師傅廢長立幼，
忿然離師門，遍地遊歷，欲尋訪良師，以縱名江湖。
不料卻遭逢誤會、身陷囹圄！飛豹子的冒險於焉展開……

目錄

目 錄

緣起

飛豹子袁振武，和名鏢師十二金錢俞劍平，當年輕時，在魯東太極丁朝威門下，同堂習藝，成為太極丁朝威門下兩大高足。

俞劍平性情堅韌，袁振武性情剛強，同門小師弟全都畏懼袁師兄，勝過老師。師傅太極丁因此看錯了袁振武的性格，以為他倔強傲慢，不足承學，太極丁有九個弟子，大弟子姜振齊，早因過犯，逐出門牆，袁振武是二弟子代師授藝，已歷數年，同門諸友全把他看成大師兄，他也以此自居。不想臨到這一年，丁朝威封劍閉門，廣邀武林觀禮，竟當場越次傳宗，贈劍贈譜，把本門衣鉢傳給了三弟子俞劍平。

俞劍平惶恐不敢接受，群徒也駭然相顧。可是太極丁的說話，一向斬釘截鐵，不許違拗。袁振武見這情形，勢在必行，竟引群弟子，拜見俞大師兄。眾人見他揚揚如平時，有替他抱不平者，有讚嘆他有容讓者，有好言安慰他者，他都很謙虛的答對了，而不知他心中怨憤已極。複數月，他竟以母病，告假回籍，臨別贈筵，袁振武痛飲大醉，向師門告歉，微吐不平，太極丁傲然不顧道：「但願你能發憤自強！」太極丁的愛女丁雲秀，即當場勸慰袁師兄，席散後又暗告其父：「袁師兄此去，恐不再來了罷？」太極丁道：「他為什麼不再來？」丁雲秀說：「袁師兄心中不悅，我恐怕他將來與俞師兄存下芥蒂。」太極丁怫然笑道：「我既一秉大公，選拔了俞振綱，他若不能替我遮風擋雨，我也就用不著教他持掌門戶了。袁振武不痛快，我教他不痛快去。但願他有志氣，把那梟強的脾氣改一改，也算我成全了他。」

太極丁的脾氣也是越老越剛的，可是他暗中也有打算，他並不怕袁、俞結仇。

緣起

　　袁振武果然一去不再歸來，他更改名姓，漫遊江湖，抱定決心，要別訪絕藝，師傅既說他性格剛愎，不能成事，他為了這句話，他做出一個樣子來，教師門看看。於是，袁振武不辭勞苦，跋涉風塵，各處探訪名師。後來他遇見鷹爪王，正陷在獄中，袁振武傾囊相助，供膳供酒，賄買獄卒，與王相見，願出死力營救，鷹爪王起而猜疑袁振武無因而來，最後吐露肺腑，鷹爪王乃煩袁振武遠道送信求救，由豫北直奔到漢陽。鷹爪王之妻魯氏三姊弟，此刻已先得信，可是未詳實情。袁振武細說鷹爪王的近況，尤其是「未受重刑，手腳能動」的話，魯氏三姊弟打聽得十分仔細。鷹爪王之妻還有疑慮，鷹爪王的妻姊魯大姑是個老嫗，卻很喜愛袁振武的勇決，和見事機警，又有紅衣女俠高紅錦在旁垂青幫話，這才由魯三姑（鷹爪王之妻）潛修密札，把袁振武轉薦到師弟劉四師傅處，暫為假館習藝，容得鷹爪王出獄，再親自傳技，袁振武不瞭解他們的布置，堅欲隨魯氏姊弟，一同北上救師。魯三姑峻拒絕允，魯大姑又撫肩勸道：「你是好人家兒女，不要跟我們胡參與。你的苦心我已明白，我準教你拜得成老師，學得著絕技就是。」女俠高紅錦亦笑喚：「師弟，我們暫別，半年後我們再相見，到那時候，管保教你見著鷹爪王。」袁振武無奈，持書而行，走了三幾天，半途忽聽傳言，大盜鷹爪王戕官越獄，有三個女人，裡應外合，而且放了一把火，殺了好幾個牢卒，現在海捕文書已下。袁振武至此大駭，自己本是富室子，為護產才習武，為爭一口悶氣，才出來續訪名師，至於作奸犯科，心上實在不肯。

　　但是環境逼迫下，袁振武不久終於重遇上鷹爪王，獲得王門絕技，鷹爪王又把他轉薦到一位點穴名家門下，又學會了接暗器的「聽風接箭法」。而故鄉忽於此時禍起，他的胞兄被土豪糾眾毆傷要害，吐血而死，袁振武驟聞慘變，怒火滿腔，竟變裝還鄉，殺家復仇，然後逃罪出關，開始了流浪生涯，經過許多的遇合。他的武技一天比一天精，他的事業一天

比一天往下降！

當此時，塞外有大牧場，場主快馬韓，名韓天池號韓邊圍，上與官府通聲氣，下與草莽廣結納，身擁兩座牧場，一座炭窯，手下養著許多馬師、牧師，聲勢闊大，儼為一方之豪。

每逢他販馬到關內外各地，沿途豪客無不推情借道，護送放行。如此多年，未生事故。忽有一天，遣副手押良馬一群，赴盛京販賣，行經煙筒山，竟中途失盜，風不鳴，草不動，無端失了良駒九匹，內有一匹名馬，乃是送人的禮物。韓天池大恚，率眾策馬，親往查勘。牧場內留守之事，交給了他的副手魏天佑，家中之事交給了愛女韓昭第，無論場中家中，櫃上窯上，遇事都由這愛女與魏天佑商辦，魏天佑是快馬韓的盟弟。

韓天池剛剛走了兩天，袁振武改名袁承烈，別號袁嘯風，偏偏一個人前來投效。持木棒，棒內灌鉛，負行囊，囊有塗漆銀壺，翩然登門，說是久慕快馬韓的英名，自己遊蹤已倦，要擇主托庇，苟延歲月。魏天佑等大疑，因設法盤詰其人，又潛派人搜檢其行囊。這不速之客怫然不悅，就要告退。自說：「我聽說快馬韓是今日的孟嘗君，來者不拒，量材給事，我才遠道來投。不想這路傳聞，和實事不同，我連韓當家的面還沒見著。諸位請坐，小弟暫且告退，改日再來。」

袁振武越要走，魏天佑挽留越堅，說：「我們場主現到第二場去了，已經派人去請，少刻就到。足下遠道而來，必想本場規模很大，其實不過我們幾人在此窮湊。足下既然肯光顧，想必認識敝場中的誰吧？」袁振武心想他們這是要對證，便笑道：「貴場趙庭桂師傅，和在下同鄉，請你費心把他請來。我們可以談談，您就放心了。」

偏偏趙庭桂已經押馬赴沈，不在場內，魏天佑和韓昭第密商：「此人無端而來，我們不能放走他。」魏天佑遂對袁振武說：「請袁爺到飯廳吧，咱們先吃飯。」袁振武笑道：「還是先請趙師傅見見面，我吃著也痛快。」

緣起

魏天佑和韓昭第以目示意，也笑說：「趙師傅就在飯廳恭候著閣下哩。」袁振武慨然起身，來到飯廳，飯廳已有數十位馬師在座。袁振武登時明白，魏天佑是考較自己的眼力，便往各桌一巡，並無趙庭桂在內，魏天佑故露訝容道：「這不是趙師傅嗎？趙師傅，有人找你。」應聲從東隅站起一人，道：「誰找我。」此人是個矮子，灤河口音，袁振武卻是樂亭人，相差無幾。袁振武看了一眼，對魏天佑說：「在下眼力很拙，這一位我卻不認識，我找的是敝同鄉趙庭桂，是個高個兒，瘦子。」魏天佑大笑道：「那麼是錯了，趙庭桂呢？」旁有一人道：「趙庭桂從早晨就上炭窯去了。」魏天佑：「快去請他去。我們先吃飯。」親自遜座，給袁振武斟酒。

袁振武滿不介意，酒來就飲，菜來就吃，一面吃，一面談，魏天佑還是反覆繞著彎子試探。飯罷天已不早，魏天佑堅留下榻，袁振武不推辭，遂在客館歇下，魏天佑撥人相陪，暗加監防。

當晚在櫃上議論這不速之客，韓昭第說：「也許是真投效的，我們莫慢待了他，傳出去不好聽。」司帳說：「姑且留他住幾天，細細看看他。」魏天佑點頭道好，過了一會兒韓昭第回宅。一晃到二更以後，忽然狂風大作，烏雲四合，一陣驚雷，暴雨驟降，魏天佑唯恐久雨不休，山洪大降，又慮霹靂驚了馬群，忙起來巡視，韓昭第姑娘已然回宅，也忙起來，穿雨衣，騎快馬折奔牧場，宅子離牧場不過半里多地，但是狂風暴雨，大地昏暗；她一點也不怕，揣火槍、弓箭，帶一馬伕，如飛趕到牧場，與魏天佑合力防雨，直到三更後，方在她父的寢舍內宿下，渾身溼透，雖有雨衣，也遮不住大雨淋漓。

韓昭第姑娘換穿上她父的衣衫，把自己的衣服晾在椅子上，這才就枕。忽然聽見場中警哨狂吹，人喧馬叫，連忙起來。先到魏天佑的寢舍一看，魏早已出去。直尋到牧場北隅，連遇馬師，方知大雨之中，又丟了六匹馬，而且全是好馬，眾馬師提羊角燈驗看雨路，發現木柵數處已拔上

來，又浮按下，這是又被盜，已無可疑，可是地上蹄跡竟奇怪得很，只有來蹤，沒有去跡。

韓昭第大驚，忙隨魏天佑去驗看客館，那位不速之客袁承烈竟也失蹤。只有他的小包袱還在，打開驗查，銀物俱在，眾武師人人惶惑大嘩，斷定不速客必是盜馬賊的底線。魏天佑尤其愧憤，多方防範，仍不免瞪著眼上當，立刻披雨衣，帶兵刃火槍，率幾十個武師、馬師，揣測迷路，分兩路急追下去，堅囑韓昭第姑娘留守。大雨已住，荒原草溼，魏天佑曲折投奔西北方。

魏天佑竟一去沒了影，韓昭第久候無訊息，心中焦灼，也要出勘馬跡，司帳苦勸不聽，韓昭第姑娘自恃騎術很精，火槍和彈弓又打得準，到底踏著魏天佑的行跡，也追奔西北。草原溼跡，略辨馬蹄痕，韓昭第姑娘直撞到商家堡，天已黃昏，突然發現商家堡的大盜姚方清，已將魏天佑等九人生擒，正在安排馬匹，要用口外相傳已久的酷刑——五馬分屍法，把魏天佑置於死地，魏天佑被縛罵不絕口。韓昭第父女和姚方清本相識的，今目睹危狀，忙摘彈弓，先救一步，把火把打滅。姚方清大聲喊問：「誰來擾局？」韓昭第正要現身，忽於丈餘外，有一人影低喝道：「姑娘且慢！」這條人影箭似的越柵欄而過，一伏身，把捆魏天佑的繩索剪斷，隨即一正身，投刀在地，面對姚方清叫道：「姚寨主，暫請息怒，聽我一言。」姚方清愕然注目，這人正是那個不速客袁振武，袁振武竟救了魏天佑。黑影中柵欄又一響。韓昭第到底也湧身而至，直趨到姚方清面前，先請一安，後叫一聲：「姚叔父，侄女我來了！這是怎麼回事？」

三方對面，敬問誤會；方知牧場二當家魏天佑率騎追賊，步尋蹄跡，遇見商家堡的馬群，竟誤犯盜卡。雙方言語失和，和商家堡的四當家起了衝突，雙方答話是在副窯廣庭上，四寨主挺花槍猛刺馬師，魏天佑揮刀拒戰，連鬥數十合，刀鋒橫掃，竟將四寨主的四個手指頭削掉。因此大寨主

怒極，敲動梆子，招集弓手，揚言要用亂箭射死這九個馬師。魏天佑等九人見事迫危殆，不能退逃，一逃則亂箭集身，乃吆喚一聲，反而往賊寨猛撲。卻不料這一來正中賊計，一聲呼嘯，掣動翻板，九個馬師只逃走兩人。

到了這時候，不速客袁振武突然出現，他既在當夜窺見真的盜馬賊，一路追下來，已發現盜馬賊的本意，不是為財，純為復仇。他們用人腳踏著馬蹄鐵，盜得良駒，故意貼著商家堡的地界逃走，借此安下嫁禍於人的心。袁振武不曉得這些內幕，只不過一路跟綴，既巧獲賊蹤，又聽得半懂不懂的賊人密謀，他就急忙往回走，有意炫才，要給牧場一個信。這一來，偏偏遇見策馬急追的魏天佑，遠遠望見商家堡的馬群，認作形跡可疑，要趕上前一問，結果身入重地，引起紛爭，姚方清既誘擒眾馬師，本與快馬韓相識，苦不得下臺。馬師罵不絕口，姚方清這才一怒，要盡殺九人。

當下，袁振武炫技示武，遜辭求和。韓昭第姑娘又以晚輩之禮，當面求情，一口一個「姚叔父」，又說：「我父親沒在家，他們不懂事，你無論如何，也得賞一個面，我這裡給你賠禮啦。」於是請一個安，又請一個安。

商家堡大寨主姚方清竟被窘住。男人不能跟女人鬥，長輩不能跟晚輩鬥，姚方清搔頭無言可答。昭第姑娘又賠笑向前挪了一步道：「大叔，我跟你討臉，把他們放了吧，他們得罪你，我父女給你賠罪。」姚方清面含不悅，指問袁承烈道：「這一位又是何人？」昭第道：「這位袁壯士麼，人家是新朋友，聽見我們這事，很替我們著急，人家本是勸架來的。大叔，你放我們走吧，你不說句話，侄女可不敢偷著溜走。你真格的不看家父一個老面子嗎？」姚方清尋思良久，終把眾人釋放，可是到底放下話：「大姑娘既然這麼說，我們四弟子的手指頭就算白丟了，你們走吧。……可有一

節，咱們五天為期，你父親不是沒在家嗎，留這五天空，務必請袁壯士和大姑娘把韓大哥請來，我們老哥倆還要講講。」

韓昭第還在情懇。袁承烈看出風色，竟一口代為答應下，「五天以後，一定有人來登門賠罪。」言外也許是快馬韓親到，也許是別人替他來。姚方清這才傳令，開放卡子，把眾馬師直送出界外，叮嚀後會，一揖而別。

歸後，魏天佑抱慚無地，場主不在家，不幸二次失馬，除勾起一場麻煩，魏天佑直似走了真魂，十分懊喪。韓昭第再三勸慰，先設小筵，向袁承烈道勞賀功。忙派人給快馬韓趕行送信；料到五天內，快馬韓勢難趕回，韓昭第、魏天佑、司帳馬先生，和袁承烈急急預備屆期赴會之事，同時加緊巡視全場，恐其仇人再來生隙。第三天布置齊備，赴會人物選定；袁承烈年在三十餘歲，正當壯年，人既精幹，出謀劃策又穩當，又透澈；他居然後來居上，大為魏天佑所推崇，無形中成了要緊人物。

到了五天頭上，三更起來，四更進食，五更出隊，牧場共選了七八十人，前往踐約。地點在牧場和商家堡之間，個個拿著武器。這一場約會，不可言喻，是一場凶險的械鬥。

及至雙方相會，姚方清那邊也邀集了許多幫手。有一個鐵臂無剛張開甲，年約六旬，精神矍鑠，氣派異常，群賊全很尊敬他。牧場中人也早都聞過他的大名，今見他高居賓位，未免有懼敵之意。張開甲也龐然自大，他手下還帶著許多門徒。兩邊的人在一片廣原相會，旁有小廟，做了會場。雙方照樣以禮相見，先說場面話，後歸事件本題，群盜邀來的朋友齊責馬師無理，強犯入界，出口不遜，又刀傷地主，致令殘廢終身：「相好的，這太說不下去！」馬師們便說：「誤入卡子，就處五馬分屍，姚寨主是不是太不講面子？」越說話風越硬，那張開甲老英雄突然用鼻子哼了一聲，說道：「口頭上窮咬，有什麼意味，朋友，咱們還是手底下明白！」脫

緣起

衣束帶，捻拳上前，他叫道：「哪位朋友陪在下走兩招力笨拳？」謙以為傲，顯出老不服氣的勢派，飛豹子袁振武微微一笑道：「張老師傅，在下晚生末學，願請教高明。」

袁振武挺身而出，兩人交手。袁振武唯恐敵人勢強，處處持重，未慮勝，先防敗，走了幾招，萬想不到這位張老英雄是個銀樣鑞槍頭，只會下馬威。又走過幾合，竟被袁振武措手不及，揮拳一搗，打破了鼻子，哼哼的直罵，他的手下門徒譁然大噪，就要脫衣抽刀，和袁振武拚命。

忽然有一人從盜群中閃出來，張兩臂如翼，連呼：「別亂，別亂！」按住眾人，轉對袁振武，上下打量，突然發出冷笑來，說：「我道這位是誰？原來是熟人，好好好，我們有三、四年沒見，老交情了。今天我才訪著閣下，這是踏破鐵鞋沒處尋，得來全不費功夫。想不到尊駕又改了名字，怎麼不改姓呢，你可記得虎林廳咱們那回交情嗎？」

在場的人聽見這話，俱都疑訝，齊視望這發話的人。

這發話的人是一個赤面大漢，腦門子上有一條刀痕。袁振武驟見此人驀地一怔，及至注目一望，不禁怒氣塞胸，喝道：「原來是你！你這無恥的賭棍，你還配叫字號！你本是袁二爺掌上偷生的鼠子，你反而結官廳，要加害我，今天我們相逢，好好好，當年舊帳倒可以澈底一清！」

牧場中人也有一兩人認識這赤面大漢的。這人是虎林廳大賭局的局頭，姓鄧名熊，綽號火鷂子，和土豪陸萬川勾結，專做腥賭騙人。飛豹子袁振武復仇避禍，初出關外，孤身漫遊，闖到這虎林廳，正值這火鷂子鄧熊，喝命賭局打手，痛毆姓孫的兩個商人。姓孫的是父子二人，兒子販皮貨，受了他們的賭騙，不但輸了一千多兩銀子，還把皮貨扣下。姓孫的父親趕來查問，聲言控官，殊不知地方官面也和賭徒勾結，一任賭徒毆打孫氏父子，竟無人過問。飛豹子路遇此事，勸架幾乎挨打，他遂一怒，下毒手砸了賭局，救走孫姓父子。孫姓父子幸得遇上同鄉，護送出險，賭徒們

把全副怨恨都放在飛豹子袁振武身上，假仗官勢，扣留不放，意在敲詐，引起禍端。後來弄假成真要把袁振武送官，袁振武看出強龍不壓地頭蛇，就在大堂上，打散隸役，飛身越牆逃走。官府立刻以捉飛賊的名義，派馬隊窮追袁振武。飛豹子袁振武空有絕技，到此也無計可施，只得落荒亡命，爬過亂山，潛投荒村。又被群狗驚吠，泄露行藏，袁振武只得攀樹潛匿，險遭毒手。好容易抓了一個空隙，再乘夜逃亡，如此兩夜一天，狂奔迷路，饑渴交迸，力盡筋疲，登土崗遙望，看見相隔數里，有黑乎乎一堆濃影，又從濃影中，透出一星星火光。袁振武掙扎著投過去，打算叩門尋宿求食求飲。迫近了一看，這是一段荒林土穀，土穀內藏三間土屋，外環木欄，從小窗透射燈光。袁振武攀窗試往裡看，有一老婆婆正在堂屋蒸食物，好像一籠一籠的饅頭，另有一老叟，似在內間睡覺，兩人似是老夫婦。袁振武退至院內，反觀四鄰，這竟是孤零零一座小院，不但左右無鄰，而且前不著村，後不挨店，距大路也遠，若非夜照燈光，外面行人看不出此間會有住家。

袁振武心中納悶，「這麼孤零零的一座小屋，這麼孤零零的一對老夫婦，他們是幹什麼的呢？」正在作想，忽覺背後有腳步聲，回頭一望，渺無人影。屋內卻發了話：「朋友，別看了，請進來吧。」

袁振武隨著這話，不禁一鬆手，不再攀窗，腳落平地，再一回看背後。一個枯瘦老叟，手持火捻，含著詭祕的笑，立在自己身後，恰將退路堵住。

這個老叟果然不是尋常百姓，實在是冀北人魔焦煥，和他的妻子羅剎，因巨案逃居關外，又和當地土豪玉九起了爭執，夫妻齊下毒手，玉九慘敗，糾眾再來尋鬥。焦煥夫婦仍將敵人逐走，可是焦煥的一隻腿也受了傷。夫妻倆自知寡不敵眾，遷地養傷，暫隱俠蹤，防備玉九暗暗遣人來刺探他！飛豹子袁振武恰在這時候，奔來攀窗偷窺，焦氏夫妻頓生疑怒。

緣 起

　　當下，二老把袁振武強邀入屋內，獻湯獻食，然後細談他的來意。兩方越說越齟齬，當此時外面追尋飛豹子的馬隊已到。袁振武至此吐實，二老也就頓釋疑猜。說：「原來閣下和我們一樣，也是逃罪的人嗎。你放心，我夫妻替你擋一下，回頭還有話對你講。」……牧野雄風的故事就如此開場。

第一章　飛豹亡命逢怪叟

　　飛豹子袁振武，大鬧官衙，從如狼似虎的隸役手中，掙逃出來。夜走荒郊，逐著燈影，尋到土崗邊孤零零一家民戶，袁振武攀窗窺視，意欲尋宿，哪知一瞥之下，看出屋中一對老夫妻形容古怪，似非常人。言談所及，全是武林凶毆的事；又似乎覺出窗外有人。袁嘯風心中納悶，不知叩門投宿是吉是凶，正在俄延，那個古怪老人突然走出來，雙眼炯炯，似識破袁嘯風的來路，手持火捻，上下打量，面含笑容，往屋裡讓道：「朋友，進來吧。怎麼過門不入，只爬著窗眼瞧呢？」

　　袁嘯風很審，已窺見小屋中只有老夫婦二人，好像蒸賣饅頭為活，可是舉止詫異；在這荒野中孤零零築屋而居，夜聞狼嚎，土匪出沒；也不是尋常百姓所能做得到。忙對老人說：「我實在是迷路的。」老人笑道：「是呀，是呀，我明白，我曉得，請屋來吧，我這裡不是龍潭虎穴。」立催入內，飛豹子袁嘯風大膽邁步，老人持火把後隨。

　　那老婆婆發了話：「到底是哪位呀？」意思是問老人，袁嘯風忙答道：「是我，我是走道的，錯過了宿頭，求老人家方便方便。在下在你老這求點水喝，歇息半夜，天亮了就走，絕不敢多騷擾。」那老婆婆慢吞吞地站起來，說道：「原來是過路的客人，這沒有什麼，請進來吧。」遼東一帶，民風強悍，可是民風也很樸厚。凡是行路的客人，走迷了道路，或是錯過了宿頭，就可以向民家借宿、求食。不論是大家小戶，絕不會拒絕你；必要把你請進去，飲食住宿，必盡地主之誼。客人臨走，要是稍酬主人，可以多少給主人的長工，或是平常的農家，留下點錢，可是就是白吃白喝，騷擾完了，主人絕不稍存怠慢之意，這是塞外風俗好的地方。當時這老人往裡把袁嘯風讓了進來，走進了西房的明間，對老婆婆說：「喂，你給款

待款待，我還得躺躺。」竟一言不問，走進去了。這老婆婆卻請袁嘯風在迎面石桌旁落座，問道：「客人貴姓？這是從哪裡來？」

袁嘯風不由心裡一動，自己想到自己已是黑人，不便再露袁承烈的真名，遂說道：「在下袁嘯風是直隸樂亭人，來到關外訪友，不料走迷了路徑，竟自奔馳了半夜，老太太有水賞一些吧，我口渴十分。」這位老婆婆上眼下眼打量了袁嘯風一番，這才把開水給斟了一碗，又把現蒸出來的饃饃給撿了一盤子，又拿出一盤子醃鹹蛋來，一碟子老醃鹹蘿蔔，向袁嘯風道：「客人，我們這種小戶小家沒有別的好吃食，客人奔走了半夜，一定餓了，隨便吃一點吧。」袁嘯風此時也實在又渴又餓，可是又惦著那追趕的官兵，只怕追到這裡。自己若是不跟這家主人說明，真要追找上門來，自己豈不是坐等人家捉拿，當時雖則口頭上向這老婆婆謙謝著，只是心裡頭惦著追兵的事，未免神不守舍，惶惑不安，把碗端起來，把這碗水喝下去。可是喝著水，不住地向門口張望。那老婆婆好似正忙著收拾蒸出來的饃饃，對於袁嘯風毫無注意。但是袁嘯風把饅頭拿起來吃了一個，別看又累又餓，心裡有著急的事，再也吃不下去了，遂把盤子一推，這時老人走進了屋，沒再出來。只有老婆婆往來踱躞，袁嘯風趕忙站起，向這老婆婆道：「老媽媽，請把這食物收起吧，我吃飽了。」這老婆婆看了看桌上的食物笑吟吟地說道：「客人你怎麼這麼不誠實，這麼幾個饃饃還吃不了嗎？」

袁嘯風道：「媽媽推誠相待，我怎能客氣，實是吃不下去了。」這時屋裡老人忽然招呼道：「喂，你把客人請進來，教人家也好歇息歇息吧。」袁嘯風忙說道：「媽媽，我是走迷了路，急得有些顛倒，這麼招待，也沒有領教老媽媽貴姓，也沒拜見老伯太似失禮了。」這位老婆婆道：「客人不要太謙，這些小節，何用掛懷。我們姓焦，我們當家的把腿摔傷，尚沒有俐落，因為有病纏身，未免的肝火過旺，說話很是放肆，恐怕得罪了客人，所以由我款待人，請客人不要怪罪我們這種鄉農人家，不經意的得罪客

人，客人到裡屋歇息歇息吧。」袁嘯風很納悶，遂隨著這焦老婆婆走進裡間。只見這裡間屋跟外面判若兩樣，雖然也是貧家的情形，可是布置的雅潔得不染灰塵。近著門是一張白茬的桌子，上面放著一把宜興紅泥壺，幾隻茶碗，後面放著幾件不完全的文具，尚有兩套書一隻銅蠟臺，裡面絕沒有燭淚塵汗，在後牆放著兩隻凳子，靠前檐是一鋪土炕，土炕上也是潔淨異常，那老人坐在炕頭上，年約六旬，瘦小枯乾，十分難看，簡直除了骨架子，就是兩層人皮，又像個猿猴。臉上兩眼深陷，高顴骨，下頦一綹山羊鬍子，那種怪異的相貌，非常刺眼。這乾瘦的老頭，坐在炕上兩腿伸著，手裡搓著一對鐵膽，鋥光雪亮。袁嘯風向這乾老頭拱手道：「老伯，在下袁嘯風，黔夜間來到老人家這裡打攪，實在不安。聽老媽說是老伯身體欠安，在下這麼貿然打攪得老伯不能靜養，尚求老人家擔待。」袁嘯風從進了屋裡，說了這些客氣話，這乾老頭只說了一句：「我明白。」連動也沒動，就好像偶像似的。袁嘯風頗有些不悅，只是自己方在一轉念間，只見乾老頭把面色一沉，向袁嘯風微把頭點了點道：「朋友，你請坐。你既來到這裡，我也不便客氣了，咱倆索性把浮文擱起，說點正經的。」一邊說著，用左手向炕對面的凳子上一伸，意思是讓袁嘯風往凳子上坐。

袁嘯風聽乾老頭的話風，十分扎耳，只是想到那焦老婆婆已說在頭裡，這老頭兒病纏的肝火極盛，自己一個借宿騷擾，哪好挑人家的禮節。遂坐在了炕對面的凳子上。這時那乾老頭手中的鐵膽，依然在掌心轉個不休。袁嘯風心想著，自己一個半夜裡投到人家，蒙人家盛誼款待，只得藹然說道：「這位焦老伯，沒領教尊甫？」

這乾老頭把兩隻凹陷的眸子一翻，冷然說道：「朋友，你我是推誠相見，還是虛偽的周旋呢？我們還是撂下遠的說近的吧。我的情形，朋友你總可以了然。在下現在是一半廢人了，一切全仗著一班老朋友們照應，可是朋友你的來意，我很明白。我既把朋友你接進來，就不能再教朋友你空

著手出去，聽朋友你的口音，大約你是關裡人，來到這一帶不久吧？」袁嘯風聽這些話，說得沒頭沒腦，頗有些詫異，我與你這乾猴子樣的老頭子，並無一面之識，我來意不過是借宿，難道我被人追趕，他怎麼會知道，這老頭子說話怎麼這樣尖銳，遂漫然答道：「老伯說哪裡話來，在下雖則年輕，可是歷來以真誠交朋友，從不知什麼虛偽，老伯的話，小侄頗有點不明白，還請老伯賜教。」乾老頭微微一笑道：「朋友，你是從哪裡來？」袁嘯風道：「在下是……」說到這，微微一頓，隨即說道：「在下是從寧安來。」那乾老頭一聲冷笑，乾瘦的兩頰，和那灰色的嘴，往兩下一撇，道：「朋友你別是記錯了吧！我看你是從瀋陽來吧？」袁嘯風不禁有些按不住怒火，遂也把面色寒著說道：「老伯，你怎見得在下是從瀋陽來？我們是素昧平生。在下不過為迷路，冒造尊府，深夜打擾，一飯之恩，絕不敢忘。只是老伯話語之間，對於在下的來路頗有些懷疑，我的出身來路，唯有我自知，老伯你這麼見疑，我倒不便再在這裡騷擾，其實我就是進了深山叢林，這裡的虎狼雖惡，姓袁的還未必就到得了它口裡。老伯！咱們再會吧！」說到這，袁嘯風站了起來，就在同時，隱隱一陣馬嘶聲入耳。

那老者嘿嘿冷笑了一聲道：「袁朋友，你聽見了嗎？這許是尊駕一道來的吧？」袁嘯風越發怒不可遏，深覺這乾老頭太似無情無理。自己真是背運走到了家，什麼事全遇得上。好容易投到個食宿的地方，反倒找了彆扭。更看不透這老夫妻兩人是怎麼個路道，反正是不願留自己，急不擇言，氣恨恨答道：「老人家所猜測的全不對，就是這一宗猜對了，一點不假，是一道來的。」

乾老頭兒把面色一沉道：「好得很！多來幾個湊個熱鬧，那麼你老兄隨便招呼吧！你別看我這種廢人，像沒有什麼似的，手底下還可以湊合湊合，不論來多少位，絕不會教哥兒們空著手回去！」

袁嘯風一聽不像話，他這滿嘴裡全含著鋒芒，遂點頭道：「好吧！咱們再見。」說到這才要轉身，就覺著從兩肩頭如同兩把鉤子一搭，往肉裡緊，順著肩頭往兩手臂下握。自己說聲：「不好！」丹田一搭，氣達四稍，雙臂一抱，用的是十成力，往右一斜身，「關平捧印」右肘往外一撞，這是擒拿法的「漁父搬家」。就在一現肘，已看清正是那老婆婆，一臉的詭笑，右掌往自己肘上一搭，自己就覺著吃不住勁，往回一晃，算是錯了一步，拿椿站住。更得提防那乾老頭，因為離著他只有兩步，袁嘯風怒叱道：「這是怎麼講？」

　　這位老婆婆冷笑道：「客人怎麼說走就走，你這豈不教我們落慢客之名！客人你來了，就不能再走，要是安著走的心思，就不能來，客人你就別想走了。」袁嘯風見這老婆婆雖是鬢髮成霜，身手十分俐落，他們既懷惡意，自己若不早脫虎口，定遭毒手。這時見這老婆婆依然堵著門，分明是不容自己走，遂也變色說道：「咱們不必再假作痴呆，請教你們二位的心意，打算把我姓袁的怎麼樣？莫看我無能我還接得住，你們有什麼道兒，只管畫出來，我倒要領教領教。」那乾瘦的老頭點頭說道：「好！你倒真夠朋友，我有兩句話跟朋友你說了，聽也在你，不聽也在你。你姓袁也罷，姓方也罷，我知道你定是盛京金玉科老兒請出來的，可是據我看你多半為人利用，貿然就一口應承。我這老頭兒若不是發覺你武功派別，和我們有些淵源，也就打發朋友你上路了。我這人一生恩怨分明，我痛恨玉九那小子，因為他就為了他個人一點微名，累次和我作對。玉九這小子也不是不曉得我的手段，豈容他人輕視妄動，只是這小子利慾熏心，他想到把我撈著，又是名又是利。這一來叫他害了許多同道，我已聽說玉九這小子知道我這下盤不久就要痙癒，所以在當我沒恢復行動之時，他謀我之心更急，不過玉九這小子是迷了心竅，他忘了我冀北人魔是那麼由他算計的嗎！我已預備在兩三個月內，先給他些手段看看，叫他親口嘗嘗我冀北人

魔的滋味。不料，朋友你來了，只是你手底下竟有三十六路擒拿手的功夫，故此才強忍著不肯貿然動手。朋友你真與鷹爪王奎有什麼淵源，你要明白見告，免得自誤！」

袁嘯風聽這乾瘦老頭自報名是關裡著名的飛賊，江湖人稱冀北人魔焦煥，十餘年前就是婦孺也知道有這麼個活鬼偷富濟貧，頗著義賊之名。冀北人魔性情古怪，江湖同道中要行為稍差，他就立刻反去偷他，把同道們懲治得全是敢怒而不敢言。

袁嘯風踏入江湖之後就聽說綠林中有這麼個怪傑，想不到今夜竟在這裡會見，真是意想不到的事，再參酌他的話風，其中實含了誤會。遂抱拳道：「原來朋友你就是名震江湖的焦老師，失敬得很。焦義士，聽你的話，分明是拿我姓袁的當了官家差弁前來不利於焦義士，這真是笑話了。實不相瞞，我現在也是難中人，我身還背著官司，自顧尚且不暇，哪能不度德，不量力，妄自多管他人之事。焦義士不要誤會吧！」

這冀北人魔哈哈一聲道：「這麼說是我輸了眼了。」袁嘯風謙然道：「焦老義士，說哪裡話來，我們全是武林一派，不必客氣，在下實曾拜在王老師的門牆，不過師徒相聚為時很暫，所以對於王老門中絕技，緣慳福薄，未能得王老師的長時教誨。在藍灘傳了我幾手擒拿，在下自到關東，更不知我王老師寄身何處了。在下已實言奉告，不知焦義士肯置信否？」冀北人魔焦煥，聽袁嘯風說出來歷，點點頭道：「袁師傅，我倒有幾成信，只是袁師傅你現在是否已在關東道上，跟六扇門結識，我還不敢斷定。只看今夜的行徑，顯然是有所圖而來。袁師傅我們既然全是江湖道上朋友，彼此相見已誠，誰也別和誰再動虛偽的客氣。我不怕袁師傅你見怪的話，袁老師若不是一蹚進我這小小的蝸居，已露了手師門的真傳擒拿手，我們早就動手了。王師兄的三十六路大拿法，與內家外家的傳授迥然不同，他自己精究出三十六手擒拿的招數，為江湖獨步。所以袁師傅你只略一施展，

已為拙荊所識，才不肯暗下毒手。袁師傅你既是帶藝投師，那麼你在未遇王老師時，在哪位門下，派中哪一家呢？」

袁嘯風被這一問，自己又沒預備話，一時不好回答，囁嚅著說道：「我以前嘛，沒有正式投過名師。不過胡亂學過幾年，提不到承師了。」冀北人魔焦煥，抬頭向立在門首的老妻看了一眼，面色一沉，很是難看，忽的嗤嗤一笑：「我明白了，袁師傅莫非已流落綠林，作著夜走千家盜百戶的買賣了嗎？劫富濟貧，更是英雄所為，有什麼不可告人的，袁師傅這麼閃爍其詞，焦某倒不敢請教了。」袁嘯風見他錯會了意思，自己想了想，遇到這種江湖怪傑，喜怒無常，還是實話實說得好。遂嘆息道：「老義士，不要誤會，在下實有難言之忍，不願提當年舊事，提起來實在痛心。我索性實說了吧！我實是山東綢緞丁的掌門弟子，丁老師竟自廢長立幼，我一不犯門規，二不曾做過什麼辱沒師門的事，丁老師為了兒女的私誼，擢拔我師弟，接受了衣鉢；我實無面目在師門立足，這才遍歷江湖，實指望重訪名師，別求絕藝，將來要在師門中一吐冤抑，只是奔走了數年，毫無所遇，我是運蹇時乖，不僅沒訪著名師，還是屢遭逆事，真令我灰心已極！老義士請想，我但分得已，我絕不願再提舊事了。」這位焦老聽了，愕然向他老妻道：「哎呀！我們若不是稍許慎重，幾乎誤事。原來袁師傅派出名家，又經兩湖大俠王老師的指點，哪會含糊，我們倒失敬了。袁師傅你是心胸過大，要想成為一代著名武家，這倒是英雄抱負，不同凡俗了。」

這時那老婆婆忽地走向這位風塵奇人焦煥的身旁，附耳低聲，不知說了句什麼。那焦煥卻從鼻口哼了聲，竟沒答言，老婆婆跟著走開，焦煥慢吞吞地向袁嘯風道：「袁師傅，我這拙荊忽地想起，以前曾聽同道說過，以三絕藝名震江湖的山東綢緞丁，門下有兩個最得意的弟子，一個姓俞名振綱，一個姓袁名振武，這兩人全是深得太極丁的真傳，全精通丁門三絕藝。袁師傅的姓氏相同，名則各異，可是另有一人嗎？」

　　袁嘯風不禁臉一紅，忙說道：「老義士所說，那袁振武就是弟子，這倒並非弟子不說真姓實名。只為當年在師門學藝，師門中全以振字排名次，我負氣出師門，在未能重學絕技之先，不願再提是丁門弟子；所以到處只用我原名袁承烈，不再提振武二字……」袁嘯風說到這，突的覺得又已失言，自己虎林廳遭禍，袁承烈的名字已落在官家的耳內，打定了主意，暫時先避避風聲，更名袁嘯風，怎的自己把真名又脫口而出，太不檢點了。自己臉一紅，看了看這位江湖異人焦煥，似乎沒理會，心裡稍一鬆，回頭看了看老婆婆，不知什麼時候也出去了。袁嘯風剛要再說自己的事時，那位老婆婆，身形輕悄地閃進屋來，又到了焦煥的面前，附耳說了幾句。那焦煥突然眉頭一蹙，陡露凶相，厲聲向袁嘯風道：「袁朋友，方才那夥馬隊去而復轉，袁朋友，你要是果然跟他們沒有牽連，深更半夜，我這裡絕不容他們這麼騷擾，我可要給他們些顏色看了。」袁嘯風一聽，果然遠遠有人馬聲音，不由臉上變色道：「老前輩已是一家人，我焉能再瞞哄，只是時候倉促，無法細告，這撥馬隊是虎林廳的捕快，實是為追趕弟子而來，弟子的事，少時再詳稟一切，弟子連夜逃罪，氣力垂盡，弟子先往附近躲避一時，他們就許進來搜查，義士也好應付。」

　　這位冀北人魔焦煥一聲冷笑道：「袁朋友，你這話可是真？」袁嘯風正色答道：「弟子若再有一字虛言非人類了。弟子要論對付這幾個狗腿子，還不致落在他們手內，只為他們有兩桿火槍，弟子只要一動手，就得傷人。所以但分能躲避得開，不願多惹是非。」焦煥聽了，點點頭道：「只要你明白江湖道的信義二字就是了。你既來到這，我看在你師傅的面上，也不能再袖手不管。你在我這兒，我要教你鑽大梁子（唇典爬高梁地），我也太丟人了。」隨向老婆婆說道：「這可全看你的了，要教這夥狼崽子討了好去，我們就栽到家了。」又向袁嘯風道：「你到房上去坐一會兒，不用你多管，看看熱鬧吧！」隨向袁嘯風一揮手，復向老婆婆說道：「你把他們引

了來，別再讓他們走了。」

　　袁嘯風此時唯命是從，聽得人馬的聲音越來越近，不敢再耽擱，匆匆走出屋來。將出屋門，只見兩道黃光直射過來，袁嘯風忙一俯身，身隨黃光一閃中，已飛縱到屋面上，俯身在後房坡上。就在自己才伏下身去，只見追趕自己那撥馬隊，已一窩蜂地馳到。這一到近前，袁嘯風已看出這六名官人，大約追出很遠去。馬身上汗氣蒸騰。這一行六人到柵門前，各把牲口勒住了，一個個翻身下馬，內中一個粗暴的聲音道：「有人嗎？出來兩個接牲口！」這一喊嚷，非常凶暴，袁嘯風看著十分憤怒，自己在暗地潛身，不便搭腔。跟著聽得屋中的老婆婆慢吞吞地口操著關外口音答道：「誰呀？這麼大驚小怪的，哪趕來的？」外面的發話的官人，屬聲叱道：「混帳！老爺們是辦案來的，你是什麼東西，找挨揍吧？」這老婆婆慢吞吞地把柵門拉開道：「我說是牲口從哪兒趕來的，沒敢說錯話呀！」官人們一聽說話的是個老婆婆，拿孔明燈的，持燈向這位老婆婆面上一晃，想看看面貌，那老婆婆竟自呦了一聲道：「這是什麼呀！」

　　立刻用手把臉擋上，官人中有背火槍的，名叫韓世乾，同手弟兄中全管他叫寒石乾。這小子陰險損壞，手黑心狠，把韁繩往短柵上一拴，來到柵門口，向這老婆婆喝道：「你這老梆子絕不是好東西，不用跟老爺們來這一套，你是賣什麼的，我們早有個耳聞。你出來，為是三言兩語，把我們擋走了，是不是，沒有別的說的，我們是整綴了多半夜，好容易來到你這兒，我們看著他進來的，索性教他緩緩氣，我們也想跟你們當家的朝朝相，多交一個朋友，你是教他出來，還是我們進去？」

　　這位老婆婆卻縮回一步去，道：「老爺這全是什麼話呀，我一個婦道人家，可不懂。我們當家的倒告訴過我，這關東的拉大幫的好漢爺們全會調侃，你們眾位一定是道上的了。我這兒是賣饃饃的窮人，就指著賣幾斤饃饃，賺幾個錢度命。我的兩個孫子昨天晚半天下剛打飛禽，哪想到打上

了一隻挺大的飛禽，也看不出是什麼怪鳥，竟連網子帶著飛走，雖是帶著網子飛不高，它不往地上落，也捉不著它。我這兩個孫子因為打不成米，反丟了口袋，說什麼也不捨，竟趕了飛禽去，頂現在也沒回來。好漢爺們可憐我老婆婆吧！我孫子要在家，一定來伺候爺們。沒別的，爺們自己照顧自己吧！」寒石乾聽老婆婆說的這片話，頗有些個語帶雙關，牽纏得不清不白，這六名官人撲奔這裡，一半是因為這裡孤零零的現出人家，十分扎眼，六人騎著牲口追出十幾里去，沒有趕上，翻回來撞到這裡，疑心怕窩在這裡，再者多半夜的工夫，人也渴，馬也渴，正好有人家，也可以歇息歇息，這六個人要是一看人家應門的是老貧婆，出語和藹一點，進屋去又沒賊證，打攪一陣，乾脆一走，也就許沒事。只是這班虎狼官役，到處倚官仗勢慣了，拿著威嚇鄉愚，敲詐老百姓當作公事一樣。更加這寒石乾尤其可惡，這才險取了殺身之禍。

寒石乾竟自一聲斷喝道：「老梆子，你哪來的這些嘮叨。你不看明白了，就敢胡說，不看你是個女人，先給你一鐵尺，教訓教訓你。我問你剛進來的那小子他怎麼不出來，真還等我們掏他才算啊？」說到這，向身後的弟兄們招呼道：「喂！哥兒們，把牲口交給杜老五，教他遛飲，咱們亮傢伙進去拾。」眾人嗷應了一聲，單刀鐵尺，故意地往地上碰出響聲來示威。那老婆婆似乎嚇得聲音發顫的道：「老爺們別著急，我這鄉下人不會說話，我們情實是好人，哪敢收容匪類。」嘴裡這麼念叨著，一溜歪斜地往裡撞，闖到屋門口，把門抓住，哎喲了聲，險些沒摔在那裡。

寒石乾帶著四個同夥弟兄闖了進來，屋中的冀北人魔焦煥，卻發話道：「媽媽，咱孫子回來了嗎，教他們快進來吧，把我這半死不活的爺爺全要想死了。」寒石乾一聽，更加惱怒，算起來，我們全變成孫子了，遂不顧什麼，厲聲答道：「孫子沒來，你祖宗來了。好小子，你敢繞脖子罵人。」立刻一縱身竄了進來，大叫，「說話的小子你出來吧！」那老婆婆卻

在家人身後，哭喪著道：「老天殺的，你不看看來的是誰！坐在屋裡就惦著你那討債鬼的孫子，這幾位老爺可疑心了。」寒石乾進得屋來，一察看是兩明一暗的屋子，這西房明間熱氣騰騰，果然是做饃饃的情形。寒石乾跟著搶到裡間門首，把門口一橫，手中單刀把前身護住，往裡一看，心說道：「這可真糟，哪有什麼值得一顧的人物？」這真太猛浪了，羞刀難入鞘！一聲斷喝道：「咄，你是幹什麼的；見了老爺們，大模大樣的難道你就這麼不懂理性！」

冀北人魔焦煥，慢吞吞地向這寒石乾愕視道：「我什麼也不幹，我已是廢人了，想幹什麼，也得幹得了哇。老爺們摸到我這有什麼事？」官人中有一個叫王德的，厲聲說道：「少弄這一套，我們一不是請安，二不是問好，我們是奉官差派，到這裡辦案。你這裡有虎林廳作案脫逃的犯人，落在你這裡，你趁早把人交出來，別教我們哥幾個費事；你跟我們動鬼吹燈的把戲，你可是自找憨蠢。」

這時這位老者，冀北人魔焦煥，立刻冷笑一聲，「你們老爺們這可叫硬拍，我一個殘廢人，不過指著老妻帶著幾個小孩子們在這裡賣饃饃，賺蠅頭之利來度活，我們不懂什麼叫窩藏匪人，容留逃犯。我這家家業業，全在這了。老爺們隨便查看吧！」那寒石乾道：「我們沒問你這些閒話，我們明明看見這名犯人是逃到你這兒來了，就是你現在沒給隱匿起來，也一定從你這又逃走的，你說對吧？你想用這種輕描淡寫的話，來打發我們，那是你想偏了心，你就乾脆說實話吧。」

冀北人魔焦煥，憤然說道：「我是實事本有，實事本無，我這沒見這麼個人，老爺們教我說什麼呢？」那老婆婆也隨著進來，向眾官人們道：「老爺們多恩典我們吧，你就是把我們逼死，我們也說不出什麼來呀！」那寒石乾把提著的一柄鐵尺往那老婆婆的身上一撥，立刻嚷道：「你是別找不自在，我們這是官差，你這麼隨便說話不行。」他這一用鐵尺撥老婆

婆的脊背，自己可覺著沒用多大力，那老婆婆一溜歪斜往門框上一撞，砰的一聲，門框吱吱直響，屋頂上簌簌地往下落土，那老婆婆哎喲著嚷道：「你們這是要打死人不償命啊。好好，你們這夥土匪不把老太太打出個樣兒來，咱們是你死我活，你們打吧。」說著立刻往門檻兒一坐，放起潑來，連罵帶哭。這一來把這五個官人給震住，立刻面面相覷。你看看我，我看看你，全沒有主意。那官人王德是背著火槍的，立刻從肩頭上把火槍摘下來，隨即厲聲向老婆婆道：「你這是做什麼？你別倚仗著你是個女流，這麼胡纏，別說我們可要給你個苦子吃。我們辦的是案，可管不著你是女的是男的。來呀，把這個潑婦鎖上。」

這位冀北人魔一見這夥虎狼官役，要蠻不講理，因為還沒到動手的時候，遂向老婆婆說道：「你這是做什麼，到底是女流之輩，教人家看不起的。你也不想想，你是什麼年紀了，已經快往土裡爬的人了。死生二字，跟我們沒有一點動心的意思了，我們別說還沒做了挨刀的事，怕什麼？話又說回來，收原結果，落了一刀之苦，我覺著比癱在床上病死，痛快得多。傻老婆起來吧，別教老爺們笑話了，你不信問問眾位老爺，各位全是好漢子，腦袋全揹在褲腰帶上。幹人家這種差事，怕死貪生的幹不了，出來辦案，哪時也許挨了刀，送了命，教你這種傻老婆聽著，還嚇死哩。滾起來吧！別招眾位生氣了。」說到這那老婆婆站起來，溜出屋去。

官人們方要發話，這焦老頭子，竟口似懸河地說道：「老爺們請搜查我這兩間屋子，有一點犯法事，情願憑老爺們處置，爺們高升吧。」

這班官人，見這不能擺動的老頭子，和這老貧婆說出話來，忽軟忽硬，有心跟他們認真。可是他這兩間屋子又沒有什麼形跡可疑之處，不好無故翻臉。寒石乾扯了王德一下子，向大家道：「算了吧！遇上這種無知的鄉愚，跟他們認真起來，倒顯著咱們欺負他們了。身在公門好修行，哪不行個方便呢，交他這個苦朋友吧。咱們又渴又累，先在他這歇一會兒，

緩緩氣，天也快亮了，好在那小子也逃不出咱們手去，咱先吃點什麼。」一邊說著，走出裡間，焦老頭子卻望著這夥官人的背影說道：「老爺可多包涵點，我們這傻老婆，脾氣太滯，惹老爺們生氣時，千萬多擔待吧。」官人們誰肯搭理這種無謂的閒話，五個人走出來，在外間的板凳上並排地坐下，向老婆婆道：「你那鍋裡熱氣騰騰的煮的是粥是飯？快給我們盛上來。」

這位老婆婆氣狠狠地道：「飯啊，粥啊，任什麼沒有！只有蒸饃饃的水，願意喝嗎？」官人們聽了皺了皺眉頭，此時口渴得厲害，只得向這老婆婆道：「你給盛幾碗來。」這位老婆婆，拿了幾個黃沙碗，從鍋裡舀了幾碗，放在官人們面前，那股子鹹味沖鼻，只得先解渴要緊。遂搶著各喝一碗，喝完了全齜牙咧嘴的。王德道：「你把屜裡的饃饃給我們揀一盤子來。」

老婆婆聽了翻眼皮道：「什麼，吃我的饃饃麼，我那可是賣錢的，白吃可不行。」王德呸了一口道：「你這老東西真可惡，你怎麼知道是不給錢，白吃你的？不開眼的東西，白吃你的那是賞你個臉，老爺們饒不追問你窩藏匪人的事，你倒看老爺們可擾了。惹惱了，先把你這老傢伙捆上，吃完看你找誰要錢去。」

那老婆婆哭喪著臉子道：「那可不行，你就是閻王老子，白吃饃饃也不行，我老婆子就指著這兩屜饃饃活著，錢就是命，不要命也得要錢。你不先給錢，我就跟你們拚了！白吃饃饃就是不成，你們拿刀先把我宰了吧！」一邊說著，竟兩手按著籠屜，怕人搶她的。官人們見這老貧婆這樣情形，教人哭不得笑不得，寒石乾道：「王老弟，咱們犯不上跟她慪這種閒氣，我們拿現錢買。」說著從腰中拿出一串錢，一包散碎銀子，往桌上一拍道：「你看，老爺們有錢，會白吃你的嗎？」這位老婆婆遂用盤子給揀了十個饃饃，往桌上一放道：「你給四十個大錢，四文錢一個，我們絕不訛人。」官人們遂真個如數給了錢，其實他們哪肯受這種挾制，絕沒安好心，預備吃完了再擺治這老夫婦。

第二章　人魔詭笑戲惡奴

這時這位老婆婆卻似見了錢心裡痛快了似的，向前說道：「你們幾位盡吃饅饅多難吃啊！我這裡還有幾個鹹蛋。你們買嗎？」這時這個官人王德一聽，忙說道：「買，老爺們有錢，怎麼不吃。」當時這位老婆婆忙把鹹蛋揀了一盤，給端進來。老婆婆絕不客氣，立刻要錢，把錢接過來，往屋裡走著，嘴裡念叨著道：「我多賣一文，多落一文，倘若遭了事，也全便宜了野狗。」這老婆婆走進屋去，那官人寒石乾向王德道：「咱們挨了這老梆子多少窩心罵，咱們總得教訓教訓她，要教她這麼便宜了，我們也太栽跟頭子。」那寒石乾忽地想起，向王德道：「我們吃飽了，外面還有一個呢，給杜老五也拿幾個饅饅鹹蛋去。」王德道：「可不是，讓這個窮婆子攪和的，把咱們杜老五全忘了。」一邊說著，趕忙拿了饅饅鹹蛋往屋外走去，只見那杜五正牽著牲口進來，一匹一匹地往木柵口拴。王德把饅饅和鹹蛋交給他道：「你也吃點，緩緩氣，咱還得走哩。」杜老五臉帶著不快的神色道：「我疑心你們哥幾個把我給忘了，你們吃飽了就行了，我吃不吃的不算什麼。」王德笑道：「兄弟，你這可是錯怪我們了，我們絕沒把兄弟你忘了，你不知道，這裡的兩個老東西太可惡了，誠心跟咱們搗亂，全是被他們攪和的，把兄弟你給忘了。兄弟，你要不然也到屋裡歇會兒去，這裡又沒有什麼人，牲口還會丟了嗎？」杜老五道：「咱別那麼大意，這關東三省，吃風字幫的遍地皆是，真要是架走兩匹牲口，咱們怎麼交代？告訴頭兒，這裡既沒有什麼，還是快點兒走。咱們弄了個勞而無功，灰頭土臉，趕緊走吧。」王德點頭道：「好吧，這就走。」王德轉身回到屋中，剛進了屋還沒坐下，突聽得外面的杜老五咦了聲，跟著罵道：「他媽的，真邪性，人要倒楣，喝口涼水全塞牙，我就不信真會有鬼，我杜老五就是不

怕那些邪魔外道，有鬼，我連鬼一塊揍個舅子的。」

　　屋裡的官人們聽杜老五這一吵嚷，不知出了什麼事了，趕忙齊向外面來查看。這杜老五正端著一碗熱水，向門口射出來的燈光下往碗裡注視，那頭目韓世乾一看這種情形，就知定有了意外的事。忙問道：「杜五弟，你鬧什麼？你許是要歸位吧，活見鬼，你還想活嗎？」杜老五氣狠狠說道：「韓頭別跟我搗亂。」說著把端著的碗向韓頭的面前一舉道：「你們看，我說我喝口涼水全塞牙，不假吧，你們看，這是什麼？」大家一看，只見他這個黃沙碗裡，一塊磚頭，許多灰土，眾人看著十分詫異，遂問：「可看見什麼岔眼的事了嗎？」杜五道：「真他媽的喪氣，我是又累又渴，我這人對於自己同夥弟兄，不肯分斤較兩。你們哥幾個到屋裡足一歇，我還得照看牲口，其實我撂下不管，誰也不能說什麼。我是怕把牲口作踐了，你們哥幾個想起我來，這才給我拿出吃的喝的來。我剛一要喝這碗水，碗還沒湊到唇上，立刻噗的一塊磚頭，正打在我嘴唇上，落在碗裡，我想是有人暗算我，順著這塊磚頭的來路一看，只有一團黑影，不到四尺高，如飛的向東而去。我看是人，絕沒有那麼快的，你們想我這不是喪氣嗎？我要是也跟你們一塊兒進屋去，何致有這些事呢？」

　　官人等一聽，也全十分驚異，猜不透這是怎麼回事。韓頭被杜五這幾句話埋怨的，真無話可答，只得安慰道：「五弟，這倒實在怨我疏忽了。五弟，你進來歇一會兒，管他有鬼有神的，要是再有邪魔外道的，索性拿火槍轟他個小舅子的。五弟，進來，不要緊，這是圈熟了的牲口，自己全回得了虎林廳。」杜老五賭氣了，把黃沙碗連水帶灰土扔在地上，說道：「好吧，我把火槍拿進來。」杜五轉身到了北單間空屋子的窗前，咦了聲又怪叫起來。

　　這一怪叫，屋中的官人們，全跑出來齊問杜五：「你是怎麼的了？」那杜五叫道：「這真是邪了，火槍我就立在窗根底下的。我沒離地方，這才

一扭頭的工夫，怎麼會沒有了？你們哥幾個別跟我玩笑，我可真急了！」大家全來到近前，王德道：「五爺，沒有跟你玩笑的。再說全在這裡，這不是全從屋裡出來嗎？孔明燈呢，拿燈照照，別是立錯了地方了吧？」杜五急得暴跳如雷地罵著，往臺階上拿孔明燈時，臺階上空空如也，連孔明燈也沒有了。杜五急得跺腳道：「連燈也沒有了，這是我該死了，怎麼全出在我手裡？」

這時連那陰損多謀的寒石乾也慌了手腳，向院中轉了一眼道：「五弟，你別鬧，這裡定有毛病。」扭頭向王德道：「屋裡把燈拿來。」王德轉身跑進屋中，伸手抓起一盞孔明燈，才要轉身，眼中似覺兵器中短了一件，停步看著，不禁叫道：「韓頭，壞了，快來吧，怎麼這裡這桿火槍也不見了呢？」院中站的韓頭一聽王德在屋裡一嚷，自己真如沉雷轟頂，嗡的兩耳齊鳴，眼冒金星，差點沒死了，也跺腳道：「毀了，這可怎麼交代？」一邊說著，闖進屋中，往那張破桌子一瞥，已看清那根火槍已無影無蹤，韓頭立在那一語不發，那老婆婆慢吞吞從屋裡出來道：「老爺們怎麼的了？這麼嚷鬧，敢是牲口脫了韁嗎？我早跟老爺們說了，這裡偷馬的賊可多，不留神就許吃眼前虧。唉！真就有太歲頭上動土的，膽子多大呀！」這位老婆婆嘴裡亂七八糟地叨著，往他們面前湊。那王德正在怒焰頭上，屬聲叱道：「滾開，不用裝瘋賣傻的！來這套假門假氏！在你這丟的，在你這找，我看準了，你們不是好人！」那韓頭皺著眉思索著，突向這老婆婆道：「你這裡就只你老兩口子住著，沒有別人嗎？」這老婆婆道：「老爺們已經知道，何必明知故問？我還有兩個孫子，沒有回來。」韓頭道：「那麼那間小屋裡，誰在那裡住著？」老婆婆道：「現在沒人，我兩小孫子趕飛禽沒回來，他們在家，他哥倆在那間裡睡覺。」韓頭冷笑道：「你兩個孫子大約是回來了，紮在那屋裡不出來見你，我猜的準對。來，咱們看看去。」說罷向同夥弟兄一使眼色道：「屋裡的老頭兒也得照管著。」跟著不容分說，四個官人圈著這位老婆婆往外走，老婆婆蠍蠍蜇蜇的不肯痛快跟著，嘴裡含

含糊糊地道：「我沒聽說過，誰家的孩子回來不找大人的，老爺們這是何必呢？」官人們只不作聲，邊推帶擁，一到這間小北屋前，把門拉開，先用燈往裡照了照，屋中只堆積著些笨重的什物，土蔽塵封，更沒有睡眠之處。韓頭進去，用燈仔細照了照，那老婆婆也走進來。這時那王德、杜五等也全隨進來。韓頭轉走到門口，堵著門一站，鐵青著面色道：「老婆婆，你說實在的吧，我們兩桿火槍你給弄到哪兒去了？你不把盜槍的點兒交出來，你們就別想脫乾淨。來呀，拿繩先把這老梆子碼上。」

那王德、杜五立刻一撩衣襟，各掏出一根繩子來，兩人齊往這老婆婆身旁一湊，就要伸手捆這老婆婆，這位老婆婆往後一退，擺手道：「老爺們你怎麼不說道理，你們丟了東西，憑什麼找我們！我們這兩個廢人，始終沒離屋子，你們自己把東西看丟了，怨自己不小心，難道把東西交給我們了嗎？你們要這麼蠻不講理，難道還要逼死人嗎？你們這麼來，是倚官仗勢，倚勢欺人；你們就是把我老婆子殺了，我也不知你們的火槍是誰拿去了。」韓頭冷笑道：「我們還倚官仗勢？我們空是官人，再要是不給你這老梆子點真的看看，教你把我們全賣了。我先問你，你說你兩個孫子在這屋裡睡，這屋裡明是空閒，難道全在這土地上睡眠不成？你想再用花言巧語，有誰肯信？你想不說真情實話，我教你逃出手去，我們就枉在六扇門裡混這些年了。」

那老婆婆冷笑聲道：「你們要是這麼血口噴人，誣良為盜，那真是要官逼民反了。」這時韓頭看了看這屋中的弟兄，已全明白了自己的意思，兩邊鑲著這個老貧婆，那王德把門把住，自己也提著刀，看情形，就讓她手底下有功夫，憑弟兄四個料理她一個人，也不至再教她逃出手去。當時這個捕頭韓世乾，看出這個老婆婆是江湖綠林道，她是喬作鄉農，在這裡潛蹤匿跡，不下手收拾她，難道我們還等他們逃出手去嗎。所以故意把她先調出來，好單獨收拾她，恐怕他們萬一得手，他們兩個點子合到一處，

就費了事了。

韓頭一看時機已到，不下手等什麼，遂向同手弟兄喝了聲：「不用再跟她費這些話，捆她。」韓頭這麼一喝令捆，那杜五跟一個叫侯勇的，兩人一左一右，猛地向這位老婆婆的兩臂抓來，忽然間一人抓住了手臂。韓世乾把手中刀向老婆婆的面門上一晃道：「你敢掙扎，我先把你廢了。捆上她！」這兩個虎狼似的捕役，立刻各自手中用力，想把這老婆婆拖倒。這位骨瘦如柴的老婆婆，忽地一聲狂笑，這笑聲尖銳得十分難聽，好似夜貓子叫似的。在這狂笑聲中，猛然叫罵道：「鼠子們，瞎了你們的狗眼，滾開吧！」她雙臂猛然一振，杜五、侯勇，覺得這老婆子的胳臂忽然往外漲起，硬如鐵石，再也把握不住；更被這老婆子往外一抖，兩人齊向兩旁搶出兩三步去，險些栽倒。

那韓世乾一看情形不好，遂也不顧一切，手中刀順勢往外一劃，往老婆婆頭上便削，這位老婆婆竟自惡狠狠的一口唾沫向他臉上啐來。同時這位老婆婆，身形晃動，刀已削空，自己寸關尺脈門上被敲了一下，只覺著一隻手臂疼徹骨髓，噹啷啷，刀已墜地。

那王德是在門口堵截，這時見這老婆子果然厲害，遂躡著腳步，只用腳尖一點地，猛撲到了老婆子的背後。掄鐵尺，斜肩帶背就砸。這位老婆婆往右一個拖步斜身，反往王德的懷裡一欺，立刻伸出來形如鶴爪的鐵掌，往外一穿，砰的一聲，正打在了這王德的肩頭；吭的一聲，竟把他打得撞出了門外，跌倒院中。同時正房屋中也怪叫起來。

兩名官人高嚷著：「韓頭快來，這老傢伙實是老合，我們掛了彩了！」韓頭一聽，終日打雁被雁啄了眼，不由大怒，這時老婆婆立斂那種龍鍾老態，兩雙深陷的目光如炬，滿面殺機，向外一縱身，來到院中。那王德剛爬起來，被老婆婆一俯身抓起，喝了聲：「狗奴，先饒你們一死，給我滾吧！」悠的竟把官人王德扔到木柵外。

　　這時韓世乾等，知道身入匪人巢穴，中了這乞婆的圈套，向侯勇等招呼了聲，齊往外闖。上房裡兩個弟兄也逃出屋來，不用說，教那老頭子打出來的。侯勇等十分詫異，憑兩個壯漢，手底下又有三招兩式的，屋中那糟老頭子，又是個廢人，兩腿不能行動，怎的竟會全受傷了。遂高聲叫道：「怎麼那老傢伙難道是喬裝殘廢騙我們嗎？」

　　屋中逃出來的兩個兄弟忙道：「韓頭，那老傢伙殘廢倒是真的，可是真扎手。我們一個弟兄挨了他一袖箭，一個吃他反掃了一掌。老傢伙連坐的地方沒動，竟叫他把我們兩人全趕碌下了。韓頭，拾不下來，咱倆別全都在這裡，扯活吧。」

　　這韓世乾覺著跟頭栽得太厲害，這麼下了，往後虎林廳不能再待，咬牙說道：「不行，跟這兩個老梆子拚一拚！」嘴裡雖這麼硬，手裡可不成了；連著身上，頭頂上，一氣挨了四五掌。這老婆婆並不下毒手，可是形如乾柴的手掌也夠勁。最損的是頭頂這兩下子，頭一下是一拍，韓頭被拍得耳中嗡的都眼花耳鳴，身軀連晃了兩晃，沒摔下。憤怒之下，手中的刀使足了勁，照著老婆婆的脊背斜著劈去。此時是急怒交加，顧不得了；一刀把這老婆婆劈為兩段，再拿主意，所以當時刀下的是十成勁。焉想到堪堪刀刃已挨到老婆婆的背上，嗖的如飛鳥騰空，這老婆婆身形如一縷黑煙，躥起一丈六七，往後落去。韓世乾刀既劈空，其勢過猛，猝然收勢變招，已沒有這種本事。

　　刀鋒向下落去，正趕上同伴一個叫牛三的，這次破出死去，想把這老婆婆撂在這裡，運足了力，掄鐵尺，連人帶鐵尺一塊奔這老婆婆來。這一下若真招呼上，準得被砸個骨斷筋折，血肉橫飛，只是這種粗淺的武功，在這位隱跡邊荒的女盜俠面前，不啻蜻蜓拔石柱，綿羊鬥猛虎，連影子全擊不上，沒砸上老婆婆，可正砸在韓頭劈空了的刀上。噹的一聲，韓頭哎喲的一聲長號。

惡作劇的老婆婆更同時躍起來正落在他的背上，一掌往他頭上一按。他號叫的聲音，被這一按頭，後半截聲音給按回去，吭的一聲，幾乎把腦袋給擠進腔子裡去，脖子疼得說不出的難過。這次韓世乾可再不敢抗碰了，滾身爬起，拚命地躍向木柵。無奈負傷之下，雖只這麼矮的柵牆，依然沒竄俐落，腳尖碰在木柵上，這一下子又碰了個整個的，咬著牙，連滾帶爬，逃向青稞子去。於是這辦案的官役已有逃走的了。

這裡王德跟牛三沒得走脫，被這老婆婆撈著，把兩人一手一個給掄出木柵外。其餘的見勢不佳，登時東的東，西的西，各不相顧，各逃各的命。一剎那，雲消霧散，裡外寂然。

老婆婆仰頭向屋頂上招呼道：「小夥子，全散了，請下來吧，還想看啊，別忙，等兩天有比這個更熱鬧的。」袁嘯風這才湧身一躍，挾著兩桿火槍，落在院中，速速地隨著這位隱跡風塵的女盜俠焦老婆婆追到柵外看看，然後走進屋來。裡間的冀北人魔焦煥招呼道：「怎麼樣？這幾個小子打發了嗎？」焦老婆婆道：「哪還禁住我拾掇，今夜算便宜他們了。」

這時袁承烈竟自規規矩矩地到了這位老英雄面前，往地上一跪，叩頭道：「救命之恩，絕不敢忘，老前輩此番援救我袁承烈於窮途末路，我只要稍有寸進，永當圖報。」叩罷頭起來，冀北人魔焦煥含笑道：「這群狼崽子，就是沒有老弟你這場事，犯在我手內，我也不能空空把他們放過。只教他們稍稍吃點苦頭，算是沾了我宿疾未癒的光了。我若是病魔退淨，焉能教他們再生還虎林廳？老弟你我雖是素昧平生，可是老弟你既然曾入王老師的門牆，我們頗有淵源，我與你紀師叔為生死之交，與尊師更有互傳祕藝之誼。你誤打誤撞地來到我這蝸居，真有些鬼使神差，你到底惹出什麼事來，教他們跟追你？老弟你此後的行止，決定投奔哪裡，可否相示？」

袁承烈道：「弟子來到遼東，行止未定，原冀投名師，訪益友，在武

功上求深造，不料命運不濟，屢遭挫折。把原到遼東的熱望，化作寒冰。為今又在虎林廳闖了這件事，冤遭誣陷，形同罪人，只有變姓名暫時避禍。我有意追隨老前輩左右。虔執弟子之禮，求老前輩推愛屋及烏之情，慨予收錄。弟子得老前輩的覆蔭，諒這遼東道上，不會再有奸人敢來加害弟子。不過弟子這種請求，頗覺冒昧，老前輩指示弟子吧。」冀北人魔焦煥慨然說道：「袁老弟，論我與王師兄紀師弟的交情，以及武林中的義氣，對於保護老弟此後的安全，義無反顧，只是我還有不得已苦衷，老弟你可莫要誤會在下是推託。實告訴老弟你，我身上的事情比起老弟你這點小事來，實有天淵之別。在最近數月中，恐怕還有幾個出類拔萃的朋友訪我。我絕不能再像以前隱跡潛蹤，變名易服了。因為這尋來的人，只要踏到遼東道上一步，我絕不能給遼東道上的好朋友們現眼，好歹我們得有一個算一個的比劃著看了。那時鹿死誰手，我也不敢斷定。你只要不離開遼東道上，不會不知道，我只要把這幾個朋友的事了當了，我定然在遼東揚揚萬兒，也給我們關裡的弟兄爭一席地，所以我現在實不敢奉屈老弟跟我在一道，總而言之，我夫婦此刻正是生死榮辱關頭，自身尚且不保，焉能令你跟著我們蹈險呢？」

袁承烈道：「弟子一身漂泊，並沒我立身之地，可稱得起浪跡江湖，到處為家。我現在冤遭誣陷，只得遠走邊荒，變名避禍，並非弟子膽小怕事，焦老前輩，你老一定能體諒弟子，光棍不鬥勢，我們倒是不把『死生』二字擺在心頭，不過也得分事。真要是落在這種暗無天日的胥吏手裡，就是你有天大的本領，慘死他們手中，只不過落個異地冤鬼而已。我想著情願追隨老前輩左右，可以多得教益，就是把性命斷送了，為老前輩稍效綿薄，倒也甘心，比落在官人手中強得多，求老前輩不要推卻才好。」

這位冀北人魔焦煥，遂藹然說道：「老弟，我們相見以誠，我要以浮

泛之情相待，老弟你的去留就任憑你了。我們既是一家人，我把我的行藏奉告，絕無絲毫虛偽之情。此後我的下盤調養得如初，也正是我後半生的生死關頭，我應付這幾個對頭，只有憑我夫婦之力，不能借重他人。因為我們自己了結了，後患全無，還可以在遼東道上建立一點根基，樹後半生的事業。若是一借外援，反給自己招來無窮後患。袁老弟你想，我怎好不趁這次把關裡所懸著的事，把它全結束了呢？」

袁承烈忍不住問道：「弟子愚淺的見識，固然是莫測高深，只是若不請示老前輩指示明白，弟子就是離開老前輩，也懸繫著。聽老前輩所說的情形，並不是跟敵人的約定什麼時候較量，敵人對於老前輩的行蹤似已偵得落在遼東。老前輩已知道他們最近就要追蹤到遼東，可是老前輩的病未大痊，倘若在這時來了，老前輩怎能應對？」這位風塵豪客呵呵一笑道：「袁老弟，你倒是肝膽少年，我此後多得你這麼個知己，倒是件快事。你這麼關心，愈令我心感，我倒不能再掩飾了。實對老弟說吧，我原是脊骨的尾關上被仇家重手法所傷，任何人也知道我的下盤算廢了。可是我當日自知不是仇家的敵手，把傷勢故意的加重了一半，從那時起，不論親疏遠近，全知道我是個廢人了。其實我當日受傷是真，我仗著師門的療傷祕法只養了百日，就能行動。當日受傷後，我只在關內潛蹤，可是那時行蹤並不十分嚴密。我雖是治好了傷，依然喬作廢人，連同道中，全相信我這人算廢人，他們把我纏綿病榻的情形向外傳揚出去。又值我那仇家因事遠去江南，我夫婦趁機逃到關外。我們到遼東來，就是親如我本門的人，我全沒教他們知道。可是我們來到遼東，仍然不敢稍形大意，依然喬作殘廢。我暗暗鍛鍊內功，練了一種『金剛坐禪法』和『盤椿』的功夫，總算這點苦功夫沒白下，操練得頗有進境。我這麼韜光養晦，直到今年，才被我這仇家探著我的行蹤。大概他已猜知我是喬作殘廢，隱路遼東，待時而動了。」

　　冀北人魔焦煥，說到這裡，稍頓了一頓道：「我因為當日在順天府摺了兩件案子，案情重大，好幾年的工夫總沒把這案圓上。事主又是朝中當權的主兒，哪時想起來，哪時追問，故此我的事，一時總完不了。我這仇家也是半為私仇，半為公事，不把我圓了案，絕不甘心。我們這次再一『朝了相』，決難兩立。好在我尚有把握，不致落在他們手中。我的事大概如此，我把我的事情全告訴你了，你定能諒我不得已之苦衷了。」

　　袁承烈這才明白這位老英雄，敢情身背巨案，他的案情一定重大，自己前些年耳聞著北京城出過幾件重大案件，最屬害是某府邸失去價值連城的珍寶，傷了多少護院的。為這案毀了好些官員捕役。這麼看起來，一定就是這位老前輩辦的了。自己不敢多問，遂恭敬說道：「原來老前輩尚有這些牽纏，真是弟子想不到的，弟子妄為老前輩擔憂，真是井底之蛙，以管瞧天了。」

　　冀北人魔焦煥道：「老弟，你說哪裡話來？這正是你熱腸俠骨的地方。我索性教你看看，我的狀況你也就明白了。」說到這裡，霍地站了起來，隨向袁承烈道：「承烈老弟，你來看，這就是我來到遼東操練的這點功夫。」隨說著把炕上的蓆子揭起，敢情下面全是木板，老婆婆也笑吟吟地走過來，把一扇扇木板揭起，只見下面並不是土炕，下面深有三尺，埋著四根木樁，高高架著炕面上的木板。這位焦老英雄說道：「你看過這麼操練功夫的嗎？大約你定沒見過吧？」袁承烈道：「弟子沒見過，請老前輩指教。」焦老英雄道：「這就是我來到遼東道上的所得。這就是我方才說的『金剛坐禪』和『盤樁』的功夫。我操練這種功夫，只有今夜教你看了，原來我是十分謹慎嚴密的，只有我老妻幫助我移樁換木。你此後口頭上還要謹慎，千萬不得向他人道及我的一切，你要知此事關係我今後半生榮辱成敗，倘若被我那仇家知道了，他就要另謀對付我之道了。」

　　說罷哈哈一笑。

袁承烈道：「老前輩，這種功夫怎樣動用呢？」老英雄道：「這種『金剛坐禪』和『盤椿』，全重在鍛鍊下盤的功夫。你來看，這種功夫，就是這樣練。」說著立刻跳到假炕內，就著兩根木椿前盤膝坐好，竟架好架勢，沉默著不言不動。可袁承烈是太極門真傳，明白這叫內家的功夫，神功內斂，沉肩下氣，氣納丹田，眼觀鼻，口問心，舌尖舐上顎，齒稍扣，這是倒轉三車渡蕉橋，內家練的功夫。

這時見那位冀北人魔焦煥把氣調勻，雙掌在胸前翻動，掌心向下，手背向上，迴環空推揉了數次。猛的右足伸出，用腳踵一捋木椿，就憑那麼粗的木椿，被這焦老英雄盤椿力，勾得木椿嘎吱嘎吱直響。就在下盤一施為，雙掌往外一翻，用雙推手，雙掌猛擊在木椿上，咔嚓一聲暴響，木椿竟從當中折斷，袁承烈不禁咋舌，這真是出人意料的功夫。只憑這坐禪運用下盤之力，何能折椿，實非一般武功家所能望其項背，這真可以獨步武林了。當時這位老英雄含笑站起道：「袁老弟，我這點功夫，尚能與武林中人一爭強弱嗎？」袁承烈道：「老前輩這種非常的身手，實令弟子佩服，老英雄若是臨陣對敵，這種功夫是怎麼運用制敵呢？」冀北人魔焦煥道：「這種功夫在武林中，我敢說是少有練的，因為金剛坐禪和盤椿，對於動手摧敵制勝，實非所宜。可是練時又須三冬兩夏刻苦地鍛鍊，始能有成。那麼有這種功夫既不宜於臨敵制勝，練時既須有真傳，更須有恆心，究竟有什麼用處呢？袁老弟你要知道這兩種功夫，運用若精，實能制強敵於俄頃，轉敗為勝。這種功夫要在身遇強敵，自己已非敵手；遇到這種局勢，那麼身敗名裂只在目前，只要運用這種功夫，就能制強敵之死命。再佯敗佯輸，就可以用上了。只要敵人用掌力擊到自己，自己被擊倒地，喬作已受內傷；敵人若是到近前察看，那就省了事，猝然發動這兩種內家氣功，用雙足一捋敵人的兩腿，雙掌猝發，就讓他是鐵打的金剛，也要立刻喪命在掌下。」

　　冀北人魔焦煥說完，立刻從那假炕裡走出來，彼此重新落座。袁嘯風這才知道這位老前輩苦心孤詣的，自己精究出來這種武功，要與仇家一決存亡生死；用心之苦，令人欽佩，自己更是景仰千分。不過這位老前輩，既然說是不教自己跟隨著，自己也不好再勉強，遂向這老夫婦告辭，並謝了陌路援手之德。焦老英雄道：「袁老弟不要忙，你我一道走吧，我在此處的行藏已露，更和這班虎狼胥吏結梁子，我也不能再在此立足，只好遷地為良了。」

　　當時遂略事收拾，打點起兩隻包裹，一口袋乾糧食物，這裡有官人留下的五匹牲口，兩桿火槍，摔壞了的兩盞孔明燈，用兩匹牲口馱著。焦老英雄夫婦各自騎了一匹馬，袁承烈也得了一匹坐騎。

第三章　雪中人深山訪仇

　　這時天已過五更，東方將要發曉，出得屋來，宿露未消，野風撲面。焦老英雄遂令袁承烈略候，向老婆婆道：「你索性把這兩間屋子付之一炬，免得狼子們重來，給他們作歇腳之地。」焦老婆婆答道：「我也想這麼辦，狼子再來了，教他們連一點形跡全找不著。」一邊說著，進了正房，把燈臺端起，立刻把紙窗全引著了。這種屋子，除了木就是草，立刻火苗子撲到外面。焦老婆婆走出來，這才各自上馬。

　　冀北人魔焦煥，喟然嘆息道：「這幾間茅草舍，與我相伴了數年，今日斷送了這兩間可愛的草屋，今生再不能看見了！」

　　老婆婆接著道：「人生聚散無常，生死難測，這兩間小屋子又值得什麼惋惜。」袁振武卻覺抱歉，若不是自己拖累，何致使人傾巢？連表歉疚，老夫妻只是一笑攔住。說話間各自上了馬，離開已經起火的小屋。冀北人魔焦煥竟一馬當先，不走大路，反奔了一股子蓬蒿沒脛的羊腸小道走來。看這條小道，雖有路徑可循，可是有的地方就全被荒草把路徑隱去。所幸走沒多遠，天光已亮，袁承烈在先是不敢問，後來見走的道路越是荒僻，按方向說，實是背道而行，袁承烈遂問道：「老前輩，弟子實不知老前輩走這種荒僻小道，是打算投奔哪裡呢？」

　　焦老英雄含笑道：「老弟不要著慌，這地方是一條捷徑，只要出了這股小道，就到了博倫地面，佛力山的山口。只要入了佛力山，就是讓那群狼崽子再追下來，教他依然失望而去。這片山裡，崎嶇險峻，他們就是有多少人來，我們亦無所懼了。我把袁老弟送得進了佛力山，我們再分手，我就放了心。你從那裡再奔邊荒之地，另尋寄身安善之所，還有什麼可慮？」

　　袁承烈這才知道這位老前輩竟是為自己，繞走這種隱僻之區，為是既沒有馬匹行程的跡象，更可以出了虎林廳管轄的地面。對老前輩這種關懷照顧，真教自己感激涕零。走到辰時光景，才到了佛力山的北半部黃沙嶺。果然這裡越發荒涼，有時數里不見人跡。這座山尤其是危崖峭壁，榛莽叢生，一入這座山徑，簡直連個打尖的地方全找不到。又走了一天，到了傍晚時候，才在山坳裡找著幾個獵戶簇居的所在，就在他們這裡借宿。關東民風樸厚，只要是行路的錯過了宿頭，就可以在民家投宿，主人不論貧富，必食宿兼供，絕不至拒絕，不怕這家子是極寒素的牧家，食無細粒，房無餘室，家中雖是婦女同屋，也不肯教客人露宿去。就是客人太多，他們也分送到四鄰，實在熱心無比。當時這位冀北人魔焦煥，帶著老伴和袁承烈，投宿獵戶家中。這獵戶倚山而居，木石疊屋，倒還有空閒的住室。夜間這位風塵豪客冀北人魔焦煥，悄悄把袁承烈叫起來，立刻向袁承烈道：「袁老弟我們竟日奔馳，盡走這裡崎嶇的山道；直走到這種荒僻的地方，我們才投宿，你可知我的意思嗎？」

　　袁承烈道：「弟子思是為避著虎林廳的惡役們了。」這位風塵豪客焦老英雄點點頭道：「你說的倒也不差，不過不盡是這個意思。我們天明後，就要各自東西，此後看個人的緣法，是否還有重聚之日，或者也許就此長別，竟成永訣。我若死在仇家之手，我這老妻也絕不獨生，勢必與仇家拚了命。老弟你現在雖然困在風塵中，早晚總有出頭之日，我深盼你到處把眼力放開，也許另有遇合。這關東是英雄薈萃之區，草莽間很有些奇才異能之士，不過越是有真實本領，挾有過人絕技的，越不肯輕炫輕露，很是難求。所以我說得看自己的緣分遇合了。我來到這裡的緣故，半為躲避虎林廳惡役，半為我們以後的打算。此處還是佛力山，可是已到饒河交界的地方，任他虎林廳的官役怎樣不甘心，大約他也奈何不了我們。因為他沒有海捕公文，不能越界來找跡我們。你在這邊荒暫避一時，歷來官家的事

是，吏不舉，官不究。只要時日一久，就不要緊了，你此後就用袁嘯風的名字，寄身邊荒，諒不會有人窺破你的行藏，自己再處處多謹慎，能夠在潛蹤避禍期中，加意細訪得技擊名家，武林前輩，一樣能夠得著一身絕技。何況你原有的一身功夫，已非一般平常武師所能望其項背，若能再給武林前輩有精練武功的一指點，就能有深奧的造就，那時得償夙願，豈不因禍得幸？這裡有點零碎的銀子，一共有二百餘兩，老弟你把它帶著，節省著用，也能花個一年半載的，這是我們夫婦一點意思，你收起來吧。」

袁承烈見驟遇人魔這樣慷慨之情，出於意外，不禁感激涕零，站起來道：「老前輩千萬別這麼辦，弟子與老前輩賢伉萍水相逢，既蒙不畏頑強，拔刀相助，使弟子免遭縲絏之苦，弟子感激老前輩已銘心刻骨，沒齒難忘。弟子本意思要追隨老前輩左右，一來稍報鴻恩，二來也可以多受些教益。只是老前輩自身有仇家未能解決，弟子縱有報效微忱之心，只是弟子武功太淺，歷世未深，此中情形，難測高深，所以只好遵從老前輩的指示，暫時作別，變名避禍。弟子萍水相逢，受恩深重，涓滴未報，心中本以難安。並且弟子囊中尚有餘資，哪好再領老前輩的厚賜，請老前輩收起吧，弟子還有用的，弟子心領了。」

這時焦老婆婆，眼望著袁承烈，帶著十分親切的神情說道：「承烈，你這話就說遠。實不相瞞，我們老兩口子，自從避禍遼東，所有從前的同門師友，江湖同道，多親近的朋友，全都一筆勾銷。我們夫婦直等於已脫離這個世界，我們也不願再和泛泛的人來往。這幾年真如陷身絕域一樣，如今忽然與你相遇，一見面，我們不知不覺，就好像天涯做客，困厄異鄉，遇見親丁骨肉似的。說不出來的那麼安慰，你說這不是緣法嗎？所以我們早商量定，不能教你落在他們手裡。其實你和我們一面沒見過，只不過與我們的老友王奎有些淵源，可是我們覺著要教你受髭髮之傷，就對不過你和你師傅了。你不應再和我們作假，你身邊所有，不足百金，還連你

那隻銀鑄的水壺算上；你以後寄跡邊荒，誰也保不定什麼時候就有安身寄命之所。你也許二三個月就有了遇合，也許三年五年找不著託身之地。並且你出身富厚之家，雖則流落江湖，尚沒走入歧途，你一個窘住了，就怕寸步難行。不怕你笑話，我們卻是生財有道，我們手頭一緊了，還可以照顧照顧貪官汙吏、土豪奸商。所以你身邊總要多富裕備些用資，以備不虞。你也在外飄遊這幾年了，難道還沒見過異鄉作客，舉目無親，好漢無錢，寸步難行，是一點不假的。你想我們對你這麼關心，人各一方，各難相顧，我們不替你打算了好，教我們老兩口子怎會放心？承烈，你快快收起來，到了大鐵甸上，兌換些金子，以便攜帶。你再客氣，反教我們難過了。」

袁承烈自從雙親見背，為兄報仇，浪跡江湖，天倫之樂早就被命運剝奪淨盡。每每走在各處，有見人家母子兄弟，未嘗不豔羨殷勤。只有暗暗嘆息而已。如今在逃亡身背大禍，逃到荒山，居然有這位老婆婆情同慈母，殷殷愛護，不覺觸動身世飄零之感。自己雖是歷來心腸硬，性暴，不慣溫婉的酬報，此時竟被這焦老婆婆一團熱腸感化過來，兩隻豹子眼中，幾乎落下淚來。真是英雄氣短，兒女情長了。遂往二位老前輩面前一跪，叩頭拜謝。焦老英雄忙說道：「承烈，你怎麼又這麼俗得起來，你我還提得到謝字嗎？」

當時袁承烈叩頭起來說道：「不怕老前輩見怪，弟子在故里時，家道小康，還有些財產。自從與豪強結怨，家產一敗，變賣最後僅有的一點產業，弟子在外漂流這幾年，倒還沒窘住過。弟子落魄江湖，說不起揮金似土，但是江山易改，稟性難移，總還沒把銅臭看重了。弟子不是謝的老前輩賞賜，弟子衷心感謝老前輩這份熱腸。老前輩拿我當子女看待之情，弟子此生但有一息，決忘不了，現在浮泛的話不便說，也不願說。只要弟子不葬身邊荒，稍有寸進，定當重報。弟子這裡依實地收下了。」

這位風塵豪客才含笑點頭道好，又囑咐了一番，令袁承烈把銀兩放好，復說道：「我們分手之後，你只走二三十里，就出了佛力山的邊界。這五匹牲口，我們本想全教你帶走。只是我們想著，嗣後或許還有用牠之處，所以我們還是留兩匹，你牽三匹走，到了城市的地方，你把牠全賣，不論貴賤合算不合算，越緊脫手。論起來你本可留一匹自己騎，不過你要知道這是官家的牲口，莫以為這一帶牧場又多，一樣皮的牲口多著呢，絕不會有人來認。你不知道，這種官馬，在髭毛底下，或是馬腋子裡，馬毛上已烙有火印，只是日子多了，毛長起來不細看不易看出來，但是凡事不宜太大意了，總以謹慎為是，不要因小失大。」袁承烈道：「那麼索性老前輩還是照樣的帶五匹走吧，還得馱行李呢。」

老婆婆笑道：「你哪裡知道，我們得穿山而行，不能再騎牲口，只有兩匹馱衣物行囊就足行了。」袁承烈只得遵命。這時天已到了五更左右，全把包裹打好，袁承烈自忖前路茫茫，不禁一陣陣看著兩位老前輩發怔。這位老婆婆幾次對袁承烈欲言又止，有兩次老婆婆湊到焦老英雄面前，眼望著自己，低聲向焦老英雄耳邊說話，焦老英雄只是搖頭。這位老婆婆遂不再言語，立刻預備起身。一會兒天色大亮，焦老英雄等遂略事梳洗，這裡的獵戶已然在曉色朦朧中進了山。只留下一老一少，一個是看家，一個收拾獸皮。焦老英雄厚酬了獵戶，一同起身，原是打發袁承烈先走，應在離開獵戶家裡一箭多地的一段山道上分手。袁承烈惜別情殷，哪肯就走。袁承烈在先只是念到這位風塵俠盜，陌路相逢，慨然相救，得脫虎狼官吏之手，全仗他們老夫婦之力，已是感德難忘。自己本想從此追隨這位俠盜身旁，不再作別圖，雖明知自己也得歸入綠林，自己也認了命；反正不做傷天害理的事，本著真正俠盜的行徑，劫富濟貧，鋤強救弱，未始不是英雄好漢的本色。並且這位焦老前輩名重武林，一身絕技，自己想要虔誠敬奉，絕能邀得他眷愛，傳授幾手驚人絕技，一樣能夠到舊日師門，一顯身

手，吐一吐當年受辱的惡氣。自己主意打得雖好，看他老夫婦的口氣，對自己倒也垂青，無奈焦老前輩有難言之隱，他老人家是避禍潛蹤，環境跟自己相同。可是老人家還有仇家，已經尋到遼東，不久就要一拚生死，絕不容第三者參與其間。有這種情形，把自己一番熱望又化作寒水，自己也不敢過切要求，恐怕愛之足以害之。只抱定只要自己不埋骨邊荒，能立起一點事業來，定要報老前輩的大恩。這番心意，可全是在未到佛力山以前打的主意，及到了佛力山黃沙嶺，這一路上，焦老英雄不過推誠相與，把以前的隔膜全無。唯獨這位老婆婆有如慈母一般，對自己從不知不覺中十分的愛惜親切，自己不由也懷了十分依戀之情。若說是短短的時間，哪來的這麼厚的情感，這真得說是有宿緣了。從黃沙嶺獵家一起身，袁承烈就覺著像是當年在故鄉決定別離故土，憤走遼東，留戀家鄉，不忍別去時的情況。自己只不願就這麼分手，當時全是牽著牲口，到了這條山道上。

焦老英雄揮手道：「承烈老弟，咱們再見吧。」

袁承烈淒然說道：「老前輩，好在你老的去處尚遠，你不論如何不願意，也教弟子再送你幾步行嗎？」焦老英雄見袁承烈這種情形不忍再拒，可是看袁承烈那種英勇剛強的相貌，竟令有這麼厚的情感，殊出所料。自己是心裡也不願把他打發走了，也是事不由己，徒喚奈何。遂想了想，看了看老妻，點了點頭道：「好吧，盛情難卻，我們再共談一程，好在這段還平坦，走吧。」袁承烈欣然相隨，果然這段山道倒是好走，一邊走著，焦老英雄不住指點著這一帶的山形地勢，以及入山深處，哪兒可以樵採，哪兒是獵人常到的地方，只是絕不提自己去的道路。且談且行，走出約莫有二里多地，前面是一道高崗。冀北人魔焦煥停步道：「袁老弟，俗語說得好，送君千里終須別，不要再送了。」袁承烈道：「老前輩，何必忙呢，這次一別，後會無期，讓弟子送過嶺去就是了。」冀北人魔焦煥眉頭一皺，方要說話，被老婆婆攔著說：「承烈，你是一片好意，只是他不願你

再往前走，因為前面盡是崎嶇難行的山道，一個記不清，就許迷了路，豈不是反而不美了。」

袁承烈見冀北人魔焦煥老英雄，神色上已有不悅之色，忙說道：「既然是老前輩不願弟子再送，弟子謹遵老前輩之命，咱們再會了。」當時這位老英雄點了點頭，走出幾步，到了這道崗上。袁承烈結牽著三匹馬在崗下恍著。眨眼間，焦煥和老妻已下了這道山崗，袁承烈把這三匹馬的韁繩全往一處一結，飛步上崗，到了上面。只見那老夫婦已奔了一條曲折難行見的草徑，所經過的地方，盡是一排排的小樹，和高與人齊的荊棘和荒草。跟著再看時，這老夫婦已經被叢蒿蓁莽蔽住。

袁承烈張目遠望，想不到二老竟這樣走去，突然不辭而別，不住嘆息著，退下高崗，自己懶洋洋地騎上一匹馬牽著兩匹，竟從原來的道路走回。順著那平坦的山道，奔山外走去。

走出也就是三四里光景，這一帶難是不難走，只是已在佛力山中央地帶，哪有個人影子？只有一群群奇狼怪鳥，不時被袁承烈的馬匹蹄聲驚起，再也看不見別的。空山寂寂，在道上走著，心中十分悶倦。趕到又走了四五里遠近，眼前見是一片樹林，山風吹處，唰啦啦時起繁響。袁承烈將將轉過這片樹林，突聽得身後高堤，有人招呼：「袁承烈慢走，我還有話吩咐。」

跟著一扭頭，只見從樹林墜下一人，正是冀北人魔焦煥的老伴焦老婆婆。袁振武從見她老人家面起，就沒見她正式施展飛騰絕技，這次看得清清楚楚，敢情這夫婦二人全是一身絕技。只這種輕飛迅捷小巧的功夫，已非常人所能望其項背。當時這一聲非同小可，忙即翻身下馬，搶步上前，口尊：「老前輩追蹤弟子，可是有什麼吩咐嗎？」

老婆婆來到近前，止步站住，依然是老態龍鍾之色。這位焦老婆婆雖是追趕自己這麼遠，這般年歲，居然氣靜神寧，呼吸勻停，絲毫不帶奔馳

的跡象。莫說自己比她老人家，相去何止天壤，連身負三絕技的太極丁，也沒有這麼純的功夫，不由越發驚嘆。焦老婆婆道：「承烈，你可不要把我們夫婦的心意看左。聽我把口風說與你，可不準你隨意胡來，那就辜負我們待你的心了。」袁承烈見焦老婆婆這麼遠的奔來，定與自己有要緊的話，隨滿口應承道：「老前輩放心，弟子一切事唯命是從，絕不敢妄自主張，請老前輩指示一切。」

這位焦老婆婆立刻說道：「承烈，此次我們匿跡荒山，並非專是避仇躲禍，不過現在就著敵人未來之先，略事預備。跟你分手之時，見你依依不捨之情，令人心感。我們也深盼事完之後，早早與你相聚。你可要記我們告誡，不可忽視我們的話，不到教你來時，可千萬不要來。我們此次從佛力山黃沙嶺，沿著那條孤嶺往東下去，走到嶺頭，約莫有十六七里，那地帶越發荒涼。那裡有一片松林，橫阻著往東去的道路，看著是無路可通，可是只要方向不弄錯了，穿著松林往正東走，只有三里多地，就可以穿過這片松林。若是走錯了方向，不論往哪邊走斜了，也不易再出來了，過了這片松林，就是佛力山最高峰接天嶺。到了接天嶺，再往東南不足二十里，便是千豹峰。那裡是此山野獸最多的所在，我們就在那千豹峰落腳，你在半年後，如果思念我們，可去尋找。屆時我們如能尚活在塵世，必是已把強敵克復。倘或尋不到我們，必是已經埋骨荒山，我們只可來世再見了。你可要聽從我們囑咐，不可早去，去時必酌準了早晚時候，你能夠依從我們的話嗎？」

袁承烈一聽有了指望，正悲喜交集，立刻答道：「弟子蒙老前輩推誠相待，敢不拜命。弟子謹遵老前輩的囑咐，半年後，到千豹峰相見。但願老前輩逢凶化吉，遇難呈祥，能夠令弟子追隨左右，弟子於願已足。」焦老婆婆立刻把手一揮道：「對！相見有日，去吧。」跟著翻身一縱，捷如飛鳥，沒入探林，轉眼無蹤。袁承烈欣然自慰，想不到有這種遇合，立刻打

定主意，現在既已知道這位老前輩的下落，倒不必忙在一時，現在要是跟蹤趕了去，就許好意反成惡意，招他老人家的厭煩。聽他老人家說過，他的仇人找來，總得在三個月左右，自己這時先往邊荒一帶轉一周，如有所遇固好，屆時自己悄悄趕去，雖不能助他老人家一臂之力，自己能夠不露面還是不露，暗中也見識見識老前輩的對頭，究有多大本事，致令名震江湖的焦老前輩夫婦那麼重視。萬一自己有可以相助的地方，也許暗助一臂之力，不致就會找老前輩的招惱。

袁承烈打定主意，遂先趕奔饒河州。到那裡落店時，用袁嘯風的名字落店簿，教店家把兩匹馬給賣掉。稍住了兩日，仍然起身往北走，到昂甘喀蘭山，奔河套，繞邊境，到處訪尋武林名家，技擊妙手。只是一晃兩個多月，不只毫無所遇，反倒一再撲空，教自己十分灰心，每到一處，自己必要向人打聽當地誰是武林前輩，哪裡有好武師，雖不能到處有，可是隨便到一處，總可以聽到人談論，某人武功怎樣好，以什麼兵刃成名，曾經跟已成名多年的老武師較量過，兩人才打了個平手。

如此聽來，關外練武的人不能算少。說的人又繪影繪色，形容如真，袁承烈在先聽到有這種能人，豈肯失之交臂，滿腔熱望撲去。趕到一見著，不是徒負虛聲的把式匠，就是盤聚當地的匪棍，袁承烈連著撞到幾處這種路道，漸漸明白了盲目訪求能人，不啻緣木求魚，白落得一肚皮悶氣。更知道真有非常本領的，絕不會這麼輕炫輕露。像荒原所遇的冀北人魔焦煥，名震大河南北，不是自己被官役趕得誤投他家，哪會知道住在那荒野裡的賣饅頭的老貧婆，和病廢的老人，竟全是風塵俠盜呢？

連連碰壁漸漸灰心，輕易不再作那種冒昧的舉動。一晃已是深秋，塞外天寒，在邊荒游落得實覺意味凜然，心中計算起來，已距焦老英雄與仇家會面的時期不遠，遂決計投奔這位老前輩。如能收留，多少傳給自己一點武功，也不枉遊蕩了這幾年，遂從邊荒折轉來，自己仗著有一騎快馬代

步，免卻許多勞頓。

　　這天來佛力山境，自己一想，當日焦老婆婆趕來，雖是把地勢說與了自己，說是他夫婦在佛力山人跡不到的千豹峰隱居，雖則是有了地名，可是明明說是那裡見不著人跡，連獵人錯非有純功夫，或是走迷了路的，誤撞到那裡，終年不會見到人跡。那麼自己去了，深入這種荒山，沒處打聽路道，能否到得了，卻是個疑問。萬一找不著，再把道路走錯了，定有想不到的意外危險，此行實是拿命去換未來的前程，自己必須有個預備才好。袁承烈想到這裡，這匹牲口還是不騎的好，倘或到了山深處，只宜步行的地方，反為牲口所累。打定了主意，遂在佛力山口外，把牲口賣掉。自己在店中把乾糧預備一袋，除在東邊魯家園子帶來的十香鹿脯，又買了些可以收存放的乾菜，全打點好了。自從身到塞外，雖則沒遇上有奇技異能的人，自己可不敢輕武道中人。就是遇上幾個跑江湖餬口的，以武勇標榜，徒負虛聲的，也是敬而遠之，不敢隨便輕視，故此絕不肯把自己有武功的形跡，示露於人。連兵刃全不預備，只用一柄手叉子，作為護身之用。結束好了，背起包裹，隨即起身。

　　入了佛力山，時序已深秋。關外氣候特別冷，山裡頭尤其山風凜冽。袁承烈雖則來到關外數年，可是在酷寒的時候，還沒在荒涼山徑裡走過。此時未入嚴冬，自己只有一身初冬穿的棉衣，又因為身邊帶著乾糧，衣服太多了覺得麻煩，更覺沒有多日耽擱，索性容到有了準安身之處再置備，這一來可上了當。進山的第二日，山裡的風起，已覺得有些衣服單薄。但因邊山一帶還有人家，一到日沒時，早早投宿，還可禦寒，也不甚覺酷冷，投宿時，山居的人除了樵採的，就是獵戶，人家見了他這種行裝神色，未免有些懷疑，遂向他盤問進山來做什麼，袁承烈只說是自己有個胞兄，在這佛力山當獵戶，這是找他胞兄來的。別人看他情形可疑，好在投宿時還規矩客氣，遂也不再追問，只說若是有投奔的地方還可以。因為他

穿的這身行裝，倘若一變天，非凍壞了不可。等到入山以後，全是貧農人家，就是袁承烈想置辦這些衣物，也沒處置買去。袁承烈趕到找到黃沙嶺，已走了三天。其實道路並沒那麼遠，只因從北山口入山，道路全走錯了，所以多走了許多冤枉路。

趕到一過黃沙嶺，便沒有常行的山道，樹木叢莽，滿山谷裡到處阻滯得無法穿行。崗巒起伏，僅僅有幾段樵採的小徑。

趕到入山愈深，連那繼續樵徑全沒有了，路上崎嶇，更加難走。趕上晴天，有太陽照著，還不顯怎麼樣，一趕上山風大起，日被雲蒙，居然比內地的嚴冬時候還要冷。袁承烈十分後悔，入山時只顧了預備乾糧，卻忘了這一帶氣候很冷了。有心轉回去，又想到這種難得的機遇，自己怎好白白錯過，遂打定了主意，不論受多大艱難困苦，也要拜見這兩位老前輩。自己遇到實在太冷的時候，揀那平坦的山道上，練一趟拳，立刻把身上的血脈活開了，稍覺可以禦寒。趕到過黃沙嶺的第三天上，才找著那片松林。自己覺著方向並沒走錯，可是按那日老婆婆所說，度過黃沙嶺，不過十六七里的山道，就是那片松林，怎的已經走了兩天多，還沒見松林的影？這真是怪事。可見山行最是困難，明明方向走得不差，無奈心想往哪裡走，哪裡竟是絕澗高峰，沒有通行的道路，任你多麼會辨方向，也教你走迷了。

袁承烈又走了一程，趕到一入松林，袁承烈越發步步小心，不敢絲毫大意。只是此地人煙絕跡，松林連綿，全是千百年來無人採伐，有的年代久的，竟有數抱粗的巨樹。上面的樹帽子又大，遮天蔽日；有時好幾箭地見不著天日。容得有露出天光的地方，再辨方向，已錯走了好多道路。袁承烈自幼生長富厚之家，雖然身入江湖，總是沒吃過多大苦，此時走到這種荒山裡，衣不禦寒，飲食無地，夜宿山崖古洞，說不盡的苦況，時時得提防猛獸。好容易走過了千百年的松林，山路益形險惡，氣候愈冷。自己

心想，照著老婆婆所說，必須到了接天嶺，再走二十里，才到千豹峰，他們夫婦就在千豹峰下匿居。

　　若是按平常行路，不過走半天就可以到了，只是天公有意給袁承烈加些苦了吃，才出了松林，天上烏雲密布，朔風凜凜，頗有嚴冬景象，袁承烈原本想到山道難行，自己計算到新走的山道，最多不過三天。還算是沒少預備，所事的乾糧尚夠五天用的，可是在邊疆海口，帶了兩小匣魯家園子的特產，十香醬鹿脯，這種路菜是東邊的特品，不僅終年不變味，就是最熱的三伏裡，也絕不會壞。當時本打算沒有別的孝敬老前輩，想到老前輩，山居不便，伙食一定很難得的。東西雖薄，總還用得著，這種江湖人，必要投其所好，這點東西帶去，雖不值錢，定能稍博老人家的喜歡。這一來無意中反倒救了自己的急，走到第六天上，所帶的乾糧已吃完，只好用這鹿脯充饑。自己覺著方向沒弄錯，可是怎麼走了一天，只不見什麼高峰，袁承烈此時十分懊悔，心想要早知這樣，怎麼也得行裝食物預備全了，這一來天上降雪，一個找不著這位老前輩，不餓死也得凍死，不過現在後悔也有些來不及了。遂冒著颯颯的寒風，走著崎嶇的山路，往前走，登崖，越澗，有時道路不通，真得攀藤附葛。這樣翻過兩處崇崗深澗，心裡一鬆，見數箭地外，一排插天高峰宛如屏障，這種情形必是插天高峰無疑了。當時的精神一振，也顯著道路好走多了，但是剛一鬆心，天上的烏雲越發沉了，趕來到離峰最近一道山嶺上，這裡一叢的小樹，一人多高的荒草，倒足可以藏身，遂先從密菁中往前試著察看。

　　只見那嶺下形如一片廣場，比他藏身的地方矮著兩丈餘，只是這片地方十分奇特，除了一叢叢的參天古樹，就是棱棱的石筍，犬牙交錯，十分難走。在高峰下，形如一面城牆，上面掛了不少積雪，雖是將到嚴冬草木全枯的時候，但是這一帶多耐冷傲寒的樹木，松柏樹仍然是綠生生的，十分古茂，地上的荒草，雖色枯黃，只因沒人去芟治，依然是亂蓬蓬的，遮

蔽著道路。

這時袁承烈仔細查看了半晌，只見下面寂靜無聲，不似有人到過這裡，可是凡是行人的地方，地上除了突起的石稜，所有較平坦的地方，滿似有人修整過，袁承烈在這因為離著峰下，還有二十多丈，又有樹木荒草遮蔽著，不能把峰的全貌入目。想要下去，見往峰下去的道路，除了明現著的一道斜山坡，別無道路可以下去，只是峰下又不見人家，似乎可以下去察看察看。自己想到已經食糧斷絕，盡自耗下去，危險實多，遂不再顧及一切，從一叢茂草往外移身，就在身形剛要出這隱身之地，突聽得離開自己面前約有十幾丈遠的一片小樹叢中，唰啦的一響，袁承烈聽覺靈敏，急忙縮步，向那邊察看，只見樹叢中隱約是兩人，全是一身青衣，身形很是輕快，一晃就看不見兩人的蹤影。袁承烈和冀北人魔焦煥夫婦相處的時候雖然很暫，可是因為彼此間一見如故，所以心目中已存了兩位老前輩的影子，此時林中人雖只一瞥，可是已認定絕不是焦老前輩的蹤跡，自己心裡一動，兩足輕步隱蔽著身形，從密菁中往前進身，察看在轉過對面那片樹林的一角，竟看見兩人竟從那片林中躥出。這時暗中已然看清，兩人是一老一少，老的可不很老，少的也不很少。這個老的年約五十上下，身形瘦不露骨，黑髟髟一張臉面，目射英芒，兩撇燕尾黑髯須長不盈寸，身上搭著一個長約三尺的包裹，身形矯健。那個少年也有二十六七歲，細條身材，只是眉宇間頗現奸猾之色，也是身上搭一個長形包裹，兩人先後施展身手，只一點地，騰身躍起，竄向另一叢林木裡，身形立隱，袁承烈一看那兩人舉動，覺兩人實非平庸之輩，遂更加了一番警戒，自己伏身在這片荒草叢中。唯恐出了聲息，驚了來人，自己一挪動，這片荒草必要發出聲來，必要等待那山風過處，草木全受了搖動了，自己才借勢往外移動，待了很大工夫，突然離自己站的地方，只隔著丈餘，荒草唰啦的一聲響，這一下把袁承烈驚得幾乎出了聲，想不到這兩人竟同時也躥進荒草裡，這真

是突如其來。袁承烈生怕兩人，只要往這邊一湊，自己非被他發覺不可，並且自己又不能在這時躲避，只要一有聲響，絕瞞不過這兩人的，索性伏下身去，靜以觀變。那兩個人伏了不大工夫，那年輕的忽的低聲發話道：「師叔，他們分明在這峰落了腳。就那岩洞中情形看起來，一定是在這裡住了很久，他們絕不會離此他去，可是怎會沒有兩人的蹤跡呢？」那年老的也悄聲答道：「我不是囑咐你了嗎，沉住了氣，這兩個老鬼不是容易應付的，所幸那老鬼還沒離開拐杖，洞門裡那根棍子，不是已用壞了一根木拐嗎，現在沒在這裡許是因為已有了雪，恐怕往後食糧斷絕，再見不著野獸，豈不把兩個老傢伙餓死。所以他們盡自不回來，許是搜尋野獸，預備冬糧，我們無論如何，也得暗中先察看他們一下兒，我們絕不能冒昧下手。」

那少年略一沉吟道：「師叔倒說得不差，可是我總犯疑惑，我聽我師傅說過，這兩個老怪物，足智多謀，十分扎手。別是再弄什麼花樣，強龍不壓地頭蛇，這裡他雖也是客居，可是總算早在這安下根，我們是人地生疏，別再著了他的道兒？」老者道：「他們的詭計不可不防，可是諒還不致就讓他制住了咱們，我看咱們無須在這耗著，咱們還是回那裡歇著去。」

說話間兩人身形移動，不一刻，已離開這片草叢，袁承烈始終屏息等待著，更看準了他兩人的去路，自己容這兩人走遠，轉過了一片樹林，遂輕身縱躍，跟蹤過來。只見這一帶的樹林後，是一片較高的危崖，袁承烈到了崖頂上，慢慢探身往後查看，原來那兩人竟自在崖後一座石穴裡存身，袁承烈只伏身看著，只見兩人把身上的包裹解下來，放在身旁，各據一塊巨石坐下，那少年卻從石洞裡提出一隻荊條編的提包，從裡拿出兩隻水袋，一個盛食物的軟包，裡面盛著醃肉、炒米、饅饅，各提著一隻水袋，且啖且飲，十分愜意似的。一陣風吹來，吹過一股子濃烈的酒氣，袁承烈這才知道兩人所喝的不是水，敢情是酒，莫怪這麼涼天，兩人越坐越

熱得面上全透著紅了。

這兩人在先只是盡力地吃喝，這時老的把水袋的口塞嚴放下，向那少年道：「我只怕他有個萬一遇了意外，已經『吐露點』可把我害苦了，你想那件東西，他們未必帶在身邊，必然隱藏在別處，兩人一遭意外之禍，那件東西定然白白的埋葬在荒山裡，我們恐怕再沒有得他的指望了。」說到這裡，那少年立刻眉頭皺了皺，向那上年歲的說道：「我看還不至於落到這步上。咱們好在食糧足夠耗個十天八天的，我們待著也是閒著，索性往後山再探一下子，倒是看看後山有什麼地方，萬一他兩個已不在這千豹峰下，我們豈不是白等了嗎？」那年老的似乎無可無不可地站起來，那少年把地上放的食物全收進洞去，兩人並不把包裹繫在身上，飛身縱上崖壁，眨眼間沒入荒林蔓草中。

袁承烈容兩人走了一會兒，自己暗中打定主意，遂踴身躍上崖頭，這次卻是分毫不敢大意，腳下全揀著草隙走，恐怕腳步太重了，把這附近的草踐踏得太顯出痕跡來，容易驚覺了雪中人。到了先前他兩人坐的那兒，見外面沒有什麼，那石洞原來被荒草遮蔽得只看見一片崖壁，不是先看著雪中人出入，極容易被矇混過去，袁承烈到石洞口往裡一看，敢情這石洞裡面有一間小屋，要是兩人全在石洞裡歇息，全得坐著，他們方用完的食物，袁承烈仔細一找，才找著，莫怪這雪中人一老一少，存置食物那麼放心，不怕被野獸給飽了饞，原來洞內石壁上離地四尺高有一塊崩塌的，正崩下一個石穴，裡面能存許多物件，口上用一塊重有二十餘斤的巨石，堵在那裡，任什麼也鑽不進去。

第四章　少年客洞崖搜奇

　　袁承烈看明白了。心想：我袁承烈走入江湖，自立定志願，要不貽門戶羞，不取不義之財，哪又知道，今日竟來到佛力山中，竟擠得壞了操守；看起來為人真是蓋棺論定，我今日一偷取他人食物，就算跟嬬婦失節差不多了。可是剛一要搬那堵穴口的石頭，又把手縮回，這麼欲取又止的好幾次，恨聲說道：「管他那些事呢，我又不是見財起意，有什麼對不住自己。」遂把那塊石頭搬下來，往地上一放，見裡面盛菜的荊條小菜簍子，乾糧袋和酒瓶子，幾樣的冷食，每種全是許多，足見雪中人，入山後已打定了主意，預備可以吃十天八天的，可見他們有備無患。袁承烈不敢盡自耽擱，自己把食物拿了兩樣，趕緊把其餘的原封裝好，放在原處，仍把石頭給堵好。自己轉身形竄進草叢裡，把包裹包紮好了，往背上一背，胸前斜打麻花扣，收拾好了，繞著竄上高崗往前看了看，見前面是亂山起伏，看出很遠去。自己心裡索性且自由他，遂折轉身來離開崖上，仍然藉叢草樹木隱身來到千豹峰對面，只見峰下仍是靜蕩蕩地跟方才是一樣的情形，自己回頭看了看來路，也並無一點別的跡象，輕身縱下山坡，時時藉著一排排的樹木隱身，趕來到峰前，只見壁立的石屏下滿長著荊棘藤蘿，這一座峰腳足有十幾丈長，可絕看不見哪裡有洞穴。袁承烈看著好生疑惑，方才明白那雪中人已指定是這裡，兩人向這邊看那麼些時候，哪會錯的了，並且絕不會崖洞開關在峰腰上，可是這片藤蘿倒足可隱蔽，袁承烈想到這，驀地想起，自己實在是矇住了，這藤蘿長得過密，大約在這裡了。想到這遂不再隱身，急忙現身出來，仔細察看，果然不大工夫就被自己發現有一段的藤蘿，全是乾枯的，趕到撥開一處，原來根子早已拔下來，浮搭在地上草棵子裡。趕到再撥著一細看，那洞門突現，這座石洞門

前有五級石凳，所以洞門較地面高出四尺多來，儼然製了一副木門，袁承烈隨即上了石階，見木門虛掩著，自己大著膽子輕輕把門推開了一些，側著身子往裡偷窺，洞中本應當黑暗的，可是石洞裡雖沒有外面亮，可也不很黑暗，只見裡面卻是空空洞洞的，自己放了心，把門推開，進了石門，轉身先把門掩上，雖明知道是焦老前輩所居，可是總以為能親眼看見老前輩，萬一這裡不是焦老前輩，這人貿然回來，自己無故侵入人家所居，對方雖以強暴的對付，自己無言答對。總以小心為是。把門掩上，還怕洞中人貿然回來，自己躲避看視木門後有一塊石頭，看情形正是頂門用的，可是份量太重，自己費了很大的力氣，才把這塊巨石挪過來，估計這塊巨石，足有三四百斤重，仗著是在地上，自己尚能勉強地搬動，若是想把它硬從地上扳直，自己實沒有那麼大的膂力。袁承烈把門頂住，這才轉身往裡走，一過洞門是很短的一段過道，再往前，裡面地勢很大很寬闊，成半圓形。上面有兩處天然的洞穴，倒做了這座石洞的天窗，故此洞中並不顯得黑暗。袁承烈一面注意到外面響聲，輕著腳步，進裡面細看，深服焦老前輩夫婦果然是英雄豪俠的胸懷抱負，畢竟與平常人不同，這份堅苦卓絕的地方，一覽無遺，只在靠左邊右壁下架了一副木鋪，並沒有整潔的木板，只用那剝去樹皮的較直的樹枝子搭架的，上面鋪著一層葦草，葦草上更鋪著一層豹皮，床裡石壁上掛著一隻極大的葫蘆。迎面用厚約尺餘，長約四尺，寬約二尺架起一架石案，上面放著一隻四不像的燈臺，這隻燈臺，用一塊天然較齊的石筍，把尖上削平了，鑿了個凹窩，裡面放上摺脂，擱上幾枝細草做燈用，石案上另有幾隻碗和一把壺，袁承烈認識是入山時帶來的，石案兩旁還是兩個石墩，當作坐具。靠右邊石壁上，是一個用石塊架的火灶，旁邊放著一隻銅鉢和一把銅壺，全被煙火燎得烏黑，僅平常摸的地方，略辨本來面目。在牆角的牆半腰，用木柴架起一個粗笨的木架，上面擺著些烤熟的肉食，和一瓦罐棗酒。牆上還掛著幾隻風乾了的

鹿腿和鹿脯。袁承烈看到這種情形，已確知這裡是焦老前輩所居了。自己看了看那木架上的食物，實非平常人所能忍受，自己雖則放了一半心，可是這一不見兩位老前輩的蹤跡，又有些懷疑，焦老前輩夫婦怎竟全離開這裡，這樣看起來，焦老前輩竟遇了意外也未可知。當時袁承烈滿腹狐疑，看了看天色已到了酉末戌初，自己趕緊退出石洞，恐怕焦老前輩回來被他撞見，太不合適，遂把木門給帶好，撥開遮蔽洞門的藤蘿蔓草，先往外看了看，見沒什麼可疑的情形，自己遂仍然從那片草徑裡飛奔上對面的山崖，自己仍然在那片樹木叢中隱住身形，耐著陣陣寒風，把身上帶著食物拿出來，因為是腹中饑餓過甚，不過聊解饑渴，在這寒風料峭中，吃這種冷食，實在是不宜，可是也無可奈何。

當時自己既要留神那對面崖洞，更須留神那兩個雪中人，這時天色漸晚，暮色蒼茫，處處的煙封霧鎖，遠處已經看不真切，遂坐在這座樹林中，這種時候任什麼看不見，只有等待月光上來，再察看下面情形。自己一陣陣幾乎不能耐這種寒冷，坐了一個更次，東方月光漸漸湧上來，袁承烈站起來，從樹隙中往外看時，只見對面石洞一帶，靖疏疏的看得清清楚楚，就在這時，突見那片藤蘿往兩下一分，從裡面出來一人，在月光下看出正是自己捨死生之心地奔了來投奔的前輩老英雄冀北人魔焦煥。袁承烈驚喜之下，幾乎喊了出來，自己遂強自忍著，先看著這位老英雄作何舉動，這位焦老英雄出得石洞，在這一帶空曠的地上轉了兩周，隨即轉身向石洞連擊了兩掌，那蔽洞門的藤蘿一分，又出來一人，正是那位焦老婆婆。袁承烈越發驚疑，心想自己始終沒離開這裡，怎會有兩人進石洞，自己竟毫未覺察，這真是怪事。自己遂伏身察看，是兩位老前輩，湊到自己隱身的樹林前。袁承烈是居高臨下，焦老夫婦是在下面，所以說話的聲音雖不甚大，可也聽得十分真切，只聽那焦老前輩說道：「我看時日已然緊迫，他們沒有多日的延遲了，我們最近務要留意，別教他暗中侵入，這一

帶的草木，還是全除去，免得阻礙著。」

那老婆婆卻冷笑一聲道：「我看還是留著的好，有這片草木拿它還當作網呢，他只要一到，必借這天然的隱身的屏障，看我們虛實動靜，我們即以其人之道，還治其人，我們索性就借這片草木反來監視他們。四娃送信說是蕭二蠻子，不僅是他個人來，大約還許邀了幫手，可恨四娃兒辦事太荒唐，就沒把二蠻子究竟邀的是哪路人物摸清了，看那種來去慌張樣兒，要不是我們信得及他，真不敢再教他出去了。」

冀北人魔焦煥從崖下走過去，又聽他似帶著不屑的口吻說道：「我倒絲毫不走四娃的心，那小子，雖是賊滑得令人沾他全頭疼，可是他卻是真得過麻面溫佛的真傳，不要小看他，就是那身輕功，北派中，就找不出多少是他的對手的，莫看他信送得慌張，我倒真信得及他，絕不會錯誤，只是這小子的頑皮的毛病，依然改不了，方才我看洞裡的食物像有人動了，你卻說我多疑，其實我倒不是疑心那對頭蕭二蠻子。蕭二那老兒的短處我是盡知，莫看他功夫怎樣好，他無論怎樣的小心，凡是他到過的地方，多少總要留點痕跡，只要是他到了，應該他還逃不過我的眼去，所以我疑心是四娃兒沒走，他也許是不放心我的事，知道明說是不成，我絕不會容他在這裡逗留一日，他暗暗藏起來，他別的全成，就是餓不起，嘴又饞得屬害，就許趁咱們住後山，來偷嘴吃，你說我猜的許是吧？」

這時兩人已各據一塊石頭坐下了，那焦老婆婆卻仍怔怔的似在想什麼，這時忽然探了探頭道：「我總覺著你說的固然近理，只是不大怎麼像吧，四娃兒是個忙人，錯非咱們的事，他肯跑到關東來嗎？你別太量大了勢，萬一那蕭二蠻子，早來到佛力山，要先摸清了咱們的底，也未可知。我們還是各處找一下才好。」

這時冀北人魔焦煥似乎心意較比方才活動了，遂點點頭道：「不是我固執己見，實因為我對於蕭二蠻子知之較深，所以敢斷定進我們石洞的定

非是敵手，我們先到後洞安置安置那個玩意，索性把它弄好了，免得臨時措手不及。」焦老婆婆點點頭，兩人說著站起來，焦老婆婆道：「你看今夜月色很好，天氣別再緩的回暖了，你這最後一著可就要用不上了。」焦老英雄抬頭看了看天空說道：「不要緊，這遼東的氣候苦寒，氣候風向只要一變，就不易再回暖了，你不要以為天晴了就可以再暖起來，那是絕不會的。」

袁承烈暗中聽著，有的聽清楚了，有的沒聽清楚，大致總明白，暗中詫異，他們預備對付強敵，聽說這蕭二蠻子定是自己所見那兩個人中的一個，只是那人分明是北方口音，怎竟管他叫蠻子。還有那天氣的寒暖毫無關係，焦老婆婆竟會看得那麼重，這全是非常的舉動，自己倒要看它個起落。忍著深夜的寒風，靜看著那焦老前輩的行動，這位焦老前輩負手來回在洞前空地上踱了兩趟。

這時忽地從洞前荊棘叢中颼的飛起一隻蝙蝠，這隻蝙蝠兩隻肉翅展開，足有尺許，焦煥已經轉過身來，被這蝙蝠飛的聲音驚動得駐足回頭，很不耐煩地說道：「討厭的東西，我記得這裡沒有它的窩了，怎麼還有這東西？索性把它除了吧。」焦老婆婆卻說道：「咱的石洞已沒有它的窩巢，免不掉的別處飛來的，何必跟它慪氣，好歹也是條性命，讓它飛去吧。」冀北人魔焦煥冷笑道：「女菩薩，又把慈悲心勾起來了。你要是想作善人，只怕不容易吧，這座佛力山僅獵戶就有五六十人，這還是些坐地整年倚這佛力山獵獸為生，那臨時向這裡遊獵的，還不在數。這要論到殺生害命，不知每年得作多大孽，你把這全山的獵戶全養活著不教他們再打獵，那可以少殺多少生、少害多少命，善人，活菩薩，你說是不是？」

焦老婆婆憤憤說道：「我說了這句淡話，就勾出你這些閒話來，你少作孽吧，有我們這樣善人，世界上全是善人了，你口角上別作孽了。」正說著，忽見那隻找死的蝙蝠又飛了回來，只在這一帶盤旋，冀北人魔焦煥

向老婆婆說道：「你看這東西多討厭，這可怨不得我，索性我教它留在這吧。」說著一伏身，似向地上拾起一點什麼，抬頭就看那蝙蝠，焦老婆婆忙不及地攔著道：「你看我的吧，我試試手法怎樣。」冀北人魔焦煥竟縮住了手，也是這隻蝙蝠活膩了，非找死不可。焦老婆婆雖也是縱橫江湖的女盜俠，可是在大江南北綠林道中也做過不少驚天動地的事業，這時怎會見了這麼頭小小生物，就不忍害了呢？

這就是惻隱之心，人皆有之。並且終歸是個女流，更兼已到了垂暮之年，火興全消磨殆盡，錯非是切身利害，引不起殺機。

當焦老婆婆知道丈夫的怪脾氣，無論大小事，向例不準人攔阻。有時他本是不經意說句話，想做一件事，你若不理他，也許說過就算了，可是若是不知道他脾氣的，貿然從旁一勸他，這一來明是可以不做的，他非做不可了。他們這患難夫妻，固然可以另當別論，並且老婆婆也犯不上因為不值的事跟他鬥口，因為他一想打這頭蝙蝠，知道他只一舉手就可把這隻蝙蝠入掌握，自己故意用閒話略一阻攔，不過心中想把這隻蝙蝠驚走了，讓它逃這條命。哪知它突然不走，既見人魔已撿起了石頭子，知道他手法過重，一動手，蝙蝠準死。自己不知怎麼的一心衛護起這隻蝙蝠來了，遂說了聲：「我試試我的手法怎麼樣，擱生疏了沒有？」焦老婆婆還是想略打傷了它一點，它還會不逃走麼，說話間一俯身，撿了一枝樹枝子，信手折了一段，這時那頭大蝙蝠正在盤旋著重又轉了過來，焦老婆婆喝了聲：「該死的東西，偏來找死！」那枝樹枝兒脫手擲向空中，吱地叫了兩聲，蝙蝠在空中受傷往下墜，快要到了焦老婆婆的頭頂上，唰的又飛起，吱吱連叫著，向西南飛去。冀北人魔焦煥哈哈一笑，挑著拇指叫道：「果然名不虛傳，這一下蝙蝠傷得不輕了，你看這不是血流下飛到我手上一點嗎？」焦老婆婆搖頭道：「這一說我的功夫可實不行了，這麼打傷這算是巧勁吧，我是向它胸腹打去，教它受傷仍能活著，這一來它飛不多遠去準死。」兩

人一邊走著，一邊仍然說著話，就在這時，突然聽得西南一帶的黑暗空中，絲絲呼呼的風聲夾著一種異聲，似乎像是蝙蝠的叫聲。這時冀北人魔焦煥和老婆婆已經全聽見了，全止步回頭向空中察看。

只見從西南上忽忽地飛過來一大群蝙蝠，有三四十頭，大的兩翅展開足有二尺多寬，小的也有尺許，齊向這廣場飛來。

當時袁承烈在暗地裡不禁驚異，心說，這真是尚未聽說過的奇事，原來山林草野，行圍打獵，殺生害命，本是常有的事。要說是殺一頭野獸，就得防它報復，誰還敢做遊獵的生涯，只是現在這種情形，分明是方才被打傷的蝙蝠，因為無故被傷，勾來同黨前來報仇，若說是適逢其會，沒有這麼巧的，這裡要有蝙蝠的窩巢，還有可說，只是這裡沒有它的窩，這種兩類獸，雖是畫伏夜出，也輕易看不見這種成群結隊的，眨眼間已然證實，果然這種獸是因要報復來的，到了這裡，並不再向前飛，全在半空中盤旋起來。

那冀北人魔焦煥，已然看出這群蝙蝠來勢甚凶，向焦老婆婆說了聲：「你得留神，這群東西大約是找咱來的吧。」果然這句話沒住聲，突有四五隻大的蝙蝠往下撲，紛向冀北人魔焦老英雄夫妻的頭面噬來；雖則這種怪禽不是什麼屬害東西，可是飛得既快，更兼發著凄厲的嘶號，在這深夜荒山，令人毛髮皆豎。焦老英雄見到這種東西，居然這麼可惡，一聲怒叱，往旁一縱，竄出兩三丈去，這四五隻蝙蝠撲空，那蝙蝠群中又有七八隻，結隊展翅齊向焦老英雄落處撲去，這邊焦老婆婆也被蝙蝠追到，也仗著輕靈的身手，飛身避開，只是盡自閃避是不成了，這群蝙蝠比平日裡見的凶厲，追噬的一步不肯放鬆，可是這群怪蝙蝠算是遇上了煞星。冀北人魔焦煥，見這種東西留著它沒用，除了它也不算殺生害命，立刻撿那撲到近前的揮動鐵爪，立刻擊斃了六七隻，焦老婆婆卻也折了一段枯荊條，把欺到面前要咬自己的打得毛血紛飛，覺著這樣足可以驚走了，誰知都是死的

死，傷的傷，可是依然猛撲狠噬，冀北人魔焦老英雄不禁把怒焰陡熾，大聲叫道：「這真是氣死人的事，我們運敗時衰，就有這種教你嘔心的事。老伴別教這東西剩一個，你看還了得嗎？誰也防備不到他們也能作祟，手底下稍慢一點的，遇這類東西非教他折了不可。」

說話間，冀北人魔焦煥倏地一俯身，摸了兩塊石子，全有桃子那麼大，突然一合掌，全擊成彈丸大小，跟著往洞前一縱身，這回退去有四五丈，天空的蝙蝠想繼續追捕，就好像有人指揮似的，這次可好看了，焦老英雄掌中的碎石塊，像連珠彈似的颼颼的打來，石彈絕無虛發，撲過幾頭來死幾頭。可是那位老婆婆雖也覺著這群怪蝙蝠稟賦狠戾，自己仍沒像老頭子下狠手，依然用叢條護身，不到近前的不去追殺，焦老英雄可就不然了，因見死亡過半的蝙蝠，雖不像先前的猛撲，可絕沒有一隻逃走的，依然是行退又進，或是在這一帶盤旋飛逐，吱吱叫的聲音愈發淒厲，這一來更把個冀北人魔焦煥惹得火起。非把這些討厭的蝙蝠殺盡了不可。於是有那沒撲過來，或是撲過來又不逃，只在空中盤旋伺隙而下的，自己索性反追前去。焦老婆婆這時也感到這群惡蝙蝠實留不得，遂不再顧什麼殺生害命，手揚處，她這樹枝代箭，手無虛發，可是依然是沒了幾分焦老英雄手底下厲害。手揚處，石彈一出就是三四頭，應手而落，可是這一追趕，袁承烈倒加險。有時這位焦老前輩追逐到了崖下，隨手發石彈，蝙蝠逃竄得飛向樹叢時，石彈打入林中，袁承烈躲閃得稍慢，就被石彈掃一下，石彈的力量很大，不躲閃開，被打上就不輕，可是又不敢慌張，恐怕一個不小心，形跡就易敗露。這時外面把這群怪蝙蝠追殺得僅剩了十幾隻，這位焦老婆婆看到遍地鮮血淋漓，和死的蝙蝠東一隻西一隻，只剩那被打落沒死了的，尚在吱吱的驚叫做臨死的掙扎，按這種情形，其餘的任憑多麼兇狠，看到它的同類這樣死亡枕藉，驚心慘目，總該把其餘的嚇跑了，哪知並沒有一個跑的，這真有些不近情，看著非常怪道，焦老婆婆對這情形就

注了意，不大工夫，已看出來，原來這群蝙蝠竟有領袖牽帶著。這隻蝙蝠兩翅展開，足有四尺多，身形像個貍貓，兩隻怪眼，兩點閃爍的靈光，兩翅搧動展開，呼呼的風響，時發怪聲，這頭大蝙蝠在先本就在高處，因為它飛到五六丈高，成群的蝙蝠全在它下面，它叫的聲音雖大，因為有成群的嘶鳴，所以沒理會，這時蝙蝠已少了，剩了十幾隻，只要它叫一聲，凡是往後稍退的，立刻冒著石彈又衝上來撈噬，焦老英雄、焦老婆婆看準了，遂忙招呼道：「喂，你往天空上看看吧，這類東西還有首領，不把它除了可不算完。」

　　在這焦老婆婆一招呼的當兒，焦老英雄也發現高空有一隻巨大的蝙蝠，也不知是這東西已成了氣候，或是趕巧了，就在焦老婆婆語聲未落，那隻巨蝙蝠已經疾如電光石火般猛撲下來，帶著一股子勁風，挾著刺耳難聽的叫聲，竟到了焦老英雄的頭上，焦老英雄任憑身手多麼好，也有些猝不及防，手中的石丸，恰已打淨，只得往旁一縱身避開，就這麼快的身形，左肩還被這頭巨蝙蝠扇了一下，這時已經竄出兩丈餘，那巨蝙蝠更是矯捷得出奇，一擊不中凌空飛起五六丈高，二次撲下，焦老婆婆卻乘機發了兩支木箭，可是竟被這巨蝙蝠的翅膀輕輕扇掉，這時焦老英雄已撈到所拾起的暗器。這時巨蝙蝠三次撲到，焦老英雄略一側身，抖手就是一石彈。哪知這頭巨蝙蝠是狡猾得出人意料，雙翅斜著一抖，已經橫飛出三四丈去，跟著石彈嗖嗖的又趕著打到，蝙蝠又騰空而起，叫得越發慘厲，焦老英雄氣得罵聲：「該死的東西，難道我就沒法除去嗎？」說話間腳先一點地，身形飛縱起來，用一鶴沖天的輕技，跳起有三丈多高，掌中的碎石彈隨手打出，這頭怪蝙蝠又往右首一扇翅膀，嗖的一聲，橫撲向左首，冀北人魔焦老英雄猛然憑藉輕功絕技，往下微一沉，不容身軀下落，嗖嗖連打出三個石彈，竟沒容這頭巨蝙蝠飛逃開，噗噗全打中了，一聲慘叫，墜落地上，果然被焦老英雄石彈擊死，焦老英雄也隨著落在地上。天空中其餘

的蝙蝠全逃了個乾乾淨淨。焦老英雄和老婆婆看著地上的腥血淋漓的幾十隻死的蝙蝠，皺了皺眉頭，向那頭巨大的蝙蝠落處看了看，只見這頭巨蝙蝠雖是受傷不能動轉，可是不時還做最後的掙扎，一陣陣的兩翅振動，兩隻怪眼一眨一眨的，那渾身的肌肉不時顫動，看情形一時還不致死，焦老英雄看這巨蝙蝠怪模怪樣，長得這麼龐大的身形，兇殘的樣子，這時若遇見走單了的人，足可被它咬死。當時這位焦老英雄遂拾起一塊石頭，照定腦袋上砸去，一聲慘叫才算死去。

第五章　蕭蠻威脅羅刹女

　　老夫婦一商量，把這地上的死蝙蝠，全扔向山澗裡。地上的血汙，收了些塵土，滿墊了。這樣費了半個時辰的工夫，才把這一帶收拾乾淨。袁承烈在林木中靜靜看著，雖然山風凜冽，只被這驚心動魄的事，鬧得把冷全忘了，等到這兩位老前輩收拾完，進了石洞，自己才敢移動。只是四肢已幾乎被凍僵，在林木中活動了半晌，才把血脈疏散開。這廣場中雖是把那死蝙蝠的殘肢斷骨全收拾淨了，但是一陣陣山風過處，依然有血腥氣撲鼻。跟著那石洞前微光閃動，藤蔓分處，焦老英雄又舉出一支松枝火把來。火焰熊熊，火光中夾著一股子黑煙。這位老英雄原來是察看地上的未打掃淨的血跡，由那老婆婆拿著一柄荊條綁的掃帚，把地上的血痕汙跡全打掃完了。又耽擱好半晌，才見那冀北人魔焦老英雄站在那裡，笑哈哈向老伴道：「你看這一晚，倒真是意想不到的奇事。這樣看起來，我的際遇倒是真有些莫名其妙，造化弄人，實在是有不可思議的力量。我這人就是不服氣這種事，我倒要看看天爺就把我折弄到什麼地步。」老婆婆遂正色說道：「你在江湖道中這些年來，飽經世故，應該把火性全消磨淨盡。不想你依然是遇事捺不住火興。這樣看起來，你那日說的只要把這場風波闖過去，絕不再在是非場中留戀，要找一處依山近水的地方，買幾十畝良田，終老是鄉，今夜看你這麼易動殺機，哪能安享田園之樂？前日所說，不過是一句空話了。」冀北人魔焦煥冷笑道：「你這老婆婆，說出話來真是太似武斷，你怎就看出我說話不算數，我難道就被你看成這麼不值一顧嗎？」這老夫妻一邊口角著，一邊走了過去。

　　袁承烈一看，兩位老夫婦是由打這裡，轉奔後面，奔了千豹峰的轉角處。這時約莫已是四更左右，袁承烈心想：這時這兩位老前輩是往哪裡去

呢，我索性跟綴到底，倒要看看他們做些什麼。自己在暗中忍著一陣陣的寒風，穿著一叢叢的疏林密菁，來到了千豹峰的轉角處。

那位冀北人魔焦煥，已帶著老伴兒走出老遠去。那焦老英雄依然持著那支火把，這種火炬雖是僅用松脂松枝綁紮的，可是極其得用，越是燒到半截，火亮子越大，因為把松脂全燒化了，越有風，火苗子被風拔得越大。袁承烈離著這老夫婦已有半箭地，在這昏沉的亂山裡，遠遠的只這一片煙騰騰的火苗子閃動，倒不怕把夫婦失了蹤。走了不遠，見這老夫婦正是轉入了石洞的後面一帶。不過按著方向說，是石洞後，可是一座高峰的前後，就不下半里之遙，袁承烈看著十分詫異，心想這老兩口子往這裡來，打算做什麼呢？並且尤其可異的是，這一帶這種荊棘叢生的高峰背後，正是蟲蛇怪蟒出沒之處，怎麼走了這麼遠，慢說野獸，就連爬蟲也沒有，真是怪事。又往前走了不遠，更是岔眼了，只見較平坦的一座矮峰頭，上面約有二十丈方圓，也不像別處那麼荊棘叢生，大約是已經芟治過，地上只有較矮的荒草沒除盡，已經能辨的田地上的石路，易放著足。這位焦老前輩竟在這裡站住；隨即向那跟在身後的焦老婆婆低聲說了句什麼，將那支火把插在一塊巨石後，那焦老婆婆隨即從山根下一塊亂草裡，又取出四支火把來，就著這支已點著的火把，全點著了，分插在四下裡，立刻顯得這裡一片清幽微明的氣象。

這時袁承烈已看出這位老前輩必是另有所圖，自己也不敢欺近了，遂在遠遠的看著，還得顧慮著恐怕被他們老夫婦發覺了自己隱身之所。好在離得稍遠，更兼有夜風吹著，那一叢叢的野草被風搖撼著，有種種的風聲草聲雜著。袁承烈就是稍有些聲息，也不致被發覺了。這時這位焦老英雄忽站在那一塊巨石後，向那焦老婆婆指指點點地說著話，焦老婆婆立刻點頭答應著。袁承烈站得較遠，連一句也聽不見。僅僅望見兩人指劃，趁著這幾支火把照耀得光華閃閃，這才更看出這一帶地上，每隔四五尺，必有

一堆石頭。石堆也有整塊的，也有碎石塊堆起的，高有三尺上下，全是一樣高矮。這一片的石堆，估計約有六十堆，袁承烈漸漸看出了大概，遂靜靜地看著。

果然這位焦老英雄竟自把兩隻肥大的袖子捲起，從地上拾了一塊尖銳的石子，往鞋上劃了劃，把光石拋掉，回頭向焦老婆婆道：「你怎麼樣，可以陪我上去走走嗎？」焦老婆婆立刻搖頭道：「我沒有這種本領，你自己練吧。」焦老英雄立刻哈哈一笑道：「你哪是不敢，分明是看不起我這兩腿才好，不是你的對手吧，強求不是買賣，我倒教你看看我這初癒的廢人，還不在他人以下。」說罷，立刻把身形展動，腳下一點，颼颼颼颼的縱躍如飛往石堆上落去。身勢輕靈迅捷，令袁承烈看著懷疑這位焦老英雄另是一人，絕不會是自己三月前見的兩足拖曳著的情形。袁振武遂屏息靜靜地看著，這位焦老英雄是只揀那靠四周的石堆盤旋著，來回已轉了三周。趕到第四周過來，老英雄卻用拳勢飛騰縱躍，進退迴環，只用腳尖點著石堆的頭端，可是有幾次落的時候，稍用的力大些，身形一晃，趕緊騰起。

踏到三十餘處，袁承烈已看出這石堆上有些毛病了。逢是那一隻腳落在石堆上，身形顯得不穩的，那石堆反倒紋絲不動。可是反過來，那身形饒是一颼即起的，有時反倒石堆的尖上倒落下些小石子去。

這種情形已看出內中實有蹊蹺。果然在這冀北人魔焦煥，施展了十幾式後，業已看出那石堆實是暗藏機械。這種布置，定是想要暗算敵人，在他也施展輕功提縱術時，萬不會想到這種登石換掌暗中藏著計策。袁承烈看到這老夫婦的各負一身絕技，還要這麼處心積慮地來對付他的敵人，更可想見他這敵人必非易與之流了。自己並非過慮，這倒是袁承烈這幾年奔走風塵，無形中增長許多見識閱歷，自己又處處留心江湖上一切的行徑，所以深知江湖險詐百出，賢愚不等。自己多遇一件不平凡的事，就多長一些見識。今夜遇到冀北人魔焦老英雄，袁承烈已經了然一切。這種情形只

要稍知雙方的出身來路，武功造詣的，就能看這雙方的心意所在。因為冀北人魔焦煥是北五省的綠林俠盜，有一身非常的武功，平平常常的武林道中人，真少有被他看到眼內。如今為應付自己的敵人，竟不惜寄身荒山絕頂，鍛鍊了一身武功，自己依然不能自信，還要在正式較量之外，更設了這種狡計，想制敵人的死命，這就足以看出來這位老人雖有一身絕技，尚無十分把握，敵人絕非平常之輩可見一斑。

　　那焦老英雄，把這登峰換掌的功夫施展一過，趕到收住式，袁承烈暗中見出這位焦老前輩把這六十六處石堆全踏遍，那種不著一點浮躁之氣，內功若非已達爐火純青，絕練不到這種境地。這時這位焦老婆婆卻拔起一支火炬，把這所有的石堆全挨次查看。有的石堆踏動了的，重把溜下來的石堆兒堆上，內中竟有十二處石堆，與其他的迥然不同。在先只見這位老婆婆用些砂石往石堆的頂端堆積，可是後來才看出這種石堆全是用水潑過，凝結成冰。頂尖上用沙石蒙上，從浮面上看著，跟別處是一樣，只一著腳，就覺出任憑多好的輕功，一登上也得栽下來。袁承烈到這時才完全明白了，這是暗用無法著足的石堆來與敵人一拚生死。可是這種布置任憑敵人有多大的本領，也不容易討了好去。焦老婆婆把石堆全收拾好了，看不出一點作偽的痕跡，遂把火把的餘燼熄滅，夫妻倆這才轉過了這座高峰，回轉了石洞。

　　袁承烈仍然遠遠地跟綴著，到了峰根下，石洞外看了半晌，知道今夜不會再有事了。自己可是依然忘不了那雪中人，自己總怕萬一焦老前輩再受了暗算；遂仍然在那對面峰頭上林木中，耐著這颯颯寒風，和難忍的饑渴，挨到天明。天公好似故意來磨礪袁承烈，幫助冀北人魔焦老英雄克服強敵，自己枉替人家擔了一夜心，這時天上依然陰沉得很厲害，竟自要落雪似的，這時袁承烈所受的苦楚，實非筆墨所能形容。袁承烈雖有時想起，倘或因為強忍著飢寒，一個支持不住，摔到深澗荒草裡，準死無疑。

只是自己若是不能忍受飢寒，貿然地去見焦老前輩，只怕徒惹老人家不快，一定要怪罪我不聽他的囑咐，貿然前來，自己反覆思索，還是以暫忍飢寒為是。遂立刻在林中連用了兩趟掌術，凍得要僵硬的筋骨舒息了半晌，這才稍覺得筋骨全活動了。自己仍是潛伏在林中，不敢貿然出來。

這時約在黎明時候，因天氣又陰沉得很厲害，濃雲四合，四下裡陰沉沉的跟傍晚將黑未黑時一樣，這裡尤其因為貼近了千豹峰，更有重疊的高峰，就是晴明時候，這一帶因為蔽陽光的地方太多，也是黑暗時候多，只有中午時候才顯得山林道路清晰。袁承烈倒是因為這種陰晦，自己行蹤倒容易隱蔽。自己正在思索著，雪中人若是沒找到這裡來，把道路走錯了，他們直從來的道路走下去，可把自己害苦了，那自己是等得起，可餓不起，再說等幾天不一定，到那時候得弄個裡外不夠人。想到這裡，不覺心裡急躁，正要往林外走，忽的聽得自己隱身的林外似有異聲，這就是練武功的耳音有特別的聽覺，絕非一般平常人所能企及。

袁承烈順向發聲的地方查看，只見在五六丈外一片一人高的茂草，唰唰一聲響，跟著從茂草中躥出兩人。身形極快，不過一瞥間，又因為這一帶景色陰暗，見不真切，並沒看出這兩人的身形面貌，跟著隱在臨近的岩頭地方。袁承烈心裡很是著急，自己怎的竟沒看清。這時竟不知這兩人是否還在這裡，或是已從荊棘叢中撲向洞口。這時也不知老前輩已睡醒了沒有，別再遭了人家暗算。正在焦躁的當兒，忽的岩頭那裡發現兩人的蹤跡，這才看出來果然正是那兩個雪中人。

當下袁承烈精神一振，隨即潛身隱跡，到了那岩頭不遠荒草叢中。這時那兩個雪中人飄然來到岩下，跟著在這一帶略一察看，隨即撲奔了那藤蘿掩蔽的石洞。袁承烈心想，天亮了這麼半晌，他們老夫妻應該醒了，莫非洞中黑暗，還疑心沒亮麼；真要是這樣，只真要誤事，自己怎好不設法幫他個小忙，只是這兩雪中人的武功造詣，全非平庸之輩，自己一個應付

不好，就許弄個勞而無功。

　　這一遲疑，才發覺這個雪中人敢情尚不知那老夫婦就在這裡。果然兩人順著這石洞，仔細查看了半晌，似已看出些形跡，但還不能決定。遂又俯身，把地上查看一遍。忽的兩人指著地上，低聲說著話，漸漸到了那掩蔽石洞的藤蘿前，竟自發現了那石洞。果然洞口緊閉，情形頗似那焦老前輩還沒起床。

　　當時那少年用手推石門，回頭看了看那個年長的，彼此一做手勢，似要先向左右再看看形勢。就在一怔的當兒，見那洞前被掀起的藤蘿一陣顫動，簌簌的全從上面斷落下來，眨眼間掩閉洞門的藤蘿全堆在石洞前。

　　這倆雪中人，一面抬頭向上察看。哪知那高處的藤蘿竟有長及十餘丈的，也有蔓生入石隙的，上面這段石壁，凹凸起伏不平，往上看不了幾丈就被突出的岩石阻住視線。這樣兩人竟看不出是怎麼斷下來的；可是那個年長的雪中人，此時卻又履著一個紫藤蘿，往頭上察看。趕到履到了藤蘿的頂端，不禁皺了皺眉頭。向上又抬頭看了看，又向那少年一揮手；看情形是令少年離開石洞口，恐怕石洞上面隱藏著人。

　　就在這剎那間，猛聽得石洞上面，最高處嚓嚓聲若雷鳴，跟著砰然一聲巨響，那石洞前像是落了一陣雨似的，碎石紛飛。那年長的雪中人猛喝了一聲：「飛步後退！」跟著就見這洞中人忽的往下一矮身形，蹲襠騎馬式，雙手往上一翹，上面這時竟滾下一塊巨石，悠的一下，眼看碰到了這人頭頂上。這雪中人雙掌往上一托，轟的一聲，雙臂一振，這塊方圓有四五尺的巨石頭，被這雪中人給托送得離開他頭頂。轟的一聲，落在距洞門六七尺的地上，砸得這一帶山石全發了回聲，濺得地上沙石紛飛，瀰漫洞前，成了一片煙霧。那少年已退到洞旁丈餘外，此時面目變色，巨石落地之後，飛縱到那雪中人面前。

　　袁承烈也驚得目瞪口呆，幾乎嚇出了聲。因為這塊巨石重有千斤，憑

這雪中人竟有這種神力，真是意想不到的事，自己深為詫異，這人內家的功夫練到了火候，竟有這種不可思議的情形。

那雪中人已經退了兩步，抖去了身上的塵土。那少年也湊過來，雪中人眼望著石洞的上面，一陣冷笑，猝然發話道：「好個鬼孫，事到如今，還跟我弄玄虛，太似無味了！你這塊活魔，有什麼鬼吹燈的主意，儘管施展，我看你躲到什麼時候算完！」

袁承烈隱在暗中，見雪中人說這話時，臉上那種獰笑隱含著一片殺機，教人看著可怖。就在袁承烈略一怔神的當兒，突聽得石洞上面竟有人應聲：「畜生，你真是討厭，好心好意的任你逃命，你偏要找到我的面前送死。我若不把你這兩個狼崽子弄死，你也不知我的厲害。」說到這裡，語聲戛然而止，上面嘩啦一聲響，從最高處落下一根枝多葉密的巨樹。這棵樹因為樹過重，墜下來和山崖石壁磕碰摩擦，枝葉碎石，紛紛如雨，任憑雪中人身形輕快，躲得開樹，那碎枝碎石到底落了他一身。

雪中人勃然大怒道：「鼠輩欺人太甚，難道我就這麼任你猖狂嗎？」

說到這裡扭頭向那少年說了聲：「把守洞門，我倒要看看他是怎麼個出類拔萃的人物。」說話間，這雪中人已騰身躍上了對面的石洞上，施展開輕功絕技，登著那壁立無所攀緣的崖石，輕似狸貓，快似猿猴，眨眼間已上去幾十丈。

這雪中人也算是膽大包身，這裡往上去的並沒有攀登的道路，就是在平時，沒有阻礙，不是有輕功絕技的，也不易上去。何況現在一面明明的已有人暗暗埋伏，這雪中人竟似有恃無恐，絕不把暗算放在心中，輕登巧縱，又往上猱升了四五丈。上面唰唰的一陣響，敗葉枯枝，泥沙碎石如雨，劈頭蓋臉打來。雪中人陡的一聲長嘯，震得林木蕭蕭。橫著一晃身，往左竄出去有一丈五尺，身形也沒有看出怎樣使力，已然立在布滿蒼苔蔓草荊棘蓬蒿的石屏上，這次斜著往上躥，忽左忽右，忽遠忽近，上面的

木石雖也不住往下打，可是越是雪中人快到了上面，那飛來的木石土塊越少。

袁承烈竭盡目力，見這雪中人似已猱升到極頂，自己十分驚異：這人好厲害的身手，莫怪焦老前輩那麼全身的武功，尚且那麼謹慎提防，足見敵人的來路，早在他們老夫婦意料之中。這時上面情形已看不甚真切，只渺渺茫茫的，可是上面絕不見第二條人影。

這雪中人把這上面排搜一遍，絕不見有什麼敵人的蹤跡，只找著了方才推下巨石的痕跡。跟著這位雪中人似大怒叱了一聲，也聽不出他是說什麼，跟著縱身下來。隨即向那少年一點手道：「這塊魔頭似乎已欺人，我們要不是因為江湖道上的規矩，得先禮後兵，真就得給他個伸手硬拾，你向前叫門，我這人就不信這個，看這情形，他定已早得著咱們爺們來的訊息，必已設下埋伏，或是邀了外援，我們本當先察明他的虛實動靜。現在講不得，我倒要看觀這塊魔頭有多大道行。」

那少年諾諾連聲，這時石洞門的障蔽已去，那木門仍然緊緊關閉著，少年竟向前叩門，手舉處，那扇木門嘩啦一響，竟自往裡縮進去。少年不由得倒往後退了一步，只見這洞門內有人發話道：「我這窮山野谷，難道還有貴客光顧嗎？」說話間門裡慢吞吞地走出一個老嫗，正是那焦老婆婆。這時袁承烈見著倒也是一怔，只見這位老婆婆，頓時變了一副形容，好似老得更甚，已經步履蹣跚，手中扶著一根漆黑的木拐杖，目光呆滯，鬢髮如霜，罩著青絹包頭，一步挪不了四指，顫巍巍地來到了這位少年的近前。抬頭看了又看，似乎老眼已花，很帶驚詫之色地問道：「喲，小夥子，年輕輕的你怎麼也幹這種殺生害命的勾當？小夥子，別嫌我這上年歲人嘴碎，你這個年歲，幹什麼去，也得吃好的喝好的，何必非幹這個不可。你也看見過哪個打獵的得個好收源結果，不是把命送掉了，就是落個殘廢。你這一定是迷了路，錯走到我這來，這還算你的幸運。倘若你走到

後面亂山裡去遇上豹群，小夥子，莫說你僅僅一個人，就是有個三五個人，也是白送掉命。你來到我這裡，也是緣法，我給你找些食物吃了，我指給……」

這少年早已聽得不耐煩，聽出她錯把自己當作獵人迷路，這麼不容人說話，盡聽她一個人的。那雪中人在數步外站著，卻是一臉不屑聽她的顏色，斜睨著這老婆婆，袁承烈暗中看得真真切切，那老婆婆卻是眼皮也不撩，還要往下說。少年忙擋著道：「你別跟我們裝樣子，我們認得你，你在江湖上混了半生，積案如山。慢說你還是本來臉目，就讓你變裝易服，變姓易名，也不過騙那山居的獵人，和樵夫牧子之流，你想來瞞我們，只怕不大容易。現在我們打開鼻子說亮話，誰也別跟誰弄玄虛，我們此來的意思，諒你盡知。現在請你們賢伉儷把我們兩造的事弄個清楚。你想用這種拖延敷衍的手段，來對付我們，那是妄想！」

少年說了這番話，焦老婆婆絲毫不為所動，冷然說道：「你這小夥子好生無禮，我老婆子這般年歲，跟你說偌許好話，你怎的倒這麼拒人於千里之外，我真是對驢操琴了。」少年才要發話，那雪中人突然轉到面前，大聲說道：「羅剎女靳三姑，別來無恙，你還記得二十年前齊東舊友蕭老二嗎，我與冀北人魔焦老兄結下梁子之後，只知道我上了他的大當，沒料到他背後，給他主持和我較量的，究是何人？直到近日才知道，敢情我焦老兄的賢內助，竟是齊東舊友，這倒好，有靳三姑你在場，我們這件事，更好解決了。」

這時那焦老婆婆面色一變，自己以為這前來的仇家並不認識自己，遂假作不知他們的來路，想要仍按著焦煥的主意來戲弄他們一番。孰知出乎自己意料之外的，是這蕭二蠻子竟是當年齊魯境內一時誤會成仇的人，這一來，不由愕然，詳觀了一會兒，立刻把剛才那種戲弄的神色一斂：「原來是蕭二師傅，這才真是人生何處不相逢了。我這老眼昏花，真比不上老

英雄的目光如剪，事隔這多年，居然不把我這老村嫗忘掉，真是令人佩服。只是蕭老英雄乃是武林前輩，此次駕臨荒山，實是我這兩個魔人之福，我自從聽得我們當家的說起，我們開罪於玉九覺羅，竟又驚動了江南武林國手蕭老英雄出頭，為這權貴獻殷勤，和我們為仇作對，這一來我們自知再想著洗手江湖，埋骨荒山，也難得如願了。可是我想我們這當家的索性成全成全蕭朋友你，教你成名露臉。拿我們這兩個無用人的血，換蕭朋友你後半生的衣祿食祿，這也真值得。蕭朋友，你應該怎樣只管吩咐，我們唯命是從了。」

焦老婆婆這幾句話說得十分刻毒，這一來那蕭二蠻子面色倏變，隨即說道：「齊東舊友，你這種話，我蕭老二可不敢接受。我們全是江湖道上人，誰也用不著逞口舌之利。要說我蕭老二賣友求榮，那可有些冤枉了好朋友。我也不敢平白地就接受。我要是那麼對待江湖朋友，我也不致這般年歲，依然為人作牛馬，怎麼也可掙下養生送死之資。如今我仍然是兩肩荷一口，與初入江湖時，差不了什麼，我被誰所累？自然有人明白，你們賢伉儷只顧逞一時的小忿，不為我蕭老二稍留地步。幸虧我三十年來所作所為，還有人看得明白，哪件事稍微地含糊一點的，身陷圇圄，這輩子哪還有生出獄門之望？老友你也得反躬自問，是你們撒得風火過多，還是我逼人過甚，請老友你說一句公道！」

焦老婆婆微微冷笑道：「蕭老英雄，現在無須乎再說這些理論的話。官打現在的，我只請示蕭老英雄此來本意，我們也好敬謹受命。」蕭二蠻子道：「齊東舊友，我此來實不知二十年前的老友，我只專誠拜訪焦老英雄而來，無論如何，也得見了焦老朋友，方好講目前所要解決的事。這可得請老友你多多原諒；恕我蕭二這種無理的要求。老友，你能答應我嗎？」焦老婆婆慨然說道：「我？你還得要我們這個待死荒山、行將埋骨的老夥伴，一同匍匐玉九之前，受他那慘無人道的非刑拷問才肯平心麼；蕭

老英雄，得放手時且放手，得容人時且容人。我們是如何人也！蕭朋友你是怎麼個人物我老婆子也無須再費話。我夫妻一對不值一顧的老厭物，對於他人這樣的逼迫，我是否就能甘心忍受，諒你也明白。不過事辦來人，誰讓是我們老朋友來的，我只得委曲求全教老友把這件事圓上。我自己陪你走一遭，也足可以了結這篇帳了吧！咱們是板上釘釘，說了就算。你來到這裡，我哪能不稍盡地主之誼！山居可沒有佳餚美酒來供客，略備薄酒，咱們稍作盤桓。你說幾時走，我絕不稍作遲疑。老友你看這已經是對得起你了吧？你要體恤我們那老伴兒是殘廢人哪。」

蕭二蠻子聽了，不由沉吟，過了一會兒，臉上立刻現出一種神祕難測的顏色，呵呵笑了一陣，向焦老婆婆道：「我多謝齊東舊友成全我的盛情，我不是土牛木馬，哪好不遵從你的捨命全交的妙計？我只是有一點對不過你們賢伉儷的地方，就是讓你成全人成全到底，那十粒寶珠得請你先交出來。我要拚著這條老命，在玉九面前力保；教你們賢伉儷從此再無牽連。有塌天大事，有我蕭老二一人擔承，我把這條老命賠上，也算值了。我蕭二蠻子雖是幹的微賤行當，尚還知道行事磊落光明，不愧於天，不怍於人，絕不是盡為自己打算，不管朋友的死活。現在我們把話說定，任憑再有天大禍，有我個人擔承，絕不再帶累你們。我這種辦法是不是夠朋友？請你們自己忖量。我想這麼辦，總比你們夫婦到案打官司強得多吧？」

當時蕭二蠻子這番話說得倒是十足夠朋友。可是那焦老婆婆仍是神色冷冷的，向蕭二蠻子道：「怎麼，我想不論到了哪裡，也是罰了不打，打了不罰。這種案子要是把正點給圓了案，不能不算奇功一件。那十粒寶珠，我們倒想著給你們圓面子，只是對不住，十粒寶珠早已出手多時。就是把我們送到漁陽市口，我們也沒法辦。這只可請你蕭老英雄多擔待，給我們維持到底。我看國家王法雖厲害，也得講人情。我個人頂著到案打官司，難道還有什麼不能交代嗎？蕭老英雄你得明白，任憑怎樣礙難，吃進

嘴的東西，拉得出來，吐不出來，教我老婆子有什麼法子呢？」

蕭二蠻子登時把面色一沉道：「好！齊東舊友，你這可叫不開面了。咱們全是寄身江湖道上，處處應當以信義待人接物。我是虛懷若谷，歷來全替人設身處地想想。我只請你們賢伉儷把原贓交出來，不用你們再到案打官司，也就很夠朋友了。若是依你那麼講，只要有個人頂著到案一走就行，我蕭二蠻子然想為朋友盡點力，只怕也力不從心。那就只有請你們賢伉儷多受點委屈，雙雙一同陪我到案打官司。這種事，咱們不用細說，誰也別存心跟誰狡展。我是顧全友誼顧不了公事，顧了公事顧不了友誼。沒別的，你既是有心成全朋友，何妨成全到底！既是說什麼十粒寶珠已然出手我實不相信，請你念在江湖道上的信義，把十粒寶珠交出來。那一來兩全其美；你們若是不為我設想，那只可對不住好朋友。十粒寶珠既不在手下，我也無法過事深究，唯有請你們賢伉儷隨我去見玉九，免得教我做出對不住你們的事來，教江湖道上也笑話我蕭老二逼人太甚。至於你們賢伉儷到案後，是否願意在那裡小住，或是立時脫身，全在你們自己了。我把肺腑的話全說出來吧！像你們賢伉儷這種身手，到了玉九那裡，只要我蕭老二不再多管，諒他手下那班人哪還有敢跟你們一較身手的。你們若想走，誰又留得住你們；光棍怕掉個兒，你們也替我蕭老二想想，我此番到這裡來，是但凡有一線之路，可以推展拖延，我也要使盡了。只是現在本主兒已經絲毫不能容忍，我若再沒有個交代，只有蕭老二替你們打這場官司，你只要看著那麼辦對呀！請你不要再教我蕭老二為難。請你們辛苦一趟！」說話是一步比一步緊了，飛豹子偷聽私窺，聽了個毛骨悚然。

但見焦老婆婆把兩隻深凹的眼光一瞬，立刻寒笑說道：「這一說我們非得到案打官司不成了，啊呀！這件事我老婆子可恕不能應命！老朋友，不是我們不肯隨著你去，也不是我願意連累朋友，無奈我二老年紀太大了，人不濟了，心想充光棍，已然不能夠了。只為我們當家的自從在冀北

負傷之後，已是九死一生。經我竭盡全力醫治；雖勉強能行走，只是形同廢人，下盤的功夫已散，武功全毀了，就是多走些路，全不行了。這樣人哪好教他再到案打官司，況且他也不能長途跋涉，難道還有用八人大轎子抬著罪人去的嗎！依我看，蕭老師傅你做人做到底，還是請你成全我們老夫婦，蕭老師傅若不忍看我打這場官司，我們絕不能坐觀著老英雄的危急不顧。你倘若把我們放出羅網，我們必能教你平安歸還鄉里，享受暮年太平歲月，雖不教你作富家翁，總可教你衣食無缺。這樣一來，彼此交情無傷，蕭老英雄你成全了我們夫婦，我們有生之日，全是蕭老英雄你賞賜的。我的話已說頂到這裡，行不行的，只可這麼辦了。蕭老英雄，你在大江南北，山左山右，諒來也有個耳聞，可是這個話說出來教人笑話，好漢不提當年勇，我如今已經年屆古稀，行將就木，不應該再提舊事。只是你我全是武林舊友，可以不在此例，想當年我在江湖道上，凡是我羅剎女所對付的，全是成名的英雄，武林的能手。可是我歷來做一件事，只要打定了須那麼辦，就是有多大阻攔，我也要把它做成了。有阻礙我羅剎女的，我誓與之周旋。不到了他俯就我的意思，我絕不能罷手。現在老了，想那麼做，精力氣血全不給做主了。我哪還敢那麼任性，現在只有請我們武林老友，蕭師傅捧捧我這威名空存，實力已不如當年的老貧婆，把我所說的話給我照辦了吧！」

蕭二蠻子一聽這羅剎女靳三姑說出這種無情無理的話來，怫然說道：「齊東舊友，你這番話可錯了，咱們這麼說吧！倘若不是我來的，換到旁人來求你們夫婦歸案，你們該如何呢？我們全是江湖道中人，誰也不能和誰說空話，只要自己的事情犯了，有好朋友一到，應該一句話沒有，跟著人家走。腦袋掉了，不能皺一皺眉頭。像你們賢伉儷這種人物還會做出含糊的事嗎？現在我既然畫出道兒來，我蕭老二絕不能說出掉牙栽跟頭的話。」當時這蕭二蠻子一番話似是入情入理，那焦老婆婆此時倒頗有些狡

展，不說情理話。此時被蕭二蠻子用話逼得頗有些惱羞成怒，把那雙怪眼一翻，向蕭二蠻子道：「蕭老英雄，你這可有些逼人過甚了，我們要是願意到案打官司，何致等到現在？只為我們歷來最恨這班貪官汙吏。如要是換他們前來，嘿嘿！不怕蕭老師傅你見怪，只怕只有來路，沒有去路，我看還是好朋友來了，我們倒還得稍盡地主之誼；若是換到他人，豈不反失了江湖的義氣。」蕭二蠻子此時實有些撫不住火興了，立刻面色一沉道：「希望你不要這麼固執才是，我這番好意本想把這件事了在我手裡了。就是你們夫婦一身的安危，全由我蕭老二擔承。可是頂到現在，我把話說盡，你置若罔聞，教我也沒法可想，只有請你們自己斟酌。這件事是勢在必行的，就只有兩條道：一面是把十粒寶珠交出；一面是若沒有原贓，請你們賢伉儷到案，把我的責任交代了，我絕不做賣友求榮的事。這兩條道若是不能依從，沒別的，咱們只可把交情撂開了，公事公辦。我此來不能把老前輩請出去，我沒法維持面子了，只有跟老朋友們一同埋骨碎身。」

　　蕭二蠻子說到這裡，聲色俱厲。這一來兩下裡已經漸漸地有些透露鋒芒了。袁承烈在暗中看著連動也不敢動。聽到兩造把所有的事漸漸從口風中露出真相，袁承烈此時才知道，敢情這位老婆婆竟是當年名震江湖的女盜俠羅刹女靳三姑。這位女盜俠當年在江湖道上，不論綠林道，還是武林中的威名人物，全要懼她三分。袁振武當年在太極丁門下曾聞丁老師說過。這羅刹女以一個女流，單身闖江湖，負著一身絕技，手底下一對雞爪雙鐮，有神出鬼沒之能。女流中用這種兵刃的，是絕無僅有，羅刹女竟用這兩柄兵刃和十二枚三棱透骨釘，把綠林道中多少成名的怪傑，全送了命。這位獨腳女盜在齊魯一帶，威名震草野，直到中年，她忽然銷聲匿跡，後來才聽人說，她已嫁了冀北人魔焦煥。這一來兩個江湖怪傑湊在一處，更如虎添翼，更不知江湖道上要多出多少驚天動地的事了。可是事實竟不是這樣，女盜俠自從離開江湖之後，再沒聽人提起。有時冀北人魔焦

煥，在大河以北偶然一現形蹤，可是仍和他先前一樣，是獨腳大盜，自己作案，並沒有幫助。

這一來傳說紛起，就有說是女盜俠並沒嫁了冀北人魔，可是那冀北人魔生性怪僻，雖得這麼個賢內助，可是他絕不肯借重他太太的力量，反倒不教羅剎女重在江湖道上闖，所以這名震一時的女盜，嫁後倒謹守閨範，不再出頭了。這話也是大家的揣測，誰也得不著確信。哪知道這位羅剎女暗中依然揀那值得一顧的，猝然下手揀一回，可是江湖上輕易見不著她，想不到她竟幫著她的丈夫冀北人魔在暗中很作了幾件驚天動地的大案，直到後來，冀北人魔焦煥一舉飽載，夫妻倆這才洗手江湖，潛蹤避禍。只是據平常的江湖道上說，他們是應該一了百了。只要一洗手，過去的一切事全算完。不過他們這兩個怪傑，這禍事惹得太大，這案內並有十粒價值巨萬的明珠，被這冀北人魔盜走。這事主又是朝中勛貴所謂玉九爺，為這十粒明珠，已經壞了許多官吏。許多有名的捕快，依然把這兩個正點撈不到手。

直到數年前，從兩江總督那裡要來這個名捕快蕭二蠻子，才又重新海捕起來。這蕭蠻子是江南七省最有名的捕頭，有一身絕技。平常的案子休想他伸手，你就是強迫他，也不過是虛應公事。並且就是案情重大，作案的夠得上江湖大盜，這蕭二蠻子去還得看看事主是否好人。要是奸商劣紳，貪官汙吏，他還是不辦。就是你的勢力壓著他，他寧可受到處分，也不肯給你十分出力。這樣的做事，雖是毀在他手裡的巨盜不少，依然提起來令人敬服。這冀北人魔焦煥在北省作案，跟蕭二蠻子毫無沾染。羅剎女靳三姑，也是在齊魯豫燕一帶作案，和蕭二蠻子也是素無嫌隙。

焦氏夫妻頗有俠盜的行徑，論起蕭二蠻子的行為，對於這兩位俠盜的事，本不能管。無奈案子牽連得太大，竟自毀了許多武林中的朋友。蕭二蠻子又因為玉九爺卑禮厚幣地一再懇求，這才答應了。自己這一伸手，竟

是惹火燒身。要不是早把對手認作強敵，幾乎死在了冀北人魔焦煥和羅剎女靳三姑手裡。只是冀北人魔焦煥和羅剎女這兩個勁敵，雖是出力來對付這名震中原的老捕快蕭二蠻子，終於在江湖道上也無法立足。

這夫妻兩個自入江湖以來，這算臨結尾栽了個大的跟頭。那次兩下裡朝了相，依然只是冀北人魔一人，羅剎女仍然沒露面。

直到這位蕭蠻子用了撒手絕招，施展內家掌法，運內力來傷了冀北人魔，於是雙方反顏成仇。羅剎女當時雖沒有露面，在暗中卻早盯著蕭二蠻子。此時忽見丈夫遭了人家毒手，遂也不再留情，用她的百發百中的三棱透骨釘，三環套身的打法，照敵人發去，任那蕭二蠻子身手怎樣矯捷，終於中了羅剎女兩釘。

這一來，羅剎女算是救了丈夫，可結了大仇。他們算是各走極端。這位蕭二蠻子也是從打作捕快以來，頭一回栽跟頭。

這次跟這個冀北人魔焦煥算是結下不解之仇。他定非把這名震江湖的巨盜扳倒了不可。遂在玉九爺面前請了限，自己要破死命地把這案圓下來。

第六章　羅剎女抗捕獻酒

這一案轟動了江湖，全要看他落怎樣個結果。這冀北人魔焦煥老夫婦，更是也拚著把命搭上，也要把蕭二蠻子扳倒了。

倘若成功，就決意從此洗手綠林，不再在江湖道上闖。可是經過這場事後，他們兩下裡銷聲匿跡，再聽不見他們兩下裡對於這案提起。當日這件案子就好似啞了下去，但在暗中雙方並未歇心。

這冀北人魔焦煥下盤負傷之後，自知十粒寶珠在自己手中，羅剎女又傷了蕭二蠻子，他哪能善罷甘休，遇上這種勁敵，焉能忽視。遂和老妻羅剎女，祕作商量，悄悄地用金蟬脫殼的法層層設疑陣，把自己的病勢作成了十分沉重，為的減少敵方注視之心，緩些時日，好以全力來對付蕭二蠻子。所以連次挪移了幾處隱祕的地方，估料著一時半時那蕭二蠻子不會搜尋著。到潛蹤到遼東以後，想不到會遇到了身遭師門歧視，蒙廢長立幼之羞，欲以堅苦卓絕之志，歷盡艱辛，別求結藝，雪恥師門的袁承烈。冀北人魔焦煥，看出這袁承烈胸懷大志，是個有作為的少年，自己要把自己的一身絕技傾囊授予他。自己老來退隱山林，可以藉著他得全首領。所以這次要下辣手，把蕭二蠻子除了，斬草除根，寸株不留。

這一方面的蕭二蠻子，自從敗在羅剎女的三棱透骨釘之下，自己恐怕冀北人魔暗算自己，遂也把行蹤隱匿起來。預備只要不伸手則已，只一伸手，就得把這案給圓上。兩下裡全走的是一樣的步法。趕到後來這冀北人魔焦煥被羅剎女救護到了虎林廳北之後，他們的蹤跡更加隱祕。可是蕭二蠻子居然把這冀北人魔的蹤跡搜尋著，並且更查明當初暗中用三棱透骨釘傷自己的，正是當年自己在齊東會過的江湖女盜俠羅剎女。蕭二蠻子知道，這冀北人魔已是勁敵，再加上那羅剎女，不啻猛虎添翼。自己估量

著不易把他擒下來。自己遂用了一整年的苦功，晝夜不休，練了一種絕技。這種功夫是內家最屬害的掌力，名叫「混元一力掌」，能打散橫練混功夫。這兩下裡算各以全力制敵。冀北人魔焦煥竟練了一種祕技，來預備著和蕭二蠻子再決雌雄。

事隔二年餘，全以為他們這件事，暗中消滅了。哪又知道蕭二蠻子已經派出好幾撥人去，暗中踩探搜尋這潛蹤匿跡的巨盜。焦煥夫婦倆匿跡佛力山之後，蕭二蠻子已得著他的蹤跡。

蕭二蠻子到此哪還肯再等待，遂借他本門下唯一的弟子，小霸王申凌風二次出馬，來訪這冀北人魔焦煥。

師徒二人一到遼東，變姓易名，把冀北人魔的底摸著了，偵知已移到佛力山，遂悄悄排搜過來。不料在虎林廳遇上了夜貓紀五，蕭二蠻子知道紀五和焦煥夫妻全有極密切的淵源。這才把話風透給紀五。為是教他給焦煥帶信，自己百日內一定要去會他。果然紀五那魔鬼靈精，居然真給老蕭做了傳話人，果然悄悄來關照冀北人魔，告訴他蕭二蠻子帶著他本門弟子小霸王申凌風，已經到了遼東，百日內準來與他們相會。

焦氏夫婦驟聞警訊，知道再難避免，只有一決生死輸贏。這焦煥本是狡詐多疑的巨盜，再加上足智多謀的羅剎女相助，這兩人遂暗設機謀，要用險謀，來收拾這位蕭二蠻子。這兩下裡一照面，那冀北人魔竟自早已發覺，悄從祕密門戶出去，沒露面，先給蕭二蠻子個先兆，用巨石來阻擊他。當時那蕭二蠻子已明白冀北人魔焦煥不露面的緣故。既非是不敢露面，更不是意存退縮。這老婆子這麼搪塞拖延，定是故作緩兵計，來絆住自己，他必是暗中有什麼布置。趕到這位羅剎女說出這種傲慢已極的話來，這位蕭老英雄實難忍耐，遂向這位羅剎女說道：「我們現在應該推誠相見，我們本著江湖道義來結這件事。現在只有請焦老英雄來，親自和我蕭老二見一面，我們是一了百了，沒有解決不了的事。若是像你這種說

法，我蕭老二實難從命。」

焦老婆婆桀桀一聲長笑，笑中隱含著一片殺機。目閃精光，從眸子中射出一股子凶焰。蕭二蠻子已看出她懷著惡意，眼瞅著這羅剎女向石洞門招呼道：「喂！要知道貴客臨門，應該好好接待。你這麼慢客，太失禮了！」跟著龐大沉重的木門一開，冀北人魔焦煥，從裡面蹣跚出來。手中還掛著一根拐杖，形容也帶著憔悴的樣子。趕到石洞門外，向外面看了看，好似沒看出來人似的，慢吞吞地向他那老伴說道：「你吵什麼？有事不到裡面去，叫喚管什麼？要是有人來投宿求食，你難道還得用我來照應嗎？」這時那蕭二蠻子不等到他再嘮叨，徑奔到冀北人魔焦煥面前，抱拳拱手道：「焦老英雄別來無恙！還認得我這曾經一犯尊顏，作你手下敗將的齊東舊友嗎？」

冀北人魔焦煥倦眼一翻，向蕭二蠻子看了看，故作驚詫，失聲招呼道：「哎呀！原來是蕭老英雄，這種窮鄉僻壤，居然蒙蕭老英雄光臨，真是我夢想不到的事。蕭老英雄一向可好？」

蕭二蠻子忙答道：「齊東一別，屈指三年，時時把焦老英雄掛在心。早想和老英雄一會，只為力與心違，不能如願。我現在是腆顏來望看老朋友，現在居然如願以償，真是畢生之幸！」

蕭二蠻子說到這，那小霸王申凌風卻不待招呼，自己湊過來，向前說道：「師傅，這位敢就是名震江湖的老英雄，冀北人魔焦老前輩嗎？」冀北人魔焦煥向這小霸王拱拱手道：「這位是哪位門下？蕭老英雄怎麼不給我引見引見。教我慢待江湖道上朋友，太覺失禮了。」

蕭二蠻子忙答道：「焦老英雄，不要客氣，這是我門下弟子，是我一個徒侄，名叫小霸王申凌風。」申凌風又重新給這冀北人魔見過了禮。這時焦煥向羅剎女說道：「老貧婆，貴客臨門，怎麼連待客之禮全不懂，難為你也是江湖道上人，還不趕緊地把蕭老英雄請到裡面嗎？」羅剎女忙往

裡請，這位蕭老英雄、小霸王申凌風，絕不帶一點遲疑懼怯之色，略一為禮，哂然說道：「來此就要騷擾老英雄。」此時冀北人魔焦煥和羅剎女兩人在頭前引路，這師徒二人遂坦然隨著兩位江湖怪傑往石洞裡走來。

來到石洞中，只見裡面雖是四壁蕭然，可是淨無纖塵，令人看著另起一種出塵之想。這冀北人魔焦煥令羅剎女去泡上茶來。蕭二蠻子遂向焦煥說道：「焦老英雄，我們師徒的來意，你一定能夠了然，我們一來看望老友，二來要請焦老英雄把我們兩下裡的那件事了結了，免得歲月遷延，永無結果。諒老英雄定能原諒我師徒是奉官差派，有心維護老友，可惜無力，請你無論如何，得給我個結果。焦老英雄可能賞給我師徒個面子嗎？」

焦煥此時把面色一沉，冷然說道：「蕭老英雄，我們兩家的事何用為難？我們是交情說交情，公事說公事，二位的來意，在下早已了然，不過恐怕多半要教老英雄失望。這次我們匿跡荒山，埋名避難已決定不再在名利場中再現身手，對於和老英雄這件事，我都有些一廂情願的心意，不過實在不好啟齒。請老英雄要多多擔待。」說到這，把話頓住，不再往下說。蕭二蠻子也是整著嚴肅的面孔，向冀北人魔焦煥注視著說道：「老英雄有話儘管講，我蕭老二只要力所能及，為老英雄幫得了忙，絕不能含糊了。」

冀北人魔焦煥道：「老英雄既這麼成全在下，我倒不敢辜負盛情了。我對不住的是已把那十粒寶珠出手；現在想給老英雄圓臉，可惜已經力與心違。寶珠不能圓案，我這病廢的人，諒蕭老英雄也不忍這麼逼迫我吧？那麼就請老英雄結個江湖未了緣，替我把這場官司料理下來。我們這一對行將就木、風燭餘年的朽骨，咸賴蕭老英雄之賜。」蕭二蠻子沒料到冀北人魔赫赫一代綠林豪傑，竟說出這樣無恥話來，立刻冷笑一聲道：「焦老英雄，你這話說遠了。咱們是江湖道義之交。這場官司真要是平常事主，

我要等著焦老英雄說出口來，再給你卸肩，我就不夠朋友了。朋友是遮風避雨的，有了事，朋友不給朋友維持，那還要朋友做什麼？秦瓊為朋友兩肋插刀，我還不能給朋友幫個小忙嗎？只是這件事的事主，是何如人也，諒你盡知。莫說我擔不了，就是比我蕭老二再身分大的，也恐怕不易就那麼容易交代得了吧！我方才已經對令夫人把話說明。我是有成全朋友的心，沒有成全朋友之力，只有焦老英雄多擔待我這無能為力的朋友，隨我辛苦一趟。」

當時那冀北人魔焦煥把一雙怪眼一翻，隨即冷笑一聲道：「這麼說起來，這件案子，只有把我這兩個風燭餘年的老夫婦填了餡，才算給朋友交代好了公事了嗎？」蕭二蠻子冷然道：「那只有應了俗語說的，『豈能盡如人意，但求無愧我心。』事情是必須這樣辦才能交代，教我蕭老二有什麼法子呢！焦老英雄，你不要叫我為難，只有請你趕緊地和我到案，諒焦老英雄這身絕藝，那玉九爺雖布著網羅，也擋不住你的來去。據我看這不過教你多辛苦一趟而已。你們賢伉儷就不要再教我蕭老二作難了。」冀北人魔焦煥冷然笑道：「這一說，我是非隨蕭老英雄到案不可嗎？這可是笑話，倘若我們不能隨蕭老英雄到案，應該怎樣呢？」蕭二蠻子道：「那麼焦老英雄也是此道中人，還用我來說嗎？那恐怕要十二分對不住賢伉儷了。我們手底下見明白！」

羅剎女靳三姑一旁說道：「老天殺的，你怎麼這麼擠兌朋友，這事還用朋友說麼，有賊交賊；沒有賊，人到案，我們要是不打算到案，只可把交情扔到一旁，公事公辦。教蕭朋友費點事吧！我看咱們不必栽二回跟頭，現二回眼，趕緊跟人到案打官司吧！」冀北人魔焦煥，這時把那嬉笑的臉色一變。向羅剎女靳三姑一聲輕叱道：「你嘮叨些什麼？我們是漢子做漢子當，哪能讓好朋友為難，我們自然是讓好朋友如願而去。不過我有點小心願，就是素仰蕭老英雄的掌法絕倫，在下要在投案之前，敬謹領

教。想蕭老英雄定能不吝賜教。」

蕭二蠻子忙答道：「這可笑話了，我這點末學微技，哪值得老英雄領教。不過對於焦老英雄的盛意，我倘能了然。在我沒離開佛力山之前，凡是焦老英雄的命令，我定要敬謹領命，絕不會道出一個不字來，致令老英雄失望。」

蕭二蠻子剛說到這，那小霸王申凌風從這夫婦露面後，自己一直忍氣吞聲地聽著，不願多語。頂到現在已全聽出來，無論怎樣委曲求全的，也是白費了。這兩個刁狡之徒，絕沒有一點江湖的義氣。不跟他們比個輸贏，絕不會善罷甘休，跟隨自己到案。遂怒沖沖地站起道：「焦老前輩，咱們全站在江湖道上，應該誰別教誰說出話來。敝師徒是奉上命所差，官差由不了自己，來到千豹峰，本可以伸手辦案。我們卻遵守著江湖的義氣，一再請求老英雄，體諒我們不得已之情，要給我們留一線之路，容我們把這案圓上。我們並且再聲明，願保全老英雄的一切，這樣委曲求全，也就算對得起朋友了。可是老英雄竟自強人所難。既不交還十粒明珠，更不肯隨我們到案。請想我們怎能回去覆命？現在我們只有勉如遵命，我師徒要在焦老前輩前獻醜，請老前輩到石洞外賜教吧。」

申凌風這一叫陣，那冀北人魔焦煥，見這少年申凌風居然敢向自己叫陣，這倒是意外想不到的事，遂笑吟吟地說道：「這位少師傅既肯賜教，敢不應命！」那蕭二蠻子立刻一聲怒叱道：「凌風，你過於膽大，敢在老前輩面前放肆，你有幾個腦袋！」那少年武師小霸王申凌風，被師叔喝斥著，自己雖則趕緊後退；可是，話已說出，倒是稍展舒胸中惡氣。當時是雖則後退，仍是蓄勢以待。這時蕭二蠻子卻乘機站起來，向冀北人魔焦煥道：「老朋友，可否到外面賜教？」

羅剎女忙道：「蕭老英雄，我有最後一言，還望蕭老英雄採納。我們現在身背重案，匿跡荒山，不能再說那撐門面的假話，我們不敢再以當年

江湖的盛名，來對你老英雄胡扯。我們是匿跡荒山，埋名避禍。很指望著蕭老英雄本江湖中道義幫忙，使我夫婦得正首邱，這是我夫婦三年來眠思夢想的。只是老英雄這一到，竟使我們失望，老英雄不能相容。我們若是真個隨老英雄到案，落個漁陽市口餐刀，老英雄就不嫌逼人過甚了嗎？我想請老英雄念在我們江湖道的義氣，把這件事給我們化解了。我們得保全首領，定要竭盡全力，保全蕭老英雄未來歲月，使老英雄安享暮年的清福。不過蕭老英雄若是非把我們夫婦納入法網，我們這一個氣血已衰，一個病廢的人，絕不是老英雄的敵手，可是蕭老英雄定明白盜亦有道。我們雖是已非敵手，尚還有幾個不怕死的賓朋，與蕭老英雄併力同旋，到那時只怕要落了個兩敗俱傷，同歸於盡。依我看老英雄何必以自己的未來歲月，作孤注一擲？」

這時蕭老英雄，遂抬頭看了看，略點了點頭：「齊東舊友，你這番話，我很是了然，不過我的話已說到，無須贅述。我是官差由不了自己，我有周全老友之心，無周全老友之力。老友我已把話說明。這次事，只有兩條道：一是把那十粒寶珠繳回，二是你夫婦自行到案。除開了這兩種辦法，除非是我蕭老二從此脫離江湖道，與你們賢伉儷皆隱佛力山，可是依然是不能這就了結。你有幾位朋友，事主就沒有朋友嗎？在下就沒有朋友嗎？只怕繼我之後的大有人在，那時來者不善，善者不來，賢伉儷依然不能置身事外。何苦白白把我們這個稍微顧友誼的朋友，好心來了結這件事的倒給賣了呢？」

這位冀北人魔焦煥點頭道：「話也倒是實情，我們不必勉強了。」那蕭二蠻子也站起來向冀北焦煥道：「我們可以到外面談吧。」這位少年武師小霸王申凌風，正在怒目相視地站在一旁，並且聽出這冀北人魔夫婦兩人居心不良。他所說的這番話全是驕敵誘敵之計，絕不是出於誠意的話。此時見師叔已經開口往外讓焦氏夫婦，遂忙向前搶一步道：「老前輩請到外

面吧！弟子給老前輩們帶路。」冀北人魔焦煥笑哈哈的，向小霸王申凌風道：「申師弟，你倒是喜熱鬧的好事的少年，你先不要忙，我們是早晚總要比劃的上。我們是生死關頭，只要一接上招，就要判生死存亡，總有一方埋骨在荒山裡的。你們師徒這來，我尚沒稍盡地主之誼，哪好就遽然動手？我雖沒有佳餚美酒，也得稍盡地主之誼吧！再說又是我們夫婦生離死別的時候，哪能就這麼草率地完結一生最後之日，我與令師徒要小飲三杯，蕭老英雄定能賞我這點薄面吧？」

蕭二蠻子道：「焦煥老英雄不必費事，我師徒是裹糧入山，早已用過。請你不必費心了。」冀北人魔焦煥道：「蕭老英雄難道疑心我夫婦另有別計不成？我們縱然不成材，也還不能那麼下作。我們武功分強弱，掌下見輸贏，勝敗全不足介意。若是用狡謀詭計，來對付江湖朋友，我們就算不得英雄豪傑了。焦煥不才，還不敢那麼自棄哩！」

蕭二蠻子道：「我是不敢過事騷擾，至於有別的疑心，還不至於吧。我自入佛力山以來，早把此身的存亡置之度外，焦老英雄既然要小飲三杯，我倒要叨擾了。」

冀北人魔焦煥，遂含笑點頭道：「這才是良朋快聚，不忘舊誼哩。」說話間羅刹女靳三姑把一張白茶木桌子拉開，把那石凳全擺上，從壁上的石穴中，取出一盤盤的風肉鹿脯。雖全是野味珍饈，倒顯別緻。這位江南老捕快蕭二蠻子，仍是神色坦然，絲毫不帶介意的模樣。小霸王申凌風仍是怒目相視，十分不忿，竟自悻悻地坐在於下首。那焦老婆婆取了一大瓶自釀的酒來，竟不知她這是用什麼釀的，香烈盈杯。冀北人魔道：「山居的野人，沒有什麼佳餚敬客，只這粗餚薄酒，慢待嘉賓，令人抱歉十分。我們是應當暢飲一番，才算良朋快聚哩。」

蕭二蠻子已經喝了三杯，忙即站起，向冀北人魔焦煥拱手道謝道：「過蒙款待，我師徒已感謝不盡了。」他哪裡喝得下去，不過略示整暇罷了。

焦老英雄這時三杯酒入腹，立刻面色紅如赤炭，獰笑說道：「蕭老英雄，我要再敬一杯，祝你此番成功立名；既交代了自己的公事，又保全了江湖的道義，這真是我畢生不敢忘的事。」這時那羅剎女靳三姑送過一對巨杯，這兩隻杯如同古時的爵，形式古雅，看不出是瓦是鐵，這時冀北人魔焦煥把這兩隻巨杯全斟滿了酒。焦煥隨即擎起一隻巨爵，往蕭二蠻子面前一送，說了聲：「蕭老英雄！我這一點誠心，諒還不致招蕭老英雄的白眼吧！」

蕭二蠻子見冀北人魔焦煥，用這種巨爵來敬酒，這種舉動來得突兀，絕非無故而發，內中定隱有機謀，趕到一見冀北人魔焦煥，舉杯姿勢，已了然他是想暗用內家的混元劈空掌來傷自己。一個接不下來，莫說被雙掌打上，就是兩臂被他沾上一指，自己也落得殘廢。當時忙把氣納丹田，抱元守一，氣提丹田，貫於兩臂，注意掌心，內力充盈。兩人本是隔桌對面坐著，冀北人魔是雙手捧杯，蕭二蠻子也是雙手來接杯。這口古杯是方形，冀北人魔是用兩拇指抵住杯身，食指中指刁住杯口，往外遞。蕭二蠻子也是照樣一絲也不差，也用兩拇指來擋這隻杯身，用食指來刁杯沿。兩下裡這種杯經各聯歡，互相謙讓，哪能看得出來已經各懷機械，暗呈殺機。

兩下裡旗鼓相當。冀北人魔焦煥，用的這種內家功夫是北派的祕傳，十分厲害，非同凡俗。這種掌力軟如棉絮，堅逾金剛。莫視是一雙肉掌，憑血氣之力，有無堅不摧之妙。可是這種功夫，絕非三年兩載所能練得出來的。這種掌力，要在武功已經登峰造極時，加以名師指點，有刻苦的功夫，才能有成就。冀北人魔焦煥，施展這種手法，是為得能發能收。若是對手果是勁敵，自己聲不動，可能把發出的掌力收回來；若果然敵人沒有自己所想像的那麼厲害，自己立刻出以全力，把敵人立斃掌下。冀北人魔居心詭詐，哪知蕭二蠻子這個勁敵，豈是他想像所能測透的。

　　當時兩下遁杯接杯，立刻暗較上力，趕到推拒之間，蕭二蠻子已知道這隻杯是純鋼所制，外面塗著漆，所以看不出來是什麼所制的。兩下這一較力，一邊遁不出來，一邊接不下去。這蕭二蠻子已知道這冀北人魔果然屬害，自己不給他個屬害，他也不知道自己的來頭。橫目一看，冀北人魔焦煥竟有些吃力了，臉上原本被酒壯得赤紅，再加上內力敵不過蕭二蠻子，氣已經沉不住了。蕭二蠻子不再遲延，遂喝了聲：「焦老英雄這麼厚愛，我這裡傾謝了。」聲如迅雷，話聲才收，只見雙掌的三指往外一推一收，把丹田的力量全叫上來，這隻巨杯已落到蕭二蠻子手中。更神色不變，把一巨杯酒喝完，連坐也不坐，把杯往桌上一放，笑向冀北人魔焦煥喝道：「我們過事叨擾，拜領厚賜，無奈酒量過淺，不能再行叨擾了，我們請到外面談談！」說到這，不待冀北人魔再答話，向小霸王申凌風一揮手，小霸王申凌風跟隨師叔往外就走。

第七章　焦人魔壘石誘敵

這時羅剎女靳三姑也愣愣地木在那兒，不料蕭二蠻子居然有這麼精純的內家功夫，一半是對當時鐵杯獻酒栽在他手內驚異，一半是對於兩下裡未了的事，更感到不易取勝，只怕這蕭二蠻子不容易打發走了。見這師徒兩人已經往石洞外走去，遂皺了皺眉頭，向冀北人魔焦煥暗暗示意道：「怎麼樣？」冀北人魔搖了搖頭道：「不許多言，不妨事，走！我們現在雖是栽在他手內，往後的事，還正不知鹿死誰手！」羅剎女靳三姑聽他這麼說，不敢再多言。冀北人魔焦煥在蕭二蠻子師徒將將走出石洞門，忽的聳身一縱，躥到石洞的頂子上。上面有一塊凹去的巨石，冀北人魔焦煥單臂捋住了那塊巨石，右手探進了石凹內，摸了一件東西，納入懷中，然後飄身而下。這番動作，不過一眨眼間，身手這份矯捷，實非平常武師所能望其項背，羅剎女靳三姑卻長吁了一口氣，暗中懸心。那冀北人魔焦煥，卻把那支木杖拿在手中，到了石洞門首，腳步依然放慢，佯作腳步不俐落，往外慢吞吞地走出來。

那蕭二蠻子師徒已走到廣場中間，轉身站住。冀北人魔夫婦也相繼跟過來，焦老婆婆已知丈夫暗有打算，自己倒不便先動手了。遂緊隨在冀北人魔焦煥的身旁，暗中保護著他。這時兩下裡對面這一站，彼此是各自有各的心思。那蕭二蠻子雖是老江湖，但是對於這冀北人魔夫婦，實不願把他毀在自己手內，頗有成全他的心意。本想，只要把他原贓十粒寶珠交出，自己決意出力斡旋，教他夫婦保全未了之名，設法把他夫婦揀落出來，自己盡了江湖道的義氣，而公事也將就交代下去。不過對於這冀北人魔焦煥那種跋扈狂驕的情形，自己早已盡知，若是和他好說，未必就肯那麼善罷甘休，多少總得露出兩手。

　　又趕上邊塞上氣候不準，天氣變得非常快，竟在入佛力山的第二日，降起雪來。這一來這師徒二人受了意外的苦處，也是因為天時還不到初冬，有件冬衣足以防風霜。焉想到氣候突變，一場風雪，寒冷不減嚴冬。他們師徒帶的禦寒衣服，頓覺單薄。這師徒仗著全有一身精純的武功，更因這蕭二蠻子和小霸王申凌風頗愛杯中物，故而帶來兩袋美酒。這師徒對於乾糧倒沒怎樣用。只要一覺寒冷，立刻借酒解寒，還算稍壯行色。及至搜尋到千豹峰下，發現了冀北人魔正在此潛蹤匿跡，趕到一見面，羅剎女那番做作，蕭二蠻子已看出這裡早有提防，早有布置。遂立刻拿定主意，要防備他有什麼詭計。果然冀北人魔焦煥嘴裡說著一派的大仁大義，暗用狡計，要把蕭二蠻子折在千豹峰。「鐵杯獻酒」竟沒討了好去。冀北人魔竟又防到，恐怕自己布置的「巧擺亂石椿」未必能取得了勝。遂把祕藏多年，輕未一用的十分刮毒的暗器「九星釘形針」，取來帶在身旁，預備最後一拚生死。自己這種暗器，連老妻羅剎女全不知道，這件暗器一向收藏很是嚴密，直到臨到這次出石洞，倉促取它，才被羅剎女發現，石洞頂子上竟有收藏。自己沒看清是什麼，可是看到冀北人魔那種情形，頗是怕被敵人看見，自己認定了這是不利於敵人的舉動。

　　這時兩下裡一照面，那小霸王申凌風，已把這兩個江湖巨盜的心情看透。知道這兩名巨盜心存叵測，絕沒安著好心，趕緊低聲向師叔說道：「師叔！你若是一味退讓，可要吃他們眼前虧。這一對豺狼，絕沒有好心。你要是一大意，可要上他們的大當，吃他們的大虧。焦煥老兒，說話時目光旁瞬，定非善良之輩。羅剎女那個老妖精，更是萬惡。師叔，事到如今，你再處處存忠厚，講義氣，只怕咱們就要上他的大當，咱們爺們再想走出佛力山就不容易了！」

　　蕭二蠻子點點頭，從鼻孔中哼了一聲，低聲說道：「凌風，不要多言，你自身先要小心留意，不要輕惹是非。我跟他們動手，就有死生須臾之

險，你若跟他夫婦比，可差得太遠了。他們這夫婦全有驚人絕技，過人的功夫。你若貿然沾惹，立取殺身之禍。你倒真個不易再得生出佛力山了，你要記住，你是專給我巡風報信的，你不要管我，見危急走為要。」小霸王申凌風見師叔這麼諄諄囑咐，自己雖不以為然，可是他不敢不信，只得點點頭答應。

這時那冀北人魔焦煥向蕭二蠻子一拱手道：「蕭老英雄，咱們今日是以武會友，地點又是荒山野谷，我們彼此誰也不要祕術自珍，把個人所學施展施展，彼此換換招。蕭老英雄把你看家本領，三十六手通臂拳全拿出來賜教，我也把我這不值一提的劈掛掌在蕭老師面前討教，咱們誰也不要藏拙。」蕭二蠻子哈哈一笑道：「焦老英雄既然這麼看得起在下，我焉能不唯命是從，我是願承教益。」兩下裡一拱手，各自拉開式，走行門，邁過步，把門戶一立，莫看這蕭二蠻子雖已年屆五旬，這一動上手，精神矍鑠，不減少年。英風銳氣，頗有氣壯山河之勢。那冀北人魔焦煥，更是一撒開勢子，一派兇猛獷厲，手腳起處，全帶著勁風。蕭二蠻子沉著應付，寸步不讓，兩下裡，一換上招，真是棋逢對手，一個是以綿軟巧見長，一個是勇猛沉著兼而有之。兩下裡乍沾即合，忽起忽落，疾徐進退，倏閃倏避。這一動上手，約有二十餘招，那蕭二蠻子用了手「白鶴亮翅」，右掌往冀北人魔焦煥的中盤一揮。冀北人魔焦煥忙用「斜掛單鞭」，往下一沉，右掌立刻往下一卻，哪知一甩頭，一閃面門，蕭二蠻子竟是虛式，突的一變式，竟用了手「白猿獻果」，焦煥一甩頭，一閃面門，蕭二蠻子的掌已搭到冀北人魔的肩頭上。一聲冷笑道：「焦老英雄，我蕭二蠻子承讓了。」話聲中往旁一縱，躥出兩丈多去。往下一落，那冀北人魔覺肩頭上發疼，不過不妨動作，自己臉一紅，知道已輸給人家。惱羞成怒，再顧不得交代場面話。腳尖一點地，騰身躍起，躥出三丈遠去，往下一落，腳點一堆亂石，轉身向蕭二蠻子一點手道：「掌法果然高明！我已拜服！我還

有一身小巧的功夫，就在峰後，蕭老英雄可敢一試嗎？」

　　蕭二蠻子見冀北人魔居然連場面話全沒有，還敢二次叫陣，遂也冷笑一聲道：「你劃出道兒，蕭某一定奉陪。」那小霸王申凌風見焦煥是一個成名綠林名盜，竟這麼不要面子，脫口喝道：「好不要臉的匹夫，已經輸招……」蕭二蠻子已然聳縱身出去，扭頭喝聲：「住口，你懂得什麼！」一邊喝斥著，立刻飛身追趕那冀北人魔焦煥。焦煥前行，羅剎女後隨，這老夫婦各自把身形施展開，果然是身子輕捷，不同凡俗。蕭二蠻子和小霸王申凌風，緊綴著後蹤，從那千豹峰繞過去。這一帶崗陵起伏，山勢嵯峨，道路曲折，走出一里多地。見前面地勢陡然聳起，越走越高，趕到走到了一片高崗上，那冀北人魔焦煥忽地轉身站住。羅剎女也站在一旁，好似沒事人似的。蕭二蠻子也跟蹤趕到。彼此相距有一丈五六，相向站住。

　　那蕭二蠻子把眼前的情勢看了看，微然冷笑了一聲道：「這裡敢就是尊駕所預備的較量武功之所嗎？這原來是巧踩亂石樁的絕技，我對於這種功夫心儀已久，想不到今日竟遇見高明的焦老英雄，真是我畢生之幸，請焦老英雄賜教吧！」那冀北人魔焦煥冷笑一聲道：「蕭老英雄，不要著忙，不錯，果如蕭老英雄所言。這次我是虔誠求教。當年在師門練過這種巧踩亂石樁的功夫，只是荒廢已久，早把這種功夫忘下。久聞蕭老英雄輕功提縱術，已有超群絕俗的功夫。在下要藉著這次聚會，領教領教，正是拋磚引玉之意，想蕭老英雄定能不吝賜教。」

　　蕭二蠻子並不答言，先把這一帶仔細打量一遍，只見這亂石樁，是明按八門，暗合九宮，按「休傷生度景死驚開」八個字，這種明暗反正，全關著生剋制化。蕭二蠻子唯有對於他所堆的亂石有些懷疑，不過心念一轉，並不介意。敢情這亂石樁是每堆高有三十六寸，諸合三十六天罡，只是這種石堆是藉著山崗上的亂石堆起。本來有碎的有整的，應當碎石整石摻雜。

可是他這石樁，有的是用整石攢起，有的竟是一律碎石，看著頗為扎眼。這要是施展開輕功提縱術，可就要憑個人的輕功造詣，來斷勝負了。力用不勻，腳上就不易準了。蕭二蠻子自己對於這種輕功雖沒練過，可是名稱雖異，練法相當的青竹樁等，倒操練過，很下過深刻的功夫，倒還不至於被他較量下了。遂向冀北人魔道：「焦老英雄，我們現在無須逞口舌之巧，還是武功分強弱，掌下見輸贏。焦老英雄既劃出道來，我是捨命陪君子，咱們較量完了再談！」

冀北人魔焦煥拱手道：「蕭老英雄，先不要忙，我有兩句話要跟蕭老英雄交代。咱們醜話說在頭裡，免得事後再有怨言。我雖是劃出了這條道，可是絕不願強人所難。蕭老英雄要是對於這種輕功不屑於賜教呢，也可以另請劃出道，我就依著奉陪。若是能賜教呢，那麼我們就是這場功夫下論勝負。不論誰走手失腳，那就算是自己功夫不到，學藝不精，不用對手說話，自己認敗服輸，不得再腆顏狡展，蕭老英雄可願意嗎？」

蕭二蠻子正色道：「我們不用徒費唇舌，請焦老英雄放手賜教。」冀北人魔焦煥忙道：「蕭老英雄請先賜招，在下雖是不才，還不敢那麼狂妄，我好歹總是主人，蕭老英雄先請。」蕭二蠻子知道自己不先上，他絕不肯就動手。遂向身旁的小霸王申凌風，低聲囑咐了聲：「不要妄動，我自有主張。」說到這裡，把身形移動，轉到正面。把衣襟稍掀，向那焦煥一拱手道：「焦老英雄，請！」立刻踴身躍上了亂石樁，暗中早辨清了生剋之機、陰陽之理，腳點西北乾宮的石樁，把身形展動，莫看那般年歲，居然身手十分矯捷。起如飛絮輕鴻，穩如泰山。

這種功夫，全憑提丹田之氣，六合四稍歸一，精氣神，手眼身合到一處，全能運用圓轉如意才行，起落進退，全仗著身勢輕靈，沒有登萍渡水的輕功，上不了亂石樁。那冀北人魔焦煥，也抱腕當胸，從離宮起步。這種亂石樁是他擺的，當然他更是熟練穩健，身形在上面展動，捷如飛鳥，

嗖嗖嗖，一連幾縱身形，已到了東南石樁跟蕭二蠻子面面相對。蕭二蠻子卻是左足尖輕點著亂石樁的頂子尖，右足拳起，金雞獨立式，雙手合攏，成童子拜佛式。這邊的冀北人魔焦煥，右腳尖虛點亂石樁的尖子，身形卻是前仰後合。可是行家瞧門道，力笨瞧熱鬧，冀北人魔莫看身形那麼搖搖擺擺，好似武功造詣上沒有根基，下盤的功夫也不堅固，但一放到行家眼裡，看出這焦老英雄的輕功造詣，已經登峰造極，實非一般稍擅輕功的能夠望其項背的。他腳登亂石樁，上身儘管搖擺，可是齊腳腕子以下，紋絲不動。足見武功造詣，已然爐火純青。

　　兩下裡這一開式，各自把真實的功夫施展出來，彼此不約而同地各自一拱手，道了個請字！立刻各把身形展動，一個往左，一個往右，騰身縱躍，全是輕如飛燕驚鴻。那亂石樁雖全是浮石堆積的，可是雖經這兩位江湖豪客，腳下輕登巧縱，依然是一點聲息沒有，絕無崩墜之事。連著縱躍了四五個石樁，那江南老捕快蕭二蠻子，卻已有些明白，覺出腳下的石樁的力量不一樣，有的就好像是自己的輕功尚有餘裕。可是內中就有兩個石樁，居然是憑自己的輕功造詣，險些失腳。心中作念，暗暗加了幾分小心，可也暗中起了疑心。遂自己把氣貫丹田，抱元守一，輕登巧縱，身形快似猿猴，把這亂石樁走了十幾處，兩下裡才往一處一湊。只見這冀北人魔焦煥是連掌生風，內力充沛，只要是一夠上步眼，掌勢發得既準且狠，蕭二蠻子當下並不進招，只用封攔格架，閃展騰挪，只用守勢，不取攻勢。兩下裡在這種亂石樁上動手，並不敢像在平地上，只要兩下裡搭上手，換上招，就是一招緊似一招，一式緊似一式。這上面動手換招，是兩下較量輕功，不能連著進招，只有兩下裡一換招，立刻分開，誰也不敢戀戰貪功，久停速進，每次最多連拆上幾招，就得趕緊閃轉兩避。這種輕功提縱術，所最難的是，既用輕身術，更須能在這種下盤借不上力的地方，運用掌力；這種掌力發出來，武功造詣的深淺，一點掩藏不了。這種地方

絕不容稍事遲疑忽視，精神內力，稍一鬆懈，就有噬臍之悔。

蕭二蠻子連著跟這冀北人魔焦煥，拆了五六招，兩下裡已經各知道對手是勁敵，絕非弱者，可是兩下裡誰想著佔優勢也煞非易事。這冀北人魔焦煥，依然是施展的劈掛掌。掌鋒迅捷異常。蕭二蠻子施展開三十六路通臂拳，一招一式，全下過精純的功夫；行家眼裡一看，就懂得這種掌法夠了火候，非平庸者所能望其項背，蕭二蠻子把平生所學全施展出來，不過在先還想著只要能勝了一招一式，立刻罷手。諒他這麼個名震江湖、威震綠林道的冀北人魔焦煥，是個大人物，絕不會說了不算。蕭二蠻子早先安定這種心意，儘管自己小心應付，卻沒防到別的。哪知兩下把勢子走開，蕭二蠻子不由動了怒，因為看出這巨盜居心叵測，一招一式全是進手的功夫，掌勢撒出來全是重手；哪一掌教他打上，全有性命之憂。自己遂把掌力也貫足了，用重手來應付。

兩下裡越走招數越緊，越跳身勢越快越輕。於是蕭二蠻子把掌風一緊，要運用自己精研的三十六手白猿掌，來勝這冀北人魔焦煥。這種白猿掌更非一般平常的武功家所能企及，輕靈出眾，掌力更重，只要掌鋒掃上，休想得脫毒手。當時這邊一撒開招，真是身形快若飄風。冀北人魔焦煥見對手蕭二蠻子把招數一變，施展三十六手白猿掌，正合自己心意。因為有一處暗藏機詐的亂石樁，似乎敵人已有些警覺。他若是仍然輕登巧避，工夫一大，沒個看不出來。那一來，自己豈不枉費了心機？現在蕭二蠻子這一變式進招，正合自己心意，自己正要他進步欺身，好乘機下手。焦煥遂也把身手施展開，封攔格架，一招一式不肯落後。

這時兩下裡一進一退，已然擠到了偏西邊一帶亂石樁附近，在西面這一帶是一片荊棘茂草，後面更隱藏著一條極深的山澗，是一條死路。那暗中跟綴不肯稍離這冀北人魔夫婦的，還有飛豹子袁承烈。這時這兩位江湖怪傑動手的情形已然很激烈，袁承烈此時頗覺驚心駭目，兩下裡是各走極

端，知道眼前就要衡濺亂石堆。袁承烈暗想這位焦老英雄，和這位三十年前，橫行江湖殺人如麻的女俠盜羅剎女靳三姑，全是積案如山，殺人不眨眼的巨賊，現在就是洗手江湖，回心向善，可也未必遮得過當初的罪孽。自己雖是疾惡如仇，只是自己曾受他夫婦阻敵相救之恩。眼前二老正在生死關頭，自己怎能坐視不救？可是若是乘機暗中幫忙，救了他夫婦，倘若後來仍然在江湖道上作惡為非，豈不是自己助紂為虐？只是我袁承烈雖是潦倒江湖，求名師未遇，壯志未酬，心願未遂。可是歷來自己是抱定了一生不做負恩人之念，若是現在任他二老自生自滅，他倘若真有把握，能夠保全首領，自己此來是原為投奔他，倒還罷了。這時雖是發覺他夫婦的當年囂張暴烈的性情依然存在，自己就只可仍然一走，可是自己的食糧已斷，恐怕不易再生出佛力山。況且萬一行藏不慎，被他們兩下裡任何一方發覺，自己要落個蓄意不良，兩個不討好。像他們這種人，手底下全是既黑又狠；只要一翻臉，就有死生須臾之勢。自己對於應付現在局勢，更宜特別慎重。自己既然抱定了不做負恩人，對於這位冀北人魔焦煥有救命之恩，哪能稍變初衷。拿定主意，不便再三心二意，索性等待時機。自己若是能得手，定然要竭盡自己所學，為焦老盡力。當時袁承烈打定了主意，仍然伏身暗處靜看兩下裡動手的情形。

　　兩下裡這時已到了危機一發，那冀北人魔焦煥，便故意地往西半邊的亂石樁誘鬥蕭二蠻子。蕭二蠻子已看出敵人內藏機詐，暗蓄毒謀，絕不是只憑輕功拳力所能決輸贏定勝負的。那冀北人魔焦煥見蕭二蠻子跟蹤追到，呼地一翻身，跟蕭二蠻子成正對面。蕭二蠻子用揉身進掌，用了幾招「三環套月」、「靈猿獻果」、「如封似閉」、「排山掌」。這種招數是一式跟一式地往前進招，功力稍微弱，不敢用這種招數。這種連環掌法，有陰陽生剋之妙，一招一式，全暗藏著巧妙的變招變式。

　　冀北人魔焦煥見這位江南老捕頭蕭二蠻，運用他本身一生成名江湖的

獨門絕技，來對付自己，這種掌力非同凡俗。莫說還真格的被這種掌力打上，就是被這種掌力的掌鋒掃個正著，相距三尺，正合一個石樁的距離，也得被敵人打得翻下亂石樁。要是內家拳到了爐火純青，大約在六尺內準得被打下去。

這種內家拳的厲害，就在這種地方。當時這位冀北人魔焦煥，見對手的掌鋒已到，遂往旁一錯步。蕭二蠻子的掌鋒堪堪地已經沾到肋上，蕭二蠻子的掌式一斜，冀北人魔突然施展「飢鷹搏兔」，掌鋒往外一掛，身形隨著一斜，腳下步一換，立刻變招為「孔雀踢翻」，斜著照著蕭二蠻子的右肋打來。

這種招數很毒，只要用上，就把敵手打得不死必受重傷。

可是蕭二蠻子武功已築下堅固的根基，見冀北人魔的招數來得迅捷異常，忙把掌風往下一沉，用了手「倒打金鐘」，一掌往冀北人魔的腦門上切來。兩下裡變招全快，用的全是進手的招數；誰的招數稍差一剎那，就得敗在當場。冀北人魔焦煥，見自己的右首連著是兩個暗設計謀的亂石樁，蕭二蠻子只要往左一換步，就得中計。若是再把這機會錯過去，莫說不易再引他上當，只怕自己也得喪命在他手下。當時遂用欲取故與，欲擒故縱之法，自己不給蕭二蠻子個便宜，不易教他上當。乘著蕭二蠻子掌風打下來，故意的往右一溜傾斜，身形晃動，立刻往右邊撞出兩步去。身勢已失平衡，腳點亂石樁，已顯出下盤不固，氣浮神散。

這種情形任憑你多精明的人，也要上當。蕭二蠻子果然往左一斜身，右掌撤回，左腳往左一上步，一點左邊這塊亂石樁。左掌從胸前猛往前一推，右掌突從左掌虎口穿出，「烏龍探爪」，照冀北人魔的脊背打去。蕭二蠻子這一招施展得很快，是腳下和掌法一塊兒發的。趕到腳下一點亂石樁，覺著往旁一滑，下盤力一散，全身的力全完。當此之時，那冀北人魔身形斜轉，反欺到蕭二蠻子的左首，一矮身，右腳飛起。斜身蹬腳，用斜

踢柏木椿的功夫，照蕭二蠻子的左肋踢來。

　　蕭二蠻子在此時莫說還有他這一腳，就只這一踩中了埋伏，已經是無法挽救。再加他這一腳，蕭二蠻子只要被他踢上，就得當時廢命。那守在亂石椿旁的小霸王申凌風，也是目不轉睛，看著師叔，唯恐或有失閃。此時突見變起俄頃，眼看師叔就要喪命在冀北人魔之手，驚懼惶急之下，伸手扣了三支三稜透骨釘，一揚手，喝聲：「老賊！還有小爺照顧你！」往外一打，就覺著手臂被人一敲，整個的右臂發麻。三支透骨釘只打出一支，還是乜斜著出去的，那兩支吧嗒吧嗒，全落在地。

　　這時亂石椿上的情形一變，連暗中隱伏在草中的袁承烈，也是驚愕幾乎發聲。只見那蕭二蠻子身形已離開那裡，落在亂石椿旁，那冀北人魔卻反跌在亂石椿的夾空中，面如黑紙，兩眼珠幾乎努出眼眶外。左手忽地向衣襟下一摸，聽得哧哧似乎撕碎了什麼。隨見他一舉手，一串明珠光圓瑩潤，寶氣外宣，向蕭二蠻子招展，蕭二蠻子一聲冷笑道：「這才夠朋友，我必留你的命。」袁振烈見此情形，駭然欲動。就在刻不容緩間，蕭二蠻子飛身撲來，可是一縱身，身形已十分笨滯。離著冀北人魔還有五尺遠，必須再一縱身，才能到了冀北人魔面前，哪知發生意外！

　　蕭二蠻子才一落腳，腳尖還沒站穩，那冀北人魔焦煥面色一變，忽的右手一揚，嘎巴一響，立刻從他掌中飛出九點寒星，直奔這蕭二蠻子打來。任憑蕭二蠻子身形怎樣輕快，這種暗器也不易躲，何況他現時已經身受傷創，輕身的功夫遠不如前，竭盡全力往起一躥，只躲開了左半邊，右半邊竟中了三支九星釘形針。身形一栽，吭的一聲，摔在塵埃。

　　那小霸王申凌風本可以協助他的師叔，只是這時已被那羅剎女絆住，不得脫身。這時蕭二蠻子身形著地，緊咬牙關，往起猛的一縱身，二次躥起，向冀北人魔撲來，其勢既疾且猛，卻是一聲不哼，已具玉石俱焚之心，要跟這冀北人魔一拚生死。當時要被他撲上，焦煥必死無疑。哪知那

羅剎女靳三姑，竟在這時向那小霸王申凌風，虛點了一掌，雙臂一抖，一個「巧燕穿林」，身形騰起，正落到了冀北人魔焦煥面前。那蕭二蠻子竟也趕到。身軀往下一落，距離著冀北人魔焦煥只差兩步，不是當中有這突來營救的羅剎女，兩下裡竟隔斷。蕭二蠻子在此時身受敵人的暗器所傷，只仗著提住了一口氣，要在毒傷發作之前，運足最後的掌力，用綿掌擊石如粉的力，把冀北人魔擊死當場。這時靳三姑突加攔阻，蕭二蠻子知道自己不易再復仇了，把一腔驚恐，全移向羅剎女靳三姑身上。腳尖才一著地，雙掌的指尖向靳三姑一點，看情形分明是「雙照掌」，雙掌的指鋒硬照羅剎女的面門戳到。

第八章　蕭二蠻子誤中毒計

羅剎女認識這種掌力，只要一封一架，休想逃得活命。這羅剎女靳三姑竟把頭微往後稍一揚，反用雙掌的食中二指，向蕭二蠻子的腕下脈門上點來。

要論羅剎女，這麼封招，也是虛實難測，變化靈活，只要對手一撤招換掌，就得上當，立刻得被她雙撞掌的招數擊上。

哪知強中更有強中手，能人背後有能人，蕭二蠻子倏地雙掌往外一翻，掌心向羅剎女的華蓋穴擊來，這一手名叫「雙推掌」，用的是「小天星」之力。羅剎女雖知道他是急於狠鬥，但是這沒料到他竟會在負傷之後，還能下此毒手。為救險招，羅剎女忙往後一仰身，上半身向後倒去。這麼一來，倒真個憑這種巧力把這手掌力給懈了力。雙足一頓，腳踵用力一蹬，立刻全身倒著往後躥去。這手功夫除非內力充足，身形巧快，絕難施展。這一飛身縱走，那蕭二蠻子的傷勢已經發作，再不敢強著支持，忙往後一縱身，回頭向這邊冷笑一聲道：「你們敢用這種毒謀詭計來暗算你蕭二老子，我只要有三寸氣在，也要報今日之仇。」

那冀北人魔焦煥，此時內傷已早發作，也是強自支持。小霸王申凌風此時撲奔到了師叔面前，伸手就要攙扶，那蕭二蠻子立刻一擺手道：「不要這麼張羅，我們師徒不能取勝，自怨無能，還不與我快走嗎？」小霸王申凌風滿懷氣憤，怒目瞧了冀北人魔焦煥和羅剎女靳三姑一眼，狠狠說道：「弟子很有心跟他們拚一下子。我們要是憑個人武功高下來見輸贏，死亦甘心，他們用這種狡謀詭計來算計我們爺們，我們爺們要是這麼吃虧一走，也太教江湖道上朋友笑我們師徒無能了。」那蕭二蠻子變顏變色，抓著申凌風的手，搖頭說道：「小子，你要明白，留得青山在，不怕沒柴

燒。我們只要留得三寸氣在，何愁報不了此仇，走吧！」小霸王申凌風恨恨地扶著師叔蕭二蠻子，往千豹峰裡走去。

　　袁承烈暗中看著，見兩人這場惡鬥，算是向所未見，自己在暗中噤不出擊。直到這位江南名捕頭、蕭二蠻子走遠，再偷看那冀北人魔焦煥，此時竟自雙目緊閉，氣息微弱，面色慘白。那羅剎女靳三姑，竟自按著穴道給那焦煥按摩推拿，推血過宮，用自己本身的內功，來調冀北人魔焦煥的閉滯的氣血。

　　可是這種醫療，並不是根本的調治，只是救急。當下這位羅剎女靳三姑按著穴道，把一切推拿的手法，全給焦煥施用了。那焦煥稍緩了緩，才睜開了眼，看了看眼前的景象，微把頭點了點，向這位羅剎女靳三姑說了聲：「他們全走了嗎？」羅剎女點點頭道：「走了。」焦煥氣息緊促地說道：「你攙扶我回洞。」

　　羅剎女靳三姑滿面憂愁，攙扶著這位英雄一世的冀北人魔焦煥，也奔了千豹峰。這時可難壞了袁承烈。自己本意是看他們有了起落，自己再出面見這夫婦兩人，叩求他收錄，只是現在事情的局勢陡變，恐怕自己這時一露面，萬一他夫婦起了疑心，自己反倒落個勞而無功。這一來自己落個兩頭見不了人，自己前功盡棄，豈不是自找後悔。按袁承烈的本心，實不滿焦氏夫妻。並且很代蕭二蠻子扼腕；但又一轉念，自己志在求學絕技，蕭二蠻子是捕快，二老是巨賊，依自己地位說，還是隱居山林，從二老求藝為宜。當時袁承烈一心憤懣，自己拿不定主意，遂不敢貿然出來。只得仍在叢林茂草中潛伏著，不敢出來，悄悄隨在這二老夫婦的後頭，趕到轉過千豹峰，只見冀北人魔焦煥，已經不似先前那麼提得起精神，步履蹣跚，有些支持不住了。那羅剎女遂用力攙扶著慢慢走向洞口，雖只兩箭的地方，哪知二人走了半晌，才到達。

　　這老夫婦二人進了石洞，袁承烈仍然轉到了石洞的對面，只見石洞前

靜悄悄的，只有野鳥不斷飛來飛去。袁承烈自己一盤算，驀地想起，我在這裡耗日子，有什麼用？那兩個敵人現在是否已上歸途，那蕭二蠻子已然受傷，這種山道，就讓他是個強有力的壯漢，也走不快，我何不追他一程，看一看究竟？

想到這裡，遂立刻藉叢林茂草隱蔽著身形，離開這千豹峰，順著崎嶇的山道，往前搜尋。一口氣追了有三四里，只見隱隱地看見有兩個人影在那亂石叢草間時隱時現。袁承烈遂更把身形隱著，往前追下來，哪知前面那兩條人影倏地失蹤。袁承烈很疑心那兩條人影定是蕭二蠻子師徒無疑，自己遂腳下加緊，趕緊換過去。趕到了近前，只見那人影沒處，是一片叢崗茂草，地勢非常險峻，看那形勢，正是綠林豪強潛蹤出沒之區。袁承烈雖則看不見這業已受傷退走的蕭二蠻子，可是這種強手當前，豈敢漠視？自己遂緊隱匿著行蹤。慢慢趟到了這片叢崗附近，借荒林茂草，蔽著身形，在近處遍尋不見。袁承烈把這一帶的形勢全測度完了，知道多半這師徒沒離開這一帶，自己倒要看看他有什麼法子，把行蹤隱匿起來。

當時袁承烈揀了一處，只能向外面察看，外面的人無論多精明幹練，也不易發覺裡面有人潛藏的地方。這位風塵豪客真是處處吃虧受苦的命。來到這佛力山竟自波折橫生，現在又受了這種淒風冷雪之苦。可是在這待了工夫不大，那蕭二蠻子竟現了蹤跡。原來這隱身的地方，任誰也不會想到，蕭氏師徒潛身處，竟在一座滿布著荊棘蒼苔的石壁上，暗隱著一個石洞，半腰上沒有什麼可以駐足的地方，誰又想得到這上面會隱藏人呢？只見先是上面荊棘蓬蒿先輕輕移動，漸漸露出那小霸王申凌風的身形來，袁承烈不由精神一振，不禁把冷餓全忘了，只見小霸王申凌風也似怕有人在暗中窺視自己，他先往四下裡看了看。這一帶雖在初冬，樹林山花野草雖全凋謝，可是因為這一帶沒有什麼樵採的人能進來，草木荊棘全是多年堆積的，把那石壁全布滿了，山壁雖有幾處洞穴，也不易看出來。小霸王申

凌風手中提著一隻布袋，撥著荊棘叢草，往四下里看了又看，不禁緊皺眉頭，似露難色。

這位小霸王申凌風停身之處，高有四丈左右，這位小霸王申凌風遂一縮身，似又回去。袁承烈心說：「這可糟，他怎麼又回去了。這一來我怎敢再往前欺身察看？」就在自己停身驚疑觀望的當兒，只見那上面的荊棘叢草，蠕蠕而動，顫動的地方是漸漸往下。那叢草的波動簌簌而下，約莫有一丈左右，停住了，果然那小霸王申凌風跟著二次現身。袁承烈這才明白，這麼高的山勢，申凌風是不敢貿然往下縱身。這個地方，在石洞下有一段磴道，有丈餘長，也被荊棘蓬蒿隱蔽著。申凌風直退下丈餘來，這一來還有不足三丈高，只要輕功提縱術有把握的，也足可以上下自如了。

小霸王申凌風身形一現，這次不再遲疑，一聳身，翻到下面。可以時時防著有人來追躡他的蹤跡；在那叢草亂石間，身形時隱時現。

飛豹子袁承烈卻是始終不敢移挪，仍然伏身不敢稍動，看他究竟是奔哪裡。只見小霸王申凌風仍然是嚴防著那四下裡，一邊往前走著，一邊往草中撥著查看。直走過一道孤零零的小峰頭，站在峰頂上往四下看了看，猛撲奔一道小山坡，見他似乎看著了什麼，興沖沖地奔了過去。旋見他俯身把手中提的袋子向地上掏了又掏，似乎往裡弄什麼。這一耽擱，天色越發不早，那小霸王申凌風挺身站起，只見他似乎把那隻布袋子沒拿起，兩手不住地搓了又搓。不時地合著兩掌，向掌心裡噓氣。袁承烈這才明白，大約他這是找水來了。本來在這種地方找水，最是不易。看這情形居然一下就被他找著，這是真很難得。山居之人往往在山上，十里八里見不著滴水，很不算奇事；這是被他快打快撞地找著泉眼，或是澗溝子。更趕上天氣倏然的變冷，就是有水的地方，水也一定不多，不過是淺淺的溝澗，已凍了冰，所以他這麼活動手上的血脈，可是那蕭二蠻子始終不見出來，一定是受傷很重。真要是那樣，只剩這蕭二蠻子的師侄，只他一人，我雖也

未必是人家的敵手，總可以易於應付。

　　袁承烈雖是這樣想，可是依然不敢大意。遂仍悄悄地暗中察看他的動靜。小霸王申凌風稍微地緩了緩，立刻一俯身，把那隻水袋提起，果然那布袋已經滿滿的。小霸王申凌風提著布袋仍循原路撲奔那壁立的峰下，臨回來不似去時那麼東瞧西看了，徑直到了峰下，一聳身到了上面，穿過荊棘叢蒿，眨眼即逝，看他匆遽的神色，那蕭二蠻子定然已十分危險，不然，就是他腿腳不靈活，也得在這上面看看這弟子的來去。

　　袁承烈容這小霸王申凌風到上面好一會兒，自己心想，索性我先把他方才停身的地方看一看，看他是否真個取水。若是有水，自己也要取些。因為剛才偷看離著還遠，始終算沒看真。

　　袁承烈遂仍借那蓬蒿亂石遮著身形，撲奔到小霸王申凌風所到的那兒一看，果然是一道已經乾了的山澗，既淺且窄，只剩下面一點已結薄冰的澗底淺水，不是天寒結冰，只怕那一點水也不易存著了。可是看到他所弄去的，也不過僅僅是一層冰雪。袁承烈也趁勢用水袋，掏了些冰雪，也留著融化了，好解渴。自己把水袋裝好，隨即折轉身來，返奔那壁立的石峰。到了峰下，已是暮靄蒼茫，昏沉沉的，遠處的景物已難辨別。遂潛蹤隱跡，飛身躥上了石峰的磴道，只見上面這密布的荊棘叢草，把裡面這條斜山坡隱蔽得一絲也看不出來。遂沿著這通斜山坡，往上奔往洞口。到離洞口還有兩丈左右，趕緊把身形隱起，先仔細地往洞口看了看。

　　這裡比較那冀北人魔焦老夫婦所住的千豹峰可差多了，不過是就著的原有的一處山洞，稍事修整，也沒有門窗，看著那種陰溼的情形，令人望而生畏。袁承烈雖是明知那蕭二蠻子的傷勢夠重，此刻恐必不能動轉。可是自己心裡總是懷著疑慮，趑趄不前，遲疑不敢徑向洞口貼近。一步一望，一步一停留，最難的是踏行草間，不會發出聲音來。趕到袁承烈走到了洞門口，天已經黑了，更兼又有荊棘藤蘿蔓草蔽著，裡面更是黑暗得伸

手不見掌。

　　袁承烈來到洞口近前，只見從那陰溼的洞口閃出一點昏黃閃爍的火光。這點昏黃的光焰，更襯托得洞口這裡鬼影幢幢似的。袁承烈雖說是闖蕩了這些年江湖，險惡的事多少總見過，哪還至於這麼害怕？只是像袁承烈這種武林中人，雖是寄跡風塵，江湖浪跡，實非本願。自己不過為求名師，投益友，別求絕藝，報師門當年廢長立幼的奇恥大辱；雖是憤走遼東，並沒經過大凶大險，大風大浪，雖是免不了露宿風餐，可沒到過窮荒野曠的地方。今夜在佛力山，是身臨險地，飲食斷絕，又遇到這麼兩個兇殘無匹的江湖怪客，已經是觸目驚心，趕到兩下裡千豹峰較技，生死呼吸，更見兇殘。自己雖是暗地潛蹤，與他們兩下裡無仇無怨；可是自己暗地偷窺，深犯大忌，當時倘或稍一不慎，就有性命之憂。不料事情變得非常，那蕭二蠻子竟與冀北人魔兩下受傷，全是各自施展辣手，全想把對頭置之死地，結果弄得兩敗俱傷，玉石俱焚。自己跟蹤的綴下來，事出意外，蕭二蠻子竟在離千豹峰不過十幾里地的隱僻之地潛蹤匿跡，自己一個旁觀局外人，居然戀戀欲觀究竟，直又耗到昏夜，一來山風凜冽，周體寒冷如冰，二來身臨險地。蕭二蠻子是否真個病倒，尚在疑似之間，自己此時慢說落在蕭二蠻子手內，就是落在那小霸王申凌風手內，也不易討了好去。就算自己勝得過申凌風，可也不願替別人頂缸，做焦煥的替死鬼。自己冒著奇險，可不能不親身察看一下了，當下潛身洞旁，又有枯藤蔓草，風過處，搖動發聲，洞中又閃出那形同鬼火的微光，令人不得不疑鬼疑神。

　　袁承烈才往前一探步，還未到蕭二蠻所居的洞口，只在鄰旁一洞一溜而過，從這鄰洞突然有梟鳥跟蝙蝠全被驚起，吱吱的連聲驚叫，這種刺耳的聲音，令人毛髮皆豎。自己忙收攏心神，把氣提住了，容這怪鳥飛遠了，再往前進。哪知那洞口的昏黃微光一暗，突然有人探身向洞外察看。

自己在暗影中細辨這人，仍是那小霸王申凌風，袁承烈稍微地放了心，自己遂在暗中注定洞口，先看看四面，好在申凌風略事查看，就又縮身退回洞中。

那時山風愈大，草木皆兵，那洞口昏黃的微光漸漸隱去，袁承烈道聲慚愧，這真是天假其便，自己遂慢慢移近洞口，只見洞口這時風聲很大，自己縱有聲息，絲毫聽不出來。來到石洞口，見洞內前半段黑暗暗的，遂悄悄躡足進了洞口，貼著左首的石壁往裡看。先是任什麼看不見，趕到仔細一瞧，見入洞口往裡丈餘遠，又現微光。這才看出來，洞口往裡經過丈餘的小巷，得往右拐進去，大約蕭二蠻存身所在，就在轉角處。

袁承烈躡足潛蹤地來到轉角處隱住身形。往裡看時，只見陰沉沉的，裡面沒有多大的地方，山洞只有兩丈見高，深卻看不出。靠東面石壁，像有一床石榻，石榻上是黑暗暗的，隱約地看著似有一人。燈昏洞暗，看不出是否就是那位蕭二蠻子。

這時忽見那小霸王申凌風猛向洞口走來，袁承烈嚇得趕快往後一撒步，想要退出這石洞的夾巷。只是生怕一個腳下稍稍放重了些，被小霸王申凌風覺察，反致誤事。事到臨頭，退也無益，索性給他個豁出去，真要是他撞出來，也只好憑自己這身武功，跟他拚著鬥一下。

當時袁承烈這一破出死去，想跟敵手拚，倒算對了，那小霸王申凌風倒是往洞中這夾巷走來；可是只往內洞的轉角，走了兩步，似乎拿了件什麼東西，腳步慌張，跟著仍舊回去。袁承烈竟也被他鬧得胸頭怦怦跳個不住，自己稍稍穩了穩心神，又悄悄溜到了內洞口，往裡察看。

那小霸王申凌風把一個石塊堆的火灶燃點著了，用一銅鼓子燒水，洞裡弄得煙氣騰騰。在牆上有一個凹進去的石窟窿，裡面擺著一個滿盤著松脂的石碗似的燈火，已經燃著。只是這種形如鬼火的燈煙火光既不大，又夾著一團煙霧，更顯得黑暗暗的。

　　這個小霸王申凌風眉頭緊皺，生火煮水，不時地回頭聽聽看看。小霸王申凌風一閃身，這才看出那石榻上躺的正是那名震江湖的蕭二蠻子。蕭二蠻子這時面色如同青磚，這份難看簡直如同活死人一樣。不一時，小霸王申凌風把水已煮好，端到床前，把牆上石盞的松脂油燈端到床前，俯著身形低頭問道：「師叔！你老這時可好些了嗎？」石榻上那氣息僅存的江南名捕快蕭二蠻子，用微弱的聲音，顫聲說道：「你不用害怕，我大約一時半時還不致死，不過我要想生出佛力山，只怕不易了。」

　　那小霸王申凌風悽慘慘地說道：「師叔你不論如何，你不能死。我們爺們江湖道上闖蕩一生，若是這麼無聲無息地扔在這裡，也太不值得了。你能夠將就支持著，容我把你保護著離開這佛力山，我把師叔你安置得落個善終，我再給你報仇雪恨。你要是這時有個好歹，教我怎樣把你的遺體運出山去呢？」

　　小霸王申凌風說到這裡，不禁落了兩點英雄淚來。哪知自己一低頭，淚珠落在蕭二蠻子的臉上；蕭二蠻子被這一滴熱情的淚，激得精神一振，把倦眼睜開，啞聲說道：「你再給我點水喝。」小霸王申凌風見師叔要水喝，似乎欣喜得不知所以，忙答：「有，有。」立刻把那用冰煮成的水送到師叔口邊，把師叔的頭搬了搬，給喝了兩口，隨說道：「師叔，你老不要心窄，你老一定不要緊，你的五福七寶追魂丹，不是有起死回生之力嗎，難道輪到自己本身，總沒有效力了嗎？」這位蕭二蠻子嘆息了一聲道：「唉！你哪裡知道，你等一等，我少時說與你，就明白了，你把我扶起來。」

　　小霸王申凌風隨即慢慢地把蕭二蠻子扶了起來。這一坐起來，蕭蠻僅僅地往起一坐，立喘得肩頭起伏得不定，袁承烈藏在黑暗中，暗暗點頭，心說這麼一個驚天動地的英雄，如今一受傷，竟自無法支持。看起來蓋世的英雄也禁不得傷和病。蕭二蠻這次又和平常的患病不同，身受內傷，離死已近，哪還有一分氣力。那小霸王申凌風已經把他師叔扶得坐好了，即

挨身坐下，半扶半靠。蕭二蠻子喘息了半晌，隨即向小霸王申凌風微點了點頭，立刻道：「你不要想那些傻事了！我這種內傷過重，就是有靈芝仙草，也難續我這條性命。冀北人魔焦煥，想不到竟敢施用九星釘形針。我連中了三針，還全打中了穴道，試想我就是鐵打的金剛，也捱不過去了。我還仗著內功已臻爐火純青之候，又有五個七寶追魂丹提住了中和之氣，元陽不散，苟活一時，我在先還夢想著能夠將就著出去佛力山，不料這種九星釘形針，終是奇形陰毒暗器，發作起來，厲害無比，我實敵不住了。看這種情形，我至多能捱到明日午刻，所以我教你把我背到這樣隱僻的洞中。凌風！你不指望別的了，這就是我埋骨之地了。」

這時小霸王申凌風聽到他師叔說出這種沒有指望的訣別的話，不禁簌簌淚如雨下，強忍著悲痛，向蕭二蠻子道：「師叔！既然是身受奇形暗器，無法挽救，弟子也無面目再生出佛力山了。弟子不手刃此賊，誓不為人！」說到這裡，怒眦欲裂，痛不欲生。那半迷半醒的蕭二蠻子，此時又躺在床上，似也聽得小霸王申凌風這句話，似要拚命，立刻把倦眼微睜，看了看申凌風，微微嘆息著，搖了搖頭，聲音瘖啞地說道：「凌風，你扶我起來。」申凌風道：「師叔！你要坐起來嗎？我看你還是躺著吧！坐起來，恐怕不大好吧，您有什麼話，躺著說不一樣嗎？」

蕭二蠻子在枕上搖了搖頭道：「不要囉唆，快扶我起來。」小霸王申凌風不敢再多言，忙輕輕把師叔扶了起來，半躺半坐地倚在那裡，緊緊地被小霸王申凌風攙扶坐起，就一陣氣喘吁吁的，緩了半晌，才把氣沉下去。教申凌風把那松脂油燈焰又撥大了些，隨即向申凌風又要了口水，潤了潤喉嚨，抬頭向小霸王申凌風臉上注視了半晌，把小霸王申凌風看得不禁心頭怦怦跳個不住。自己也向師叔面上注視著，見師叔的臉慘白得如紙，非常難看，心中十分難過，想不到轟轟烈烈的名捕頭，竟落這麼個結果。可是要看這時的情形，或許還有挽救的可能，只是這依然是空空洞洞，毫無

把握，自己哪能斷定？想到這，心裡又涼了一半，遂靜待師叔發話，自己不敢妄加言語。

　　那蕭二蠻子微喘著向申凌風道：「我有兩句話，你要牢牢記住，千萬莫作耳旁風。此番我與冀北人魔焦煥來清算舊帳，我們兩人是賭生死，定存亡，哪想到我是終把敵人看得太輕了。我雖不是輕敵，想敵人久在江湖，不致拿出詭計來暗算我，就是暗算我也有法子防備，我又自恃在江湖道上數十年間，沒有受過多大折辱，更以為與冀北人魔焦煥一別十載，我自己曾經刻苦地鍛鍊，把武林中僅有的絕技綿掌練好，在大江南北山左山右，精於這種掌力的寥寥，我想定能跟這匹夫一決雌雄。」一說到這裡嘆息了一聲，隨又緩了半晌，才接著說道：「我就毀在了成見太深了，這就應了《拳經》上所說：『驕敵者必敗。』我在江湖道上這些年，歷來不敢那麼狂妄過，頂到我竟自厄運當頭，自己竟把江湖大忌忘了，以致自蹈危機。更有意料不到的，羅剎女靳三姑，這個勁敵貿然出現。九星針形釘，為江湖道上絕無僅有的暗器，三下夾攻，我哪會不毀在老匹夫的手內？雖是我臨險撒掌，給了老賊一下重手，我這種掌力，能打金鐘罩，善破鐵布衫；他雖是內外功均夠了火候，也不易逃得活命。」

　　蕭二蠻子說至此，喘了口氣，又道：「只是所差的，他有那羅剎女靳三姑，做了幫手，這女人也是江湖綠林道中女俠盜，你哪裡比得上她？她或者就許千方百計，救了那老賊的性命，我是準死無疑了。你不要痴心妄想，我還有什麼指望，你只要打定了主意，想法子生出佛力山，再圖將來。至於我的死後的屍骨，你不必掛在心上，你只把這石洞封堵嚴了，這就算我埋骨之地，哪裡的黃土不埋人？我能免為豺狼所嚼，我也就很知足了。」

　　申凌風含淚恭聽著，蕭二蠻又說道：「你要照我的話行事，我有一紙絕命書，你把他拿回瀋陽城，面見盛京將軍。告訴他，我們師叔無能，只

好來生再報答他的恩德了。這紙絕命書給將軍看過之後，不要被他留下，千萬把原書索回；不論受多大艱難困苦，要到廣西苗疆，找你那師伯，威鎮苗疆伏虎將軍魯龍滔。把這紙絕命書教他看看，他要是不肯再起爭纏，你只跪在他面前，就提我臨終說過，請他念在當年師門封刀立誓，傳給他衣鉢，獲得本門最難得的絕技時，師傅在祖師座前，諄諄告誡他的話，他大約就可答應了……」

說到這裡，蕭二蠻竟力竭聲嘶，把身子一仰，沒有什麼聲音了。小霸王申凌風，嚇得趕緊扶住了蕭二蠻子，給撫摸胸頭，又把熱水送到唇邊。蕭二蠻子努著力地強呷了一口，發出低呻。袁承烈在外面看著，倒替這蕭二蠻子十分悽慘，憑這麼個驚天動地的人物，竟落了這麼個結果。真是三寸氣在千般用，一旦無常萬事休，這種臨死掙扎，令人好生難過。這位蕭二蠻子竟自有慮死貪生之意，這倒不足怪他，螻蟻尚且貪生，為人豈不惜命，看起來，生死是大難的。

那蕭二蠻子又緩過氣來，小霸王申凌風隨又低聲問道：「師叔！你老這時好些，可要躺下嗎？」那蕭二蠻子顫聲說道：

「孩子！別教我躺下，我一躺下，只怕再不易起來了，我的話你聽明白了嗎？」小霸王申凌風道：「聽明白了。師叔，我一定照著您的話去做。我若是能托祖師的保佑，能找著師伯，我按著您的話說了，師伯真能夠答應嗎？只是當年師爹倒是說的什麼，師叔可能告訴我嗎？」

蕭二蠻沉吟了半晌才說道：「我們恩師所說的話，並沒有什麼奧祕，只是教我們本著門戶中的戒條：『為師門保名譽，雖死猶榮，為門戶爭存亡，捨生取義。』就是師門的唯一誓言，你想既有這種規誡，我那師兄，是師門中掌門戶人，他或者不能推諉了吧？你扶著我，我還要寫幾句話。」小霸王申凌風道：「既有這種門規，我去了極力苦求，諒能邀師伯的允許，助我復仇。師叔，弟子絕不能有負師叔今夜之言。師叔你老現在精

神這樣不振，怎好再寫信呢？」

蕭二蠻子慨然說道：「你不要耽擱，我這僅餘的一點精神氣力，只怕是也就耗不長久了。快把那柳枝燒兩段來，我用它代筆，好寫我這最後遺書。」小霸王申凌風立刻到那洞角，把剛才煮水的餘燃又重新燃起，燒了幾枝細條兒的柳炭。小霸王申凌風自己先試了試，將就可以用了，遂拿到蕭二蠻子的面前；又從包中找出一張紙來，已折皺得不成樣子。申凌風又把一塊平整的石頭，放在了蕭二蠻子面前，隨又把那盞焰光閃爍小燈拿過來，放在那平石上。

這時蕭二蠻子面色慘白如紙，形神非常，滿面痛苦之色。

小霸王申凌風更是一臉的驚慟之色，低聲向蕭二蠻子招呼道：「師叔！您若覺著精神不振，還是稍歇一刻再寫吧！」

蕭二蠻子更不答言，只把頭搖了搖，立刻把這無力的手伸出來，隨即將那燒好了的炭枝拿起，向那紙上劃了劃，自己眉頭一皺，把那炭枝一擲，立刻喘了半晌，低頭往紙上看了看，用瘖啞的聲音說道：「你看，蓋世的英雄也當不得這傷痛病發，我連一枝炭條的力量全沒有了，完了！完了！你看字不成字，你把那白紙再找一張來，再寫吧！」

蕭二蠻子只得將那炭條重新拿起，手顫得幾乎把持不住，強努著力，向那紙上劃了又劃，跟著一陣乾喘。小霸王申凌風兩眼不住落淚，生怕被師叔看在眼內，不時藉故扭頭。蕭二蠻似乎才寫了幾個字，又停住喘息，忽的一陣連連的咳嗽，竟自一揚頭，噴出一口鮮紅的血來，把個小霸王申凌風嚇得不住地用布巾給師叔去抹拭口角的血跡。蕭二蠻子又一仰頭，竟放重了，咯噔響了一聲，倚在石壁上。那小霸王申凌風忙得手足無措的，悲痛難忍，來扶捧師叔。這時袁承烈在外面也看得驚心動魄，慘不忍睹，自覺著氣結神奪。

停了好半晌，蕭二蠻子略微地緩過氣來，倦眼微睜，看了看小霸王

申凌風，隨即勉強掙扎著坐好了，又把那枝炭條拿起。這次手顫得更屬害，簡直湊不到紙上。小霸王申凌風含淚說道：「師叔！你老寫不了，別寫了，老天這麼壓著我們的頭，不教我們喘氣，我們認了命吧。弟子教師叔放心，凡是今天的事，我一定全都轉陳大師伯，你老就不寫，也是一樣……」卻又切齒生恨道：「弟子莫看是剩有一身，弟子已經橫了心，要不能手刃了那兩個老賊，弟子絕不生出佛力山……」

蕭二蠻子忽地把那炭條往石頭上一放，立刻雙皺眉頭說道：「你你……你說什麼？你見我死，你難道尚不念我待你十餘年愛護之恩、師門中的情誼，就這麼忍心地把我這血深冤仇置之不顧了。完了，……可憐我……英雄一世，慘死在……仇家手內，你那麼小不忍，我可就連個報仇的人也沒有了。」說到這裡，那業已枯乾的兩眼裡，流下兩滴清淚來，只有唏噓不止，也看不出是哭來，還是嘆息。

小霸王申凌風忽地往那石榻前一跪，兩手拉住了這位蕭二蠻子的手，失聲哭道：「師叔！師叔！我焉敢稍背師叔的命令，弟子是抱定了與師叔共生死同存亡。弟子雖是無能，既有小霸王的綽號，總還有師門中的些許功夫，我要手刃不了此賊，我還有何面目再見江湖的同道？弟子縱然是鐵打心腸，哪忍拋下師叔的屍骨，獨自逃命？弟子我要憑師叔的護佑，潛入千豹峰，刺殺冀北人魔焦煥和那羅剎女靳三姑，我明著不敵，還可以暗算。他們怎麼暗算師叔，我就怎麼暗殺他！弟子我若不能如願，死也就不瞑目了！」

申凌風怨氣沖天，一番苦訴。那蕭二蠻子此時被小霸王申凌風這一陣哭，給哭醒了過來。睜著兩隻昏沉無光的眸子，向申凌風看了又看，喉中似有痰擁著，竭力低著頭，往下嚥了又咽，長吁了口氣，向小霸王申凌風道：「你這是作甚？唉！事到如今，你急死也無益。前世冤家，今世冤家，今世對頭，我們就是願意解冤解怨，也無用了。凌風，你還是快快扶我把

這紙絕命書，替我寫了吧！現在一分一毫的時光，不要給空空耽誤過去。我這有限光陰，要帶去無窮恨事！」忽地抬起頭來，向身旁和洞門這邊注視，兩眼竟是精光閃爍；跟著又往洞頂上翻了翻眼波，一咧嘴，格格地笑起來了，這種笑，笑得無因，跟著從外面吹進一陣風來，只見洞內那個光焰慘慘的石燈，燈火被這風吹得往下一塌，眼看著要滅，倏地光焰驟長，夾帶燈上火苗子長起數寸。

袁承烈看得一陣脊骨冒涼氣，自己幾乎就得趕緊逃出來。

雖則一身的武功，闖蕩江湖，不能信那怪力亂神之事，只是眼前這情景，太覺觸目驚心了，這潮溼的石洞，裡面四壁陰霉，已經久無人跡。這蕭二蠻子形同活死人，面色慘白中帶著青磚色，再襯上這盞昏沉黑暗的油燈，洞中已如鬼域。更加難聽的是蕭二蠻這一聲慘笑。那哪是笑，簡直比哭還難聽。袁承烈這時毛髮皆立，再忍耐不住，閉著氣，一步步悄悄地退了出來。

自己長吁了一口氣，立刻精神一振。自己暗叫自己：「袁承烈，袁承烈，你枉在江湖上闖蕩了。這已到緊要關頭，你不看他個水落石出，反倒撤身出來，你怯的是什麼？」自己想到這裡，精神重振，立刻重新躡足輕步，進了石洞，再往裡偷窺。裡面的局勢一變，已不是方才的景象了！

只見蕭二蠻子那臉上紅潤潤的，似乎病勢已有轉機，面色不像方才那樣慘白。這位蕭二蠻子口中話已有了聲音，不像方才那麼力竭聲嘶。手中正拿著那枝炭條，振腕疾劃，剎那間把那紙絕命書寫完，把那枝炭條倏地往石桌上一擲，好像心事已了，立刻閉上眼，而在同時，臉上的神色一時比一時又變難看。小霸王申凌風道：「師叔，您所惦記的只有這事了，師叔，你還是歇一歇吧！」

蕭二蠻子突然睜眼，厲聲說道：「對了，我該歇歇了！我沒有什麼掛念的了，我現在心意空空……現在是什麼時候了？」

小霸王申凌風道：「現在已是三更過了。」蕭二蠻子哦了一聲，神情陡呈死色，一時比一時難看，跟著汗珠子像黃豆似的往下流。兩眼一閉，身上有些顫抖。

　　這一來，小霸王申凌風已看出不好，可是自己也是束手無策。想把師叔的傷藥拿出來，再給服些，也可以暫延一時。忙在師叔身旁，把那藥瓶子找著，方湊到了面前。哪知那蕭二蠻子這時忽地把眼皮撩起，看了看，把頭微擺了擺，向申凌風只說了聲：「你不要多費事了。今日今時，是我歸期，凌風，凌……風……」申凌風忙叫道：「師叔！師叔！這是怎麼？師叔！您真捨我遠走了……」

　　申凌風痛放悲聲，號啕大哭。只見那蕭二蠻子往後一仰頭，噴起一口鮮血，身子一挺，立刻絕氣身亡。小霸王頓足抱頭哭了半晌，把那盞石燈挪開，自己環顧石洞，任什麼沒有，真是一籌莫展。不禁頓足切齒道：「師叔！您在天之靈有知，可得請你助我復仇，師叔，我不能遵從你的遺言了，我不殺此賊，絕不生出佛力山了。」

　　申凌風目送逝者，精神大受刺激，他竟忍耐不下去，他也無心再料敵人的強弱。先把那紙絕命書折疊好了，揣在懷內，然後把蕭二蠻子的遺體放平坦了。可憐一世英雄，臨死竟落了這麼個結果。小霸王申凌風自己拭了拭淚痕，把身上的衣服結束停當，把一個包裹拿在手中。忽然又向死者的身後找出一件包裹，打開了看了看，裡面是蕭二蠻子的遺物，僅是些零星物件。當時小霸王申凌風把裡面兩件要緊的東西拿到手中，放在自己包裹裡。把些無用的衣物，全扔在死者身旁。

第九章　申凌風唧恨行刺

　　這時也就是三更將過，在沒有人煙的地方，凡是久涉江湖的，全能夠望著星斗，辨時辰，不爽毫釐。當時這申凌風把自己身上全收拾好了，跪在蕭二蠻子的屍體前，恭恭敬敬拜了四拜，熱淚奪眶而出。袁承烈知道這申凌風定要誓死報仇，這事實多危險。冀北人魔焦煥已經身受內家掌傷，這時生死尚且不保，小霸王申凌風雖是武功和他相較，相差甚遠；可是，一個是已受傷，一個是矯捷的少年，那麼焦煥定要遭他毒手。袁承烈轉想到自己，既已目睹此情，到底是袖手旁觀，還是馳往告警？還是此刻過去，與申凌風一較身手？袁承烈左思右想，不得主意，因思想第一步先得躲開此處。自己方才轉身，突聽得那小霸王申凌風咦了聲，跟著跺腳道：「趕情師叔也把梅花定形針帶來了。這種暗器既在手中，怎的竟自心存忠厚，不肯使用。可是老賊竟施展毒手，師叔你死得太冤了！」

　　袁承烈這時已轉身來查看，只見那小霸王申凌風拿著一個圓竹筒，僅比袖箭略粗些，比袖箭筒短寸餘，形式奇特。小霸王申凌風把這隻暗器，就著燈下看了又看，隨又向死者的衣襟下摸索了半晌，拿出一個皮摺子來隨手打開。只見皮摺子裡一排插著十隻鋼針，雖是洞內燈光黯淡，皮折內的稜角鋼針也燦燦放光。申凌風把這皮摺子放在懷內，臉上的情形不似方才那麼慘淡。仰面一聲慘哭，轉身向那死者祝告道：「師叔，你在天之靈有知，定能原諒弟子的一番苦心。弟子生死已置之度外，無論如何，也要與師叔報仇雪恨。我若手刃不了此賊，絕不罷手。弟子只不知師叔何以不施用最後一著，既已防到對手要用撒手暗器，自己也把立誓輕易不一用的梅花定形針帶出來，自己怎麼還是甘受人家的暗算，師叔師叔？你不肯一試本門的絕技，你存心忠厚，誰肯以忠厚來待你？把一世英名，斷送在佛

力山，埋骨石洞，實在太冤了！弟子雖落不尊遺言之罪，亦要與焦煥老兒，拚一拚最後生死！」

小霸王申凌風咬牙切齒，忿忿祝告完了，回轉身來，已先一步向洞外就走。這時袁承烈翻身躥向石洞外，匿身枯藤蔓草中，見那小霸王申凌風往那石洞門，搬運那枯枝亂石塊，來封堵住了。袁承烈揣測申凌風這種情形，定然得耽擱不少時刻再走，自己夜行術的功夫，未必是他的敵手，還是趕緊跑到前頭等他去。遂悄悄地移動身形，往這石壁下退。退到了下面，仗著黑夜裡，又有山風吹著，草木作聲，自己腳下雖有些聲息，倒不致被小霸王申凌風覺察，沿著一片荒涼的叢崗，往千豹峰斜趨而行。走了一個更次，千豹峰已在目前。自己在僻處歇息了半晌，重把身上結束了一番，看了看千豹峰前，並沒有一毫動靜。袁承烈悄悄地來到了千豹峰的石壁下，隨即掩到冀北人魔焦煥的石洞前，側耳聽了聽裡面，似乎隱隱發出呻痛的聲音。

袁承烈冒著險，往裡探了身查看，只見裡面的光亮不住地閃動。袁承烈知道自己現在身臨險地，此處比剛才凶險多了，一個不小心，把裡面的人驚動，那羅剎女靳三姑手黑心狠，不比小霸王，弄不好自己還許做了小霸王的替死鬼，袁承烈預計到這一點，自己把身形潛移著，時時顧及著退路，又生怕那小霸王申凌風在這時趕了來，自己落個腹背受敵兩面不討好，其勢更糟。袁承烈把身形隱蔽著，往裡一查看，只見裡面靠石床上躺的正是冀北人魔焦煥。那羅剎女靳三姑卻是忙忙碌碌，奔走不迭，正收拾著一切，看情形是預備著遷移的模樣。

忽然聽那冀北人魔在床上發話道：「你不必費事，我的傷痕過重，不經過多日的調治，不易活了。何況我這是二次重傷，哪能那麼容易逃得過去？更有那小孽障，暗地潛伏，你既算定那老鬼出了佛力山就得斃命；那小孽障你莫要輕視他，他是武勇不足，拚命有餘。你不要再顧忌我了，我

是只能有這點餘氣，還有什麼顧惜的。你不要以我為念，我是絕不想再離此地了，你不必費事了。」袁承烈半聽見，半聽不見，猜測人魔定不想遷居。

那羅剎女靳三姑果然說道：「負傷雖重，還不致就有意外，你別氣餒。你要知道我羅剎女靳三姑歷來不肯安心認命，無論遇到多大阻攔，我也得盡我全力，爭取一步算一步，我是不服氣，不認輸的。什麼小霸王申凌風，不過小屁蛋罷了，可是這小屁蛋不隨手除去，終為後患。我叫你避開，我正是為放開手腳，才好斬草除根。你明白嗎？」那冀北人魔焦煥咳了一聲道：「我看我是空自撐命，未必能多活幾時。你要背走我，不過教我再受一回活罪罷了。你還是不必費事了，你容我安安靜靜地死吧。」

那冀北人魔焦煥還要說話，那羅剎女靳三姑鋒芒畢露，沉著臉色一擺手，立刻把一隻包裹提起，一矮身，以脊背湊到冀北人魔身前，冀北人魔面色十分難看，萬分無奈地把雙臂向這羅剎女靳三姑的兩肩頭一搭，立刻被這橫行江湖的女盜俠背起來。

這時袁承烈不敢再在這裡耽延，趕緊地撤身退到外面；藉叢草荊棘遮住身形，再容這兩個名震江湖的怪傑離開洞門。見這位羅剎女靳三姑背著這麼個受傷的丈夫，毫不顯得累贅，順著千豹峰下，繞向峰側從洞門這裡往後峰走，是個斜坡。冀北人魔夫婦匿居的石洞，是在這千豹峰下。這時往峰後去，得順著峰側一片越走越高的巉岩小道上行。這時雖有斜月疏星，可是到處樹木叢雜，極容易隱蔽行蹤，袁承烈冒著寒風冷露，一步不肯放鬆，暗中仍然緊綴著走。羅剎女靳三姑白髮飄飄，兩鬢泚著一縷白髮，背著重傷的丈夫，縱躍如飛，兩隻光若寒星的眸子，往四面一顧盼，傲然拔步，不東張，不西望，辨著崎嶇的山路，眨眼之間，已奔到離峰後不到一箭地。

袁承烈暗暗佩服，這個母老虎白髮盈頭，居然還有這麼精純的本領，

可見盛名之下，無虛士了。自己遠遠溜邊，躡足跟綴，突然聽身旁的荒草，唰啦的一響，嗖的一條黑影，如飛的向前躥出去，袁承烈嚇了一跳，仔細一看，果是個夜行人，當時袁承烈竟被嚇了一身冷汗。這一來自己暗叫自己，袁承烈，袁承烈，你這可是命不該絕，這要是來人有心料理自己，不論人家明著暗著，自己全算完事；想到這越發悚懼不寧，雖是覺得一身危險過多，當前最緊的還是得看明白，這暗襲過來的夜行人究是如何人也？或者就是那蕭二蠻子的師侄小霸王申凌風？想到這裡，重振精神緊縱身形，往前追趕，還幸虧山風勁疾，風過處，草木有聲，袁承烈的輕功提縱術，比起所遇的人，似乎略遜，可是有這片風吹草木聲，算是無形中幫助了他。往前幾個飛身縱步，已離那新追來的夜行人僅有四五丈遠，那夜行人竟也與自己不謀而合；他也是避著前面的男女兩個綠林怪傑，在這時，袁承烈腳下的聲音似乎大了一點，這人似已驚覺，猛一回頭，臉正對著斜月，袁承烈不禁一驚，急忙縮身止步，往旁一藏。

　　這夜行的正是袁承烈時刻懸繫的小霸王申凌風到了。袁承烈知道已到了緊要關頭，這時自己正停身在一座數尺高的石筍後，紋絲也不敢動。見那小霸王申凌風略向自己這裡看了看，並沒撲過來，仍自躲躲閃閃，跟定前面二老。袁承烈這才知道他趕情還是沒有發覺自己的形跡，把懸起的心又復落下；仍然是暗中綴著前面這三個夜行人，這麼暗中追跡著前面的兩撥三個人，袁承烈唯恐怕露了行藏，哪還理會走出多遠。袁承烈只覺得夜風更大，氣候更冷，仔細一看，已到千豹峰半腰。前面的二老折轉方向，竟向一段凹下的斜坡走去。

　　袁承烈留神往前邊一打量，只見再往前走，那段亂石坡被長林豐草所掩映，連星月之光全照不到了，滿目盡是一片漆黑。看這情形，前面的羅剎女靳三姑一定另有詭謀。自己悄悄地隱蔽著身形，只離著二三十丈遠，忽見那前面的小霸王申凌風不時地縮步停身，不再往前疾走。袁承烈知道

愈追愈近步步展危蹈險，可是不能把自己所打定的主意變了。袁承烈此時唯一防身的利器，就是一柄犀利的隨身匕首，一串極大的青銅錢，舊日師門的三絕藝之一的金錢鏢。自己雖曾因為習練不精，受辱師門，本決意要另投名師，別求絕藝，與師弟俞振綱（即江南成名的十二金錢俞劍平），一較長短。可是自己變名易服，流浪江湖，名師未得，壯志未酬；為的這種暗器十分便利，俯拾即是，遂仍在行程中，背人不時借它練手練眼，僅以防身備患，雖是沒肯下純功夫去練，無形中不知不覺地竟自較在師門中有了進步。今夜把自己夾放在他們雙方死對頭的中間，須防頂缸，又恐遷怒，自己手中又無別的暗器，遂仍然拈了幾枚較大的銅錢，扣在掌心，以備萬一之用。

　　袁承烈冒著奇險，每到山風一過，草木唰啦啦的一響，趕緊的乘機一縱身，這樣眨眼間，只距著腳步放慢的小霸王申凌風十六七丈遠近。再看那羅剎女靳三姑，竟縱身一躍，超越過兩丈寬的山澗。

　　袁承烈好生著急，因為這一帶已漸形黑暗，竭盡目力，才看出那羅剎女真個膽大包身，敢情飛渡到深澗那邊，那邊竟不是平坦的山道，竟是片亂石淫積的斜山坡，也看不出這片山坡往上去有多高。這種地方，慢說是還背著一個受傷的人，就是空身一人，往對面縱身下落，也危險萬分。既是斜坡，又盡是浮石頭塊兒，往上一落，下盤功夫稍差的，腳下一個挣不上勁，腳下的碎石一滾，掉在山澗裡，就得粉身碎骨。羅剎女靳三姑在那裡亂石坡上，略一駐足，真如置身鬼域，再看那小霸王申凌風，也是站在澗邊上，止步不前，略略地遲疑了一會兒，看情形是查看對面的虛實。隨見小霸王往後退了兩步，猛的一聳身，也躥過澗去。這一來可把袁承烈難住了。自己躡足來到方才他們兩人立足之地，仗著這一帶連月光全被峰嶺遮住，一片漆黑，身形還比較容易隱蔽。這時一細看這道山澗，寬約兩丈左右，那邊是一道斜起的石坡，亂石堆積，間或有的地方長起亂草樹秧，

往上看去，五六丈外，黑沉沉一片，竟看不出形狀來。那羅剎女靳三姑，以及小霸王申凌風，全是蹤跡渺然，不知去向，袁承烈急的心如火熾，此時反不覺著涼了，自己忽地毅然決定，不論若何危險，自己絕不能半途而廢。

袁承烈看準了這道山澗，寬在兩丈以內，若在平地，就是兩丈五六，也可以一躍而過。不過這危如疊卵的地方，任憑怎樣膽大，也未免心情較平時差得多。袁承烈遂把身上結束俐落，暗想自己若是與冀北人魔有緣，或可一躍而過，若是自己和他沒緣，也就葬身澗底，再不然便被他們發覺，惹起誤會。

自己想罷，往後退到六七步遠，騰騰地往前緊闖，到了這邊，腳下用足了力，嗖地往澗那邊躥去，趕到身形往下一落，倒是腳點著石坡，就覺腳下的石塊一滾，自己身形哪還收得住勢，悠的竟倒著往下翻來。心說：「完了。」眼看著就要滾到澗去，忽的左腳又一滑，伸手急一抓，又撲的往前一栽，無意中，手撈著一根藤蘿。袁承烈生死關頭，哪還敢放手，牢牢抓著這根藤蘿。雖是仗著這根藤蘿沒滾了下去，危險萬狀，雖然膽大，也嚇了一身冷汗。

袁承烈略緩了緩氣，定了定神，小心翼翼地站了起來，往石坡上一步一步試著走，往上走了十幾丈，這才看出：莫怪他在那邊竭盡目力，只是看著上面一片漆黑，原來前面是壁立的一般峰腰，阻住上去的道路。袁承烈仔細一看，這上面已經無路可走。不過明明見他二老已經奔這上面來的，這時忽地失了蹤，這豈不是怪事？趕到沿著這壁立的峰，一查看，這才明白，原來這峰側另有一條道路通著旁處。

袁承烈這麼失足滑倒，有很大的聲音，這可全仗著山風陣陣，把一切的聲息全遮過去。自己繞著峰來，往前查看，一條荒草沒徑的小道，非常難走；自己設著往前試了下去，直走到山巒阻絕，不見人影，忙又折轉回

來，往四面搜尋，如此多時，忽在山凹深處。隱隱於二三十丈，陡現一片鬼火似的，有人在那裡打火。那火光，只一閃不見，看情形似又折轉身，隨火光，往前試著查看，果然那裡竟是一個隱祕的所在。自己還提防著小霸王申凌風，生怕被他撞上，趕到切近這才看出那緊貼著峰後，亂峰環抱處，是一所茅棚，那裡升起一片枯枝的火，照耀得那茅棚時隱時現。卻在四面被林崗所蔽，越登高越看不出來。那羅剎女靳三姑已把那冀北人魔焦煥安置在裡面，想必見到此處隱祕，不易被仇人發現，但是燃火取熱，竟泄露了隱祕。羅剎女在此時卻不時地出入。唯有申凌風，想是走錯了道，此刻又已不知去向了。袁承烈試著從草木叢中，欺到茅棚側，才看出這地方絕不是羅剎女親自布置的。這茅棚很像是修道人苦修之所，被她發覺了，利用在這裡，作隱匿行蹤之所。遂見那羅剎女靳三姑，忽的面向蘆棚裡說道：「你看這個所在可夠隱祕的嗎？量那小孽障縱然精明，也不容易發覺。你在這暫時忍耐，我去弄點水，給你服藥，順手把小孽障了卻了，以除後患。」

跟著聽得蘆棚內那稱雄一世的冀北人魔焦煥，竟自力竭聲嘶的，很帶著氣急敗壞的聲音，不住攔阻。那羅剎女靳三姑，卻有些不耐煩，略囑咐了兩句，居然連說：「不要緊，我立刻就回來。」丟下病人，轉身就走，袁承烈伏身在深草中，連動也不敢動。那羅剎女靳三姑匆匆順著山峰後的那條僻徑，直趨峰前，眼見得羅剎女靳三姑身形已沒入黑影中。袁承烈此時不禁不由得竟自心頭惴惴跳個不住，自己也不明白何以忽的抑制不住自己的心神，莫非眼前就有什麼巨禍？敢情他倒是推測著了，就見臨近蘆棚前的一排小樹後，倏地一條黑影晃過，一眨眼已到了蘆棚前。雖僅看見這人背影，但是已看出這人竟是那小霸王申凌風，他到此時也摸來了。那對雞爪雙鐮仍在背後背著，在暗影中身形站定，向左右前後察看了一過，雖不時地有風吹草木搖動摩擦之聲，小霸王申凌風並不介意，各處一望，一彎

身已到了蘆棚前。

　　袁承烈不禁大駭，倉促不遑思忖，雙臂一分隱身處荒草，立刻騰身一躍，撲到了蘆棚的右首。心想：「羅剎女失著了！冀北人魔要壞，要栽！」但是那蘆棚內冀北人魔焦煥，他已經發了話，他竟有覺察，發聲道：「什麼人大膽窺探，不要命了嗎？」哪知小霸王申凌風絕不隱藏，反因人魔這一呼，心花一放，自慶得手，往蘆棚前欺了一步，公然發話道：「冀北人魔瞎了你那死肉眼，相鬥半月，連你小爺全不認識了嗎？小爺特意來找你要命！」

　　袁承烈這時也欺身到離蘆棚僅僅相隔三兩丈左右。那小霸王申凌風，只注定了蘆棚內的冀北人魔焦煥，絕不疑這種幽祕之地再有第三人，袁承烈在先只能看到小霸王申凌風，蘆棚裡是一點看不見，此時也就不顧一切，悄悄從亂蒿中移到斜對著蘆棚的一堆隆起的巨石後，這裡把蘆棚一帶一覽無遺。

　　這座蘆棚有兩丈見方，全是茅草搭架的，只有後面用巨石擋風，做成一面牆似的。左右前三面，沒有遮攔，裡面用青石搭了一架石床，在蘆棚前，用石頭砌著一隻爐灶，這裡不是山林隱士之居，就是采參客暫棲之所，趕到他一走了，竟把這蘆棚丟置在這裡，沒人用了。這種地方平常人休想到得了，就是那慣走山路的，也沒法子飛渡這道深澗。哪想到這種隱祕之地，依然有人發覺呢？這袁承烈偷往蘆棚仔細一看，只見石床上端坐的正是那冀北人魔焦煥，臉色說不出是灰是白。這種地方，莫說他還是個受重傷的人，就是好人，遇到這種黑煙騰騰，昏黃的木柴火光，時明時暗，不時被山風吹得它擺搖欲滅的景象，若不是準知道面前是何如人也，必得疑心遇了鬼魅。冀北人魔的兩肩頭不時往起聳動，可見他內傷夠屬害的了。此時映著鬼火似的那兩隻深陷的眸子，竟蘊含著凶焰，注定了蘆棚外面。

這時小霸王撲向蘆棚，冀北人魔嘴唇一動，右手一抬，突聽小霸王厲聲叱道：「老匹夫！你敢動手，我先要你命，把手放下。」可憐冀北人魔焦煥，在江湖道上是多大的英雄？此時直似是困籠之獸，網中之魚，哪還敢掙扎！伸出的手真個縮回來，喟然長嘆道：「小畜生！你這算得什麼英雄？我焦煥現在身受創傷，形同木偶，慢說你這小畜生，就是個婦人孺子，也能把姓焦的置之死地；不過你這算的什麼英雄！你把江湖朋友的臉面喪盡，小畜生！你的來意我不問便知！」說到這裡，哈哈一笑道：「我準知道蕭老二已經奔鬼門關先走了！你這小畜生膽大包身，竟敢來報仇。你不用這麼橫眉怒目，你那該死的師叔，他竟不全告訴你，我焦煥是何如人也？你想動我，是否如了你的願？你縱然得手，你出得了佛力山出不了，你全沒打算好了，小畜生！你管前不顧後，這也是你陽壽已終，該著你們爺們全埋骨在這裡，你死在目前，尚夢想殺人。小畜生，我早算就你一定要來的，我這裡早有提防，小畜生你看，我這裡可是沒人嗎？」

　　說著用手一指左側，袁承烈嚇了一跳：只疑自己行藏已被識破。哪知那小霸王申凌風一聲冷笑道：「老匹夫！任你怎樣鬼靈精，也是白費了，小爺不會上你的當。就是那老虔婆來了，我也是先殺了你這老匹夫再講別的！我只問你，我爺們與你有什麼深仇大怨？竟敢下這種陰謀毒手？我師叔兩次饒你這老匹夫不死，你是恩將仇報，竟敢潛施暗算，我師叔早就察明你這老匹夫有一種九星釘形針，為最陰毒暗器，我師叔想著與你沒有不共戴天之仇，你絕不能使用這招江湖大忌的暗器。我們爺們此來實具開脫你這條老命之心；只要你能教我們爺們在玉九面前交待得下去，我們必不再逼迫。哪想到畫龍畫虎難畫骨，知人知面不知心，老匹夫你竟惡狠心毒形同禽獸。我師叔過分仁厚，才遭了你老匹夫的暗算，我們拿著大仁大義來對江湖道中人，你卻要一心用陰毒險詐來害我們師徒。上天有眼，居然你們也有漏的地方，斬草沒除根，留得你小爺在依然是要你的命。那老虔

婆比你還狠辣！她居然想到小爺身上，要追取我的性命！老匹夫，可惜晚了。要在我師徒敗走時想起來，我這條命早斷送在你們手裡，你們依然可重踏江湖，再顯身手，江湖道上還得讓你橫行。這才是人容天不容，天奪你魄，讓你費盡了心機，也是枉然；老乞婆竟會丟下你這死鬼，滾到別處，這才是害人終害己，我要不把你這老賊親手料理了，教我師叔在九泉之下也難瞑目！話已向你說明！老賊你死吧！」

猛然間小霸王將右手一揚，在暗中潛伏的袁承烈，竟忘其所以，禁不住要伸手來爭難救危，他只知道小霸王申凌風的暗器一出手，那冀北人魔定要當時廢命。他已無暇細評誰是誰非，人總是同情於弱者，他也不管手法準不準，把金錢鏢覷定小霸王申凌風就打，唰！唰！兩枚金錢全命中了小霸王申凌風的脈門上。

小霸王申凌風一甩手，當地把掌中的那支梅花定形針摔在地上。小霸王申凌風痛極憤極，往旁一跳，袁承烈真想不到自己有這麼重的手法，兩枚金錢竟把敵人的腕子傷得很重。那小霸王申凌風立刻把兩眼一瞪喝聲：「老匹夫！你暗伏黨羽，我沒想生還，我依然能要了你這老匹夫的命！」

小霸王申凌風竟想以性命相拚，要撲過去和這冀北人魔焦煥作最後的一擊，哪知冀北人魔焦煥先往袁承烈這邊看了一眼，竟自轉面怒叱小霸王：「小冤家，還妄想和老夫拚命！你死在目前，空發狂言，你回去吧！」

冀北人魔焦煥猛的一揚手，袁承烈此時乘他們兩下怒罵中，自己欺身到了蘆棚的左側，預備小霸王申凌風果然若是真個和冀北人魔二死相拚，他就不再顧及一切，伸手動他，也不想和他拚個生死存亡，只打算施展暗器，或用匕首，把他嚇走了。故此這時袁承烈竟不計利害，欺到蘆棚前；見兩隻錢鏢完全命中，此時小霸王申凌風竟不懼暗中埋伏，安心要與冀北人魔焦煥以死相拚。那焦煥身軀縱不能行動，兩手尚能動作，就見他右手一揚，袁承烈一眼瞥見他掌中扣的正是九星釘形針。

袁承烈大驚之下，知道他只要拇指一動，小霸王申凌風又要繼蕭二蠻雙雙殞命，自己既不顧焦老英雄遭了意外，也不願下井投石，趕盡殺絕。飛豹子袁承烈又一個不遑思索，竟自把掌中預備沒打出來的三枚錢鏢，唰唰唰，照焦老打出來。

　　莫看袁承烈在太極丁門中打這種暗器沒練到家，可是名家傳授，畢竟不同。此時相離又近，敵人又在明處，自己卻在暗中，處處占著便宜。故此兩次連發錢鏢，一一打中。向焦老發的這三鏢，是一隻奔拇指，一隻奔腕子，一隻奔三里穴，人魔焦煥已覺出暗中有人救己，此時驀地見暗中也有人暗算自己，僅僅把第一隻錢鏢躲過，可也沒完全躲開，兩枚錢鏢竟打在手腕子上。袁承烈雖沒敢用重手，可是相離過近，鏢鏢見血，焦煥竟把他暗器脫了手。那小霸王申凌風本是往這邊撲的，及見冀北人魔依然握著那狠毒的暗器，自己哪還敢再往前欺，只得往旁一縱身，出於無心中，正落在袁承烈隱身旁邊，袁承烈低低喝道：「你不趕緊逃命，羅剎女這就轉來，你死無葬身之地了！」

　　小霸王申凌風還在猶疑，冀北人魔竟扯著喉嚨，怪叫了一聲暗號，外面跟著起了迴響，羅剎女似已趕到。小霸王嘆恨一聲，暗中既已有人傷了自己，又傷了焦老，救了自己，現在又有人催促自己趕緊逃命，此時把來時那種無名火已經壓下去。

　　想到自己此時既然報不了仇，還想把命送了，真是傻事，留得青山在，不怕沒柴燒。想到這裡，立刻一轉身，因為危機環伺，不敢多言，向暗影中一揖，縱躍如飛，向那峰嶺轉角處逃去。

第十章　飛豹子弄巧成拙

　　袁承烈仍不放心，望了焦老一眼，悄悄躡著小霸王的後蹤，追趕來了。趕到才一轉過峰角，看見小霸王申凌風已到了深澗的斜坡。袁承烈想著他渡過澗去，一定是走了，這才抽身回來，打算再伏身在旁處，等候羅剎女他們老夫婦，看他們究竟作怎樣打算，自己好乘機相見，以免凍餓死荒山，自己才一停身，突見那小霸王申凌風往地上一躺，偃臥在荒草裡，紋絲不動。袁承烈想：「這是見著什麼了？」剛一怔的當兒，竟從西南那邊，飛奔來了一條黑影，雖看不出面貌，鬢邊兩綹白髮，一縱身被風吹得在耳旁飄飄飛起，分明是羅剎女靳三姑無疑。

　　趕到嗖嗖的身形一起一落之間，已從自己的面前過去，登時看清，不是她是誰呢？

　　小霸王申凌風容羅剎女過去之後，自己也匆匆爬起，飛跑過澗，趕忙逃走。（這小霸王申凌風從此一走，後來約請了本門前輩，二次下遼東，與冀北人魔焦煥對掌。羅剎女怒擺石椿，與仇人拚死鬥。）袁承烈見申凌風果然是走了，自己算是暫時放了心的，折轉身來，仍奔峰後蘆棚，要看看他夫婦怎樣打算，是否仍回千豹峰石洞。拔步急行，轉過這座高峰的轉角，只見蘆棚那裡又升起一堆火來，遠遠地就看見那蘆棚內的景象。忽聽那羅剎女靳三姑失聲銳叫了一聲，旋望見她奔出，在蘆棚內似乎很忙。袁承烈料想羅剎女必是聽人魔訴說適才之事了，再不然，便是忙著給人魔煎水煎藥，遂穩定心神，向這蘆棚前走來。

　　這時才看出那羅剎女靳三姑是出蘆棚取水，定因為沒有汲水的器具，只用一條布巾，往那枯泉裡兜那帶著冰雪的水，蘆棚以內，那冀北人魔焦煥，竟自躺在石床上，雙目緊閉，似已昏迷。那羅剎女靳三姑自用梧桐子

大的藥丸子，塞向冀北人魔口中，用那手巾上的冷水，來滴向口中送那藥丸。

這種悽慘的情形，恰與蕭二蠻垂死時的情景作一個對照。

正在張望著，偶一失神，只見那蘆棚中只剩了冀北人魔一人，那羅剎女靳三姑不知去向。袁承烈方在愕然，忽的背後唰的一響，一股勁風襲來。袁承烈才心中說了聲不好，要受暗算，自己忙著往前一縱身時忽覺得兩肩一麻，跟著如兩把鐵鉤似的，往雙臂上一束。袁承烈雖沒回頭，已知來者是誰，自己不敢妄施手法，雙臂自動往背後一送，表示絕不抗拒，立刻口中說道：「別動手，是我！」這時背後忽然冷笑一聲：「好明白的孩子！你認敗服輸，我絕不難為你，走吧。」袁承烈見背後人不動手，遂說道：「老前輩，我不是蕭老頭子一黨，我姓袁。」說到這裡身子被人一扭，面面相對，果然背後正是鬢角如霜的羅剎女靳三姑。

羅剎女靳三姑出乎意外地咦了一聲道：「原來是你！」隨著雙掌向袁承烈的肩頭一按，往外一攫雙臂，袁承烈覺著疼若針炙了一下，跟著雙肩恢復了常態。這位羅剎女靳三姑忙道：「你竟不失信，不爽約，這麼風寒雪冷的天氣，你敢冒這種奇險，深入佛力山，真是不易的事。你怎竟會找到這裡？」袁承烈忙道：「弟子一言難盡，少時再行奉告吧。焦老前輩可有危險，老前輩可否領我到蘆棚裡去看望看望麼？」

袁承烈連說了好幾句，羅剎女靳三姑初有所疑，繼有所思，好似沒聽似的。這時月色正照在羅剎女的面上，袁承烈只注定了羅剎女，目不轉瞬，忽的羅剎女靳三姑把兩隻眼一睜，兩道碧汪汪的光芒，含著極可怖的煞氣。袁承烈心說不好，要生誤會，趕緊一低頭。羅剎女靳三姑忽然臉上現出一種獰笑，在這荒涼的佛力山中，月色下，好像一具殭屍，突然喝問袁承烈：「喂，姓袁的，你是什麼時候來的？蕭二蠻子是否真死，那小孽障潛藏何處？你趁早實說，你可知羅剎女和冀北人魔絕不容任何人來欺

騙。我要聽到你敢有半字虛言，我可要手下絕情，教你粉身碎骨，毫不客氣。我們這兩個老夥伴，一個是已成殘廢，一個是風燭殘年，但是像殺你這樣人，尚費不了吹灰之力！」這位羅剎女靳三姑說這話時，聲色俱厲，絕沒有初見面時那種溫和之色，任何人見了，也要膽顫心驚。袁承烈卻沉得住氣，趕緊一字一板說道：「老前輩，我不敢在老前輩面前欺騙，我……我實在早來到了！那姓蕭的和老前輩的事，我完全知道。老前輩不要誤會弟子通敵，弟子是專為訪師，目睹其事，不過適逢其會罷了。弟子是懷著報恩來的，弟子衣裳單薄，已耐了兩晝夜的飢寒，現在知道老前輩的大敵已去，特此過來拜見。弟子在老前輩面前，絕不能也不敢恩將仇報。弟子實是遵著二位老前輩之意而來，弟子現在也自知身涉嫌疑，不過我絕沒有那麼大膽，敢勾結外人與老前輩為難，請老前輩放心，還是先設法把焦老前輩趕緊救醒為是，我剛才的情形，焦老前輩一定知道，等他醒轉，您再問問他，就明白弟子的苦心了。」

羅剎女靳三姑略作沉吟，點點頭說：「好吧！我們快進蘆棚。」袁承烈很懊喪的，隨著羅剎女向蘆棚裡走去。再引燃起火光熊熊。只見冀北人魔焦煥，仰面朝天地躺在厚鋪乾草的石床上，那胸口微見起伏，內部氣息十分微弱，看那樣子，還在迷惘未甦。羅剎女靳三姑緊守在床頭，兩眼注定了冀北人魔，略沉了片刻，親自用手給焦煥撫摸穴道。用推拿手法，來給這位詭詐百出、不可一世的人魔治療病傷。又沉了一刻，羅剎女從懷中取出了一隻小葫蘆，把上面的塞子拔開，倒出三粒紅藥丸來，給冀北人魔納入口中。袁承烈始終在一旁，想伸手幫忙，見羅剎女猶含敵意，只得袖手旁觀。

這時見冀北人魔竟自四肢漸動，跟著哎喲了聲，微往榻外偏了偏，分明是身體漸漸回復了知覺，跟著依然把臉扭過去，胸口起伏得比較方才氣粗些了。那羅剎女靳三姑此時臉上的愁雲略展，看出來是因為冀北人魔可

以救了，袁承烈也覺稍可寬心了，羅剎女這才扭頭來，向這鵠立在一旁的袁承烈說道：「你看見了！你此來險些不能再與我們相見了，此次我們絕沒想到會一敗塗地。這次蕭二蠻子，竟舉全力來圖謀我們，你大約也看出大致情形，蕭二蠻子心狠手辣，定欲置我夫妻於死地。我們死中求活，哪好不用撒手的功夫來爭未來的歲月，可是你到底從幾時到這裡呢？」

袁承烈立刻答道：「弟子不敢欺騙老前輩，弟子到千豹峰已經兩日了。」羅剎女靳三姑不禁咦了一聲道：「怎麼？你……你已來了兩日，你在何處存身？怎麼不露面？你躲在暗處搞什麼鬼？你要從實說，敢有一字虛言，休怨我無情！快說。」

袁承烈心中不高興，遂俯首說道：「弟子自從在虎林廳闖禍，夜走東山嶺，為了一班虎狼捕役追趕得走投無路，那時若不是遇見老前輩，我雖不見得就被他們所擒；可是我已經力盡筋疲，究竟是雙拳難敵四手，好漢抵不上人多，倘若沒有老前輩解救，我正不知是生是死。莫說弟子稍有血性，粗識人情，恩怨二字任何人也能看得分明。對於老前輩這麼相待，我時懷感戴之心。我可不敢說報恩二字，只是心裡總想著要得個機會，稍盡一點虔誠之心，以表心意。這次和老前輩分手之後，遠走邊塞，訪師尋友，結果空勞奔走，未獲寸進，益增了弟子追隨老前輩之心，遂趕回佛力山。只是弟子一入佛力山，立刻猛想起，從黃沙嶺把弟子打發走的時候，已略略說出有十年未了的舊債，要在此處算清。弟子想到以焦老前輩那種威震江湖的聲望，對於這件事還這麼重視，足見對手定為身懷絕技的武林魁首，不過當時弟子只知焦老前輩是威震河朔的俠義道，還不知道你老更是江湖推崇、武林傾倒的女英雄。弟子只想焦老前輩和那對手一見面，勢難兩立，這場兇殺惡鬥，絕不是平常人看得到的。並且這件事更是危險，自己若能早去兩天，倘若趕上，見機行事，能夠稍助焦老前輩一臂之力，也好算作進見之禮。不過弟子這種舉動，實覺有犯江湖道的規矩，可是弟

子自覺著問心無愧。弟子打定這種主意,遂不顧利害,潛蹤匿跡,徑奔千豹峰。只是這次弟子不僅做事有背江湖規矩,更兼來得冒失,我竟把這初秋已入、日漸酷寒的關外氣候忘了,所帶衣服單薄,趕來到千豹峰,弟子已然受兩天的飢寒。所幸不期而遇,暗中算是綴上了蕭二蠻子師徒。老前輩,所有他師徒一舉一動,全被我探查個明白。這一來,我本意也想伺機要給師徒一個警戒,只是這蕭某氣度異常,又好像洞知一切,倒把我管住了,我自知自己膚淺功夫,莫說那蕭老,就是那小霸王申凌風,也比我強得多。我為此疑慮,深恐打草驚蛇,無益有害,我是越發不敢下手了。直到焦老前輩和他較技,兩下裡各用獨門暗器,蕭二蠻子負傷之下做困獸之鬥,那時你老要是不動手接應救護,我也就再隱忍不住了,只有伸手邀擊他,以助老前輩一臂之力。我才敢伸手用金錢鏢給他一鏢,不料你老已把那蕭二蠻子擋回去了。弟子當時又一轉念,兩家的事絕不能就這麼算完,我與其在此旁邊,還不如暗搜他們的黨羽和寄寓的巢穴。我打定主意,還是暗中監視著這師徒二人,他們師徒只要真走了,那才算完,不然實有後患。弟子遂仍耐著飢渴酷寒,跟綴了下去。那蕭二蠻子果然負傷奇重,大約老前輩這種暗器實在厲害,竟於離開這千豹峰時,那蕭二蠻子寸步不能行動,支持半夜,竟死在山洞裡了。」

羅剎女忙道:「蕭二蠻子是真死了嗎?你親眼看見了嗎?」袁承烈道:「是的,我是目睹。」跟著又說:「那申凌風把師叔送終之後,立誓要來行刺。弟子要為報效你二老,故此我暗綴下他來。但是那小霸王申凌風十分狡詐,竟自故意把行跡亂了,忽東忽西,忽南忽北,有時還反往回下來一程,還在那未融化的雪地上故意留些印跡。可是無論多詭,我暗暗跟綴他,一步也不放鬆。他這種倏進倏退的走法,論他的精明幹練,和我這種淺薄本領,實不是他的對手。好在是他只認定了這佛力山中,只有兩個強敵,一位已然受傷,一位勢不能立刻來搜尋他。他想不到會再有第三人,

我這暗綴，算是出乎他的意料之外了。就連前輩這裡何嘗不是這樣，心目中全注定蕭二蠻子師徒身上了。」

說到這裡那羅剎女靳三姑哼了一聲道：「你這話說得倒是很對。要不是那蕭二蠻子師徒來勢太急，焉能容你在千豹峰這麼來去自如？」

袁承烈連連點點道：「是是，老前輩說得分毫不差，弟子若不是趁亂混跡，哪會逃得過老前輩的眼下。當時我知道自身危機一發，故此小心遠躡，這蕭二蠻子師徒，潛藏的地方，形勢頗與這千豹峰老前輩所居石洞相似，較這裡似尚隱僻，可是他們到底沒有看出我在暗中潛綴，他們師徒也大意了。」

羅剎女靳三姑突地從鼻孔中哼了一聲，怒視著袁承烈道：「怎麼，千豹峰蓬蒿隱蔽的石洞，你也到過了嗎？」

袁承烈雖見這位羅剎女老婆威棱可畏，只是事到此時，只好有什麼，說什麼。遂滿不介意地說道：「弟子實已到了老前輩的洞門外，只為綴著那師徒二人，所以未敢現身叩見。」

羅剎女靳三姑面上仍是凜然怒色，說了聲：「往下講！蕭二蠻子傷勢又是如何？你要打頭上講。」袁承烈接著說道：「一起頭麼，弟子既先發現那蕭二蠻子叔徒，竟在那祕密石洞隱身，因為山中道路地形生疏，說不清那裡叫什麼地名，我遂在暗中守候，看他們究竟有怎樣舉動，只那小霸王申凌風在那僅餘冬雪的山溝裡，取了些冰雪回石洞。這石洞在石壁的半腰上，又有藤蘿亂草遮住；我若不是早發現了小霸王申凌風的蹤跡，萬不易想到那裡會有人隱身，趕到小霸王申凌風把冰雪取進洞去，我趁著天已冒黑，遂到了祕密石洞外，察看動靜。那裡那份悽慘真令人看著驚心，蕭二蠻子躺在一張石榻上，面如白紙。那小霸王申凌風真個能幹，竟於這種地方，倉促間還能燃起一盞松脂燈。那蕭二蠻子竟自哼哼不止，那小霸王申凌風忙著在洞內用一隻銅鍋，裝上冰雪，放在乾草枯枝點的火上，煮這冰

雪水。老前輩，這次弟子在他洞外察看，倒十分放心了。因為小霸王申凌風那時是悲痛交加，心情是只注定在石榻上的奄奄一息的蕭二蠻子身上。身外其他一切視而不見，聽如不聞；更兼著蕭二蠻子哼唉不住，壁角燃燒的枯枝乾草嗶啪不住作響，外面的山風吹得草木嗖嗖的，莫說弟子這是屏息的靜伏在洞口，就是稍有聲息，小霸王申凌風也聽不出來。」

　　袁承烈這樣仔細說，羅剎女嫌囉唆了，眉頭連皺，說道：「你快講！」袁承烈忙道：「不一時那煮的水已經沸起來，小霸王申凌風先給那蕭二蠻子喝了少許，隨即取出療傷的藥來，給蕭二蠻子服藥，不料那蕭二蠻子似已自知傷重不救，竟不肯再服藥，還是小霸王申凌風跪在石榻前央求，蕭二蠻子才肯服了少許，這一來小霸王似乎越發灰心。那蕭二蠻子竟於飲了些熱湯後，令小霸王申凌風扶他坐了起來；小霸王申凌風竟疑心他師叔有了轉機，及至一叩問，立刻絕望，那蕭二蠻子說出彌留遺言來了。」

　　羅剎女靳三姑聽到這裡，不禁動容道：「那蕭二蠻子，說些什麼？」袁承烈道：「蕭二蠻子面作慘笑，向小霸王申凌風道：『傻孩子，你在武林中也築了根基，隨我在江湖道上也闖蕩了這些年，怎麼連我現在身上的傷，遭受怎樣地步，全看不明白了呢？』那小霸王申凌風泣然淚下地說道：『弟子不是看不出來，師叔。』頓了頓，隨接著說道：『你中了人家的九星釘形針，傷勢過重，不過弟子想著師叔也是內家的功夫，把內丹正氣提住了，用咱們的現成藥先頂住了，對付兩日。我把你老人家背出佛力山，再用九轉霹靂神火針一提傷毒，總可把命保住了。弟子是這樣看，覺著它不過是尋常毒藥暗器，或許不至於有多大危險，至於別的情形，弟子就看不出來了。』蕭二蠻子唉了一聲道：『要真像你說的情形，連這裡我全不教你停留了，我定然教你破出死命去，保我逃出佛力山，以便設法醫治。要知道，他這九星釘形針比毒藥暗器不在以下，況又滿打在穴道上，這比毒藥暗器又厲害了，若換在第二個人，當時就離不開那裡，從中暗器時，我就知沒

救了，所以我教你奔到這裡，免得把我屍骨扔在山道上，我死後還落個白骨現天。現在我實在是絕望了，傻孩子不要悲痛，我你寄身武林，哪一天不是在刀尖子上滾，生死兩個字，放在我們身上，還算得什麼？再說你也知道我們此來，原知道凶多吉少，現在落到這樣結果，正是我們來時料定的，不過所痛心的，是我們居心想和冀北人魔解仇釋怨，不想身遭暗算，令人有些不能瞑目。』……」

袁承烈說到這裡，羅剎女靳三姑截著底下的話說道：「蕭二蠻子，自知不救，又不肯甘心，才有這臨危遺囑的手段，逼迫這小霸王申凌風來行刺。只是這蕭二蠻子心腸太可惡了，他的徒侄，論武功論本領，教他前來，不過是送死！蕭二蠻子對他自己門下弟子尚這樣陰險狠毒，此番假手於我們把他除了去，正是該著上天來報應他。」

袁承烈心說：「你這可猜錯了，這才是以己之心度人呢。」

自己說話時還得處處留神，恐怕一個走了口，把話說錯了，自己就是眼前有大麻煩。當時賠著笑臉說道：「老前輩，這倒不是這種情形，當時那蕭二蠻子是深知小霸王申凌風的武功技擊，絕非老前輩的敵手；他還又生怕小霸王申凌風作出莽撞事來，在他死後，不自量力，強來報仇，當時那蕭二蠻子竟在將死的一剎那，向那小霸王申凌風諄諄告誡，不許他涉險。他說他已經是不救的人了，自己死後，只把他這屍骨葬在這祕密的石洞裡，埋骨荒山，這是前因後果，自己算認定了該落這麼個結果。囑咐申凌風，不論如何，也不準強行往外面移運他的遺體，更不教小霸王拚命尋仇。只是小霸王申凌風痛哭著，要捨命給他師叔報仇。蕭二蠻子那時已經危在目前。聽到小霸王申凌風的話，立刻好似被一種最關心的事一刺激，立刻精神振奮，遂以嚴明的態度，囑咐申凌風，要遵照他的遺囑，在他死後，趕緊逃出佛力山，到……」說到此處，袁承烈忽然想起：「我這是何必。」但再想改口，已經不及，羅剎女極力催話，面帶怒火，袁承烈只得

說道：「蕭二蠻子要教小霸王到川邊找他的本門師兄來替他報仇，並寫了一封絕命書，教小霸王申凌風，帶赴盛京，找玉九將軍那裡，叩求將軍念在他已身死佛力山，不要再追究此案。當時小霸王申凌風雖是口頭上答應著，可是弟子從他臉上、神色上，以及行為舉動上，帶出了拚命的神氣，看他來勢，是要行險僥倖，乘著焦老前輩負傷難動，他就抓空子，試行一擊。他師叔嚥氣之後，他跪哭起誓，掩穴塞洞，就一路奔來，弟子也忙綴來，這就到了剛才那一剎那間了……」

袁承烈看了羅剎女一眼，說：「你老出去打水，他乘隙急襲來，焦老前輩不能動轉，小霸王狂喜以為得志。他再想不到暗中還有弟子我，我手中捻著三隻金錢鏢呢，果然他抽出兵刃，把著暗器，先對焦老前輩說了些狂話，他就一躍上前，弟子在此時，忙發錢鏢，把他阻住……」

羅剎女聽到這裡，眼現猜疑，半晌才說：「小夥子，你道是我們就一點準備沒有，我就離開病人了嗎？那個小霸王，準是你趕走的嗎？」

話到口邊，箭到弦上，袁承烈不能不說，遂說道：「我知道焦老前輩身子雖不能動，但是手中握有暗器，照樣可以防身。申凌風只要往蘆棚前一撲，他是一準要受焦老前輩的暗器，但是你老別忘了困獸猶鬥，他不能進攻行刺，還可以放火焚蘆棚……」

羅剎女一聽這話，不由失聲道：「哎呀，我就忘了這一招，以後到底怎樣了呢？」袁承烈觀風望色，已知這個女魔王被自己話打動了，於是袁承烈詳述小霸王如何行刺，自己如何把他趕走，說得有聲有色，卻忘了一樣，他還打了焦老兩鏢。

飛豹子袁承烈說完了前情，接著又道：「弟子趕走小霸王，論當時的情形，他是受了我的暗算。我一暗算，焦老前輩這才得救；若不然，他帶著火種，明著行刺，進身不得，只可就要縱火燒棚了，反正焦老前輩已然寸步難行。當時我和他朝了相，我本可追出他去，他已負傷力疲，我本可

除了他，無奈我怕蘆棚中虛無一人，保護焦老前輩，我只得折回來，暗暗在門外巡風。我急盼你老歸來，我就上前拜見，不想沒容我出面，就被你老識破行藏，這就是弟子我一往的真情，並無半字虛謬，請你老詳察！」

羅剎女靳三姑聽罷此言，漸漸息怒釋疑，臉上的表情，慍色漸斂了。又沉吟了一會兒，方要答言，那仰臥在石榻草褥上的冀北人魔焦煥，忽然哎喲了一聲，身形轉側，氣血已經緩和，人已甦醒，羅剎女上前慰問，焦煥呻吟而答，慢慢一轉臉，眼光所及，看見了袁承烈，口中「唔」了一聲，似有所思，轉臉又看了看老妻羅剎女，帶著驚異的神色，抬頭向袁承烈問道：「你⋯⋯你⋯⋯你怎麼來到這裡了！」

羅剎女靳三姑見他作勢欲起，忙過去按住，又問他心裡怎樣？冀北人魔答說：「諒沒妨礙，那小孽障不要教他走脫，斬草不除根，終成後患，現在不就是榜樣嗎？他怎麼來到這裡？」

說到這時，語聲放得極低。那羅剎女口耳貼到焦煥的口邊去聽，這個冀北人魔焦煥，用一種離奇的眼光，盯著飛豹子袁承烈，用一種很低啞的聲音，向他的老妻不知說了些什麼話。羅剎女後又附耳低聲，對人魔焦煥耳邊，喁喁報告了一番話，冀北人魔且聽且點頭，點頭又搖頭，夫妻低言，不斷地眼光往袁承烈身上轉來。

飛豹子袁承烈本該在冀北人魔焦煥甦醒之後，上前行禮拜見才對。可是不知怎的，心中竟生猶疑，而且從感覺上忽然覺出情形不大很對。他身子晃動著，欲前不前，叫了一聲：「老前輩！」突然，聽那冀北人魔叫道：「喂，你，姓袁的，你會打金錢鏢嗎？」當此時，冀北人魔把自己的瘦腕抬起來，直送到羅剎女的眼前，羅剎女借火光細看，突然狂叫了一聲，道：「好！你這個奸細！」

羅剎女竟像兔起鶻落那麼快，挺腰又伏腰，唰的沖袁承烈撲來。袁承烈猝不及防，慌不及言，竟倒轉身一躍，從直覺上起了自衛的心，他只一

躥，躥出了蘆棚，口上連忙發出自辯之言，但羅剎女竟不想聽，喝道：「你還不束手就擒！」也跟蹤一竄，緊追出來。

袁承烈十分忿激，但自料不是羅剎女的對手，只有捨命飛逃。時當昏夜，可惜還有月光，不利逃人，袁承烈往亂草叢中奔藏，羅剎女竟像瘋了一般，必要追擒袁承烈。那人魔焦煥嘶聲喊叫羅剎女，不教她追人，袁承烈也且跑且辯，並警告羅剎女：「你老留神仇人，不要只顧追我，你的仇人還沒有離開此地！」羅剎女竟有恃無恐，又像顧前不顧後，且追且罵：「你就是我們的仇人，我看你往哪裡跑！」

越追越近，袁承烈也由忿激轉為憤怒，他竟要轉身和這女魔一鬥。忽然他心頭一動，不往遠跑，竟繞著山窟草舍打轉，然後趕路要尋奔那小霸王申凌風去。可是他又想，對付焦氏二老，已然化友為仇，自己曾手傷申凌風，也怕申凌風把自己當作這邊的奸細。自己如今果然弄得兩面不討好，袁承烈復又另覓逃路。就在這一猶疑，情形有變，遠隔二三里多地以外，忽然起了一片熊熊大火，山風正往草舍這邊吹，這午夜的野火，看火勢正趨奔焦老藏身之處。

火光一現，袁承烈大叫：「老前輩，你還追我？你看看你的仇人，這火可是你的仇人放的！」

但是羅剎女已不容飛豹子喊叫，她自己已覺察出來。這老女人一眼瞥見火光，立刻凝身止步，往草舍那邊看，又側耳細聽。正是關心者切，她恍惚聽見焦煥嘶聲的喊叫又似聽見了銅笛吹響，這半夜的野火，起得奇怪，必是申凌風無力復仇，下此毒手，放火之計，十之八九就是調虎離山計。這老女人登時不再追，掏出暗器，照飛豹子連發三下，相隔太遠，當然都不中。這老女人罵道：「姓袁的，記著這筆帳吧！早晚有遇著你的一天！你這東西為什麼用錢鏢打我們老頭？」飛豹子也喊道：「你就想吧，我能打他，我就不會殺他嗎？你還不快回去，仇人沒走，你跟我這不相干的

晚輩苦苦地追，你失算了！我的心事，你們老夫妻大概也不明白。我雖年輕，我不願欺弱，我寧願鬥強。我見危必救，遇見不平必然要管！請了，請了，算我眼拙，不識你們老夫妻這對英雄，我實在不敢承教！我們再見吧！」

袁承烈這樣喊，已道破心情，忽又後悔，何必把真意告訴這殺人不眨眼的巨寇？可是他儘管後悔，那羅剎女早已抹轉身重奔回草舍，忙著營救她的男人去了。袁承烈吆喊的話，她連一半也沒有聽著。

袁承烈急急奔出一段路，望了望野火，又望了望焦氏夫妻隱身的草舍，心中說不出什麼滋味，而且又勞碌，又饑渴，一路狂奔，倒忘了冷了。左思右想，自悔應付事機失當。他連夜擇路，離開是非地，另奔前程，別覓出路。

光陰荏苒，一晃兩年，飛豹子竟得與那鷹爪王王奎，在城塞相逢。這鷹爪王自從豫中陷獄之後，賴他妻子魯三姑，和內姊女怪俠魯大姑，內弟魯桓，多方在外面設計，一方面買獄卒，探得實底，一方由魯三姑邀同紅錦女俠高紅錦，化裝犯人的妻女，天天送飯，天天對付獄卒，不是利誘，就是色迷，突然間看準路數，大舉越獄。他們辦得兇狠，把牢獄也燒了，還放走了幾名大盜。獄吏遇上魯大姑，魯大姑一向手狠，竟一刀一個，把牢獄頭，連殺了三四個。這一來，罪狀奇重，鷹爪王逃罪西奔，先在川陝潛伏，後又不妥，竟輾轉也到了長城邊。

袁承烈此時也正在塞外漂蕩，這一日獨在店中，思量著眼前的出路，日後的結局。他曾經計劃在塞外投資開墾之事，非為所能，他就招雇佃戶。但塞外地曠人稀，人工極貴；他又不得法，只招了一兩個力笨漢，好吃懶做，不能墾荒，只會吃飯。等到預備買荒地，又覺到財力不足。臨到開墾，他又外行。他本出身富戶，雖是農人，卻生平沒有拿過鋤把，他的打算，和他的性格不相宜。結果，袁承烈經營二年多，墾荒失敗，把身上

所有的資金也全弄光了，立刻覺得非找點事混飯吃不可。這一天，他困在店中，思量餬口之計，正不知再幹什麼好，至於學本領，尋名師的打算，已被眼前的饑荒所打消，暫時作為罷論了。

飛豹子在店中，剛用過晚飯，天色已黑，忽然店夥跑進來，喊道：「袁二爺，店外有一位客人找你老。」邊荒小店，罕遇此事，袁承烈詫然道：「誰找我？我在此地沒有熟人。」話還未畢，門口已出現一個瘦小如猴的人，尖著嗓子叫道：「袁二爺，好久沒見了！」袁承烈抬眼一看，黑影中看不清面貌，但聽口音，看骨骼神情，已知是個熟人，卻想不起是誰來。

這個人竟直入店房，容得店夥退出，這人方才將貂皮大帽摘下，露出眉眼，瘦腮短髭，四十多歲年紀。袁承烈不由驚叫一聲：「這不是紀五叔……」那人連忙用手一比口唇，袁承烈立刻住聲。打量此人，數年不見，已然頗呈老態，這人正是鷹爪王的五師弟，算是飛豹子在王門中五師叔。袁承烈再想不到他會在此地相遇，連忙闔戶上拴，上前施禮問安。又問：「師叔既到此地，不知我老師也來了沒有？還有師母，還有義母魯大姑，還有紅錦女俠。」尤其是魯大姑，與袁承烈有恩，紅錦女俠可與袁有舊誼可念，不覺脫口問候。

夜貓紀五隨便坐下，讓袁承烈也坐下，已不再像從前那麼滑稽頑皮了，拿出長輩的面目，對袁承烈道：「你教我好找！你知道你師傅在關裡也不能混了嗎？他現在營口，他打算在秦皇島安家立業，他想你來，知道你家中也出了事，要找到你，一來傳藝，二來你們師徒相聚在一處，也可以成一番事業。打發我出來，找了你七八個月，如今剛剛算是把你尋著了，你近來混得怎樣？你的功夫擱下了沒有？還打算學不學？」

這一句話，又促起飛豹子雄心。當下長嘆一聲，道：「師傅還沒忘了我！弟子不幸，家遭橫禍，家兄被仇人連打帶氣，一場重病歿了。家嫂痛不欲生，我知信趕回，先把家嫂舍侄遣走，暗將家產折變，我就跟仇人拚

上了。結果，大仇已報，我在故鄉也不能存身了，就帶著全部財產，分給舍侄六成，教他改姓埋名，遷居避禍，我就為掩飾仇人的眼目，誘引仇人的跟尋，故意逃到關外，所以我故鄉的人全都知道我攜眷出關了，其實只是我一個人，在關外鬼混。不意我經營不善，把所帶浮資全賠在開墾上，我現在也無顏歸尋舍侄，我只好孤身在此地漂流，好在我無妻無子，我只一個小女，已交給家嫂了。我只混上一個人的吃用，於願已足，倒是學藝之心，至今未歇，師傅師叔既然不忘我，這正是我的萬幸，我又可以承學絕藝。」

其實袁承烈此刻已將爭名求藝之心放下了，他究竟是良家子，心知他現下這個師傅為勢所迫，必將流為綠林，他還不願這樣墮落下去，故此對夜貓紀五說，志在求藝，意思之間，是不願隨師作賊。

夜貓紀五聽他述志已畢，點頭說道：「你們師徒同運，事情擠著你們這麼幹，想學好，誰容你呀！你想見你師傅嗎？你若想見他，你就跟我走。我是奉你師傅的差，專誠來找你的，一來傳藝，一來師徒合夥重整事業。」夜貓的話不離本題，袁承烈唯唯諾諾地答應，立刻跟隨夜貓，起程奔牛莊營口，再奔秦皇島。

到了秦皇島，出乎意外，只見著師母魯三姑尋個人，那義母魯大姑，和紅錦女俠，娘兩個已然相偕走了，去向不明，也不知幹什麼去了，袁承烈微微失望，他與紅錦女俠一見傾心，他心目中只有兩個女人，一個是丁門師妹雲秀，如今早嫁給十二金錢鏢俞劍平了，一個便是紅錦女俠高紅錦。

從魯大姑那邊論起來，算是他的義姊，可是論年紀，比飛豹子還小兩歲。說是義姊，也等於師姊，袁承烈當下見了鷹爪王之妻師母魯三姑，這魯三姑還似舊時，半老佳人，風韻猶存，白面孔微微淡黃，兩道秀眉長可入鬢，另有一種春風，以晚輩之禮，見了袁承烈，扶他起來，叫他不要磕

頭，問候他的近況。隨後問到師傅鷹爪王，方知鷹爪王也出了門，不過不出半月必回，教袁承烈在此稍候。魯三姑道：「袁承烈，你是你師傅末後收的一個弟子，你師傅很喜歡你，上次無暇傳藝，現在你師傅定要把生平技藝，傾囊傳授給你。他還打算把你薦到佟家園佟慶麟那裡去，你願意學點穴，佟家一派正是點穴的名家。」

數日後，鷹爪王方歸，竟打扮成一個老道模樣，進了寓所，方才卸去偽裝，袁承烈上前拜見，鷹爪王甚喜，略敘前情，即叩問袁承烈今日作何打算。袁承烈仍說志在求藝，鷹爪王點頭，誇道：「難為你有這決心，數年如一日！很好，我回頭就傳你。」

飛豹子袁承烈此日與鷹爪王重逢，鷹爪王刮目相看，切實傳起藝來。但鷹爪王不能隱遁，仍在祕密裡有所營幹，也曾試探著問袁承烈，勸袁承烈跟著他在江湖上混。袁承烈推以學藝未成，不敢問世，婉言拒絕了入夥。幸而有魯大姑的前言放在頭裡，鷹爪王夫妻也就不再強人所難，一聽袁承烈的便。不過遇上跑腿送信的事，袁承烈跟著幫忙，只不多染一水罷了，凡事都有界限。仗他機警，師徒居然同器相安。

輾轉五年，鷹爪王本派的絕技，袁承烈已頗有所獲。師母魯三姑，師叔紀五，也都幫忙教技。做綠林生涯的，不論多嚴密，也難免招風，這一年正當秋天，忽然風聲吃緊，鷹爪王的潛身所在，似被官面捕快能手看破。鷹爪王是老作手，立刻機警，立刻遷場，把祕密巢穴連夜遷出秦皇島，由夜貓紀五把捕快誘到歧路上，然後再抽身退回。

如此又在新巢穴過了一年半，突然又得到警耗。上次是新案破露，此次是舊案重翻，豫中海捕越獄戕官的案子，追到這邊來。鷹爪王又存身不住，遂召集家中人和手下人，共議當前避捕之策，及今後如何安身。夜貓紀五說：「索性我們落草吧。這麼偷偷摸摸，做黑道生涯，還不如開窰立櫃，糾眾大幹。像這黑道生涯，頗同虎居鬧市一樣，藏躲得儘管嚴，改扮

得儘管好，也擋不住六扇門的高眼。捕快難對付，還是官兵好支吾，我們落草吧。」

鷹爪王那幾個綠林徒弟，也都主張落草。鷹爪王和夜貓紀五，把魯大姑和紅錦女俠找來，又重商議一回，落草之事就此定局。然後眾人商議安插袁承烈之舉，乃由鷹爪王夫妻，請魯大姑和紅錦女俠在半夜的時候，把袁承烈叫到密室告訴他現在的危險，和來日的打算，問他怎樣。

袁承烈和紅錦女俠，這方見面，紅錦女俠早已嫁人了，她的丈夫關夢嚴，也是一個綠林中後起之秀，生得英姿爽露，身形稍矮，武功很可觀，為人膽大氣豪，口角神情，天然帶著一種少年傲兀之氣，和高紅錦正好是一對。高紅錦跟隨著義母和丈夫，來見鷹爪王夫婦，已早知袁承烈現在師門，二人重逢，紅錦女俠笑道：「師弟久別了，上次咱們見面，是你初入師門，是你老師身遭險難。今天我們重會，又到了你將出師門的日子了，你們老師又遇上對頭了。師弟，你我算是有緣。」

飛豹子看紅錦女俠，已然是少婦模樣了，衣飾鮮明，眉清目秀，苗條的身材，拖著長裙，儼然是大家的少夫人，哪裡像個綠林女寇？倒是她的丈夫，短小精悍，如一個小鐵人似的，看外表便知道外功很強的人，竟沒有文弱之氣，因此也就不像少爺，像個少年鏢師。袁承烈目對這曾有一日之雅的師姊，心中另有了種似酸似甜的苦味，他心中嘆氣，臉上陪出笑容，忙說：「師姊，我不知師姊已經出閣了！姊夫您大喜，師姊您也大喜！」高紅錦嬌笑一聲道：「大喜大喜，彼此同喜，你多咱大喜呢？」

飛豹子頭一低，虎目一翻，強笑道：「我大喜？我這一生哪裡還有大喜的日子？」紅錦女俠道：「這是什麼話？這話怎麼講？年輕輕的，旺生旺長，哪來的這些牢騷？你不是一心想苦學得技藝嗎？如今你老師果然不出我所料，把他老人家的心窩子的本領都傳給了你，你算得其所了，還有什麼不稱心？哦，我明白了，你別是現在還沒有成家吧，你想媳婦了吧？我

說乾娘，三嬸子，你瞧你這徒弟乾兒子也二十好幾了，你該給他張羅張羅了。你可知道我們黃師姊她的那個李家二表妹麼，今年也十八九了，上年跟梁家訂了婚，沒等出閣，姑爺遭事了，現在李家二表妹還沒主兒，若不然，你二位老人家就給我們袁師弟說說呢。」

她只顧放言高論，把正事都丟在一邊。魯大姑這位五六十歲的老太婆，此時高據臥榻正有所思，笑了笑說：「紅姑娘剛出嫁，就惦記做媒，這可真是自己樂，忘不了別人也樂。現在你們還顧不得保媒了，我聽紀老五說，河南的海捕已然一路踏訪，跟到這邊來了。我們三妹夫三妹妹可得搬家，他們實在搬膩了，他們要改變門風，要大大地幹一傢伙，省得教他們六扇門像屈死鬼似的，老在屁股後頭跟著，人要上了山，開山立櫃，他們六扇門也就彎了氣了。三妹夫的朋友，快馬湯金望勸三妹夫投他們這一行，三妹夫已然活了心，打算此刻就改行。不過他不想跟著湯金望走，他要開門另創。這已然定局了，我這回是專問問袁承烈，你打算怎麼樣？」

飛豹子袁承烈忙道：「弟子的事，請師傅、師母、義母你們三位老人家做主。」魯三姑道：「論你的為人，心眼義氣本領，足夠十成，你師傅實在愛你，不願離開你。但我們都知道你……知道你是良家兒女，教你跟我們染一水，我們心上不安。我們的意思，打算給你打點盤纏，送你回鄉。故鄉回不去，你可以找你那隱居的侄兒去。再不然由你師傅寫薦信，把你轉薦到別處去。你願做事，就把你薦到鏢行，你還想學別的絕藝，就把你薦到別處去。你跟著我們也好幾年了，我看你提心吊膽，你實在不是我們這裡頭的蟲，你不要再跟我們混了。」

本夜在密室反覆商量，袁承烈不必明言，師門已完全盡知他的心事。遂由魯三妹，取出一包金珠，兩封薦禮，把袁承烈再薦到別家。

袁承烈和紅錦女俠剛剛再見面，如今就要永別，心中未免茫然，事實呢，又難避免，魯大姑和高紅錦都把承烈勸了一陣，還是拿出「後會有

期」的話安慰他。催他打點行裝，可以先一步避開這是非地。據鷹爪王說：他要開山立櫃，此刻免不了還要拒捕闖山。

鷹爪王當夜密議，外面風聲加緊，已然布上卡子，遠遠只把鷹巢包圍了。

包圍鷹巢的指揮人，乃是中原有名的捕快，設計周密，不動聲色，竟調了二百多名官兵，還有當地的捕快，他們任聽鷹爪王呼朋引類，糾黨集眾，他還只監視出來的人，放寬進去的人。鷹巢是設在島邊濱海的小山山腳。表面做著腳行生涯，專接海道而來的船舶，暗地卻幹著據舟劫貨的把戲。鷹爪王本非水寇，在島中寄居，這是避禍的意思大，餬口的打算也當然有，他連家眷弟子同門道，也有三十多人，如今官軍大舉，竟調了二百多名海防的緝私水師。據河南跟下來的海捕推測，這隻鷹必要落海當海寇，哪知這隻鷹還是要投山恢復陸地生涯。

鷹爪王夫妻，和紅錦女俠夫妻，以及魯桓、魯大姑姊弟，連夜布置出走的事。第一步，是先把飛豹子送走，事已刻不容緩，到次晨，夜貓紀五同一個朋友，慌慌張張奔回來；他是出去探道，並窺看官軍的動靜。據他所探，海邊上已不能走，海口子已然卡住，這情形鷹爪王已先知道了，他養的幾艘小海船，已然被扣，官軍以抓官船運糧為名，把大小民船商船全都扣留。鷹爪王睹狀知危，竟命夜貓紀五，伴送飛豹子袁承烈脫離虎口，鷹爪王並預備親自送出五十里外，紅錦女俠也要送行。

士別三日，便當刮目相看。今日的袁承烈，武力大進，又異於初出關的時候。他又多歷險難，心思更加細密，今日可當得起「膽愈大，心愈細」六個字的考語，若在昔年，他必不煩人送行，他此刻竟不推辭，願送就送，也省得出了差錯，令師門動疑自己賣底。打點齊備，結束停當，挨到夜裡，預備往外一溜。出乎意外，官軍不但勘破他們的明窟，把他們的密窟也盯上了。他們送行的人也稍為多些，官兵嚴窟監防，潛搜他們的密

窟，似已看準了他們的底細，這就要下手。官軍起初跟綴很鬆，但實在是許入不許出，許一二人來往，不許好多人出入，他們這一行眾多人，官軍干捕絕不放鬆，於是鷹爪王大怒，鷹爪王在暗中調遣；官軍也在暗中移動，鷹爪王喝道：「不行，打出去吧！」這的確已不能善走，眾人隨聲附和，也說：「打出去！」

鷹爪王的明窟在海濱，密窟在島內荒村中，背後倚山接谷，十分荒僻，鷹爪王連日將主力都退在這一處，只留下數人，在海濱假守著那座明窟，他們從外面進入，從明窟移到密窟，全在夜半祕密行動。但就是這樣，也已看出改裝的干捕，在荒村附近伸頭探腦，已暗地裡扼住要路。鷹爪王決定爬山，從山後奪路，官兵若來阻撓，就此動手拒捕。

山後在白天看，還沒有官兵，一到夜間，也有人臥底了。

鷹爪王夫妻，紅錦女俠，夜貓紀五，與袁承烈一齊出了密窟。

紅錦女俠把袁承烈攔住，黑影中低叫了一聲：「師弟。」袁承烈連忙止步，紅錦女俠將一隻黑綢面幕，塞在袁承烈手內，手碰手，這一隻綿軟如嫩玉、如春筍的手，和數年前在漢陽那一握，正是一樣，袁承烈心中不覺得怦怦一跳，側目回頭，那紅錦女俠的丈夫關夢嚴恰立在妻子的身旁，如鐵人一樣，短小精悍，手持一對鉤刀，雙眸閃閃顧盼傲然。袁承烈忙嚥了一口氣，斂住心神，口稱謝謝！把面幕要往衣囊裡裝，紅錦女俠笑了笑，說道：「你還是不露真面目的好，你現在就戴上吧。」袁承烈又謝道：「是的，師姊！」如囑掛在耳輪上，黑幕掩面，只露口鼻，從日眶中透出了一對虎目，也閃閃含光。

然後他們從黑影中散開了，零零星星，幾個人分批往山坡溜。大野漠漠，黑夜沉沉，叢林亂草沙地搖風，小山如土墳，樹林如怪獸探爪，恍惚見黑隅暗角，有人頭窺探，夜貓紀五掏出暗器，要抖手先給他一下，鷹爪王低喝道：「住！犯不上，留在前面再用！」

　　夜貓紀五當先開路，鷹爪王從側面翼護著飛豹子袁承烈，紅錦女俠和她的丈夫關夢嚴，緊隨在後，雖在緊迫的局面下，夫妻倆兀自喁喁細語，夾著紅錦女俠和她的嬌笑微哂聲。魯三姑姊妹又在最後，各持著兵刃，暗器。其餘鷹爪王門下弟子，同門好友，同道良朋，也都三三五五，分別撤防回窟，從窟中出來，先是以守為退，跟著試探著得溜就溜，不得溜就硬闖。

　　都有一個祕密約定：「千萬不要散了幫！」虎落平陽，還要吃虧，何況是一個人，走了單，必要受禍。

　　爬上山坡，幸而沒有遇上伏兵。夜貓紀五露出怪聲對鷹爪王說：「你不是說已然露出了餡了嗎？怎麼此地空著，他們會沒有埋伏呢？」兩人手拉手，登山下望，曠野一片漆黑，定睛窺看良久，推測地勢，那邊有一片矮林，恰好是設伏的要地，但是左看右看，沒有人影，沒有火光；鷹爪王更俯首下望山腳，山腳卻是更加漆黑，以他那一對鷹眼，也看不出所以然來，因罵道：「管他娘的呢，往下闖吧。」

　　他們全是有功夫的人，雖然夜行山徑，橫穿叢莽，他們只用長兵刃，作為山杖，他們並不用裹氈下繩之法，還是一步一步硬往下蹠。暗中互相關照，如遇難行的崎路，磕絆的坎坑，就低低噓唇。不敢高呼，恐被埋伏聽見。可是紅錦女俠，魯氏兩姊妹乃是女人，女人纏足，腳登鐵尖鞋，宵行亂莽中，磕磕碰碰，到底不及男子，魯大姑和魯三姑互相扯著手，他們的胞弟魯桓也從旁攙扶，紅錦女俠就和自己的丈夫拉著手，結成一串，側斜身子往下尋路。忽然哎喲一聲，紅錦女俠腰肢一晃，如風擺柳，一栽二栽，竟骨碌碌直滑下去了。關夢嚴急救愛妻，也被互牽互拖，骨碌碌地一同下去了。

　　下面竟是深谷，飛豹子袁承烈恰在紅錦女俠的旁邊，見狀失聲一叫，急忙探爪一抓，沒有抓住，急得忘情，縱身急往下救，也是一腳蹬空，骨

碌碌地栽下去了。

鷹爪王、夜貓紀五吃了一驚，閃目往四面一瞥，各展飛騰術，如燕子掠空，如飢鷹捕雀，雙雙往下面深谷躥。但當此時，飛豹子只一栽，只一翻，立刻團身如圓球，張爪如蜘蛛，一下子，撈著一塊崖石角，把全身之力，全運在爪掌上，鷹爪王的「鷹爪力」傳給他，他現在用上，右手使勁抓，左手一按山坡，立刻撐身立起來，急凝步拿樁，將身立住。仍不以自救為足，眼往下方，側身下滑，他還想撈救紅錦女俠。

紅錦女俠也撈著山上的灌木，剛剛要借力站起，不想她的丈夫落下來，恰砸在她的身上，哎喲一聲，兩人全倒，又往下溜，飛豹子袁承烈一股急勁，滑步而下，他為貪速，竟冒險一縱，唰的一聲，一落數丈，倒越過了紅錦夫妻，趴伏在下面。

紅錦夫妻順勢下溜，兩口子齊砸在飛豹子的頭頂肩膀上。

紅錦女俠失聲一叫，「哎喲，是師弟嗎？」關夢嚴幾乎坐在飛豹子的身上，紅錦女俠的鐵尖鞋蹴著飛豹子頭，把袁承烈連砸帶踹，踏得哼了一聲，道：「是我！師姊，你怎麼滑倒了？」

三個人摔倒在一處，紅錦女俠忍不住咯咯笑起來，頭頂上之魯氏姊妹們連打胡哨，禁她住聲。紅錦三個人互相挽扶，勉強站起，全都砸破了許多浮傷。紅錦女俠左手抓住飛豹子，右手拉著自己的丈夫，低聲哎喲，道：「把我的腳挫了，你們倆把我拉著點，咱們就此往下走吧。」

說時，鷹爪王和師叔紀五已騰身而下，雖然身輕似燕，可是錯夜瞎跳，提氣上拔，終不免落地有聲。在紅錦三人互相扶挽，要往上走時，鷹爪王已然躍到，忙說：「這麼走不對！還得上去。」夜貓紀五道：「這麼走也好，不過稍為繞遠，只是他們上面的人，也得跟著跳下來，才好。」互相傳呼，就從這山谷半坎，斜往下走。紅錦這一摔，竟摔出是非來。他們輕噓低嘯，不料已被官兵聽見，還沒容他們爬出山谷，突然聽山坎的胡

哨，跟著放起「旗火」。跟著山腳蓬然大響一聲，開了一炮，乃是重炮。就在看不出有埋伏的地方，突然出現了埋伏。官兵竟有大行家，竟料定山險之路，是賊人逃走必由之路。當下，火光連閃，伏兵四起，全抄上來。

　　鷹爪王大駭大怒。魯氏姊弟還在上面，一見旗火，立刻知警。魯大姑這老太婆好不厲害，喝一聲道：「喝！我們先把這東西料理了！」頭一個提兵刃，撲過去。旗火起處，有三個伏路兵，通了暗號，正要溜走，回歸本隊，魯大姑提刃當先，魯桓後隨，魯三姑也撲過去，魯氏三姊弟，只有兩人動手，竟把伏路兵砍倒在山坎。索性掏出銅笛，大聲一吹，把自己人一齊調到這邊。鷹爪王忽命紅錦夫妻和袁承烈退後，命夜貓紀五，和自己分兩面當先開路。走下集合地點，容得魯氏三姊弟，和同夥諸人陸續到齊，這就分別往下硬闖。

　　官軍火把齊燃，全奔山谷攻來。鷹爪王如猛獅一樣，一手提兵刃，一手握暗器，頭一個衝下去。官軍放箭，被他連閃帶挑，沖開箭雨引領一行人奔東闖。由魯氏姊妹二人斷後。夜貓紀五引領一行人奔西闖，由魯桓斷後。紅錦女俠夾在紀五隊中，袁承烈夾在鷹爪王隊中。官兵很勇，干捕也有功夫，卻擋不住這亡命徒拚死忘生，硬拚硬碰。竟被他們這兩隊人沖開一條路，闖出深谷。

　　鷹爪王大展雄威，先沖到指揮官面前。這指揮官本隱在林中，此時有八名小隊子，排刀持叉保護，四隻官銜燈照耀著，倒做了群寇攢攻奪路的目標。鷹爪王避實踏虛，如一陣風，如一條曲折的蛇，東衝一頭，西衝一頭，望見這指揮官跨馬提刀由手下兵挑著一隻高竿提燈，作為號令，指揮這些兵左圍右攻，很是得法，鷹爪王竟卷撲到兵官馬前，兵官喝命放箭，鷹爪王手起刀落，砍倒那提燈的號令兵，又一轉刀鋒，猛砍兵官的馬頭。這馬是良駒，不容刀到，便往旁閃，鷹爪王一咬牙，抬刀往上一架，那兵官的刀已然劈下來，刀刃砸刀刃，騰的一聲，竟把兵官的腰刀磕飛，又復

一刀，下削兵官的大腿。兵官大驚，但他馬上功夫很好，急急一抬腿，躲開刀鋒，就勢帶馬抽槍，槍在鞍下插著。鷹爪王不容他抽槍，刀鋒只一轉又一伏身，突然下砍馬腿，馬負刀傷，連聲嘶叫，拚命猛躥，這馬已越刀出口，卻是躥得急遽，把兵官掀翻在地下，仰面朝天。馬竟不跑，站在主人身旁。兵官摔得發昏，見鷹爪王刀到，瞑目待斃。部下群卒見狀馳救，魯氏姊妹兩個婦人已到，縱刀亂砍。

鷹爪王乘此時機，輪刀一躥，要斬兵官，忽然暗中發來一箭，連忙一閃，群卒不顧捉賊，不顧迎敵，竟全隊大噪，全來搭救主將。鷹爪王大喜，喝一聲：「還不快走？」把刀尖往上一指，往西一揚，引群寇由東方奔了西方。

夜貓紀五所率實力稍弱，已被官兵包圍，身中一箭，幸不致命，已被他拔下，帶傷苦鬥。斷後的魯桓忙搶上來，一面掩護，一面替代他。兵多賊少，又被包圍。忽然間，陣勢鬆動，急張目一瞥，才知鷹爪王擒賊擒王的戰法，砍倒號令，戰敗官兵，官兵大隊已亂，潰圍的群寇至此大喜，互相傳呼一聲，併力奪路，一同東奔西逃，又大反轉，迎上鷹爪王，兩隊相合，如飛地落荒奔逃，逃出不遠，鷹爪王停步提刀，回顧自己人，按名呼喚，本隊幸無落伍之伴，也無被擒之人，連說：「好好！」連催：「快跑，快跑！」

鷹爪王又跑出一段路，忽然想起，又復停步道：「哎呀，小袁呢？還有紅錦呢？」

只這一番潰圍拒捕奪路，查點人數，別位不短，單單短少了三個人，一個是專誠來護送出險的飛豹子袁承烈，兩個是相伴送行的紅錦女俠高紅錦，和紅錦的丈夫關夢嚴。那年老氣雄的女俠盜魯大姑，那徐娘半老的鷹爪王之妻魯三姑，和內弟魯桓，師弟夜貓紀五，以及鷹爪王的四個共患難的弟兄，十多個生死的朋友，只有少數負傷，全得出虎口慶更生，偏偏短

少了他們三個少年。詢問紀五，紀五也說不上來，因為他已負了傷，一味顧命，忽略了別人。

魯大姑到底年老，喘吁吁拄著一桿槍：「怎麼我也沒看見他們三個呢？我們回去找找他，別是走岔了道？」魯大姑又問胞弟魯桓：「你和紀五爺不是跟他們三個人一路嗎？紀五爺不曉得，是因為他當先開路，你可是斷後的人，你也沒留神嗎？」

魯桓詫異道：「記得一出山谷，我就恍惚沒有看見他。」鷹爪王忙問：「沒見誰？是紅錦還是袁承烈？」魯桓道：「我說的是袁承烈，我們一意是送走他，倒沒想到驚動官軍，連我們也鬧了一個跑。我只注意他，沒有留神紅錦夫妻。」說時面有愧色，黑影中，戰疲了，也無人理會。

鷹爪王轉身望背後，恍惚潛有火光，遲疑半刻，一咬牙，一頓足道：「我們全始全終，全出全聚，我不能害了他！你們先走，我回去找找他們。袁承烈與我有好處，紅錦又是乾侄女，又沾著親，就是關夢嚴，也是老友之子，人家為急難而來，我不能斷送了人家。抬腿一走！」

說話時，雙眸霍霍，吐露威光；把兵刃一揮，向妻子要了一把暗器，邁步就往回返。

魯三姑忙道：「我同你去。」

魯大姑道：「我同你去。」

魯桓道：「我同你去。」

夜貓紀五左臂有箭傷，但也一頓足道：「走，咱們全回去找。」

但他們這一來，只是激於一時的義氣，他們苦戰奔波通宵，誰都感覺疲勞。鷹爪王點著火摺，看了看眾人的神氣，只率同妻弟魯桓，前往尋找。請魯大姑率領眾人，速離這是非場，好在未有預定的逃避之所，眾人便散開了溜過去。鷹爪王就同魯桓重返舊路。魯大姑尖著嗓子叫道：「你

們倆可務必把他們三個孩子尋回來，萬一尋不回來，也得打聽一個準下落，咱們再想法子。」鷹爪王只哼了一聲，心中悶，魯桓也很煩惱，魯大姑不悅，又厲聲叫道：「到底你們聽見了沒有？」

魯桓知道他這老胞姊又動脾氣，連忙諾諾地答應了，又把鷹爪王肘了一下，鷹爪王也大聲回答了。魯大姑這才罷休。這老婆子一攙魯三姑，又向夜貓紀五招呼道：「咱們先走一步。」

立刻沒入黑影分投西方去了。

鷹爪王佩帶暗器，提兵刃，與內弟魯桓，先汲取涼水，痛飲一回，瞭望地勢，立刻摸了回去。

凡綠林中人物，全都能夠夜觀星光，辨南北，辨辰夜。兩人走了一段路，仰面看天，知道已將五更，轉瞬就要天亮。兩人退到林叢，晃動火摺，驗看衣襟，果然有星星的血跡，隨風已乾，卻瞞不過明眼人。又汗流浹背，短衣服後面起了汗斑，像這行色，一到白天，實不能瞞過行人。兩人急忙預留退步，尋找近處人家，翻堵穴窗，暫作穿窬小盜，偷了幾件民衣，仍給丟下幾兩銀子，為的是要個借名，做大盜的不願當小偷。

兩人把偷來的衣服穿上，打點已畢，又點上火摺驗看了，大致無甚可詫，這才又往回尋。沒走出多遠，東方已透魚白色，群鳥噪林，曉露沾足濡面，兩人沖圍時，忘了霧露，現在方才覺出，摸了摸剛才的衣服也被露水打溼了。鷹爪王提了一口氣，說道：「快走！」剛才潰圍時，不覺得努力，可是走得很快，此刻努力加快，還是不如剛才快。摸到舊居附近十餘里外，已到了日上三竿時候。兩人又往前走，不敢迫近，先爬山遠望，就在他們的舊居，已換了大旗，遠遠看見官兵出入，後山坡也有官兵似在搜山。兩人看模樣，白晝實在不好近前。兩人不由怔住了。

尋思良久，忽然得一計較，兩人一先一後，爬山穿林，潛入山坎，隱在暗密處。屏息等候。直耗過很久的工夫，居然得手。有五個小卒，各提

兵刃，奉官命搜山尋緝餘賊，這五個小卒踏破空山，沒見人影，竟投到山下小廟中歇息去了，預備挨時候，回營交令。魯桓從林中探頭，要一徑進去，鷹爪王忙攔住道：「留神他們還有同伴，只一喊，再取銅笛子一吹，我你就費事了。你看我來。」

鷹爪王挨到小廟畔，伏在樹身後，捏鼻孔叫了幾聲：「營裡老爺們快來救命啊！」連叫幾聲，果然不出所料，立刻出來兩個兵，左張右望，大聲詢問：「是什麼人喊？」接連問數聲，不再見回答，只聽哼哎了幾聲。三個兵立刻拔刀出鞘，互相詫異著，雄糾糾地奔來。鷹爪王向魯桓一點手，兩人一邊一個，預備停當。果然三個兵撲到林邊，左窺右窺，兩個兵當前，一個兵在後，喝問著尋進來。鷹爪王、魯桓就如飢鷹捕兔，倏地一躍，讓過第一人，專奔第二人。第一人必然膽大，末一人必然持重，只有居中這一人定是乏貨。兩個江湖巨寇便專衝著乏貨撲來。只聽怪叫一聲，鷹爪王施展出鷹爪力，把這乏貨擒住，魯桓幫忙，一舉手之間，把前後兩人也給撂倒。

這只是一種暗算，鷹爪王立刻把這乏貨，往肋下一夾，如飛地跑去。魯桓在後緊跟，跑出一段路，兩人替換著，把這活擄的人拖到僻密處，先驗看鼻息，還有一口活氣。立刻把他平放在地上，攤開四肢，施行推宮過血之法，不大工夫救活。然後倒縛雙臂，刀加脖頸，訊問昨日官軍剿匪，到底捉了幾個人。

這一訊問，又問出奇事來，鷹爪王一黨共計失落了四個人，內中有紅錦夫妻，有袁承烈，還有王門一個弟子，實已殞命並未遭擒。可是一問這兵，官軍竟捉了十幾個「道裡朋友」。

魯桓聽了不信，以為這兵是信口胡說。「這大概不錯。」把魯桓扯到一邊道：「這一定有無辜被捉附近居民，也被官軍碰上，活捉住充數了。」

鷹爪王這一猜，倒有一半對。其實官軍也真搜捉了四五個宵行的閒

人，只認為嫌疑犯，還等著審訊保釋呢。這個兵被鷹爪王收拾得頭昏眼花，疑鬼疑神，為免受苦，就信口編造口供。鷹爪王反覆訊問數遍。魯桓也訊了兩三次，這兵倒很在行，咬定牙關，絕不改供，前後供詞如一。鷹爪王又問他這十幾人的相貌年歲口音。這兵說：「我是個小卒，我實在挨不到上邊，我只聽我們哨官說，我們這才捉了一個，人家別的哨比我們多，人家一共捉住十幾個，教我們弟兄多辛苦，仔細搜搜，別的情形，你二位就打死我，我也不知道，我也不能信口瞎造，你二位只得向別人打聽。」

這兵好像也是賊盜出身，頗懂訣竅，有問必答，好像很誠實。問罷，鷹爪王便有主意，這兵看出不妙來，忙央告道：「二位問完了我，我是有什麼說什麼，二位多留面子，我也不敢求二位放我，我只求二位留我一命，別把我丟在這裡，又捆著手，那我不到天黑，準教狼吃了。二位多積德行好，保佑您順順噹噹的。我敢起誓，我就回營，我也絕不把今天的事說出來，這跟我有害，長官知道了，一定押著我，探尋二位，我不但無功，還要受罪。二位放心，您就放了我，我回隊，誰也不告訴，決誤不了二位的事。」

這話說得魯桓心動了，鷹爪王猛然狂笑道：「朋友，你真在行，可是我也是老在行，我不能上當。我絕不陰你，也絕不能放你。朋友，你撞大運吧。」即掏出麻核桃，命這小卒張嘴。

小卒極力央告道：「二位，二位，留面子，你要一堵我的嘴，我可準教狼吃了。你老行好，別堵嘴，您把我吊在樹上，行不行？我管保半天不出聲，您二位走開了，我再求救。」

這兵滿口江湖話，說得有情有理，魯桓有些聽不進去，他說：「把核桃免了吧。」鷹爪王搖頭道：「這位是朋友，我們本不該這樣。但是，這位是行家，我們不能不小心。」到底逼這兵張開口，給塞上這東西，又給勒上套，教他吐不出來。然後，將反縛改為縛前，把一條腿拴在松樹底下。

鷹爪王這才說：「朋友。我這麼對待你，我也知道差事，可是你要明白，縛虎不得不急，現在我這樣給你上綁，我們走後，你只稍微費點事，大概有兩個時辰的工夫，也是可以把繩套掙斷磨斷，只不過稍為受點苦罷了。我告訴你，鋼杵磨繡針，你可以慢慢地把手上的繩，往這株松樹上去蹭。但不要太心急，慢慢地蹭，不到半天，一定蹭斷。你要是心急，那可就不但疼痛，越蹭越熱，留神傷了手。」

鷹爪王又似半惡作劇的，向這兵作一揖，說道：「相好，我們後會有期。我們這就去打聽，只要你的話沒騙我，一到夜晚，你還不能磨斷繩子，我準回來，把你放了。你要是誆騙我，我可對不住，我也不殺你，自然有狼來吃你。請了，請了！」

鷹爪王和魯桓立刻離開此地，奔往旁處，仍去伏在林中，打算再捉一個兵，對一對口供，證一證消息。無奈這也是輕易不遇的事，再想活捉散伍出來搜緝匪賊的小卒，已不可得，又到天午也不好下手，鷹爪王來迴繞了一圈，深感棘手，遂與魯桓找一僻密處，潛伏不動，靜候天夕，再行活動。

此時官軍大剿匪寇，指名捕索的要犯竟是無所得，卻將附近別派的海寇，居然剿了兩竿子。剛才那兵只說到他們本營本哨，他們是陸營，現在水師營頗獲大功，縱然剿拿鷹爪王未能得手，但既有兩竿子海寇落網，帶兵官和地方官核計，把上詳的公事措辭議好。他們不肯承認地方上的過失，縱容大盜，罪名太大，公文上認定海寇是外海躥入的。帶兵官一面督兵清鄉，地方官一面設筵慶功，鷹爪王一案仍然以「查無其人」了事，並給被擒的海寇，捏了一個名字，叫做「陰曹王」，說這陰曹王就是鷹爪王的傳訛。把河南海捕下來的捕快，也是連申斥，帶賄買，教他承認了訪拿有誤，一樁大案弄得變了相。

鷹爪王那邊，先到附近探聽了一會兒，挨到入夜，展開夜行術，重返

故巢，來尋找袁承烈和高紅錦夫妻。先在後山踏尋，用鐵笛發出暗號，如有自己落伍之友，還可以拔救出來。

吹了一陣，不見動靜，倒驚動了官兵，應聲放箭，大鬧了一陣。鷹爪王和魯桓早已抽身下山，溜到平地；這才施展武功，冒險去故居尋訪。時當昏夜，往來密搜，雖有官軍站崗布防，這兩個大盜如入無人之境。

第十一章　高紅錦潰圍喪儷

　　鷹爪王王奎，夜貓紀五，為了尋救袁嘯風和紅錦女俠關夢嚴夫妻，重入虎穴，時當昏夜，官軍正在執訊囚虜。官軍就在鷹巢房舍中，設起公堂。宅中全布著崗，防備得很嚴密。這兩個大盜還返故居，當然熟知虛實，因此竟得躲避官人眼目，蛇行而前，襲入院內，跟著疾如鷹隼，嗖的分躥上房。兩人藏身在房脊後，凝眸下望。院中燈火照如白畫。正房臺階上，擺著公案，袍套花翎，坐著三位官，是一位武官，兩位文官，文官便是省裡委員和地方官。

　　鷹爪王眼見由廂房纍纍押出許多囚犯。他查點自己陷的人，不過數名。可是現在階下囚竟有十六七個。這十六七個人，鷹爪王認識的連一半也不到。其中也有鄰舍，也有過路倒楣的孤行客，全被官軍一網打入了。

　　紀五、鷹爪王注視良久，才發現一個真正的夥黨，可是人已然死半截，受了很重的傷，不能說話了。看了好久，紅錦女俠、關夢嚴和袁嘯風，依然不在數中。鷹爪王不禁詫異，到底他們逃出去沒有呢？

　　直耗到四更以後，訊囚已畢，官兵就在盜窟設了行營。鷹爪王留戀不走，潛蹤暗尋。圍著他的巢穴，專搜官軍所下的卡子。不想在數里外，一處山坎下，往來尋搜，竟得發現了紅錦女俠和她的丈夫關夢嚴。

　　他們兩人全都受了傷，被官軍活捉。他們二人已逃出虎口，被官軍馬隊追逐，因內有神弩營一小隊弓兵，逐著背後，一陣亂箭，先把紅錦女俠射倒。紅錦女俠的丈夫關夢嚴為救愛妻，捨命負救，結果也墜在網中。他武功鼎強，官兵捉他，被他刺傷好幾個，因此遭擒時身上受的傷比他妻子既多又重。他們是剛剛受擒，還未及解往大營，被鷹爪王搜尋，居然發現。

　　鷹爪王望見血淋淋的少年夫妻，被拴吊在樹上，有兵環守。忙和夜貓紀五私商，想下去搶救犯人。但又怕二人傷重不能行動。可是眼看天將破曉，此時再不下手，轉瞬天明，更不好營救了。兩人一狠心，決計放火。這小隊官兵尋搜逸賊，在這山坎下小村中歇馬，果然是預備著等到天亮，就押犯回營報功。鷹爪王命紀五在民宅後面柴堆，放起一把火，只是存著僥倖萬一的念頭。不意火勢一起，官軍真的嘩亂，紛紛亂竄，疑心是賊人又攻回來了。呼嘯一聲，小兵官立刻集隊，退入民舍，扼門而守，因為他們只有二三十人，立刻擺拒守的架勢。鷹爪王趁此時機，由房上翩然而下，院中樹上拴吊著關夢嚴夫妻，還有八名兵丁看守，這一亂，不由得也跟著亂竄，八個人只剩下三個。鷹爪王怪吼一聲，撲上前去，刀光一閃，刺倒一個，嚇跑兩個。那夜貓紀五如飛的趕來，用小刀一挑，把關夢嚴背起來就跑。向鷹爪王通了一個暗號，頭也不回，奔入夜影。

　　鷹爪王瞪了一眼，好一個紀五，太滑了，他竟給自己留下紅錦女俠。患難倉促中，也就顧不得。也用刀挑，把高紅錦接抱下來，背在背後，如飛的逃走。官軍駭奔聲中，連說：「劫差事的來了，差事走了，快截，快追！」零零落落，放出幾支箭，當不得鷹爪雙俠飛縱功夫超奇，利用山林夜影，只跑出不遠，便竄入叢莽平躺在地上，連大氣都不喘，讓過了追趕馬隊，這才站起來又跑。

　　但是鷹爪王和紀五功夫儘管強，困於人單勢孤，又趕上時機不利，眼看天就要亮。兩人背著紅錦夫妻，湊到一處，藏身暗處，驗看二人的傷。關夢嚴竟受著極重的箭創，極深的刀創。當他力盡遭擒時，他又破出性命和官兵死拚，殺一個賺一個，只顧瞪眼狠鬥，及至失手，官兵惱恨這個拚命強盜，首先把他的腿筋挑斷了。唯有高紅錦，受傷在先，受傷較輕。傷處可以療救，鷹爪王背負二人狂奔時，關夢嚴這傢伙一聲不哼，在紀五背上張眼觀前觀後。回頭看見官兵還在追趕，仰面又看見東方透露魚肚白

色，他立刻打定主意。對著耳門叫道：「五叔，您給我一把青子，我的青子全教六扇門洗去了。」忙亂中，未遑細想，紀五便將一柄匕首交給他，他接取在手，軒眉一笑。等到鷹爪王背負紅錦追到，兩邊會在一處，落荒而走。一霎時天就亮了。四個人蹲在亂草中喘息，他們江湖人物都能忍耐飢渴，他們在草中直蹲了一個整白天。窺見官兵拉開撥子尋搜，四人緊伏不動。窺見無人時，便給紅錦夫妻治傷。鷹爪王和紀五看了關夢嚴遍體鱗傷，全都皺眉，心說這孩子毀了。他臉上一點血色沒有，一陣陣發昏，醒來昏去一連數次，竟忍住依然不哼，漢子夠硬，但是傷重已然無救。

四個人困在窮荒野地上，必須挨到入夜，方能起動。關夢嚴失血太多，口渴欲嘔，嘴唇顫動，都知道他想喝水，他不肯說，人們全沒法給他去討。好容易耗到黃昏，夜貓紀五決計出去找食尋水，鷹爪王卻要背著二人趕路，到這時，關夢嚴實在忍不住了。就對妻子說：「你渴不渴？我實在受不住了，從哪裡弄一點水，潤潤才好。」鷹爪王嘆了一聲道：「我們一面趕路，一面尋水。」

重背起二人又往前走。不料夜貓紀五既渴且疲，腳下被什麼東西一絆，一個趔趄，栽倒在地。他的飛縱術最好，到此時勉強爬起來，再往前掙，腳程竟然發慢，再快不起來了。他哎喲一聲，也說嗓子冒煙，非得先喝一點不可。到底是鷹爪王，還支持得住。四個人竟有三個主張尋水解渴，比尋路逃命還緊要。

鷹爪王無計可施，把紅錦女俠放下，說道：「我去尋去。」

鷹爪王爬上一株樹，極目力遠望，瞄著前邊有一片濃影，前面果然像是村莊，卻遠在數里之外。跳下樹來，要與紀五一同奔往，紀五皺眉說：「我們在這裡等吧。」鷹爪王無可奈何，隻身投村，前去尋水。這一來，可就散了幫了。

鷹爪王展開夜行術，進入村中，不想官兵清鄉，此莊也有一隊兵，鷹

爪王運用江湖機智，掩入人家，盜了一隻木桶，也不尋井，就在人家水缸中，汲取滿滿一桶。自己先喝足，便提著桶出來。有這麼一隻木桶，不好登房躍高，只得走平地，不料這麼一來被人發覺，兩盞孔明燈照了過來，任憑他百般掩藏，形跡就是未露，已然引起了官軍的猜疑。他提桶伏腰，往回逃跑，後面官兵竟望風撲影，開了一排火槍。鷹爪王知官兵這是瞎摸亂打，反疑心自己形跡被官兵察覺，連忙鑽入草中，潛伏不動，那桶水始終未肯棄掉。伏了一會兒，再不聞響動，他這才提桶鑽出來，重尋夥伴。剛走不多遠，村中又起了火槍聲，知是官兵炸廟，連頭也不回，徑返潛伏處。不料找到地頭一看，只剩下關夢嚴一具死屍，夜貓紀五和紅錦女俠都不見了。

鷹爪王黑暗中，把關夢嚴摸了一把，溼漉漉的，脖頸上還在冒血，他已然自刎了。忙張目四尋，月影下西北上，晃徘徊悠，有一圓黑影。鷹爪王對著關夢嚴的屍身，滴下了傷心痛淚。忙用刀掘成土坑，把關夢嚴草草掩埋上，提起水桶，再追黑影。直追出一里地，口發低哨，趕上了黑影，果然是夜貓紀五和紅錦女俠。

紅錦女俠泣不可抑，也要自殺，尋了她的丈夫去。剛才那一排槍，沒有打著鷹爪王，卻令紀五、紅錦，大吃一驚。齊說：「不好，王大叔遇險了！」全站起來觀望，全沒有理會關夢嚴。關夢嚴自知傷重，已明死念，此時望著他妻子背影，慘笑了一聲，竟把匕首取來，往項下一勒。他叫了妻子一聲：「喂，咱們再見吧！」他不再掙扎了。

嗤的一聲，噔的一響，紀五、紅錦一齊回頭。關夢嚴本已趴倒，自刎時強坐起來，這時候割斷喉管，身體栽倒了。二人大駭，各俯腰搶救，各摸了一把血，各失聲一叫，旋又再聲。

個個的試捫口鼻，捫胸口，診驗死生，當這時村中又響了一排槍，紀五驚駭眺望，遠遠見了火亮。紀五叫道：「不好！」忙拉起高紅錦，催她速

逃，紅錦戀夫，也要自刎。紀五咳道：「你別糊塗！他的傷分明無救，這是他光棍處。你犯不上啊！」硬將紅錦架起，背起來便跑。

這一番尋水，落了很慘的結果，渴竟比飢還厲害。

紅錦痛夫慘死，尚在傷心，紀五卻如釋重負。眨眼間，鷹爪王追尋過來。這才知道他並未失手，剛才火槍響，只是官兵瞎鬧。倒害得關夢嚴提早自絕，幾個人同聲一嘆，也就無法可想。連掩埋也沒有顧得，三個人痛飲涼水，兩個男子，攙護著紅錦一個女子，沒入荒郊夜影，一路逃亡下去。

關夢嚴是死了，問及飛豹子袁嘯風，據紅錦女俠說，大概是刺倒一個馬兵，尋馬落荒逃走了。恍惚看見好像是他，究竟是不是，終難斷定，鷹爪王灰心喪氣道：「聽天由命，隨他去吧！他是有運氣的人，總比我們強！」

鷹爪王一番辛苦，只救出紅錦女俠。對於袁嘯風，經事後掃聽，只知他沒死，也知他沒有遭擒，他的下落竟從此不得而知了。哪曉得他果然沖出虎口，逃到塞外去了。

鷹爪王搭救了紅錦女俠，又會著了他的妻子和妻弟、外姊，與夜貓紀五，果然話應前言，徑去落草。

飛豹子袁嘯風潰圍奪路，本與紅錦夫婦搭幫，他觀出關夢嚴傲慢來，又似乎對自己起了猜疑。紅錦女俠嬌憨不羈的氣派，和袁嘯風似很親暱，做丈夫的關夢嚴大概心上有點掛勁。

紅錦女俠滿不介意，袁嘯風何等英明，為了保持身分，便小心避嫌。紅錦女俠湊合著跟袁嘯風搭訕說笑，關夢嚴就翻眼睛。

紅錦誇袁嘯風，關夢嚴就嗤之以鼻。紅錦蠻不當回事，袁嘯風就留了心。他們相處才幾天，他們兩口子似為袁嘯風拌過嘴。

　　袁嘯風懍然起了戒心。等到逃難、送行、奪路、越山，袁嘯風見紅錦女俠纖足爬山，不良於行，她的丈夫一人攙扶她，有時還不行，她就叫道：「袁師弟，你往前鑽什麼，你扶我一把呀！」袁嘯風不能不過來扶，而關夢嚴從鼻孔中竟發出哼來，他顯然是不悅。

　　飛豹子袁承烈不痛快，為了避嫌，就遠著些。等到遇官兵奪路，這個關夢嚴依然用他那傲慢的態度，冷誚的腔口，支使袁嘯風：「喂，相好的，你有膽量，你就往前開道。如若是不行，你就跟你師姊靠後，我來給你們開路。」他的話帶著這麼一種味，酸溜溜、辛辣辣的，袁嘯風哪肯吃這一套？他也冷笑一聲：「師姊靠後，我袁某不才，情願開路！」把兵刃一順，拔步當先。

　　猝遇官兵，橫阻在前路。關夢嚴又是這一套：「袁哥們，怎麼樣？你在前頭行嗎？」

　　袁嘯風笑道：「這小弟不怕風吹，不怕雨激！」激字說得特響，把兵刃一提，捻出暗器，照官軍大隊猛撲過去。奮勇奪路，索性把面罩也摘去。他的刀劈過去，如熱湯潑雪，打開一條血跡，他硬闖過去了。

　　關夢嚴態度儘管傲慢。他奪路之力有餘，護妻之力實覺不足。他闖過去了，紅錦沒有過去；紅錦過去了，他可被阻在後。當時若態度稍微和緩，則兩男夾救一女，必能脫險。而他天生傲骨，天又太冷，在凶險的局面下，由鬥口而犯心思。袁嘯風好容易奪到一匹馬，催紅錦女俠快騎上去，關夢嚴又酸溜地扔出一句俏皮話，惹得紅錦女俠也聽出來了，氣得女俠說：「夢哥，你這是怎麼說話？袁師弟呀，你快上馬吧，不要你謙我讓的了。」

　　袁嘯風本不肯獨自上馬，卻受不住關夢嚴的冷誚，怒氣一沖，說道：「我這是好意！師姊的底下不方便，我們男子……」

　　話沒有完，黑影中放來流矢，關夢嚴竟說：「不勞費心，我還照顧得

了自己的妻子。」袁嘯風一怒，竟飛身上馬，奪路而走。

他居然闖出去了，關夢嚴結果連自己也沒護住，把妻子也陷在官軍手中了。直等到二十餘年後，袁嘯風才與紅錦女俠重逢。

袁嘯風離開了鷹爪王，偷偷進關，看了看嫂嫂和侄兒。終於又轉投到長白山，塞邊圍。他聽人說，塞邊圍的快馬韓本是關裡人，亡命客，他居然憑恃著膽大英雄，交友熱腸，只十數年光景，在塞邊圍開創了很大的事業，有著大規模的牧場、炭廠，招納流亡，牧馬開荒，聲勢很不小，有著孟嘗君的派頭，快馬韓起初也是孤身一人，居然在關外混整。飛豹子袁承烈想到自己，也是一身一口，自己身邊還有豐厚的資斧，人家能創業，我自己為什麼不能？袁承烈傾心向慕，要會一會這個人物。他就隻身仗策，奔波數百里，前往投效。欲窺韓門，自求出路。他來到韓家牧場，趕上了機會不巧，也可以說機會湊巧，那快馬韓沒在場，韓家牧場剛剛的丟了十七匹駿馬。

袁嘯風會不著快馬韓，所以說機會不湊巧。又趕上人家丟馬鬧賊，他此去正趕上熱鬧，教人家動了疑，把他當作臥底而來的馬盜，所以說不湊巧。但是，竟因這一動疑心，趁著快馬韓沒在場，他才得挺身炫才，一試身手。他為了洗刷疑誣，當下賣了一手高招，他不但目睹盜馬的賊蹤，他又夜探商家堡，把牧場二當家魏天佑救出賊窟，他立刻邀得了牧場場主的愛女韓昭第姑娘的傾慕，二當家魏天佑也立刻推心置腹，很感激地任用他。

袁嘯風在商家堡，用江湖上很漂亮的措辭，較量了商家堡大寨主姚方清。又用獨特的武功，鎮住了商家堡群盜。然後和姚方清丁是丁，卯是卯，叫了一回板眼，言明五天之內，必由牧場場主快馬韓親自登門負荊。即使韓場主屆時不能回場，不能踐約，那麼，我們牧場也自有人代表前來。雙方話擠話，擊掌立誓，姚方清這才開寨門，排大隊，把擒獲的馬師

一一釋放，直送出商家堡地界以外。

飛豹子救了魏天佑，當夜回轉牧場。到次日，場主愛女韓昭第姑娘，替父主持一切，在家中擺了一桌酒筵，一來是酬勞這投效立功的不速客袁嘯風，二來是安慰二當家魏天佑，三來是商量五天後踐約之事，該如何預備。什麼是五天後踐約賠罪，其實是訂期械鬥罷了。場主沒有在家，如同群龍無首，昭第姑娘不得不廣徵眾意，詳商五天後應敵之策。還有一節，如今為了尋馬，平白和商家堡結此大隙，可是在雨夜裡，失去那幾匹良駒，還沒有勘得確實下落，這也得接著想法。

昭第姑娘和魏天佑坐在主位上，堅讓袁嘯風坐了客位。魏天佑因遭商家堡擒辱，很是懊喪，此刻提起精神，和袁嘯風攀談。起初袁嘯風突然而來，場中都曾經紛起猜疑，此時袁嘯風是立過大功的人了，當然刮目相待，但是魏天佑依然要打聽袁的來路，這卻是欽佩之心居多了。

魏天佑和袁嘯風歡談，屢次問到袁的身世，聽袁的口風，對他從前的身世、師承、來歷，好像不願深談。魏天佑剛一問，袁嘯風便立刻用眼下的事岔開，據袁說起，聽盜馬賊的口風，是由寧古塔赤石嶺來的，這話很近情理。魏天佑暗想，袁嘯風諱言身世，恐怕他在關裡背了重大案子，不能立足，才越到關外，就連他所說的姓名也未必靠得住。好在現在已經知道他是安心幫場主來的，本場中有這麼一個有本領人，多添了一條膀膊，即使他身上背著多大案子，這裡也敢收留。他既不肯說，倒不便過於追問了，遂接著他的話風說道：「袁老兄適才說的那夥盜馬的風子幫老合，長久落在寧安府樂東南赤石嶺，卻也貼理。那裡的瓢把子，名叫鎮山王刁四虎，此人素常對於武林道上人落落寡合，各行其道，抱著人不犯我，我不犯人的行為。跟別處向無來往，可也不在附近招擾，跟我們韓家牧場也沒有過節兒。此次突來盜馬，猜想定是有人主使，我們倒要摸清了他倒是受何人主使，事是由他赤石嶺起的，怎麼也得跟他招呼招呼。可是，袁老

兄路上聽他們私議，曾說什麼赤石嶺是為朋友幫忙的話嗎？」袁嘯風點頭道：「聽他們低言悄語的說什麼陰騭文葉某傲的，近處可有這麼樣個人物嗎？並且那姓侯的匪徒很抱怨他們瓢把子不該輕信那姓葉的一面之詞，跟韓場主結這種不解的梁子。在下也正在想著請教魏當家的，場主可有這麼個姓葉的仇家沒有？究源溯本，找出正點兒來，倒好下手了。」

魏天佑聽了，眼望著昭第姑娘愕然道：「這可怪了，聽袁老兄所說的情形，分明是小白山新場，現改為茂記蔘場的場主葉茂了。只是場主跟他是多年合夥，現在他們二位雖是各自幹各自的，明面上依然是好孔好面，雖則暗含著不滿，論事論情，亦不致這麼悖情悖理地跟我們為仇作對。姑娘你想，他至於這麼不念舊交，暗中作祟嗎？」

昭第姑娘道：「事情也保不定，就許是他暗中主使，老葉的外號叫做陰騭文，絕不是誇獎他，就因為他做事陰險，明面上極其隨和，暗含著比誰都厲害。像我爹爹那種直爽豪放，胸無城府，一點話一點事全在心內存不住，不論對交情深淺的朋友，一是一樣。老葉就不然了，明面上謙和柔順，不言不語，暗中卻是狡詐異常，一點小情節也不讓。當初開蔘場的事，我就覺著老葉一定辦不好，就是把老場交到他手裡，他也不過把天生的靈藥，委棄給毒蟲猛獸糟踐了，可是他未必能夠反躬自問，知道自己的短處，他一定反懷恨著我爹爹不把老場讓給他。這麼看起來，這次暗中跟我們作對的，如果真是他，那一定想把我們扳倒了，好把我爹爹這片事業都歸了他。因為他準知道勢力不敵，不敢挑開簾明幹，暗中布置，直到這時才買出這班綠林道，暗暗發動，想把我爹爹這一下子扳倒了，借刀殺人，這種卑鄙行為，誰也不肯這麼做，只有他這種陰險小人能夠做得出來。我看這件事一定是他，沒有別人。魏老叔，不必猶疑，咱們徑直先找他。」

魏天佑道：「姑娘！事情固然是得這麼辦，可是也得仔細地摸真了再

171

動手。這次我已經誤撞商家堡，把事辦莽撞了，雖說是商家堡也在仇人主使之數，究竟人家尚沒露頭，我總算冒昧了，一誤不能再誤。袁老兄暗中聽匪徒們的話，絕不會錯，不過我們還是設法先探實了赤石嶺，是否真是葉茂主使出來的。果真是他，那可不能教他痛痛快快死，把這一帶的出頭露臉的請出來，教咱當家的在桌子面上當面折他。」又轉向袁嘯風道：「袁老兄你大約不知道這個葉某懷恨的原因，我大致地說吧。當初是咱們當家的創立起牧場、炭窯，全是當家的自己力量，自己的資財，他只是初開創的管帳先生罷了。後來事業混好，他看著不忿，說是在蓡場裡不東不夥，枉擔虛名，情願退出去，另立事業。咱們當家的不願落交友不義之名，把老場新場所賺的錢如數清算，二一添作五地平分給他，老場新場由著他自選。這老場新場相差很巨，老場在寧古塔，歷來仙品人蓡全是由寧古塔出來的，新場就在小白山。老場是天產的參苗，不全憑人力，新場是也有野蓡，也有養蓡，不過是有一定的利益。可是老場天產無窮之富，一須資本，二要精於此道的內行，三要人多，四要武勇兼備的能手，五須得人心，這五樣缺一樣，白傷人、賠錢、栽跟頭。這是大概的情形，要細說，三天也說不完，袁老兄等著有閒時候，我再把這裡的身家命脈告訴你。這位葉茂當時就一口咬定，要老場，咱們當家的準知道到他手裡變糟，當時賠著笑臉把老場寫給他。不過咱們當家的可跟他說定，如若他幹不好，許他再換接新場，可不準他把老場讓給別人。當時老葉自以為得計，覺著從前在兩人合作時，寧古塔的野蓡場，年年得大量的新蓡，多少總能采十幾支老蓡，自己幹上十年，總可以剩個十萬八萬的。當時他那份得意的神情，不用嘴說出來，誰也看得出來。哪知把老場到了他手裡後，竟枉自喜歡了一場，臨到下場采蓡，不只沒有得著什麼，反倒被毒猛獸傷了兩三個人，這一來差點沒把老葉氣死。只為有言在先不能反悔，竟自把老場交還了咱們當家的，把小長白山的新場換回去，直到現在仍然是他幹著。可是

到了咱們當家的手裡，依然是一年比一年興旺，差不多吉林省的采蔘的名手全到了咱們豐記蔘場裡，這可並非是咱們當家的運氣好，財旺。這就是我方才說的，幹蔘場全仗著那五樣，最要緊的就是得人心，能用人能服人。那陰騭文葉茂是心黑財黑，只要在他手下一長了，沒有不跟他離德離心的。有真本事的絕不給他使喚。所以老場交給他時，好幾位好手全立刻辭事，有幾個脫不走的，也不肯給他賣命，只是敷衍塞責而已。像那種情形會不失敗？趕到仍歸咱們當家的接辦，所有先前走的人，全陸續回來，老葉認定是咱們當家的暗中主使這班人故意挾制他，不過他想跟咱們當家的套過節兒，那不是自取其辱嗎？當時雖放了許多瘋話，當家的因為是過耳之言，也沒放在心上。事隔數年，彼此相安，萬沒想到他這時竟仍然暗使這種小人手段，借刀殺人。袁老兄，你看這個事若果是他辦的，我們倒不能輕輕放過他去了。」

袁嘯風道：「魏老師這一說一半是他主動了，拿蛇先拿頭，我們從根子裡先給刨斷了，別處就容易料理了。現在可是得頭疼先顧頭腳疼先顧腳，那商家堡的約會，無論如何先得踐約。韓當家的到煙筒山，辦理失馬找場的事，可以先擱一擱，我看魏當家還是先派人把當家的請回來。真要是當家的回不來，姚方清找上門來，咱們就栽。況且這裡已算大致摸出這件事的主使人，說不定就許連煙筒山的事也是一手辦得。魏當家你思索思索，我可是沒有什麼經驗，不過按著江湖道的俗淺辦法，商家堡這件事總得先招呼下來。」

昭第姑娘向魏天佑道：「魏二叔，人家袁師傅說得很對，咱們既跟商家堡定了約，絕不能失信。趕緊打發人，把我爹爹追回，免得再落他老人家的埋怨。」當時小酌已罷，一同回場，魏天佑立刻教帳房先生寫了一封信，差派著得力的弟兄，騎快馬，趕奔煙筒山，面稟場主，請他趕緊趕回。把送信人打發走了之後，這時已到了巳牌時候。魏天佑與昭第姑娘商

議吩咐大廚房，給全場的弟兄在飯廳裡，開上酒飯，隨又在櫃房擺上一桌酒席。魏天佑、昭第姑娘仍請袁嘯風上坐。袁嘯風道：「魏當家，你要這麼拿我當高朋貴友，我就不能在這裡待了。如若看得起我，容我在你這稍效點勞，我倒能安在這裡待了。」魏天佑見這袁嘯風出言爽直，並且若是太跟他客氣，更顯得生疏了。遂請前後圈的馬師、武師，大家隨便落座。昭第姑娘給大家斟了一巡酒，站在席前說道：「我這可不算客氣，不過因為我爹爹不在場裡，出了這種意外事，眾位伯叔老師們，全是不計若何危險，想保全咱們全場的臉面。雖然事情並沒鬧整了，眾位這番愛護本場的感情，已經令我父女心感。眾位伯伯叔叔還是多年的老弟兄，像袁師傅才來到這裡，更因為場主沒在這裡，魏二叔也沒肯就指定歸哪裡幫忙，按說應當按朋友敬奉。不想袁師傅真瞧得起我們，竟肯這麼賣命，我們絕不敢說些個淺薄感謝的話，我先當眾替場主敬袁師傅一杯，不過表示我父女一點虔誠敬重的心意吧！」說到這裡，又給袁嘯風滿斟上一杯，袁嘯風赤紅的臉面更紅漲得連筋全暴起來，連眼皮也不敢撩目，看著酒杯說道：「姑娘別這麼客氣了，在下是粗人，不會說話，姑娘你再這麼客氣，我可坐不住了，姑娘你請坐吧。」

　　昭第姑娘一笑，一旁坐下，彼此在酒席上議論那暗中主使盜馬的陰騭文葉茂，也有主張著到小白山茂記蔘場找他的，就有主張暗中先探一下子，是否就是他，免得再生意外枝節。有的又說應該先經赤石嶺探一下子，眾議紛紜，莫衷一是。那袁嘯風卻不再參與見解，低頭暗打主意，不一刻酒足飯飽，袁嘯風卻向魏天佑道：「魏當家，我跟你告假，我到寧安府看望個朋友，晚間趕回來。」魏天佑聽著一愣，看了昭第姑娘一眼。

　　昭第姑娘坦然地說道：「魏當家，這位袁師傅既然有事到寧安府去，可千萬請袁師傅早些回來。牧場中現在是多事之秋，保不定有什麼事。說不定有借重的地方，務讓袁師傅幫忙到底才好。」魏天佑立刻向袁嘯風

道：「袁師傅，我們是知己弟兄，不必客氣，這裡的事，你老兄可不能中途袖手。無論如何，亦請早回，別的話我也不便囑託了。」

袁嘯風點點頭道：「二當家的跟姑娘放心，在下多承看得起，我焉能那麼不知好歹。二位放心，只要是牧場的事，赴湯蹈火，萬死不辭。我只要把手底下事辦完了，定然就趕回來。」

當時彼此這一片場面話，魏天佑忙賠笑說道：「袁師傅，這可言重了，我絕不是怕袁師傅回不來，只為事情棘手，此後多有借重。盼望袁師傅多給我們幫忙，我們全是放言無忌慣了。心裡有什麼，嘴裡說什麼，咱們往後，一手共事，袁師傅還得多擔待。」袁嘯風笑道：「得了，咱們既全是一家人，就不能這麼處處時存顧忌。魏當家可算越說越遠了，在下還是先向您告假吧。」說著站起來向外走，魏天佑道：「袁師傅你等一等，教他們備一匹牲口，寧安府不是近路哩。」

袁嘯風道：「我打算步行，別教弟兄們費事了。」魏天佑知道袁嘯風這是自己留身分，最近場中除了昨夜追賊事急，平常不肯擅用場中的良馬，遂仍吩咐外面的弟兄，把自己的牲口給袁嘯風備來。袁嘯風卻到排房裡，換了一件長衫，仍把那柄護身的手叉子插到腿繃上，見屋中已由別人收拾乾淨，淋溼的被縟，也由管理排房的頭目全給搬到廣場上風乾。在雨後，這排房裡打掃得更顯得淨無纖塵。袁嘯風來到前面，魏天佑正站在櫃房前，見袁嘯風從後面出來，迎著說道：「袁師傅，這裡已給你備好了牲口，快不要客氣，韓家牧場裡的師傅們出去，反沒有牲口騎，太教人笑話了。」袁嘯風見魏天佑這麼誠意相待，遂含笑拱手致謝，從夥計們手中接過鞭繩來，說聲：「魏當家，我不客氣了。」隨即拉著鞭繩，緊走了幾步，立刻結緊鐙鞍，飛身上馬，徑馳出場去。

第十二章　飛豹子單騎緝賊

袁嘯風策騎離開牧場，他並不是真到寧安訪友。牧場的馬師武師們，全是在場主手下做事慣了，一切事全是秉承場主的意旨行事，不肯當機立斷。現在事起非常，袁嘯風不露聲色，只說是到寧安訪友，他自己實要單人獨騎，夜入赤石嶺，查他個水落石出。這時天色尚早，沿著叢林密菁的地方，往西蹚下來。荒涼的大道上，積雨初消，泥濘未乾，袁嘯風立刻向寧安城這條路走下來。約定兩日必歸，此時天時尚早，遂先到寧安城內，打了早尖。此地是這數百里內唯一的商家集聚的所在，更兼有將軍駐守，軍流戌所也在這裡，地方上頗顯得繁華。袁嘯風在這裡訪查一回，這才從寧安府起身。

一出寧安城，已是黃昏之後，斜月初升，依然是黑沉沉的，只能微微辨出路徑。縱轡疾馳，眨眼間已是五六里的道路，到了奔赤石嶺的岔道。袁嘯風因為昨夜綴賊，已然蹚了一程，路徑依稀可辨，估摸快到了有伏樁的地方，繞著叢莽深林，越了過來。這座赤石嶺，從前沒有到過，究竟是怎麼個形勢，裡邊有多少匪黨盤踞，自己全不知道。袁嘯風不敢過於忽視，越過第一道伏樁，約莫又走出一里多地。前面的地勢漸漸高起，遍地是叢林，當中現出一條寬敞的大道，袁嘯風把牲口仍然隱在林深處，用手叉子把經過樹幹上做了記號，為是回來時，好易於尋找。又辨了辨眼前道路，順著一道山坡，往前蹚下來。此時是提著全神戒備，防著匪巢安的卡子，以及賊人巡守的暗樁。袁嘯風仗著在江湖道闖蕩有年，經驗已多，對於江湖道上的一切伎倆，全明白個大概，此時全用著了。暗查一路上的情形，已知道赤石嶺定是個隱僻之地，匪黨絕不是多大幫口，大概他這堆子窯絕不是有名的山頭，離著通行的道路也遠。

　　月影下走出二三里地，只覺著地勢漸高，一處叢莽密菁阻路，慢說是在昏夜，就是在白晝也看不了多遠。袁嘯風心裡頗為猶疑，深恐再走迷了路，又往前瞠了半里多地。面前陡現兩條道路，一條道是往正西去的。袁嘯風隱身在叢莽中，藉著斜月疏星，仔細查看。半晌看清，這兩條道全是人工開闢的，全是五尺多寬的道，夾道仍是荊棘蔓草，夾雜著不成行列的榆柳楊槐之類的樹木，可是這兩條道上平坦異常。袁嘯風測度著情形，躡足匿蹤，穿著林木，奔到往正南的這條路上，繞過往南來的路口，約幾丈遠，站住了，想了想，這真應了那句俗話，欲知山前路，順問過來人。我這麼瞎撞，不啻盲人瞎馬，還是設法誘他這裡伏椿，告訴我堆子窯的所在。遂俯身摸了一塊石子，一抖手向才繞過來的路口一帶打去。吧嗒的一聲，落在了道旁草地裡，這一下居然有了效驗。跟著就見路旁草地裡，唰唰響處，竄出三四條黑影，閃爍著刀光，內中一人發話道：「喂，朋友，是盤道的，是換椿的？趕快亮萬，今夜可不許玩笑。」這個發完話，稍微一沉，跟著又一個烏鴉嗓子的喝道：「喂！這又是誰這麼胡鬧？我說你要是緊自悶條子不亮鋼，我們可用暗青子招呼了。」唇典說是：來人要不開口，不答話，可要用暗器打了。這幾個賊黨說完這兩句話，見仍沒有搭腔的，彼此竟驚訝著互相詰問起來。袁嘯風自顧藏身的所在，十分嚴密，自己連動也不動，暗中看著賊黨們搗鬼，賊黨候不見答，一窩蜂似的往這裡查看過來。袁嘯風這時已看清，暗地上一共是四個人，兩人提著雙手帶大砍刀，兩名背弓跨箭，走過來有四五丈遠，就全站住。內中一人笑道：「我們這真是活見鬼，這種時候哪會換椿？今夜是該著水牛姜老的班兒，他腆著大肚子只會找吃的，他哪肯下這種辛苦。」一人說道：「反正小心一點吧！我看咱們這裡，早晚總有一回熱鬧的。快馬韓在這一帶，也是數一數二的人物，咱們瓢把子自找麻煩。我們多小心點，椿上把緊了，有什麼亂子，沒咱們的干係……」這四個匪徒，一邊說，一邊走，仍然退向路口。

袁嘯風容他們走開，自己已知赤石嶺的堆子窯準在這條路上，遂順著這條道往南走。這條路迂迴曲折，斜出不多遠，前面黑壓壓現出一座山口。只是近山一帶，反沒有草木，山口一條平坦的山坡，一處處岩石起伏錯落，石峰矗立，在黑夜中看著，更覺陰森可怖。袁嘯風相度形勢，知道山口一帶，有巡守的匪黨，敵暗我明，從山口往裡一蹚，必先被伏樁所阻，遂先從草地裡斜奔山口的東南；輕身提氣，縱出來，奔到一片危岩下。隱住身軀，看了看，東南一帶雖沒有山道，可是並沒有多高，只不過處處崢嶸突兀。袁嘯風估摸著自己的輕功提縱術，足可從這一帶猛升。遂擇那凹凸不平的地方著足，輕登危石，巧著攀緣，升到三四丈處。到了上面，藉著星月之光，一辨前面，雖是童山，可是處處有奇峰怪石障蔽著，看不出多遠去。

　　袁嘯風攏目光，四下辨了辨形勢，遂從那亂山磐石間，往裡穿行。

　　走了不多遠，這才看出，這裡原是不生草木的童山。可是天生的奇形怪狀，不但沒有單行的道路迴然錯落，地方很低且亂，難以遮蔽身形，並且不論走到高矮的山道上，只能看出數丈遠，不是石屏，就是奇峰蔽前。所幸自己只揀那平常身手不敢著足的地方走，且沒遇上阻礙。入山口約有一里之遙，不止於沒見匪蹤，連一點別的聲息也沒有，袁嘯風不禁有些急躁，深恐自己誤撞空山，匪巢不在此處。前行數步外，一段高崗，接連一座高峰，袁嘯風一端詳，自己必須到了峰頭上，才可以瞭望匪巢的所在。若是一升到這座峰頭，倘有伏樁巡邏的賊黨，自己也易被人家覺察。不過要想在關東道上成名露臉，怕死貪生，畏首畏尾，絕不會能成事的，遂一狠心，聳身一躍，縱到這道孤峰下。輕身提氣猛升到峰巔。四下一望，只見沿著峰下這條山道，再轉兩個彎子，有一道山口，往裡去，形如盆地，是一條深谷，從山口起，環繞著這個深谷，是一道長嶺，天然的像一座城堡，把這道深谷，圈了一週，遠望谷中，星星點點的，有好幾處似有燈

火。這一站在高處，也隱隱聽見谷中馬嘶之聲，山口有黑影來回走動，似有人把守。相度入谷的要道，除了這道山口，四圍的長嶺，雖有矮的地方，也有三四丈高，並且還不知谷內沿著嶺下有沒有埋伏，看情形多半非由山口進去不可。

袁嘯風雖是伏身在上面，不敢過於拖延，遂仍悄悄到了下面。一路上藉著嵯峨聳立的怪石障身，轉過西邊山坳，那谷口已然在望。袁嘯風恐被防守的賊黨看見，遂繞向谷口東邊，從上輕登巧縱，到了山口切近，在谷口入口的附近，兩邊對峙的嶺脊只不過兩丈多高，入口處是十幾丈長，兩丈多寬的一條夾街。可是越往裡，上面越高，袁嘯風伏身嶺脊居高臨下，看得特別真切。下面山口內，並不是燈籠，是在兩邊山壁上，各有一個石槽，裡頭注著松脂，冒起半尺高的煙火來。火光冒黑煙藍焰，倏明倏暗，又被一陣陣夜風吹得藍火苗子時吞時吐，照著兩邊的山壁，更顯得陰森森如入鬼境。有兩名匪黨，全穿著土黃布褲褂，在山口內來回走溜，松脂火光映出的人影子，黑影憧憧。這兩個匪黨似乎有些睏意，提著手中刀，不知不覺地刀尖子往地上直撞。

袁嘯風心想：我要打算入匪巢，非得先把這兩個小子誘出山口不可。遂縱到嶺脊上，鹿伏鶴行，仍來到靠山口前。在上面悄悄找了兩塊碗大的石塊，又找了兩塊拳頭大的石塊，全預備到手底下。探身往下看了看，兩個匪徒並肩往裡走去。袁嘯風把兩塊大石抓起，運足了力量，一抖手，把石塊向山口前半空中拋去。沒容頭一塊石頭落下去，第二塊也跟著飛出去。猛然山口前砰砰兩聲巨響，碎石回濺，山口內兩名匪黨驚叫了一聲，齊奔到山口外查看。袁嘯風在上面一個箭步，竄回一丈多遠來，一疊腰往下一縱身，落在山口內道上。身快手快，用手中的石塊，先把身旁的這盞油槽火焰壓滅，跟著覷準對面石壁道那油槽，一抖手，吧的一下，竟用石子把那燈焰也打滅，山口內愈形黑暗。袁嘯風貼著山根，縱躍如飛，闖進

裡面。守山口的兩個匪徒，方在查看山口外的暴響，正在疑神疑鬼，忽的山道內又一響，再轉身查看，兩邊山壁上的火光全滅，兩人更是驚疑得不知所措。忙取出火種，重把松脂燈燃起，袁嘯風早已入到谷內了。

廣大的深谷，並不像平常傳說的綠林道占據山頭開山立寨，裡面有多大聲勢。袁嘯風一到谷內，若不是已遇上把守各路口匪徒，真有些疑心這裡不是匪巢的所在了。廣大的谷口，只散散落落，有六七處簡陋的木板房，跟幾處茅屋，在正面是一排木屋，足有六七間長，紙窗上隱現燈光。沿著東西一帶山壁下，三三兩兩的小屋，也有有燈光的，也有沒有燈光的。在西南角一帶，一座寬大馬棚，馬棚內隱隱射出燈光，頗像山居的農人獵戶似的。

袁嘯風貼著嶺根下，撲奔那正面的屋子。來到近前，先查看了四外，沒有什麼動靜，只提防著谷口防守的匪黨。好在距離稍遠，只要聽到聲音，隱蔽身形不遲。這排木屋，只靠東首燈光較亮，在荊藤編的窗格上，全糊的是桑皮紙。袁嘯風用手指蘸著口中津液，點在窗格上，容它溼透，恐怕桑皮紙厚，用指甲點它，出了聲音，容易被屋中匪黨發覺。遂立刻把腿繃上的手叉子拔出來，用鋒利的尖子扎向窗紙上。扎進一分去，微把尖子一轉，撤回手叉子，聽屋中依然沒有什麼聲息，西邊一帶時起鼾聲。袁嘯風從點破的紙孔中，往裡一看，只見木屋雖是簡陋矮小，可是裡面地位還大，建築得不倫不類。東半邊三四丈長，兩丈五六寬，全是明敞著。在西首有一段隔斷，木牆上開著小門掛著門簾，這明間頗似敞廳。正對著窗子的迎面，是一張巨大的木案。木案兩旁，一列是八把白荏的木椅子，上面鋪著狼皮墊，在靠牆一帶，放著一張木凳，一邊一架青石板架的案子上，一共放著四盞油燈。不過光焰如豆，在西面牆下，設著兩座板鋪，上面睡著兩人。在東邊暗間的隔斷板牆前，微起鼾聲，也似有一兩人在那裡睡著，雖看不清面貌，可全是和衣而臥，在身旁枕下，全放著兵刃。

這袁嘯風心中惶惑，匪黨全入了睡鄉，偷聽不著他們的話，便不知這裡哪個是匪首，哪個是這次盜馬主動人。正在思索如何下手探查，耳中忽聽得那山口一帶，一陣人聲雜嚷，袁嘯風趕緊一縱身，竄到了木屋旁，隱住了身形，往山口一看。

只見從外面沖進來一夥人馬，約有二十多騎，可是沒有燈火，一陣吁吁勒馬拋韁，立刻紛紛下馬。這一陣聲喧，立刻把裡邊的匪人驚動出來，從東西兩邊的小屋，走出三名彪形大漢。在西南角上的馬棚裡，也跑出幾名馬賊，趕過來迎接。內中一名匪徒向來人招呼道：「喂，陸老五，您這趟彩頭真旺，咱們瓢把子方才還叨念你們哥幾個哩。」一邊說著，從幾處茅屋裡又走出五六名匪黨，幫著把馬匹牽進馬棚，跟著聽得正面屋門一響，立刻有一名匪黨招呼道：「陸頭，瓢把子已經起來，叫你們哥幾個進來問話。」隨聽得一陣腳步聲，齊進了木屋，這片廣場上又寂靜下來。

袁嘯風見那一干匪徒，把馬匹送到馬棚，各回自己屋內，他便趁機躡足輕步，踅到了窗前。屋中燈光較先前亮，一個聲若洪鐘的人正在笑話。袁嘯風從窗孔往裡張望時，只見先前在板鋪上睡覺的匪黨，已全整衣坐起。迎面木屋兩旁的椅上坐著三個匪首，右首一個有四旬左右，身高體胖，面若豬肝，兩鬢鬍子可是新剃的，兩頰全是青色，濃眉巨目，在左額角有一道疤痕，是曾受過很重的傷的，手裡搏著一對鐵膽。左首坐著一個人，年約五旬上下，瘦削的面貌，細眉鼠目，唇上疏疏的數的過來的黃焦焦的斷梁鬍子，手裡搖著一把摺扇，文不文，武不武，兩眼盯著地，似在思索什麼事。右首下首坐的正是昨夜跟綴的那個姓蕭的匪首，看這情形，那個魁梧的高大的定是這赤石嶺的匪首鎮山王刁四福無疑了，只不知那瘦小黃鬍是什麼人。

只聽那匪首鎮山王刁四福道：「陸老五，我這裡正不放心哩，我恐怕你們拾不下來這水買賣，正想教蕭老二帶弟兄去接應呢，你們怎麼這時候

才回來？」那姓陸的匪徒忙答道：「這次上線開箆，險些栽在線上，本想著點子全是空子，哪知內中竟有能手。黑心杜興邦，手疾眼快，把點子料理了兩個，才把買賣拾下來，一共得了二十六匹牲口，半途脫韁兩匹，只帶回二十四匹來，唯有我們金夥計，太廢物了。竟會被空子打了一馬棒，這一下子還真厲害，差點沒把金夥計的左眼打瞎了，因為下手的時候耽擱了半日，所以直到這時才趕回來。」

那匪首鎮山王刁四福道：「這倒難為你了，好吧！你們哥幾個歇息吧，等著把這兩批牲口出了手，定要教你們換換季。」

那陸老五答道：「當家的說哪裡的話來，我們應當效力，哪能在乎酬勞。不過我們臨回來，遇上商家堡的弟兄，他們說是教當家的可多多留神，韓家牧場的人已經夜闖商家堡。商家堡的姚當家的已是預備下人，只要快馬韓到商家堡踐約赴會，絕不容他再逃出掌握。他如果五天一過，不敢踐約，那就是他自認關東三省沒有他這份英雄。我們要聯合兩處的弟兄，前去接收快馬韓的事業。並且說如若茂記蔘場的葉大爺到咱這來，千萬請到商家堡一談。這次事請葉大爺放心，既已伸手動了他，絕不能中途袖手。」

這陸老五說完這話，那個黃髯的瘦矮子，正是陰驚文葉茂，點點頭道：「好吧，我正想到商家堡去。我不過候著煙筒山的人來了，咱們再定行止，看一看那快馬韓的手段。這次我跟他不拚個起落出來，絕不罷手。關東三省有姓韓的，沒有姓葉的，我們這次總得跟那快馬韓算清舊帳，一決雌雄。」這時那匪首鎮山王刁四福含笑說道：「葉二哥，據我看快馬韓也不過徒有虛聲，要按江湖道上的傳揚，快馬韓好似有三頭六臂。這次我這種無名小卒，居然也動了他，我為的是看看他有什麼過人的本領。葉二哥，你儘管放心，不是我刁老四背後說大話，我既然敢摸了他，就接得住他，不用聽那種江湖道上瞎哄，姓刁的歷來是輕易不跟江湖道們結梁子，

可是既跟他們比劃上，我絕不能中道罷手。我刁老四的脾氣，金鐘也敢撞，瓦罐子也一樣摔，你看著吧。」

陰驚文葉茂連忙恭維道：「刁當家的，我要是不放心你，我焉敢推心置腹地拜託當家的。反正這次只要能夠把快馬韓扳倒，我情願把從快馬韓手中奪回的事業，全讓給幫忙好朋友，別看我現在墊辦花費，我只要把這口氣爭過來，於願已足。」

鎮山王刁四福立刻吩咐陸老五去歇息。這時天不過四更左右，袁嘯風隨即撤身躲到一旁，容這夥匪徒從裡面走出來，各回自己住宿的屋內歇息，屋中的匪首刁四福道：「葉二哥，商家堡居然敢這麼招呼一下子，這倒真是出人意料之外，姚方清既是跟我們互為聲援，我們倒不能辜負他的感情。我想，姚方清既已跟快馬韓定約，快馬韓五日內定然踐約赴會，我們哪能袖手旁觀？我們明朝到商家堡走走。」葉茂道：「好吧，我也正該到商家堡，稍伸謝意，這時不過是四更才起，當家的請歇息吧！我來到這招擾的當家的晝夜跟著操心，教我心上不安。」

刁四福道：「我們交非泛泛，何必客氣，葉二哥，我看你從昨夜就不能安然入睡，可是擔心我這赤石嶺不能保護你的安全嗎？葉二哥，你敬請安心去入睡，我敢保這赤石嶺高枕無憂。你要是不大安心，請到裡屋，跟小弟一塊兒歇息如何？」葉茂一笑道：「請安心，當家的，你這真是笑話了，我自到您這堆子窯以來，才知道當家的現在已經具有一種非常的力量。就憑您麾下這班健兒，哪個不有好身手，莫說是在您貴窯一住，穩若泰山，安如磐石。就是在赤石溝的這趟線上，就再沒有人敢正眼相視，這麼好所在，我還有什麼不安心。當家的，你請安歇。」

這時所有別的頭目人等，全退出去，那明間的兩人睡覺的地方，現在因為另一個頭目出去盤小道，所以外間只剩了葉茂一個人歇息。鎮山王刁四福，隨即教手下弟兄把明間的燈火的焰撥小了，自己走進了內間，袁嘯

風趕忙地躡足輕步，把這廣場中巡視了一週，再來後窗前，見窗上的燈光微小，屋中的人已起了鼾聲，袁嘯風不禁自己盤算，這種江湖的勾當，自己尚是初試，若是一個算不好，就栽在這裡，被人竊笑。趕到了木門前一試，屋門沒閂，只是虛掩著。暗自慶幸，輕輕把門推開一線，側身往裡張望。屋裡不明不暗，燈焰發出的微光，照著屋中一切，似有似無。聽了聽那陰鷙文葉茂，實是已睡著了。

袁嘯風提著手叉子，躡足輕步，只用腳尖點地，連一點聲息沒有，先撲奔了裡間。貼近門首，先側耳聽了聽裡間，只一片輕微的鼻息聲，這屋中兩人真是大反個，那鎮山王刁四福相貌粗暴，睡眠反沒聲息；葉茂那麼瘦弱，反倒起極大鼾聲。

袁嘯風自己深入腹地，不能不加以慎重，遂把裡間的軟簾掀起一角，復往下一撩，唰的微微響了一下。復把軟簾掀起了一些，往裡注目看了一會兒，板鋪上那個匪首，紋絲沒動。袁嘯風知道這匪首實是睡著了，遂身踅來到葉茂的臥榻前，立刻輕輕把葉茂拖在枕上的一條辮子給扯順了，用鋒利的匕首，從當中割下半段來。把斷髮提著，想到裡間，送到那鎮山王刁四福的面前，教他知道快馬韓非易與者。方往裡間屋門一湊，突然裡間木榻一響，袁嘯風屏息止步，在外間略一停頓，聽了聽，是那匪首呼地翻身。略沉了一片刻，那外間的葉茂，又轉側翻身。袁嘯風一眼瞥見外間的白茬子木案上放著一支禿筆，一塊破硯。遂變了主意，見桌上有現成的粗糙紙，遂把碗裡的餘瀝倒在硯上，把禿筆蘸了蘸，在紙上寫了兩行字是：「夜入寶山，親履貴寨，略試鋼鋒，割髮代首，狐鼠伎倆，毋再舞弄老夫面前。」下款寫了一個字。在黑影沉沉的燈光下，潦潦草草地寫完，抬頭看了看，屋頂用極大樹幹，架直房梁，自己估量著丈餘高還可以上下自如。遂把氣納丹田，凝神噎氣，用太極門的輕功提縱術，把一條斷髮跟紙籤銜在口中，往起一聳身，雙手抓住橫梁上，把葉茂的斷髮跟紙籤拿出

來，把手叉子拔下來。潛運內力，把斷髮跟紙籤全釘在橫梁上，略緩了緩氣，飄身落在下面，輕如飄絮。隨即躡足來到門首，輕閃到屋外。外面仍是靜悄悄，空谷無聲，斜月西沉，越發黑暗，遂翻到了山口。只見那兩名守谷口的匪黨，仍在那把守，只是兩人大約因為夜靜更深的時候，山風很大，借酒祛寒，兩人全喝醉了。一個倚著山壁，一個坐在石墩子上，睡得很是沉甜，身旁有酒壺。袁嘯風瞥了一眼，安然出了谷口，自己想著，這一來足可示傲於這群鼠輩。方自慶幸，突覺得頭頂上嗖的一股子疾風過去，袁嘯風急忙一縮身，立刻定睛看時，只見一條黑影，疾如飛隼，出去有三四丈，往下一落，跟著又騰身躍起，往遠遠的一著腳，正站在一塊六七尺高的危石上，恍惚看著似向自己點手。

袁嘯風大駭，心想這是什麼人，看情形好似存心對付自己。袁嘯風四面一望，恐陷虎口，腳下一著力，騰身而起，如飛地追奔下來。前面那人忽快忽慢，倏疾倏徐，眨眼間出來有三四里地。袁嘯風略一辨方向，暗暗著急，自己應該奔東北，按天上星斗的方向一估測，知道所走的道路是奔了西南，這一來越走越遠，何況自己馬匹，尚在這赤石嶺道卡子附近。抬頭看了看，那條人影似已失了蹤跡，自己正在思索著還是趕緊往回趕自己的路，別上了冤枉當。方待轉身，猛見那人又復現身，此次竟發話道：「喂，朋友，隨我來，這裡有你的好去處。」

袁嘯風勃然怒聲厲叱道：「朋友你是江湖道上英雄，可敢跟我較量較量？你要用這躲躲藏藏，你真是匹夫之輩了。」袁嘯風任憑怎麼詬詈，那人竟是充耳不聞，眨眼又跑出去不遠。

袁嘯風立刻施展開輕功提縱術，從後追趕，那人忽隱忽現，竟繞出了後山口，東方已現魚肚色，面前竟是一人高的高粱地，一條羊腸小道，也不過只容兩個人走。又追趕了數箭地，只見那人在那羊腸小道往左一拐，趕到再追到近前時，可是一條岔道，那人的蹤跡又渺。這時曉色朦朧，一

望碧綠的野地，被曉風吹著，如同波濤起伏。袁嘯風雖然一夜的疲勞，被這清新的朝氣拂面，精神陡振。順著這條道路，走出有二三里之遙，見那遠遠的黑壓壓似有一片叢林，一縷青煙裊裊地衝上天空。袁嘯風看出前面不是村莊，也有鄉農在這裡住著，遂撲奔這片叢林而來。到了切近，才看出一片濃蔭匝地的密松林。當中一條小道，穿著松林，如同一條長街。在松林前有一所石屋，也就是四五間，四圍圈著一道短垣，全是用巨石堆壘的，一座堅固的木門，在門前數步外一座水井，上面放著兩隻吊桶，更有一架馬槽，橫在井旁，一隻木桶滿注著清水，一隻歪在井臺上，情形是預備給過路牲口飲餵歇腳的地方。

這種隱僻之地，居然有人敢在這裡住，不是武勇的健者，也是慣居山的獵戶。幾縷炊煙，點綴著叢林石屋，顯得特別的有一種世外的隱居之象。袁嘯風奮身來到近前，忽從一座堅固的木門中走出一人，年約六旬上下，鬢髮斑白，可是膚色十分滋潤，瘦不露骨，穿著一身短衫褲，左大襟，大黃銅鈕子，腳下是白粗布褲子，大灑鞋，手裡擎著一桿旱煙袋，煙鍋兒好似酒杯似的，煙袋桿上掛著一隻皮煙荷包，一邊墜著火鐮火石。

緩步踱出門來，口中還在吸著，煙鍋兒不斷地冒著煙。袁嘯風轉至近前，向老者拱手道：「老爺子，在下走路迷了，誤撞到這裡，不知貴處叫什麼地名，這裡離著寧安府還有多遠，有勞指教。」

這位老者抬頭看了看，慢吞吞答道：「你老兄是往寧安府麼，真是走差了，越走越遠，這是往東去的一條岔道，往寧安府得往西哩。老兄是從哪裡動身，怎會來到這裡？」袁嘯風忙答道：「在下是從寬城子到寧安訪友，半路上遇著了匪人，人單勢孤，把行囊衣物全被匪劫去，慌不擇路，竟從叢莽密菁中迷了方向，直在草地裡奔馳了一夜，飢渴交加，來到貴處。老人家這裡可有賣飲食的麼，我買一些充飢解渴。」老者笑吟吟道：「你老兄看這裡不過是我們幾戶人家，在這裡全是取其樵采打獵方便，又

全是單身漢子。老兄你想，這裡不成村，不成鎮，哪有什麼賣飲食的。老兄既然飢渴，在下還做得起東道，老兄請到寒舍一敘。」袁嘯風道：「萍水相逢怎好叨擾，我還沒領教老人家貴姓哩？雲老者道：「在下姓雲，單名一個龍字，老兄你貴姓？」袁嘯風道：「在下姓袁，名叫嘯風，原籍是關內人，來到關外，也不過是做個笨力活，有膀子笨力氣而已矣。」老者道：「這裡不便立談，老兄隨我來。」

第十三章　探山嶺割髮懸梁

袁嘯風立刻隨著這位老者走向那座石屋，袁嘯風跟著一進門，看出這位老者，不是平常鄉民。這座木門，全是用整根合抱樹幹做的，是三根樹幹合在一處。頂木門的是一塊巨石；已挪在門旁，足有三四百斤重。只看這重木門，兩膀沒有千八百斤臂力的，絕不易開閉。

袁嘯風暗暗驚疑的當兒，老者是毫不注意袁嘯風對木門的注視，回過身來，往裡相讓。袁嘯風隨著老者，走進了石屋，明窗淨几，淨無纖塵，石屋是三間長，兩明一暗，非常軒敞，後山牆開著一個窗洞，窗子已經支起，從後窗看見後院，是一段長方的院子，四圍全是石牆，看情形很像個練武的場子。

老者一進屋，就招呼道：「牛子，幹什麼了，快來，有客人來了。」裡間屋有人答聲，嗓音悶聲悶氣，跟著從裡間走出一個黑大個，身高足有六尺，濃眉大眼，翻鼻孔，大嘴岔子，厚嘴唇，大包牙，膚色黝黑。穿著一身土黃布褲褂，白骨頭鈕子，腳下穿著一雙草鞋，到得堂屋，愣愣地往那一站，瞪著眼看著老者。雲龍道：「你看，你這麼大了，還這麼一點什麼不懂，燒好水了麼，給客人泡茶。」這個黑小子翻了翻眼皮，看了袁嘯風幾眼，立刻一聲不響地走出屋去。袁嘯風一邊落座，一邊向雲老者說道：「老人家不要客氣，萍水相逢，這麼叨擾，實在不安，這位少年，是老人什麼人，好威嚴的相貌。」

雲老者道：「這個傻小子與我非親非故，我祖籍是關內人，這小子卻是這遼東土著，生長在龍江以東青狼堡。提起這小子的來歷，稍有血性的聽了，全要替他憤憤不平。這小子姓熊，乳名叫牛子，他們祖居青狼堡，已有三代，熊牛子的父親還做過守備。在牛子十一二歲，他父親已經不做

官了，家中擁有二頃多土田，幾十頭牲口，青狼堡沒有多少富戶，這位熊守備在青狼堡算是首戶，不料在牛子十四歲那年，熊守備竟染病身亡，遺下寡妻幼子。這位熊夫人還不是牛子的親母，她是熊守備的繼配，比熊守備小著七八歲，雖是生長僻鄉，頗具姿色。為人雖不怎麼賢能，不過事事頗知大禮。可是這個牛子，從小就渾濁猛愣，不受羈勒，這位熊夫人持家極嚴，只無法管教這個前房子，未免對待牛子顯得疏遠。這牛子生來力大無窮，家中的長工夥計，一個稍拂他的性子，立刻就要把長工們打個鼻青臉腫。這一來熊家鬧得家宅不安，同時有熊守備一個近支的侄子，早就垂涎熊守備這份家產。不過在熊守備生前，雖是存心覬覦，不敢過露形跡。熊守備這一死，他這本家的侄子遂立刻下手。漸漸地在熊宅把持家務。竟用促狹手段，引誘著這天真爛漫的牛子胡行起來。本來這小子就夠渾愣的，哪禁得他這族兄暗中支使他，愈發無法無天，漸漸熊宅中幾個有年歲的長工家人全打跑了。那留在宅中的，只是一個會趨奉牛子的長工，待長了，當時這熊宅的情形已呈破敗之象，熊夫人更是氣得終日憂鬱。牛子這個族兄這一暗中挑撥，母子間感情日惡，牛子的族兄竟引誘著牛子到賭局中賭博。牛子手中哪有錢去賭博，可是他這族兄給他設法，除了偷就是盜，把家中的銀錢衣物偷出許多來，全填了無底洞。熊夫人知道了，和牛子大鬧一場，不準他再出去，禁閉在宅中。試想這生牛烈馬的牛子，哪肯受這種拘束管轄，何況還有他這族兄時時助著他。他這續母越是管他，他越是鬧得厲害。漸漸地散布開流言，說是所有的家產，是他父親摞下給他享受的，繼母把持著，一定沒安好心。她只要再這麼把持著，早晚非把她弄死不可。這種謠言散布得非常快，關裡紛紛竊議。牛子這小子憨頭憨腦的，對於這種話雖也聽到耳內，只是他一個胸無城府的人，哪把這些事放在心上，只聽旁人說，不往心裡放。趕到了過了幾天，謠言稍息，大家把這事似乎忘了，哪知竟在第五天的夜間，牛子的繼母，竟得暴病身死。是

日當地官人，竟得了一封無名信，指明是熊夫人身死不明，請官家主持公道，為死者雪冤。官家按著信上所說的一調查，果然熊夫人身死不明，趕到把死者一檢驗，果然中毒身死，把牛子跟他家人全押進衙門。熊家當時門庭冷落，已沒有什麼人，只有一個家人，兩個長工，一個雇使的婆子，用刑一拷打問，熊家的長工僕婦異口同音地只請老爺拷問少主人，並把近日傳出來的謠言說出。官家接得匿名信中，也隱約著指出是逆子殺母，官家遂往牛子身上追問。試想就是鋼筋鐵骨，也禁不住那種嚴刑拷問，牛子雖是天生的骨骼堅實，也難受拷刑，竟自要含糊招認。只是這種逆倫罪，供狀不能稍涉含糊，再有兩堂也就要問實了。就在這時，竟有江湖道上的朋友，不忍教這傻小子背這逆名慘死，把這小子救了出來。把這暗中謀產下毒的熊氏族侄，置之死地！……」

雲老者方說到這裡，牛子從外面進來，用一隻方盤，托著兩隻粗瓷碗，泡來兩碗棗茶，似乎在進門時，聽見了老者說的話，把兩碗茶放在老者跟袁嘯風的面前，低聲說道：「師傅，你又提我的事了，一個生客人，何必提這些閒事哩，知道人家是幹什麼的？」

雲老者微笑著說道：「不用你多慮，我老眼不花，我若看不透人家來路，我還不往家裡讓呢。再說咱們爺們也不怕事，也不惹事，誰好意思找尋咱們。去吧，把饅饅蒸一大盤來，把醃蛋，醃肉也弄一盤來，這位朋友，跑了一夜冤枉道，還沒吃什麼呢。」牛子嘴裡嘟囔著走出去，袁嘯風道：「老人家不要費事，這麼招擾，在下好生不安。」雲老者擺手道：「朋友，咱們全是在外邊跑的，到處為家，到處交朋友，喝一碗水，擾一頓飯，算得了什麼，你要這麼客氣，我倒不敢屈尊大駕了。」袁嘯風見雲老者說話爽直，遂不再說那些浮話，隨又問道：「老人家所說令徒的事，倒是誰給救的呢？」雲老者略一沉吟，微笑著說道：「這人麼，見義勇為，拔刀相助，功成身退，不求名，不為利，直到今日，還不知究竟是何人

呢？」袁嘯風道：「那麼你們師徒是怎樣的遇合呢？」

雲老者含笑道：「我不過是見這小子一片天真，骨骼堅強，天賦的一種雄壯的體格，我把他收到身邊，把我的幾手粗拳笨腳的把式教給他，教他將來摭在土地上，也可蒙碗飯吃。」袁嘯風聽老者所答，恍惚不實，絕不是真話，測不出老者是何居心，遂不再細問，把那碗棗茶端起來，一飲而盡，煩渴頓消。

那牛子把食物從外面端進來，擺在桌上，雲老者請袁嘯風同桌共食，雖則是粗食野菜，吃著頗覺別饒風味。飯罷，雲老者向那牛子道：「你應做的事做完了沒有，我還有事呢。」

牛子一邊收拾著桌子，一邊答應著。雲老者站起來，向袁嘯風道：「老兄不要忙著走，我們再談一會兒。這裡還有一個把式場子，是我們爺們操練身子骨的地方，老兄你不要見笑，我們爺們可不會什麼功夫，不懂什麼派別，我們不過只練膀子笨力氣，袁老兄你看得起我們爺們，請你從旁指教。」

袁嘯風道：「老人家不要客氣，我不過是流浪江湖的粗漢，也只有膀子笨力氣，對於武功，也只會過三招兩式的莊稼把式，教我指點，那豈不是班門弄斧麼。令師徒能教在下開開眼，那是在下求之不得的。」雲老者含笑道：「咱們全把虛偽的客氣收起來，誰會什麼功夫，請練兩下子，不會的也別強練。」

雲老者一邊說著，一邊往這屋後走，轉到這屋後。只見一道重門，是一段石牆，一扇木門，這扇木門也是跟前面的一樣，是用整根的樹幹做成，看情形份量很重。那門雖是堅固，只是不知為什麼，只浮立在門框上。那雲老者向牛子叱道：「你看你這麼不幹正經事，這座門怎還沒攔牢，這麼浮攔著，出來進去多麻煩。」牛子道：「我倒看著沒有什麼，這時安上也不晚呢。」說著走到門前面，把這像木排似的重門輕輕提起，一轉身，

偌大的一扇門，把他高大的身軀掩住。那袁嘯風正在一腳頓住，一側身，把雲老者讓過來，哪知那愣小子猛地把這扇重大的木門撒了手，往袁嘯風身上碰來，口中卻喊著：「喂喂，快接著，別把門摔壞了。」袁嘯風見這木門雖是重大，可是要憑自己兩臂之力，還不至於接不住，伸兩臂一接，只覺著像一面牆似的倒過來。忙重振一口氣，力達四肢，就這樣，右腳還往後倒了一步，才把這扇門接住，驀然這麼一來，竟把自己急了一身汗，隨即忙暗運內力，把雙臂一伸，把這扇木門舉起，輕輕地放在了門旁。那牛子笑嘻嘻地向袁嘯風點點頭道：「袁老師，你真有力氣，你比我有本事，我服氣你了。」雲老者回頭看了看道：「牛子，你又弄什麼了，不許你傻鬧。」又瞥了袁嘯風一眼，袁嘯風此時臉上通紅，雲老者好像沒有看見他渾濁猛愣的徒弟故意作弄自己，遂隨著走進後院。只見這段後院，占地約有十幾畝，成長方形，除了前面房子的後牆占了一面，那三面全是石牆。地上細石砂子鋪地，這麼大的練武場子，並沒有兵刃。只在北邊的牆下，立著八支柏木樁，兩邊牆下立著一個高有丈餘的巨木架，木架橫木上，垂下來一隻形如巨球的皮袋，裡面似乎裝著很沉重的東西。在牆根下放著一棵四丈多長的白楊樹，是整棵的樹，只去了枝葉根子，樹身的一面，樹皮已經剝磨得沒有什麼了，另一面的樹皮一點沒動，袁嘯風看著不懂這是做什麼用的。又見那東北牆角落上，放著兩隻矮木架，上面放著兩隻木桶，一桶是綠豆，一桶是鐵砂子。

　　袁嘯風對於這種操手的功夫倒認識，還是鷹爪力鐵砂掌初步的功夫，自己仔細一看，這木桶裡的混合的綠豆和鐵砂子，知道這裡的雲老者跟他這愣徒弟，外面上看著一個是老邁殘年，一個是缺欠聰慧，不像有什麼功夫。人不可貌相，敢情這師徒武術的造詣，深不可測，自己索性處處只裝作不懂。

　　雲老者緩步進了場子，向袁嘯風道：「老兄，我自幼年就好習武術，

只是未遇名師，不過學會了幾手莊稼把式，練了幾年笨功夫。趕到一入江湖遊蕩，見過些武林中名手，人家一施展出，動手知道我所學所練的，不僅門徑沒有，連一個平常的武師，全不是人家敵手。看起來，教我武術的師傅，真算把我害苦了，白耽誤了好幾年的工夫，鬧得我高不成，低不就，文不文，武不武，半瓶子醋似的，我們爺兩個總想訪求一位名師，指點指點我們，不過早看出老兄你是武林中的能手，沒別的，請老兄你指點指點我們師徒，教我們師徒也長長見識。」

　　當時袁嘯風一聽這雲老者簡直是硬扣，自己哪敢就承認，遂含笑說道：「老人家不要這麼過獎，我早跟你老說過，我不過會個三招兩式莊稼把式，你教我指點，那不是問道於盲嗎？老人家我不怕你老過意，我說我會功夫與不會功夫，是無憑無據，可是你老現在可擺著會真功夫的憑據。」雲老者笑道：「老兄你別看擺的像那麼回事，可是真練真不會。我們不過當初聽教武的老師傅們說過，這種功夫這樣練，我試試看，敢情沒有老師指點，絕不成。這種功夫是非有名家指點不能練，所以我們只要遇見了武林一派，我們就厚著臉地懇求，盼望人家不吝賜教。不過這武林中的人全是一樣的脾氣，你越是求得切，越是拒絕得厲害，今日我遇見你老兄，諒能念在我師徒的一點愚誠，定能不吝賜教。」

　　袁嘯風忙說道：「這可是笑話了，我要是真有本事，也就到不了你老這裡了，沒聽見有一身絕好功夫，會教匪人給拾掇了的，我也別辜負老人家一番盛情。你們爺們把會的功夫露兩手，我們一見如故，誰也不要存客氣，我只要是懂得，一定彼此研究研究，武學是練到老，學到老，誰也不能說準行，咱們誰會什麼，練什麼好了。」雲老者點頭道：「很好，就依袁老兄的主意，咱們誰也別藏奸，袁老兄先露兩手吧。」袁嘯風道：「我絕不敢應命，還是請老人家露一手吧。」雲老者笑吟吟說道：「我們誰先練全是一樣，在下有了幾歲年紀，筋骨已老，並且當初也沒下過真功夫，哪還練

得了呢。」當下這一謙讓，那個愣小子竟答了話道：「袁老師，你看我練兩手給你看看，你可別笑話我，我可是只會笨功夫。」袁嘯風忙答道：「這位熊師兄先練兩手好極了，我們有言在先，誰也不許客氣，咱們隨便練吧。」

雲老者向牛子道：「你這小子倒真臉皮厚，你不嫌栽跟頭，你就練吧。」牛子走到場子裡，向袁嘯風道：「袁師傅，你看我給你練一手笨功夫。」說著來到牆根下柏木樁前，這一排柏木樁，一共是八根，每根全是四尺長，入土一尺五，砸得極堅實。牛子往下一塌腰，立刻亮式，是潭門的彈腿下盤的功夫，用連環進步，頭一式是「烏龍盤柱」，往前一橫右腿，用裡胯往柏木樁上一搭，咔嚓的一聲，第一根柏木樁已經有了裂紋。

那牛子卻跟身進步，向前一換式，是潭門彈腿的下五招，「鐵牛耕地」、「走樹盤根」、「十字擺蓮腿」，只聽砰砰，嘎吱一陣暴響，那柏木樁竟自挨根的震動，也有傾斜了的，也有震裂了的。

牛子把這一行木樁踢完，一收式，居然面不紅，氣不湧，神色跟平時一樣。這位雲老者遂向袁嘯風道：「老兄，我說得不假吧，我們沒內家的真功夫，只憑著笨力氣，踢木樁。只能練到這種地步，搪不過行家的眼吧！」

袁嘯風忙答道：「師傅過謙了，像下盤功夫練到這樣，已非容易，在下還沒有這麼純的功夫哩。」袁嘯風口中雖是這麼說著，止於知道這一師一徒，絕不是像他自己所說的莊稼把式之流，可也不是什麼驚人武學，論自己一身所得，尚還能對付得了他們。自己方要答話，那雲老者突然說道：「袁老兄，小徒這種淺俗的末技，已當面獻醜了，我看老兄對於此技，必也下過功夫，老兄別駁我的老面子，請你指教指教，老兄你肯賞臉嗎？」

袁嘯風一聽，好生為難，練武的對手拆拳，可以憑著自己靈機進退，該進則進，該退則退，因勢制宜，容易給對手地步，自己也容易藏拙。唯

難練這軟硬的功夫，無法遮掩，人家練到這種情形，我練出來比不上人家，他們一定疑心我留偷手。我練到超過他去，明顯著炫才好勝。自己說沒練好吧，這是武術家基本功夫，人家絕不相信。遂向雲老者說道：「老前輩，令徒的柏木椿的功夫，練到這種地步，也足算是有功夫了。我莫說當初還沒有在這上頭下過純功夫，老師傅既是此道中人，定搪不過你老的眼去。我就是練過，也不會再比令徒高，老人家別教我獻醜了。並且木椿已被令徒踢動，重立費時，老人家非教我獻醜不可，我跟令徒對練招拳，老人家倒可從旁指教，在下也可多得些教益。」

雲老者微微一笑道：「袁老兄不必推辭，咱們相見以誠，我們師徒虛心請教，柏木椿雖已挪動，重立好了，不過一舉手之勞。在下就是這種彆扭性子，我偏不教你老兄藉著這事推辭亂來，你老兄監工，看看我收拾的手段如何？」說到這，挽挽袖子，走向柏木椿前，身軀略俯，用手掌往第一棵柏木椿上一按，沒看出用力來，柏木椿竟深入土半尺，矗立在原有穴內。

到第二棵木椿前，仍然是照前式，掌按處，木椿隨著沉下去。

袁嘯風已看出這是內家的氣功 —— 「大力千斤掌」，這一來袁嘯風立刻駭然震動，這雲老者的武功造詣，高不可攀，深不可測。那麼夜來赤石嶺所遇那條黑影，把自己引到這裡來，說不定就許是他吧？名師難遇，自己奔走風塵，既遇上這種高人，怎好輕輕放過？可是自己要先沉住了氣，不要貿然出口，遂故作不懂，在一旁靜看，見雲老者一剎那已把這一行柏木椿依然立好，轉身來向袁嘯風道：「袁老兄，你看，我這把子年紀，這點力氣還成吧？你這再沒有推託了吧，請你一試身手，教我師徒也見見世面。」

袁嘯風說道：「老人家，咱們全是江湖道上人，行家一伸手，便知有沒有。你也別說不成，我也別說不會，請老人家不要諱莫如深。在下也把

所練過的功夫練出來，咱們印證印證。老人家，請你多指教吧。這柏木樁我對於下盤，實沒有那麼純的功夫，不過推手的功夫，還練過些日，我試試看，不定成不成。」說到這裡，遂把衣袖略卷，到第一棵木樁，往下一縮身，腳下暗探短馬樁，氣納丹田，雙臂一晃，輕輕往木樁上一搭，暗試這木樁的力量，自己估量著還可以降得了這木樁。遂把雙臂一晃，暗用太極掌的「盤馬彎弓」，略把式變化了變化，暗運掌力兼用鷹爪力，對掌照定了木樁上擊去。雙掌落處，第一棵木樁竟被震得綻裂；那第二棵木樁也是照樣變換著掌式，唰唰的連運掌生風震得塵土飛揚，木樁全傾斜，把這一行木樁全用掌力震倒了。到了末一棵木樁，一收式向雲老者師徒一抱拳，道：「在下對這門功夫實沒有功夫，教你貴師徒見笑了。」

雲老者笑吟吟說道：「袁老兄，你這掌上的功夫，已經足以傲視一切了。袁老兄，你拳術上一定也下過功夫。來吧，咱們索性拆幾招，試試我這已擱生疏了的拳術。」袁嘯風一聽雲老者想跟自己過招，不禁暗喜。因為武林中的門戶太多，會武功的不算，有許多不輕見、不輕傳的祕技，自己沒見的功夫很多。他這場子內所懸的沙袋子只一個，和那棵白楊木，自己就不知他這練的是哪一門的功夫。倒是對手拆招，可以給自己留退身步。縱然不知這老頭兒是何如人物，武功到怎麼個地步，不過自己，若是把門戶封緊，把招數用嚴了，先不致吃著大虧，自己也可看看這雲老者究竟是哪一家哪一派。所以雲老者一提過招，自己欣然承諾，不過口中尚是謙讓著。雲老者遂縱步到了場子當中，依然是原來的衣衫不整，肥衣大袖，往那裡一站。袁嘯風把辮髮鬆鬆地盤在了頭上，向下首一站。雲老者道：「咱們可是點到了為止，我老朽的身軀，可當不了妙拳一擊。」

袁嘯風道：「老人家別客氣，我在老人家面前哪敢放肆？只是您既然是吩咐下來，我哪敢不遵命，我不過給你老墊墊手罷了。我還望你老掌下留情，別和我一般見識。」雲老者遂向後退了一步，彼此亮開架勢，雲老

者道：「袁老兄，請進招吧。」袁嘯風往後也一撤身道：「老人家先賜教，我給您接招吧。」

雲老者含笑說道：「我們誰也別客氣，—— 塊發招吧。」袁嘯風道：「那麼我可要放肆了。」隨即一立門戶，故意掩飾本來面目，把右手往左手背上一搭，立刻走行門，邁過步，往左側旋。雲老者身形略展，往右略一盤旋。兩下裡復往當中一湊，雲老者仍然不肯發招。袁嘯風遂說了聲：「在下拋磚引玉，請老人家指教。」這個教字方脫口，立刻往前一上步。暗發一手「七星手」，往雲老者的胸前便點，這也是虛實並用，變化莫測。堪堪地打中胸頭，雲老者往外一封，袁嘯風倏然撤招，往右一斜身，變式為「白鶴亮翅」。雲老者喝聲「好」，立刻把左臂往下一沉，食中二指，往袁嘯風的門上便劃。袁嘯風急撤招變式，哪知雲老者把身形展動，已到了自己身後。忙往前一縱步，躥出已有一丈五六，自己覺著很快，腳方沾地，只覺得背後一股子風聲襲到，忙用「怪蟒翻身」翻身現掌，哪知雲老者的掌鋒已沾到了自己的背上，這一翻身，才將將閃開。這位雲老者哈哈一笑，道：「袁老兄，你這麼不真露兩下子，哪能分得了高下呢？」

當時這位雲老者竟自把身形展動，立刻飄忽若風。袁嘯風也展開了身形，把自己的拳術篇展開。雲老者行前忽後，行左忽右，動手到二十餘招，袁嘯風始終看不出雲老者的拳術是哪一門。休說勝了人家，就是指尖連人家的衣服，全未沾上，自知不是人家敵手，隨即往外一縱身，立刻一收式，說了聲：「我這是班門弄斧，貽笑行家，承讓了！」雲老者也一收勢，向袁嘯風道：「袁老兄，你是真人不露相，原來袁老兄乃是武林名家的真傳。恕我眼拙了。袁老兄你這麼好身手，定有師承，請你明白見示，教我也好明白明白。」袁嘯風忙答道：「老人家不要過獎，在下這點俗淺功夫，實沒有經過什麼名師，老人家不要多疑。我若真是有名師做師承，哪有隱瞞的道理，並且我現時正在訪師，老人家請你念在下我奔走江湖，名

師難得，求你不吝賜教一二，我袁嘯風終身感戴。」雲老者微笑答道：「袁兄你這可是輸眼了，我這種粗淺的功夫，也值得你老兄這麼重視，太教我汗顏無地了。你說我功夫好，好在哪裡？不過我倒看出你老兄是內家的功夫，你說你沒有師承，誰能見信呢？袁老兄，你真個拿我們爺們當莊家頭，任什麼不懂，你算輸眼了。再說遼東道上，快馬韓也是數一數二的英雄，你老兄若是沒有兩下子出手的，焉能在快馬韓手下做頂門立戶人？老兄你倒是哪一家武術，趁早實說吧。」

袁嘯風一聽老者的口風突變，並且已知自己是快馬韓的人，面色也不像先前那麼和藹，自己如墜雲裡霧中，不知這位老者究竟安有著什麼心意。自己裝相，仍不答他的話，藹然說道：「老人家這可是笑話了，我們萍水相逢，承師徒這麼招待，在下銘感五中。我因為老人家相待之情，不敢再以虛偽相見，才把我這幾手見不得人的功夫施展出來，不過是拋磚引玉，想不到倒引起了老人家的誤會，這實在教我袁嘯風失望得很。老人家既不肯賜教，我也招擾了這半日，我還要趕路，改日再行答謝，跟你老告辭吧。」說到這裡，深深一揖，雲老者竟傲然不顧，向袁嘯風道：「怎麼你老兄這就要走？不成，我這老頭子有個毛病，我不問清了你老兄的來蹤去跡，我頂死也閉不上眼。你老兄究竟是哪道的朋友，請你實話實說吧。你要想這麼不明不白，把我們爺們蒙過去，那真是笑話了。袁老兄說實話吧，要教你這麼著出了這個門，我們爺們肯答應，只怕還有不答應的哩！」

袁嘯風愣然道：「老人家怎竟說出這種話來，我跟令師徒素昧平生，無恩無怨。我一個過路人，你老把我當朋友，是令師徒的慷慨。就是閉門不納，那也不算悖人情。可是我已經登堂招擾，人非草木，孰能無心，一飯之恩，自當還報。不過因為談到武學，竟惹得老人家不快，真使我懊悔萬分。只是老人家竟不教在下逃出這個門去，這真使我莫名其妙。我們有

什麼深仇大恨，致令老人家不能相容？難道我們還有什麼梁子不成？老人家不用以言語相激，在下雖然是末學後進，寄跡江湖，早把死生二字忘卻。老人家有不令我走之心，我倒沒有什麼介意。不過我自覺我一身之事，縱有隱瞞的地方，與令師徒毫無沾染。老人家要想留下在下，那倒是小事，不過也得說出個緣由，姓袁的絕不會教令師徒失望。」

雲老者冷然說道：「朋友，你的事你明白，你把我赤石嶺商家堡看成無人，我的部下晚生下輩也太不爭氣，竟教你三番兩次地侮辱。我再不教你嘗嘗厲害，也顯得我們關東道上的綠林道，盡是些酒囊飯袋了。識相的趁早隨我到赤石嶺商家堡，登門謝罪，我老頭子倒也愛惜你這小夥子的過人膽量，像我手下那只會說大話，沒有真本領的晚生下輩，死幾個，少糟蹋些糧食倒不錯，真情實話全告訴你了，你難道還等我們爺們費事嗎？」

袁嘯風萬料不到這雲老者師徒，竟是赤石嶺商家堡的一黨。今日既落到他們手內，這倒得要跟他們一決雌雄了。往後退了一步，冷笑一聲道：「人不可以貌相，想不到令師徒竟是綠林道的朋友，商家堡跟赤石嶺兩處堆子窯，全是朋友你做瓢把子，這倒失敬得很。朋友，你不用關上門做皇上，瞪眼發威。你既已知道了姓袁的出身來歷，咱們不用多說沒用的話。不錯，商家堡赤石嶺的事，全是姓袁的一手所為，今日既落得你們師徒手內，盡請朋友你隨便招呼。姓袁的要是畏刀避劍，還不敢多管快馬韓的事哩。不過你想教姓袁的隨你到赤石嶺，那也容易，可不能只憑朋友你這麼一句空言，你得給我看點什麼。」

這句話沒落聲，突然間身後一聲斷喝道：「小子，你先看這個吧。」話到人到掌到，袁嘯風霍的一個「怪蟒翻身」讓開來勢，見正是雲老者徒弟牛子，從背後猛襲過來。袁嘯風喝聲：「來得好。」隨著欺身進步，左臂往外一掛牛子的右掌，右掌照牛子的肩頭便卸。牛子倏地往右一斜身，雙掌一分，掌力夾著風，照著袁嘯風的軟肋擊來。袁嘯風忙抽招換勢，身隨掌

走，往右一個斜轉身，左肩頭往下一沉，「跨虎登山」式，右腳飛出，斜踢牛子的下盤，牛子的武功，絕不像他相貌那麼粗野猛愣，身手矯捷異常，往起一聳身，躥起五六尺來，往下一落，已離開數步。

袁嘯風一邊跟牛子動手，還得留神那雲老者，怕他從旁暗算。兩下裡分而復合，牛子竟施展的是「岳家散拳」，手底下頗見功夫。袁嘯風驀然想起，自己已知他們師徒是賊巢的黨羽，險些落在他們手中，若不是趕緊打算脫身之計，那老頭兒再一動手，自己縱然有一身本領，雙手難敵四手，好漢抵不上人多。還是急早抽身，再作打算。想到這裡，遂虛晃了一招，抽身躥上石牆，回頭招呼道：「朋友，姓袁的認識你們了，咱們後會有期。」說完一飄身，就往牆下縱身。耳中聽得雲老者的語聲喊道：「相好的，你這一走，可對不起我們爺們了。快馬韓的朋友竟會丟人現眼啊！」

袁嘯風只做聽不見，辨了辨這後牆外並沒有通行的道路，荒草多深，自己猛然往深草裡一躥，草地裡的啄食的野鳥，驚得撲棱棱，振翅飛逃。地上的蟲蛇狐兔，也在草中亂竄。袁嘯風慌不擇路，穿過一人高的荊棘蓬蒿，往東飛奔。走出裡許，只見這一程越發荒涼。走了這麼半晌，竟沒有正式的道路，也罕見住戶，自己只看著日影作方向，往東南一帶走。

這時已經是午後，又走了三四里之遙，面前陡現一片陰森，橫遮去路，森林遮天蔽日！一辨別方向，似乎得穿過這片森林，可以到達那條奔寧安府的官路，就是這種森林中極不易走，裡面定多蟲蛇野獸，護身的手叉子又留在赤石嶺，手無寸鐵，實有許多危險。遂不敢過形大意，找了一棵樹叉子，攀折了一枝，拿它做護身的器械。依然不敢徑穿深林，從偏著東北林木較稀的地方，往前偏下來。這一帶愈形難走，剛剛地往裡走了沒有一箭地，因為上面樹帽子密，日色已經偏西，更透不進日光來，在森林中穿行，更顯得陰森。剛剛越過一段較疏的叢木，突然迎面一聲暴喊：「這豈是你走的道路，回去！」語聲未落，唰啦的一聲，從對面的樹帽子裡，

飛出一塊巨石，砰地落在了自己面前，相距不過兩步。袁嘯風忙往後退了兩步，一看這塊石頭，足有四五十斤重。暗中襲擊，縱然離著近，也要在兩丈左右。

　　袁嘯風亦非弱者，哪能被這一擊就肯退縮？忙向前一縱步，上面藉樹障身，用折來的樹叉子護住面門，仔細一查看，左近一點跡兆也沒有。正在查看的當兒，突然左首又一聲暴喝：「打！」唰的又是一塊石塊，不過這次的石塊小得多，略一徘徊，右邊又打過來一石塊，只要往前稍一進身，暗中就有石塊襲擊。袁嘯風雖是萬分憤怒搜尋不著敵人，只可改了方向，橫穿著林木往北偏。明知道只要是昨夜走的方向不差，非走到赤石嶺的附近不可。只是為勢所迫，無可如何。因為往西走，是方才出來的地方；往正南走，自己不知路徑，關東道上，往往荒野之區，森林草原，竟有綿亙數百里，一個走迷了路不被野獸毒蛇吃了，也得困在裡頭，所以不敢輕視。一路上竭力留著神，往前疾行了里許。見前面林木較疏，心裡才覺一寬，只要沒有林木阻攔，就不怕再有人暗算了。才一轉念，猛然左側裡又有人喝道：「回去！」跟著唰啦的一聲，一塊巨石，掛著碰掉的枝葉飛來。

　　袁嘯風急錯步閃身，砰的一下，巨石落在了面前，濺得塵土飛揚。一看這塊巨石，足有四五十斤重。這一來越發觸怒了袁嘯風，厲聲叱道：「這種鬼祟行為，匹夫之輩，夠得上江湖道的朋友，跟你袁二太爺一招一式地招呼，你這麼暗算，我可要罵你了！」無奈任對著叢林叫陣，暗中襲擊的人，絕不露面。

　　只是往前一闖，暗中就有人邀劫。只可折轉來，仍奔東北。這樣往前偏到里許，仍被邀劫，往返這一折騰，日已偏西。袁嘯風不禁恨得切齒，只是這麼屢次被人算計，連敵人的影子全沒見，自有生以來，沒栽過這種跟頭。眼看著太陽一落下去，被敵人再一包圍，那非落在敵人手內不可。此次自己投效韓家牧場，方自慶幸機緣湊巧，牧場中出事，正是自己略試

身手的時候。給快馬韓暗地幫忙，立足穩固，將來可以藉著快馬韓這點聲勢，樹自身的事業。今日竟遇勁敵，被人折辱，竟弄得一籌莫展，想到這裡，只有憑一身的本領，跟敵人一決存亡，死生置之度外，把膽量壯起來，索性振奮精神，轉身撲奔了來路，不管暗中算計自己的是否就是雲老兒師徒，自己既從赤石嶺來的，還是從赤石嶺出去，循著來路前進。

第十四章　弄夜影龍沙戲豹

這時天色愈晚，野風陡起，這一處處叢林荒草，被野風搖曳著，聲勢非常驚人。袁嘯風時時防備著暗中襲擊，往回走了有四五里之遙，斜陽西墜，只剩下暮靄殘輝，依稀辨著路徑。

這種荒涼的草野，在白天裡尚覺著十分險阻，天色一晚，越顯得荒曠。看了看前面，離著那雲老兒所居已近，腳下加緊，想抄著那數幢石屋過去，能夠不跟他師徒會面，今夜先退出赤石嶺，把商家堡踐約的事辦完了，再找他師徒算帳不遲。自己這麼盤算著，那雲老者所居已然在望，天已昏黑，伸手不見掌，遠遠地望見那雲老者所居附近，浮起了幾點星火。袁嘯風穿著叢林茂草往前疾行，離著雲老者的石屋還有一箭多地，正往前走著，突覺左側一股子勁風襲來，只覺得左肩頭被人一按，立刻往右邊一縱。周身查看時，恍惚見有一條黑影一晃，隱入叢蒿荊棘中。袁嘯風一下腰，縱步急迫，那蓬蓬的荒草中，唰唰的一陣響，也辨不清是風搖的，是人帶的，蹤跡頓渺。袁嘯風見迫近雲老者所居，步步戒備著。只是沒走出多遠來，倏然右側裡有人喝聲：「才來！」唰的右肩後又著了一下，只是並不甚重，不過被人按了一掌。

這次是早提防，忙往右一撤步，用「翻身打虎拳」，奮全力向身後一擊。雖是這麼快，只瞥見一條灰影，疾如飛箭，投向茂草深處。袁嘯風怒喝道：「你這還往哪裡走？」腳下一點，騰身追趕過來。身形起落，不過剎那之間，只是那條灰影竟如曇花一現，一瞥即逝。袁嘯風憤怒交加，恨聲罵道：「這種狐鼠伎倆，可是關東道上的好朋友所為嗎？」哪知話聲未落，突覺得背後碌碌一笑，袁嘯風忙一回頭，在相距五六丈外一片林木中，有人發話道：「你這種本領，也敢在關東道上充好朋友，你別現眼了。放著

道路不走，只在這裡纏磨，你接傢伙吧！」

唰的對面樹枝葉一響。袁嘯風忙預備躲閃襲來的暗器，哪知突然左邊喝聲：「打！」唰的一塊飛蝗石擦著耳旁打過去，袁嘯風猛身往左直衝過去。竭盡目力，見五六丈外的草叢似乎一陣波動，遂不顧一切地撲過來。才一落腳，唰的右側又一聲喝斥：「在這了！」

袁嘯風驀地想起，自己身邊向有幾十文大錢，自己只顧憤怒，忘了用暗器打他。自己錢鏢雖沒有很好的功夫，可是在這時先鏢他幾下，縱然打不準，也叫他少這麼張狂。在這一轉念之間，右首突一發聲，急往旁一撤步，已把囊中的青銅錢摸到手中。循聲抖手，唰唰的一連發出三隻錢鏢，照著發聲處打去，這裡錢鏢出手，只聽得暗影中冷笑著說道：「相好的，你想拿錢買道走，你錯翻了眼皮，原貼璧謝，拿回去吧！」話聲未落，唰唰的立刻三枚青銅錢打來，袁嘯風此時志不在較技，是找著他潛蹤的所在，聳身一躍，撲向那叢林深處。身形才落，突然那暗中襲擊的又到了身後。這樣行東就西，忽前忽後，倏避倏追，任憑袁嘯風是銅筋鐵骨，也禁不得這麼奔波，累得喘吁吁身上已見汗了。

在盛怒之下顧不得許多，袁嘯風明知定是雲老者有心戲弄，自己這麼奔馳，早晚還不累死。索性仍然闖雲老兒居所，跟他拚個強存弱死就完了。這一改變了主意，立刻振奮精神，撲奔那雲老者的石屋。相距不遠，身形展動，已到了石牆下。

仗著荒草隱住身形，更怪的是那暗中一死跟綴的人，竟沒有聲響。自己稍事歇息，往起一聳身，單臂跨牆頭，探身往裡查看。

只見石牆內一片黑暗，只有前面石屋的後窗，透出一線的燈光。

袁嘯風右掌一按牆頭，踴身翻上牆來，飄身落在下面，躡足輕步，來到後窗下，聽裡面人聲寂然。輕輕把紙窗點破了一些，瞄一目往裡窺視。見後窗下的案上，一盞孤燈，光焰如豆，被窗門隙的風，搖曳得閃爍欲

滅，那前面的屋門，並未關閉，也只虛掩著，顯得屋中死氣沉沉，裡間似有聲息，只是聽不真切，那裡間沒有後窗，他遂想繞到前面去，查看屋中是否有雲老者的蹤跡。方一移動，驀覺得背後似有一些動靜，驚弓之鳥，哪敢俄延，往右一縱身，躍出丈餘遠，往那石屋的轉角一落，瞥見一條黑影，嗖地從頭頂上飛躍過去，一瞥即逝。看情形竟奔向東北角牆外，袁嘯風不去追緝，仍然返身移奔石屋的前面，轉過石牆。沉沉的院落，只有這排石屋裡間的前窗，微現著昏黃的燈光。

袁嘯風湊到暗間的窗下，側耳一聽，裡面一陣窸窸穿衣之聲，這屋子的前窗，原有些破洞。湊到破洞往裡看時，見屋中更為四壁蕭然，只有兩座木榻，一隻粗劣的茶几，那雲老者坐在了板鋪邊上，赤著雙足，趿著雙鞋，手中擎著桿旱煙袋，青煙縷縷的不斷由口中噴著，神情暇逸。那牛子卻躺在迎面的板鋪上，似乎已將睡著，只是還沒睡實了。聽那雲老者扭著頭向躺在板鋪上的牛子招呼道：「喂，小子別睡這麼實在，留神聽著點，這幾天有些個屈死鬼，冤魂不散的，跟咱們這纏磨，攪咱們不能睡，還是趕緊把他們打發了，省得教他不得脫生。」

只是這麼說了許多話，那牛子依然似睡不睡地口中嘟囔著，一轉身，而衝著裡邊扯起鼾聲來，那雲老頭從鼻孔中吭了一聲，道：「好，你不在乎，我還怕什麼？」把那桿旱煙袋往枕旁一放，手一揚，離著那擱燈的桌子有六七尺遠，沒見怎麼用力，只一扇，燈焰應手而滅。這時眼前一片黑暗，板鋪壓得嘎吱吱吱響了一陣，似乎雲老頭已經睡了。袁嘯風不禁狐疑，心想：看這情形，暗中襲擊自己的莫非不是他師徒？那麼終日暗中跟綴，難道另有別人嗎？我不要惹火燒身，多惹麻煩。遂決意仍奔赤石嶺，先設法退出是非地。念頭才一轉，身形才一動，別處也沒見什麼聲息，突然肩頭被人一按，呵呵一聲輕笑道：「朋友，你還想走嗎？」

袁嘯風驀地一驚，因為貼近窗格，無法閃避。往下微一縮，從左往後

一翻身，用擒拿法韻「白猿偷桃」、「摘星換斗」的拿法，隨著轉身之際，左掌一翻，刁來人的腕子。袁嘯風這種招數，得自鷹爪王的親傳，運用得靈活巧快，絕不用轉身，看見敵人再發招。憑耳音的覺察，身形半轉，招已進出，非常巧快，敵手稍弱，就是腕子被摸不住，也得被右掌打上。只是強中更有強中手，能人背後有能人，招數空這麼快，只覺得掌往外發，黑影已如電掣風馳地退出去丈餘遠。這人並沒躲閃，哈哈一笑道：「朋友，你已是敗軍之將，還敢班門弄斧嗎？算了吧，老夫跟隨你一整日，你全沒覺察，你還想逃出手去嗎？可憐你也是條漢子，你只要肯歸服到老夫我手下，不愁江湖道上不能成名。相好的，你難道還教老夫我費事嗎？」

袁嘯風心知道就是雲老者，雲老者這種隱現無常，真如神龍見首不見尾。就憑隔窗窺視，探掌熄燈，不過剎那之間，只會這樣快法，暗襲到自己背後。武林中要論較量功夫，自己就得甘拜下風，可是若一認輸，就得俯首從賊，自己要是想入綠林，當初早就誓死追隨鷹爪王了，何致流落在關東道上。這時一聽雲老者這麼用話威脅，遂也厲聲喝道：「姓雲的，不用這麼張狂，想叫姓袁的『歸舵』（入幫為匪），那是妄想，姓袁的要想入綠林道，還會等到今日嗎？姓雲的，你就儘管招呼吧，粉身碎骨絕不能含糊了，朋友你就請過來吧！」

雲老者呵呵一笑道：「相好的，你這算栽了，好朋友做事，應當一點就識，你非要栽到家才算完，那可是你自找。朋友見好不收，難道給你師門把臉面丟盡才算完嗎？」

袁嘯風道：「你不用倚老賣老，既然是江湖的朋友，就該明吃明拿，你這麼暗中戲弄我，姓袁的絕不認輸，你就請進招吧。」說罷不再遲疑，腳下輕點，騰身猛進。這次袁嘯風已明知是非栽到這不可，只是箭在弦上不得不發，總得跟雲老兒拚一下算了。

袁嘯風一進身，把鷹爪王所授的三十六路擒拿施展開，全是進手的功

夫。這次動手，與白天判若兩人，在先，袁嘯風本著自己歷來不輕炫，不輕露的心意，竭力地掩著本來面目。莫說太極門的功夫不肯輕露，連鷹爪王的擒拿手也不肯輕易施展，這時已知不易逃出敵人手去，還顧忌什麼，遂把一身所得施展開，挑砍攔切，封閉攔拿，躥高縱矮，挨幫擠靠，一招緊似一招，一式緊似一式，把身形施展開，那雲老者竟不似先前那麼閃閃躲躲，竟也一招一式，用截手法的功夫來接招。步履如風，身形輕快，兩下裡忽進忽退，乍離乍合，對拆了十餘式。雲老者忽地往外一縱，退出兩丈左右，轉身招呼道：「袁老兄，你莫非與鷹爪王奎亦有淵源？你再隱瞞，可是自誤了！」

袁嘯風封拳止步，忙答道：「你既看出我與鷹爪王有淵源，又該怎樣？」老者哈哈一笑道：「袁老兄，恕在下相戲之罪，實不相瞞，赤石嶺、商家堡，與我毫無沾染。在先我只看出袁老兄是山東太極丁的門下，直到這時，才看出老兄更得過鷹爪王的親傳。我與王師兄是總角之交，袁老兄請裡面細談吧。」

袁嘯風還在遲疑，雲老者率然說道：「袁老兄，你既然能得三十六路擒拿的真傳，與王師兄定非泛泛之交。我提一個人，你或許聽王老師提過，十年前，在大江南北，有一個入雲龍沙守紀的，不才就是在下，袁老兄可聽王老師說過嗎？」

袁嘯風愕然道：「原來是沙老前輩，弟子肉眼不識真人，老前輩要多多擔待。弟子在老前輩前不敢說謊，弟子原為山東太極丁的門人，後來曾獻贄於王老師之門，承蒙王老師的垂愛，使弟子列入門牆，將本門絕技三十六路的擒拿，傾心傳授。弟子追隨王老師幾杖時，曾經王老師盛道老前輩當年寄身江湖，行俠仗義驚世震俗的偉績。弟子景仰莫名。不過聽王老師說老前輩已經厭棄江湖，毅然歸隱，江湖道上再見不著老前輩的俠跡。想不到老前輩竟隱跡遼東，弟子竟能一瞻老前輩的風範，實是三生之

幸！」（沙老戲袁故事，為人代撰。時在病中，未遑執筆，今複閱成稿，覺與舊作文情不盡相合。若似無中生有，近於找事，幸識者諒之！）

　　這位化名雲龍的入雲龍沙守紀老英雄，浩然長嘆道：「王師兄分明是愛護老友，不肯道他人之短，說什麼厭倦風塵，我實是惹火燒身，掀起滔天大禍。我若不是急早抽身，一身死不足惜，不定要牽纏起多少是非，饒上多少條性命。這才遠走遼東，在這裡潛蹤隱跡。這幾年來，與江湖道中人隔絕，倒免去多少麻煩，落得個眼前清靜。前些日無意中與老弟相遇，一望即知老弟是武林中的健者。雖則老弟你那時風塵僕僕，卻依然搪不過我這雙老眼去。是我見你這種少年有為之身，若是投身綠林，豈不自誤？我暗中跟綴著老弟你，見你投在快馬韓那裡，我深喜老弟的心胸遠大，快馬韓在遼東道上實是一位英雄，老弟能夠依附了他，前程遠大，定能樹一番事業，不料昨日偶然出遊，竟遇上老弟你與商家堡赤石嶺較上身手，是我看不出老弟你是關內哪一派武林同道，一時疏狂，把老弟領到蝸居，略微相戲，老弟竟百折不回。先前我已看老弟是太極一派，可斷不定是丁陳兩家哪位的門下。直到老弟施展擒拿法，這才知道更與王師兄有淵源。我們現在是自己人了，老弟如若不怪罪我，咱們到屋裡細談吧。」

　　袁嘯風把適才怨恨之心完全消釋，忙答道：「恭敬不如從命，老前輩裡請。」入雲龍沙守紀遂同袁嘯風來到屋中。那牛子也從裡間出來，卻衝著袁嘯風齜牙一笑。袁嘯風卻坦然說道：「熊老兄，我一切魯莽，熊師兄還要多多擔待。」

　　入雲龍沙守紀呵呵一笑道：「袁老兄不要跟他客氣，你只要看得起我們師徒，不記恨我們，就足是了。」說到這裡，向牛子道：「現在不許再跟袁老兄胡鬧了，你去預備酒菜，我要跟袁老兄對酒暢談，一吐胸中的塊壘呢。」牛子答應著，先給兩人倒上茶來，隨即出去給師傅預備宵夜。這裡入雲龍沙守紀跟袁嘯風燈前對坐，暢談起來。袁嘯風遂向沙老英雄問

道：「弟子請示老前輩，跟王老師是怎樣交情？老前輩跟王老師是怎樣稱呼？」入雲龍沙守紀遂把自己跟鷹爪王的結識情形，說了一番。

原來這位入雲龍沙守紀是當年關內江湖道上的一位驚天動地的豪俠，寄身江湖，行俠仗義。雖是做著綠林生涯，卻生來俠肝義膽，疾惡如仇。凡是綠林道中人，提起這位入雲龍沙守紀，全是畏懼三分。這位俠盜的武功，是獲得西嶽華山雲霞觀玄門劍客柳青虛的親傳。輕功絕技，名震中原，武林道中送給他入雲龍的綽號。只是沙守紀性情剛愎，對於綠林道結怨太深，仇家日眾。只為他武功出眾，藝業驚人，雖有仇家不斷地找他報復，卻是白白地栽在他手內。趕到七年前為了一時仗義，管了一件不平事，對頭卻是朝中勛貴，竟自買出武林中的高手，嚴緝入雲龍沙守紀歸案。所買出來的，全是武林健者，竟嚴兵布陣，大舉來對付這位風塵俠盜。

要論入雲龍沙守紀的武功本領，足與一班對頭周旋。只是想到這班人不過是為貪圖重賞，來給這勛貴賣命，究竟跟自己無冤無仇，倘若自己真格的跟他們較量，保不定就得多結些仇家，不過對手網罟已張，自己就是竭力退讓，輪到那時恐怕也要弄到不可收拾的地步。自己想到二十餘年風塵浪跡，早懷厭倦之心，趁此罷手，倒也是絕好的機會。入雲龍沙守紀毅然洗手綠林，內地裡風聲過緊，隱匿不住行蹤，遂遠走遼東，埋名隱姓。

先數年自己在邊荒一帶，結茅為屋，隱跡在農夫獵戶中，把鋒芒力掩，謹慎行藏，真就沒有一人識得他的來歷的。趕到過了數年，漸漸地靜極思動，不願再在邊荒上寄跡，才來到寧安一帶，相度了這麼一處隱僻之地，建築了數間石屋，打算從此終老是鄉。可是江山易改，稟性難移，有時忍不住，在遼東道上一顯身手。可是全是暗中行動，一點不露聲色。江湖道上只知道有這麼一位隱俠，卻始終沒有人見著他的本來面目，此次也是無意中遇到了袁嘯風憤走遼東，投身快馬韓的牧場；入雲龍沙守紀，巨

眼識英雄，一見卻知道袁嘯風絕非平庸之輩，恐怕他誤入歧途，誤卻一生事業，暗中注意了他的行動。結果事出意外，那陰鷙文葉茂，跟快馬韓結仇報復，買出商家堡、赤石嶺，想把快馬韓扳倒了，好得快馬韓這片事業，袁嘯風適逢其會，遇到雨夜盜馬，仗義捨生忘死地為牧場效力。入雲龍沙守紀暗中全看得清清楚楚，越發動了愛才之心，這才把袁嘯風從赤石嶺引了出來。自己因為看出袁嘯風也是名家所授的功夫，只是辨不清他的派別，這才一心相試。袁嘯風不屈不辱，引起老人的欣愛，沙守紀決意把一身本領，全傳給袁嘯風，這才把袁嘯風引了回來。直到袁嘯風把鷹爪王門的功夫露出來，沙守紀不由十分驚詫，遂把真實姓名說出。

袁嘯風道：「弟子不敢在老前輩面前說假話，弟子曾入山東太極丁的門下受業，老前輩已然看出，不過弟子在太極門中已是被廢的弟子，自出師門，再不提丁門的弟子了。」遂把太極丁越次傳宗，廢長立幼的情形，據實地向入雲龍沙守紀說了一番。這位老英雄入雲龍沙守紀，不禁喟然長嘆道：「想不到太極丁竟致這麼悖謬起來。」遂立刻向袁嘯風道：「論武林中規誡，絕不許這麼做事，丁老師竟這麼率意做事，難道就沒有個說公道話的嗎？」

袁嘯風道：「論當時頗有些人代弟子抱不平，可是弟子那時灰心已極，不願再靦顏爭執。因為那時弟子好在只為與師傅性情不合，行止上不會過事殷勤，也沒做出那背叛門規的事來，既是師傅這麼看不入眼，我何必再強求？從那時負氣出師門，自己決意地要別訪名師，重學絕技，再練功夫。哪知我空負大志，時運不濟，到處碰壁，在江湖遊蕩了數年。直到遇見鷹爪王老師，才算是稍慰初衷，只是王老師身背重案，不能教我常隨左右，王老師為了我向道心虔，才把王老師本門的三十六路大拿法傳給我，王老師又被官捕所緩，師徒分散，我如今依然難償夙願。我是抱定了只要有三寸氣在，我必要盡力求訪名師，所謂到死方休。只是名師難得，數年

中，奔走風塵，毫無所遇。來到遼東道上，也不過是跟著別人鬼混。後來聽得遼東道上的朋友常說，快馬韓慷慨好客，輕財仗義。我才決意投奔到他這裡，為是藉著他這點事，自己好先站住腳跟，再圖進取，不想我來的正趕上鬧事的時候，快馬韓正遭著逆事，有人摘了他的牌匾。我到牧場正是快馬韓跟仇家已經各走極端。仇家暗買出風子幫來，把快馬韓的馬群，在煙筒山一帶給劫了，快馬韓親自出馬，到失事地方去踩緝仇家，我正是那天到的。雨夜又出了一場事，我既趕上了，哪好袖手旁觀？遂在暗中相助場中的馬師，到商家堡，幸解重圍，救出了韓家牧場的眾位師傅。不過我當時代快馬韓訂約，五日內準在商家堡踐約赴會。我因為這次快馬韓被仇家暗中唆使一班江湖道的人，一再尋仇，其中定有主使之人，故此決心暗地一摸。果然是當初跟快馬韓一手共事的陰驚文葉茂，圖謀快馬韓的事業，勾結江湖道，與快馬韓為難，掀起絕大風波，致使快馬韓幾乎不能立足。我想老前輩既然寄跡遼東，對於此事，定有所聞，還望老前輩指教弟子。不過弟子對於快馬韓的事，實近於不度德，不量力，可是已抱定了決心，百折不回，要竭盡我的力量，跟這班風子幫一拚，成敗二字，倒不敢預料了。只是弟子奮走遼東，為的是訪名師求絕藝，弟子命途多舛，時運不濟，空在江湖上奔走，這些年，依然沒得著什麼，如今幸遇老前輩，求老前輩念弟子一點愚誠，收錄弟子，列入門牆，弟子稍有寸進，絕不敢忘了老前輩成全弟子之誼。」說到這裡，不待沙老英雄答言，遂往面前下拜道：「老前輩俯念弟子，數千里風塵奔走，不得絕藝，此生絕不能再履故土，只有埋骨邊塞，莽身異域了！」袁嘯風提到自己心中鬱悶的事，不覺又劍拔弩張了。

　　入雲龍沙守紀聽袁嘯風這話，說得十分懇切，不禁動容。忙伸手把袁嘯風攙了起來，道：「老弟，不要這麼多禮，我們一見如故，何須這麼客氣。我們彼此相知，誰也不能跟誰說假話，你既為海內知名、武林稱霸、

精擅丁門之絕藝的掌門大弟子，更列徒名震大江南北鷹爪王的門牆，這兩位老師全是海內聞名的技藝名家。在他們兩家門下的高足，沒有不馳譽江湖的。在下不過是會兩手膚淺的功夫，哪能收老弟子你做徒弟？我就是不怕現世，不怕栽跟頭，可是我所會的功夫，你未必沒練過，我這麼愚不自量地妄收老兄你，我又不能在你兩家以外的功夫教你兩手，我豈不是誤人誤己？總之，傳藝則可，拜師不敢當。」

袁嘯風嗒然若喪說道：「若不拜師，弟子於心何安？老師不使弟子得償夙願，弟子實無面目再出老前輩之門了，老前輩不要這麼謙辭了，弟子無論如何，也得求老前輩俯允收錄。」

沙守紀老英雄見袁嘯風意出至誠，遂慨然說道：「老兄既然以此事一再相迫，我倒不好過卻。不過我們有言在先，你我是半師半友，我盡我所長，我把身上的功夫，全抖摟出來，絕不留偷手。你只要把已經會的，須要直截痛快地說出來，不要不好意思的，你別白耽誤工夫。我們相見以誠，不要拘於形跡，將來我與王老師見面時，我也好不落輕視老友之罪。」

袁嘯風道：「老前輩不用這麼顧慮，我這次也算是半奉師命，遠走遼東，只為王老師不能教我追隨左右，曾經數次囑咐我輾轉別投門戶。只為我緣慳福薄，雖是投拜過幾位武林名家，總是機緣不洽，一無所得。如今得遇老前輩，不僅是弟子之福，亦是王老師所樂許。」說到這，袁嘯風不容沙老英雄再阻攔，竟自跪在沙老英雄面前叩起頭來。沙老英雄只受了半禮，這才算定了師徒的名分了。

這時牛子從外面端進一隻木盤子，裡面放著酒菜杯箸，擺在迎面桌上，沙守紀令牛子與袁嘯風重新敘禮，嗣後以師兄弟相稱。並把袁嘯風的出身，約略地說與了牛子，隨復笑說道：「你看我這老眼準不花吧？我那時跟你說，袁師兄武功定是武林中名家所傳，絕非平庸之輩。果然是名震

江湖的武林老輩的高足，真是盛名之下無虛士，你此後得這麼個練武的伴侶，你定能比以先長進得快了。」牛子笑嘻嘻地說道：「老師的眼力會差得了？袁師兄要不是名家的門下，哪會出得了咱們掌握？」

這時，杯箸酒菜全擺好，沙老英雄道：「袁師兄，來來來，咱們暢飲幾杯。」

袁嘯風忙道：「老師往後再這麼稱呼，那簡直是不以弟子為可教了。」入雲龍沙守紀道：「好好好，我就不客氣了。嘯風，你坐下，咱們好細說。」袁嘯風遂入座，向沙老英雄道：「老前輩，我可儘量，我是自入師門，歷來禁酒。近年來遊蕩江湖，稍事放縱，可是也不敢貪杯誤事，我這裡陪著老師傅，您請先盡一杯。」隨即執壺把盞，連敬了老英雄沙守紀三杯，自己也斟了一杯，向老英雄沙守紀道：「老前輩跟王老師倒是幾時見過面了，前在秦皇島，倉促奪路，一別之後，消息便斷，近來他老人家在哪裡存身？我看了前輩似有不願提王老師之意。我想老前輩既跟他老人家是摯友，不會不知道他老人家的行蹤去處，好在他老人家的事，及今又隔多年，諒不致再有什麼妨礙了。」

入雲龍沙守紀慨然說道：「倒不是我存什麼顧忌，只為王師兄那場事惹得太大，那彰德府上下全受了處分，那府臺自己掀起巨案，自己落得丟官罷職，為此唧恨，發了誓非把案圓上不可。竟掏腰包暗暗買出兩個退職的老捕快，定把這案破了，在先他這樣辦，十分嚴密，但不久傳出風聲，大概在你師徒到秦皇島之後。這兩個捕快，手段十分厲害，已踩探出你王老師的去向，反倒故意地辭謝了府臺，向人揚言，這次一時猛浪受聘，到老來白白栽這回跟頭，實在不值。越獄犯中最要緊的幾個點子，全遠走海外，誰能夠辦這種案子；從此再不多貪一點事，老死家門，誰肯攤上萬兩黃金，也不敢多管一點閒事了。這兩個老捕快，果然全回轉家鄉，連村莊全不出，這樣約有一年的光景，局外人誰也相信這兩個老捕快是知難而

退。可是王師兄雖是遠走海疆，老姑太一班人尚在內地潛蹤隱跡，你是知道的。像夜貓紀五爺是多麼扎手的人物，哪會沒有訊息？紀五爺直跟綴這個老捕快兩三個月。尚守著本門門規，人不犯我，我不犯人，沒肯貿然動手。後來見這兩個老捕快真個安分守己得整日在莊稼地裡親手耕耘、灌溉，絕沒有一點可疑之處，這才罷手。哪知這兩名老捕快，全是老謀深算，機警過人。紀五的舉動總有疏忽的地方，竟落在人家眼內，人家更是竭盡智慧，暗中與紀五較量上。終於悄悄地約集了同道中六七名好手，易形變貌，遠奔海疆，王老師那時竟毫無所覺。還是夜貓紀五數月後見著老姑太，閒話到這事，老姑太勃然變色，痛斥紀五枉在江湖道上縱橫，這兩個老捕快是數十年的老江湖，鷹爪王的威名他不是不知道。他又是告退的人，非在官應役的可比，他盡可婉辭。可是他在先慨然應諾，硬取一捋虎鬚，必有所恃，應徵受賞，也要見出起落來，哪能那麼沒見一點動靜，竟自悠然引退，這分明是穩軍計，聲東擊西，欲擒故縱之策。我們還不趕緊動手等什麼？紀五爺歷來不服人的，當時受老姑太這麼埋怨，嘵嘵抗辯，心裡並不甘服。老姑太看出他的心裡，教他再趕到老捕快家中，查看一下，管保準是沒在家中。

老姑太卻率領一班人馬，立刻起身，往營口兼程而進，也全自變貌易服，一路上暗察捕快的蹤跡。果然竟在快到營口地方的，得著線索。那紀五也星夜追上，是探明了不僅兩個老捕快，先後藉著探親訪友為名，悄然離家，並探出他們所帶一班幫手的姓名武功本領，全是有字號的人物。紀五這才深服老姑太果然老謀深算，機智勝人。遂不敢稍事耽擱，趕上魯大姑，大家全力來對付，終於逃出虎口。至於他跟這二捕快怎麼了結的，好像是給二捕快家中送去了三千銀票、十一把匕首。老捕快兩家正是共有十一口人。自經這次事後，王老師的行蹤更加嚴密，不是至親近人絕得不著一點訊息。聽說那老捕快一擊不中，到底不肯認栽。我那時正因事，到

了老君山的地方，才與王師兄會著面。因為這件事，王師兄憤怒幾難遏抑，意欲重返中州，再試身手，索性攪他個地覆天翻。是我跟他托在知己，一再勸阻，才把他那一腔憤懣打消。我們小聚數日，他到邊荒訪友，我也徑到遼東，一別多年，兩無音耗。當年他也曾說是數年之後，或許一到遼東，只是這些年來音耗渺然，更不知他寄身何處。那時我們見面時，他也曾向我提到他那一派中，竟在閉門戶時，意外收了一個得意的弟子，將來他門戶中定能昌大於武林，囑我在遼東道上多多留意。故此我一見你的行蹤，即引起了我的注意，果然在下老眼不花，果真是心目中所物色的人。我們這番遇合，雖似偶然，其實是早已伏下了因緣了。」

袁嘯風聽沙老英雄這番話，不禁十分懸念鷹爪王的近況，沒想到彰德越獄，竟惹下天大的風波，直到這時，舊案難銷，反倒越擠越大，鷹爪王這一生能否重回故土，可想而知了。遂向沙老英雄道：「弟子拜別老師這些年，無一時不懷念，只是當時王老師一再諄囑，不教我徒事奔波，去訪尋他老人家。並且弟子也曾對王老師說過，不論怎樣艱難困苦，也要別求一些絕技。弟子來到遼東，空在江湖上奔走了數年，毫無所得，實覺得汗顏。就是知道了王老師的蹤跡，也沒有面目去見他老人家。」袁嘯風言下黯然。

入雲龍沙守紀道：「你不用灰心，像你這麼苦心孤詣，志訪名師，只要是遇到機緣，自能教你得償夙願。在下不才，願把一身所得，傳授給你，不過我所學全是些俗淺功夫，恐怕難滿足你的期望哩。」

袁嘯風道：「老師傅不要再客氣，莫說老師所擅長的武功，弟子難測高深；即以適才所施展的輕功提縱術，即足以稱霸武林，遑論其他。只求老師把你老輕功提縱術的訣要，跟暗器接打的功夫，指點給弟子，弟子於願已足，當年弟子在丁老師門中，是以金錢鏢打穴，見辱於同門，弟子發下大願，只要有三寸氣在，也要從別派中另求暗器中的絕技。老師有成全

弟子之意，望求老師傅不吝賜教，使弟子此生能夠重洗當日之羞，死亦瞑目了。」

入雲龍沙守紀道：「你不必總懷著憤慨之心，像我們既然涉身江湖，要能屈能伸，能柔能剛，鋒芒力斂，壯志不消。縱然遇到挫折，只要把腳步處處站牢了，終有揚眉吐氣之時。你只要看得起沙守紀，我一定把我這點薄技，全傳給你，將來你再訪尋武林名家，力求深造，只要你志向堅定，何愁不能成名。但是，我盼你也不要把舊憤永掛在心頭。」

袁嘯風唯唯受教，這師徒二人越說越投機，彼此談論武功，沙老英雄酒酣耳熱，把自己一生遊俠事跡，一身所擅的功夫，全滔滔不絕地講了出來。袁嘯風聽著不禁為之神往。沙老英雄又把袁嘯風所練的功夫，細細問了一番。袁嘯風把自己一身所得，以及鷹爪王所授的，全向老英雄細說了，沙老英雄不住點頭：「要論袁嘯風所練的功夫，也足以在江湖上闖萬立業，可是他竟懷著大志，要更求驚人藝業，其志可嘉，我倒要成全他在關東道上轟轟烈烈，做一番事業，也不枉收錄一番，他比牛子實在強得多。」

彼此又談一回關東道上的事，案上的燭淚燒殘，燭光漸漸黯淡，抬頭一看，窗上已透曙色。老英雄沙守紀推杯而起，說道：「天色不早了，你也奔馳了一晝夜，也該稍為歇息，回頭咱到場子裡先試試彼此的功夫，我是否能教？你是否能學？」

袁嘯風忙道：「弟子蒙老師父慷慨收錄，列入門牆，以弟子求藝之殷，實願立時受教，不過弟子現在為快馬韓的事，不得不先耽誤幾日，再下場子了。」沙老英雄聽這話時，似乎不甚入耳，袁嘯風復申說了一遍，道：「弟子想，做事總要有始有終，虎頭蛇尾，反不如當初不多事了。」遂將商家堡五日之約，細對沙老說明。

沙老這才說道：「我看那商家堡、赤石嶺的事，沒有什麼了不得，不

過暗中主使人放了兩三把野火，令人難免厭煩。將來這事，總要用釜底抽薪之法，這場紛爭據我看不難化解，你說怎樣？」袁嘯風聽著心裡一動，暗自打算，沙英雄分明是教我從這次暗中主使人陰騭文葉茂身上動手，正與己見相同，遂立刻答道：「老師傅所見極是，弟子定常遵老師的指示。」

第十五章　韓昭第秣馬厲兵

　　沙守紀走出屋來，這時曉風習習，朝露未消，外面一股清爽之氣，撲人眉宇。老英雄頭前走，袁嘯風隨著向後面走來。

　　來到把式場中，只見牛子已經獨自在裡練功夫，正在牆角那裡，蹲襠騎馬式，站在木架子前，雙掌推動那隻沙袋，盪出去，再撞回來，又用雙掌推出去，由雙掌復換單掌，來回推動這隻沙袋。袁嘯風乘機問道：「老師傅，熊師兄練的這是哪種掌法？弟子以前沒見過這種練法。」

　　入雲龍沙守紀含笑道：「莫怪你沒見過這種掌力，這種操掌的功夫，實與他派練掌力不同。我們這種功夫是在拳學中一種操掌練鐵布衫的功夫，用自然之力，取柔中有剛，發動中和之力。這種功夫練到了，雖比不了鐵布衫的功夫能避刀槍，可是平常的掌力，只要打上，能把敵人的掌力還給他，他打出幾成力，我們就能還他幾成力。我因為牛子骨骼堅強，天賦頗佳，只是太欠靈活，將來一入江湖，只怕他難免受人家的暗算，所以我讓他練這種功夫，便可以保全他自己。只要他把這種功夫練出來，足以補救他的缺陷。只是這功夫，練來絕非一年半載能收全功的，必須有五年的純功夫，才算小成。好在牛子這孩子最有恆心，最有毅力，只要告訴他須操練什麼，他是耐著性地往下用功夫，絕不會一日間斷。我不發話教他練別的，他絕不肯撂下，所以我叫他操練這種功夫。我倒十分信他能有成就，別人有幾個能下這種辛苦的呢？」

　　袁嘯風遂問道：「那麼這種功夫是武林中的不輕傳的絕技了？」這時忽見那牛子變雙掌推著，倏地一長身，立刻一換式，身形陡轉，竟把這隻沙袋盪開，身形往那沙袋間穿行起來。

　　進、退、閃、避、挨、幫、擠、靠、摟、騰、封，居然身形巧快異

常，絕不似平時那麼笨滯。袁嘯風不禁十分詫異起來，人不可貌相，他居然也練得閃避圓滑，足見沙老英雄所說的話不虛。誰說牛子限於天賦，不能習小巧的功夫，卻能把笨工夫練到如此靈巧，可見沙老因才設施之功了。

這時熊牛子已把身形施展開，這隻沙袋已經悠得疾似流星，熊牛子也不似先前只用兩掌推打，肩背腦腹肋，全要抗這悠行了的沙袋。只要這沙袋跟他一撞，很快地撤回，這種抵撞沙袋，全依著拳式。一會兒工夫，熊牛子收住式，退了下來。

這才向入雲龍沙守紀招呼了聲：「師父！」隨向袁嘯風也打著招呼說道：「袁師兄，你可別笑話我，我生來身體過笨，這種小巧的功夫，我實差得太多哩。」

袁嘯風道：「師兄不要過謙，這種推沙袋，是武林中一種絕技，我往後還得求師兄多多賜教哩。」入雲龍沙守紀道：「我歷來對於武功上，雖屬獨得一祕，亦不肯過於珍視祕藏，只不過不敢妄傳於平常人，致令授者徒費心血，學者空負虛名，毫無所得。我很願意傳給有資質的門人，便可把我一身武功所得，傾囊相投，只是全才難得，求師難，求徒也非容易。像他練這種功夫，你看著絕沒有什麼深奧難學吧，只要把納氣初步的功夫練到了，即能運用自如。只要能夠別間斷，有武功根基的，練上三年的工夫；根基淺的，練上五年的工夫，全可以有所成。」

沙守紀一面講解著，向場中走來。只見那熊牛子已經把牆下放的那棵楊樹幹，搭在場子當中。枝梢那邊嵌在距地五尺高的牆上預鑿好的窟窿上，樹根這邊卻放在地上。這根三丈多長的白楊木，早成了斜坡式，那熊牛子卻兩臂齊張著，塌腰下式，在楊木的兩側，來回盤旋了兩次，隨即身形展動，走上這根木幹。袁嘯風見這木幹，一面樹皮脫落，一面尚是絲毫沒動。熊牛子往木上一走，著腳的地方，正是樹皮脫落這面，樹幹已經十

分平滑。看牛子扎撒臂腿，走在上面，十分熟練。在先走得十分慢，十分穩，走到樹幹的盡頭，一個鷂子翻身，仍是原來的姿勢，返了回來。趕走到這起腳的地方，依然翻身回轉，往上重走。反覆數次，越走越疾，居然用夜行術的行法，只用腳尖點著樹幹飛馳。

袁嘯風旁觀良久，默默記著。牛子一共走了三十六次，跳下地來，把樹幹又長起三尺來。這根楊木幹已成三角的斜坡，牛子竟把樹幹架好，這次卻不是那麼慢騰騰地往上走了，身形在下面很快地盤旋了一周，隨即腳尖一點地，騰身躍上了那白楊樹幹。身形飛快，木立三丈多高，一連換了四步，已到了楊木的盡端。身形卻不似先前那種翻身盤旋，竟自把步眼一停，亮了個「大鵬展翅」式，隨把右腳往後斜側，用腳尖一抵樹幹，把身形定住，慢慢地轉過身來，一步步往下退。只退下來三步，一個身式收不住，騰騰地竟疾縱下來，臨到距地丈餘高，竟自腳下一個登空，滑了下去。

入雲龍不禁笑道：「你怎麼又慌起陣來，步眼別慌，腳下只要找準了，氣納丹田，抱元守一，自能收放自如了。」牛子這時也是臉上紅紅的，二次躍登樹幹，這次竟從正面往上走，全把步眼差了。竟在將到盡端，腳先點空，滑了下去。總算身式還拿得住，未曾跌倒，自己鬧得臉像紫茄子，這一來氣也浮起來，力也散了，只要上去，立刻跌下來。連著三次失腳，賭氣地向沙守紀道：「師傅，我不練了。」入雲龍沙守紀道：「笨貨，你看我再給你練個式樣。」

袁嘯風暗暗欣幸，自己得一瞻這位老前輩一試絕技，真是難得的機會。往下連看，到五尺左右，突地身勢一收，穩若泰山，定在那裡。稍一停，仍然換步往下去，這麼倏行倏止，隨心所欲，如履康莊，如步坦途，眨眼到了下面，身式一收，陡轉身形，騰身再上，這次竟不借縱躍之勢，只取躡足提氣之力，憑下盤的功夫，在木幹上只用腳尖輕點，唰唰的較第

一次縱躍尤疾，眨眼間到了頂端，翻身一個「大鵬展翅」式，颼地似箭離弦，已到了下面。最難學的是，不往地上落，左腳點在距地三尺餘的樹幹上，身軀連晃也沒晃，便凝住了。這種力量實足驚人，這種斜坡式的木幹，能夠進退自如，已足震俗，可是凡是練輕身術的，只要把功夫練純了，尚能練到這種境地。

不過飛縱疾馳的當兒，要猝收遽斂，這非有內家上乘的功夫，絕不敢輕於一試。

趕到老英雄沙守紀施展的第三次，這位老人家竟在往下退時，忽地面衝著牆，身軀不轉，唰唰的往下退了下去，腳步一點不亂，穩若泰山，輕輕地落在地上，轉身向袁嘯風道：「我這種功夫早已擱得生疏了，大約你對於這種輕功提縱術也練過了吧？來，你也試試。」

袁嘯風忙道：「老師父這種絕技，慢說弟子不成，就是武林中也很少見。」當時沙老英雄也不再強他去練，遂把這種輕功裡的訣要，一一地給牛子重新講解了一番，教袁嘯風也聽著。袁嘯風聽了一遍老英雄所傳的訣要，果與別家不同。這種輕功提縱術，各派的練法不同，所傳訣要亦異。這位老英雄沙守紀，更是在武林中有過人的武功，對於飛撲之技，得過異人傳授，所以練法與別派亦異；更有三十年的辛勤苦練之功，才到了這種境地。袁嘯風佩服得五體投地，自己本願從這時就歸到老英雄沙守紀門下，以便早得絕藝。只是牧場的事，自己已經是全攬到身上，責無旁貸，欲罷不能。只這一夜之隔，就是商家堡踐約赴會之時，怎能背信見譏於江湖？這種事絕不能稍示猶疑，遂向沙老英雄婉言告辭，哪知這位老英雄好似對這事無甚關心，不甚介意，微哂著說道：「你怎麼不能擔當事，商家堡、赤石嶺，不過跳梁小醜，對付他們不過一舉手之勞。你不要忙，我這人的脾氣，是不對脾胃的人，不願跟他交接，要是性情相近的人，又嫌相見太晚了。我這一腔子牢騷，正苦無處發泄，幸與賢契，正可一傾積愫，

消我心中塊壘。」

　　袁嘯風只有唯唯答應著，自己雖是著急，也不能再說要走的話。老英雄沙守紀遂同袁嘯風來到了石居中，牛子隨著泡了茶來，老英雄興致勃勃地談論起自己當年師門受藝的艱難，以及成名以後寄身江湖所有的經歷，談論得繪聲繪色，把袁嘯風聽得十分動容。老英雄口若懸河，把自己的身經目歷，全向袁嘯風說了一番。

　　這時已到午時後，沙老英雄仍然不露讓袁嘯風走的口風，並領著袁嘯風在所居附近遊覽了一番。這裡果然十分僻靜，終日不見行旅，偶有過路客人，大都是這東邊一帶土著，熟悉道路，往寧古塔去的穿著叢莽深菁走，可以近著百十里路。所有的荒涼草野的道路就是老關東也不易辨認，所以這一帶也沒有多少行旅經過。這位老英雄沙守紀自隱跡居到這裡後，也曾見過幾個赤石嶺的匪黨在這裡經過。「全經我把他們擋回去，小小吃了我一點虧。從此知道我這倔老頭子不大好惹，再不敢往我這裡招擾了。你往後再到這裡來時，單有一條捷徑，從我這住處，往東南過去里許，有一片草地，可以通行，因有泥塘大澤，步步陷入，不知道的絕不敢往裡蹚。可是這條道有一點標記，可以辨認，就是這片葦塘草地裡，只揀有新柳秧子的地方往前走，只要走出裡許去，就到了通寧安的那條大道。你記住了，往後來去可不露形跡。」

　　此時袁嘯風憶起自己還有一匹快馬，隱藏在赤石嶺的山前叢林中。這時日已偏西，再一耽擱，又怕走不得了。遂向沙老師說道：「弟子臨來時，本說是到寧安訪友，騎著牧場中一匹快馬來的。因為探山時，留在赤石嶺前，弟子此時歸心似箭，只得跟老師告辭，先得趕奔赤石嶺，把馬匹尋回，才能返回牧場，還得老師指示弟子道路。老師得原諒弟子事非得已，但願快馬韓的事能早早完了，弟子也好早承教益。」

　　入雲龍沙守紀微然一笑，道：「我這裡也養著一匹劣馬。你先看看可

作代步嗎？」袁嘯風暗中著急，這位老英雄是老江湖了，怎竟這麼一些不明白世故？我是初入牧場，借人家馬騎，哪好不給人家送回呢？心裡雖是這麼盤算，口中卻說不出來，只得好歹答應著。不過尤其納悶的是，這位老英雄住的地方，全已入目，哪裡又有馬匹呢？這時沙老英雄已移步走向井欄北首一帶密松林，袁嘯風只得隨在身後。沙老英雄穿林撥枝，往裡走了一程，約有半裡之遙，先一入林，分枝拂葉，尚沒有道路，到深入林中，似從來沒人經過的地方，樹木稀疏，再一細看，好似剪芟過，但是絕看不出剪芟的痕跡，袁嘯風看著詫異，只不便問。又往前走了一箭地，突聽得希律一陣馬嘶。沙老英雄扭頭道：「嘯風，你既幹遊牧生涯，對於馬匹定能聞嘶聲辨別優劣，你聽這匹馬怎麼樣？」

袁嘯風搖頭道：「弟子是才入牧場，對於相馬術還算門外漢，看牲口只能識個大概，聽嘶聲哪敢妄斷，老師父多指教吧。」入雲龍沙守紀含笑說道：「這沒有什麼，不過是多見多識，久而自明，並沒有什麼繁難的方法。」沙老英雄一面說著，往前引路，忽見面前一叢小樹，密雜雜橫阻面前。沙老英雄一分前面這叢矮樹，袁嘯風隨著進入樹叢。裡面竟是個空闊的場子，在一株小樹上，拴著一匹駿馬，地上堆著一堆草料，鞍轡齊全，全散置在地上。袁嘯風先還沒有留意，及見鞍轡，才看明正是自己騎來的那匹馬。驚異之下，遂向沙老師拜謝道：「原來弟子的坐騎，已蒙老師傅尋回，足見老師傅關懷弟子，弟子不敢以浮泛感激的話申謝了。」沙老英雄微笑道：「你安頓這匹馬時，時當深夜，沒有來往的行人，這匹馬縱發嘶聲，也不致就被人得去。可是在白天，一有來往的行人，只怕你這匹駿馬，終要落在他人之手了。」袁嘯風遂把鞍轡整理好了，牽著這匹馬，走出叢林，到了石屋前，遂向沙老英雄告辭。

沙老英雄不再挽留，向袁嘯風囑咐：「你此去務循我告訴你的那條捷徑，徑向韓家牧場，中途不論遇見什麼事，不要多管。你這次在快馬韓牧

場仗義相助，不僅幫了他人，也幫你自己；這正是關東道上留給你創萬立名之時。商家堡縱然擺上刀山劍樹，你也要鼓著勇氣，守信踐約，不能稍涉猶疑，致貽虎頭蛇尾之譏，你不論遇到什麼風波險阻，只抱定了豹死留皮，人死留名之心。成名立業，絕非倖致，你只要抱定了既已多事，便得把這件事辦個結果出來。只要你不畏難中輟，自能轉危為安，終能教你在關東道上，名成業就。言盡於此，你好自為之，我也不再多囑了。」

袁嘯風對於老英雄的話，有些聽不甚懂，卻知話風隱有用意。自己歸心似箭，更不多問，遂一揖拜別。沙老英雄一揮手道：「請！」袁嘯風牽著這匹駿馬，按著老英雄所指的路徑，從草地裡穿行。才走了不遠，突然身後的亂草一陣響，袁嘯風方自轉身戒備，隨聽得來路上有人招呼：「袁師兄慢走，我來送你一程。」

袁嘯風回頭察看，來者正是牛子。袁嘯風忙向前說道：「熊師兄，你方才正下場子，我不能打擾，並且我這次走，三五天也就回來，那時就可以跟師兄常常相聚，所以沒有向師兄辭行，如今反勞師兄到來相送，小弟太失禮了。」牛子一把將袁嘯風的手臂拉住道：「袁師兄，你可千萬早早回來，我一人每天悶在場子裡，難過極了，好容易盼得師兄能夠跟我做伴，你這一走，教我空喜歡了。你是真的過三兩天就來嗎？我告訴你，你可別說是我說的，你如若到商家堡、赤石嶺，只管放開膽量去幹，別含糊了。真要是到接不下來時，師傅定要助你一臂之力。師傅有這種打算，可不教我告訴你，師兄你跟他們比劃吧。遼東道上，有咱師傅在頭裡招呼著，定然教咱們栽不了跟頭。師兄遇到了用笨力氣的地方，你想著點師弟，別的本事沒有，拆個房子，劈個活人，那算不了什麼。」

袁嘯風見這熊師兄，一片天真，語出至誠，對自己這種關心，實令人可感。遂含笑答應，握手竭力地請他不必再遠送，牛子遂又往前送了一程，才戀戀不捨地回去。袁嘯風望牛子遠去，這才徑循著草地中的暗記，

往前走了裡許，只見前面草地漸漸地現出道路。又走了不遠，已到了寧安大道上，這麼一抄捷徑，果然近了數十里路，袁嘯風這才飛身上馬，疾走如飛，順這條道路衝下來。

這時袁嘯風在馬上遠遠地望見了牧場。此刻的牧場已不是往日的氣象，柵門緊閉，場中弟兄們四人一撥，騎著馬，持著兵刃，在柵門外梭巡，場中四角更樓，雖當白晝，也都派人守望，內外戒備非常嚴厲。袁嘯風把馬一放，嘩啦啦撲過去。離著還有半裡地，牧場弟兄已然沖過來，遠遠喝問：「少往前進，不報萬兒，我們可發暗青子了。」

袁嘯風一聽忙把牲口勒住，高聲答道：「在下姓袁，是本場的人，弟兄們多辛苦了。」場中弟兄們一聽是自己人，又是新投效便立奇功的人，立刻從柵牆前過來一人，走近了細看，看出袁嘯風果是前日新入場的弟兄。遂向前打著招呼，過門前一聲鹿角，柵門大開。場內有兩位馬師，督率著弟兄們巡邏，袁嘯風不肯失禮，遂早早下了牲口，向守柵門的武師們道了辛苦。兩位武師中，正有那位杜興邦，上前招呼道：「袁師傅，怎麼這時才回來？我們魏當家都待急了。」

袁嘯風忙答道：「我本是預備當日趕回，只為有事耽擱住了，未能即日趕回。杜老師，場中可有什麼事嗎？」杜興邦道：「場中這兩天倒還安靜，只是眾位老師傅全盼袁師傅回來幫忙，咱們場主到現在還沒回來。姑娘性情又急，從午後就很著急。魏當家也直嘆氣，因為場主既沒回來，袁師傅也沒在牧場，商家堡之約，必須實踐。這次如果不踐約赴會，快馬韓就算折在遼東道上，不能在這裡立足。姑娘已經調集了全場武師，跟那兩場的師傅們，預備後日無論如何，也得跟他拚一下子。這時大家正在櫃房，商議商家堡赴會的事呢，袁師傅裡請吧。」

袁嘯風一聽，說一聲對不起，舉步撲奔櫃房，他騎的馬早有下手接過，送入馬棚。他健步而行，心中作想：「我遲歸一日，他們如此心急，

若沒有我,他們難道一籌莫展不成?」

　　但其實這是他片面著想,韓昭第姑娘、魏天佑副場主,此刻早將踐約赴會的辦法,布置了大致已定,但與姚方清擊掌訂約,既有袁嘯風在場,自然屆時赴會,也由袁出頭,顯得更好。至於正場主快馬韓韓天池那裡,既在煙筒山,查看失馬,需事正殷,實難抽身回顧。而並相隔路遠,估計五天限期,馳赴報信的人縱然連夜緊趕,恐怕也得兩天後才見著韓場主。韓場主驟然得耗,立刻拔腿往回返,往返只有四天空閒,也怕趕不上。因此韓昭第姑娘早與魏天佑打定準主意,她要以女子身,率領群雄,與姚方清抵面踐約。魏天佑卻因場主的女兒,閨秀千金,不能做這孤注一擲之事,堅勸她留守。袁嘯風回場時,他們正對這誰去誰守留之事,仍未商議,還在爭執。

　　袁嘯風一挑門簾,進了櫃房,屋中人登時釋然道:「好了,好子,袁二爺回來了,這就好辦了。」司帳馬先生搶著讓座,對昭第姑娘說:「姑娘您放心吧,還是請魏當家和袁二爺一同前往最合適、最妥當。」昭第姑娘、魏天佑,也一齊讓座、歡迎,吩咐下手,給袁二爺打臉水、泡茶、慰問辛苦,探問袁二爺:「您上哪兒去了這一趟?」

　　袁振武洗去征塵,扯了一個謊。跟著參加群議,急轉直下,定規了昭第姑娘留守,袁、魏率武師馬師八十餘眾,如期赴約。當夜派兵點將,磨刀拭槍。

第十六章　飛豹子設謀抗敵

　　牧場群雄趕緊布置，決計如期赴約，飛豹子袁承烈無形中成了領袖。這回跟商家堡訂約，本由飛豹子和姚方清鼓掌明誓，替快馬韓答應下的，故此赴會投帖，也備了三份。一份名帖是場主快馬韓天池，帖到人不到，一份是副場主魏天佑，又一份便是飛豹子袁承烈了。提早吃飯，整隊待發，先派一個人，把三份帖送去。

　　商家堡群雄，姚方清的部下，人數不少。牧場中人頗有知道他們的底細的，據說他們全夥約有一百來人，有四個首領，姚方清是大當家，周老疙瘩周占源最毒最勇，但已被魏天佑削斷了四個手指頭，那二當家名叫蔡占江，三當家名叫郭占海。

　　不過牧場中人全想，自己這邊大事布置，商家堡也難免四出邀助。魏天佑已經派人前去密訪，還未得回報。當下把全場的人點數，算來能夠赴會的，至多能湊足六十人，勢力未免懸殊。魏天佑、韓昭第派人到韓邊圍四十里外，柳樹堡何家，借了三十個壯丁，和兩位武師幫同赴約，跟著柳樹堡何老當家，很有義氣，同時把姪兒何先振派來，魏天佑又向開源牧場，借了二十個人，請他們駐場代守馬群。外援派定，再派赴約之人。

　　魏天佑、韓昭第，點起六位武師，計洪大壽、劉雍、黃震、季玉川、李澤龍、李占鰲，這六人武功全很可觀。連外邀的武師，共湊了十位。牧場內掌竿的馬師，也有會拳技的，從中拔選了于二虎、張四愣、胡六、丁德山，計共四人。又將留守之人派定，是馮連甲、周城兩人為首，用火器、抬槍、弓矢，為禦侮之具。萬一賊人明訂約會，暗裡擾場盜馬，那就不客氣，開火槍打他們。

　　計劃全定，飛豹子袁承烈口角一動，似有發言，又忍住了。魏天佑一

眼看見，忙請問道：「袁仁兄還有什麼高見，盡請明言；千萬不要客氣。」飛豹子這才說道：「剛才已將赴會留守之人，分別派定，似乎還少幾位遞達消息的人，誠恐我們深入敵境，前防後防消息隔斷，未免不利，不知眾位老師，以為然否？」魏天佑、韓昭第道：「這一招很要緊。」遂又派定了八個人，由西牧場師傅崔振基帶領，專管報馬。

跟著又有人議定了援應之兵，暗暗地抽出二十個火槍手，另向鄰近獵戶，借來二十個好手，又借來火槍，湊足四十人，作為接應之兵，埋伏在牧場之北，會場之南。倘遇見意外，自己的人不敵商家群雄，自己的人往旁一敗，賊人若追趕不捨，這四十名火槍手就可以開火，把賊人震住，這一招是救護牧場最要緊的一招。魏天佑只跟韓昭第祕密商定，連袁承烈都沒有事先告知。

當夜安排停當，次日天明，外援齊到。提前開了飯，立即整隊。那投書的人先一步進了商家，大隊等他的回信。好半晌，投帖的人方才氣急敗壞地回來，急問緣故，方知他持名帖行近商家堡頭道卡子，便遇上埋伏，奪去名帖，把人趕出來了，竟未面見姚方清。

魏天佑一聽大怒：「何必多這書禮，硬闖啊！」說罷，立刻督隊開拔。韓昭第姑娘也要跟了去，魏、袁二人再三攔阻：「姑娘還是留守本場要緊。」昭第姑娘悶悶不樂，只得暫且守場。魏天佑率十名武師、四名馬師、七十名壯丁，刀矛並舉，開出牧場。接應兵已然祕帶火槍，悄走後門，先投到獵戶家，由那裡改裝獵人，早早到埋伏地方去了。

赴會的人共八十六名，一色短裝，鞍馬鮮明，刀矛如林，直踏荒野。李澤龍、杜興邦，當先開路，袁承烈、魏天佑在後督隊。大隊進發走出一段路，前面有一座大林當道。正是商家堡頭道卡子。在此處本設有伏樁，此時既為明樁，有十個賊人持刀帶箭，倚林而待。牧場前站才到，匪徒立刻湧身當前，一字排開。

杜興邦勒住了馬翻身離鞍，大叫一聲：「呔，前邊的朋友請了，你們可是商家堡的好朋友嗎？我們當家的快馬韓如時拜山來了。」把手揚了揚，算是行禮，那李澤龍卻將馬撥轉，奔到後隊，向魏天佑打一手勢，「前邊有擋頭了。」手指一伸，「是十個數。」

　　魏天佑在後隊把馬一催，喝道：「不管幾個，闖！」回手一招，就手一鞭，越大隊先後，豁剌剌竄到隊前。飛豹子袁承烈向武師說了一聲：「眾位督隊。」也急忙策馬緊緊釘上去。魏天佑直到頭道卡子前面，四面瞥了一眼，十條大漢當林而站，林後飛塵隱隱，料想商家堡大隊或者就在這邊，魏天佑哼了一聲，甩鐙下馬，挺身直到十人面前。說道：「朋友，辛苦了，姚當家現在哪裡？我們在哪裡見面？」

　　十個卡子微微一笑道：「原來是魏爺，咱們又好幾天沒見了，您的傷好了沒有？我們姚當家恭候已久了，就在後面。」

　　出語冷誚，暗含著奚落。魏天佑臉色一變，杜興邦忙接過話來：「朋友，我們列位都托福，不知你們四寨主周爺的手指頭，貼上膏藥了沒有？」

　　互相諷刺，互相捻白，魏天佑不屑與這等小輩鬥口，說道：「杜頭，啞言，既然姚當家已然來到，恕我們無禮，道太長，行走不便，來來來，上馬，往前趕！」頭一個上了馬，後隊眾牧場打手，一個個下了馬，立即上了馬。下馬是行禮，上馬是能耐，各一抖擻，超乘而下，超乘而上，奇快無比，於是放開了韁，直闖進頭道卡子。卡子上十個賊人往旁一閃，馬師們陸續過去了。

　　十個賊人把馬師放過去，卻才取出一張弓，扣上了箭，唰的向林後射去，飛箭凌空，颼颼發響，原來是一支響箭。

　　這一支箭發出，後面第二道卡子登時得報，登時也發出一支響箭，通知了第三道卡子。第三道卡子登時接報，也發出一支響箭，通知了老窯。

老窰上立有高臺高竿，早有人登高瞭望，也就望見了牧場來人，大約看清了人數，立即通知大寨主。大寨主姚方清眉峰一皺，說道：「他們來了多少人？」答道：「約有二百來人。」遠處估計的數總比確數多，姚方清聽了，不由訝異：「他們從何處湊來這些人？」立刻親自出來，登上瞭望臺，凝眸盯望了一時，數了又數，方才釋然道：「大概有上百數的人。」忙走下臺來，吩咐亮隊，連本窰，帶外邀的人，共湊集了一百數十人，早將赴會辦法議定，此刻抱拳向邀來的朋友說：「他們來了不少人，諸位朋友，多多幫忙吧。」陰驚文葉茂也說：「哥們多費心！」草野群豪道：「自己弟兄，您就望安。」於是點齊人數，全夥一齊開到第三道卡子上，等候牧場中人。

那邊魏天佑、飛豹子，已率領大隊，闖進了二道卡子。

二道卡子上的賊目立刻迎住，杜興邦重道名帖，賊目把名帖一看。說道：「哦，這一位是魏爺，這一位是袁爺，我們全會過了，還有快馬韓韓爺，他來了嗎？在哪裡呢？」杜興邦道：「您就不用管，反正我們的人該來的，全都來到了。」賊目張目四尋，且尋且笑道：「韓當家在哪裡？他回來了嗎？」正在針鋒相對，互相對咬，忽然飛來一個騎馬賊人，傳令道：「牧場韓當家的人不是來到了嗎，咱們當家的請。」

魏天佑一聲不哼，帶馬揚鞭，跟著他們往裡闖。越走越近，不一時望見第三道卡子的大柵院，果然不出牧場所料，賊人列隊迎出來，足有一百五六十人。魏天佑、袁承烈互相示意，敵眾我寡料有一番死鬥。此地是一片曠林大野，魏天佑走到相距不遠處，把大隊約束住，擇一形勢較優之處，把人駐紮下。八十六名牧場壯士一齊下馬，備好了兵刃。伴送他們的賊人，向魏天佑道：「姚當家還在前面呢，你們只管往前請！」魏天佑道：「不然，我們應該望門投帖。」

牧野群雄大多數留在空場中，請武師李占鰲，和外邀的武師褚永年、

戴崇俠，在此督隊，復請洪大壽、季玉川、黃震、劉雍，和外邀的顧憲文、施景仁，凡七個人，隨同魏天佑、袁承烈，一齊摘下兵刃，按拜山的規矩，空著手，往三卡上走。

魏、袁二人為首，穿上長袍馬褂，向伴送賊人說：「請過去先言語一聲，就說快馬韓派人來拜山了。已到門前，不便擅入，聽候姚當家的吩咐。」

伴送的賊人笑了笑，上馬奔向三卡。剛剛跑到半路，已有一個賊人奔出來，大聲喝問：「諸位爺們，我們瓢把子說了，不敢當諸位的大禮，只教我請問一聲，快馬韓本人到底來了沒有？」

魏天佑目對袁承烈，哈哈一笑，轉向來人說：「姚當家是明知故問，看不起我們。我們牧場不是快馬韓一個人的事，是我們大傢伙的事，我們既然替他來，我們就能接得住。請你費心上薦姚當家，我們幾個人就是快馬韓的代表。」袁承烈在旁也道：「朋友，請你轉達貴寨主，韓場主有事不能分身，又恐怕失約，所以打發我們幾個人前來守誠踐約，登門負荊。貴寨要是看不起我小弟幾個人，不屑跟我們做對手，那麼失約失信之罪，可就不在我們這邊了。貴寨要想改期，教我們換人，也未嘗不可，這話請你婉達，我們倒是怎麼樣全可以。我們既替快馬韓前來，就能替快馬韓承當一切；不過姚當家要是瞧不起我們，我們也不敢強人所難。」杜興邦也說：「對對，你們願意換人，咱就換人，你們願意改期，咱就改期。」

這賊聽罷，從鼻孔發出鄙夷的聲音道：「說了半天，你們韓場主還是不肯出頭，教你們幾位頂缸來嗎？諸位固然都是人物，不過敝寨恭候了五天，滿望瞻仰瞻仰大名鼎鼎的快馬韓，誰知還是見不著面。」

魏天佑大怒，厲聲道，「朋友，我要見的是你們姚寨主，也不是閣下，剛才那三張帖到底投進去了沒有？姚寨主見過了沒有？你這番話，是你的意思，還是姚寨主的意思？若是你的意思，恕在下口直，我不想聽你

的話。若是姚寨主的意思，我們登門特來領教，他既然挑剔，我們對不住，可要回去了。」

雙方越說越擰，眼看要翻盤子。遙望第三道卡子，商家堡的大眾已然列隊出來。大隊在後，姚方清率群雄出了柵門，似乎迎接，另有一個賊目，如飛奔到這邊，催問道：「韓家牧場的朋友不是來了嗎？寨主有請，怎麼還不進來？」

魏天佑登時拋開跟他吵嘴的小賊，不犯再跟他爭執，逕自邁步迎接了上去。此時姚方清以下四位寨主，和邀到的賓朋，也迎過來，兩方相對，姚方清首先發話：「快馬韓韓場主在哪裡？快馬韓韓場主在哪裡？」眼光四巡，把牧場群雄看了一圈，說道：「怎麼韓場主沒來嗎？」牧場群雄叫了一聲：「姚當家！」

仍由魏天佑、飛豹子袁承烈抵面對答，雙拳一抱，連連：「請！請了！」

姚方清沖魏天佑一笑，說道：「閣下貴體還好？」轉對袁承烈道：「袁爺也來了，袁爺果然是個信人，如期到場了，但是我們渴盼一見的韓場主，怎麼不肯賞光，莫非還在後隊嗎？」

魏、袁一齊答道：「姚寨主，剛才我們已對貴寨頭目說過，韓寨主另有公幹在身，不能登門面見，故此派在下幾個人作為代表，當面道歉。」

姚方清把嘴動了動，也說了幾句諷刺的話。因他是一寨之主，不肯過分奚落人，隨即面向魏、袁二人，手指牧場武師，說道：「這幾位都是哪位？貴姓高名？」魏天佑代為報名引見，這一位是左臂金刀洪大壽，這一位是金鏢李澤龍，這一位是馬師劉雍，這一位是武師季玉川，這一位是黃震，全都引見了，全都抵面說了幾句久仰久仰，幸會幸會。商家堡這邊，有二當家蔡占江，三當家郭占海，四當家周占源，和外邊邀來的恨鐵無剛張開甲等，內中又有赤石嶺的刁四福，這幾人全在姚方清的背後，也按名

引見了。於是姚方清雙拳一抱道：「此地不是講話之所，也不是會高賢的地方，請諸位往裡面請。」說著側身相讓。

　　魏天佑、袁承烈與李澤龍等，哈哈一笑，把兩肋一拍，表示身上沒帶兵刃，立即舉步，跟著商家堡的人，往三卡柵院裡走。商家堡的人全是刀出鞘，弓上弦，排起隊伍森立在大道上。袁承烈昂然舉步，目不旁瞬，在這盛陣兵衛之下，與魏天佑直往虎穴龍潭闖去。進了三卡門，斜穿而過，直投商家老窰。這老窰已然布置好了，曲折行來，進內入堡，裡面是一道寬闊的敞院，有二十丈見方，高搭天棚，院中鋪著細沙子。迎門五間大廳，廳前有土臺，高有四尺。在這月臺的四邊，擺著四個兵器架子，廈檐下懸燈結綵，頗有招待嘉賓的樣子。把守大門，有十六名賊黨，一手持著長矛短刀。另有四個長衫賊黨，像是茶房。姚方清賠笑相伴，少時覷看袁、魏二人的神色。魏天佑一肚子怒氣，存著拚命的心；袁承烈儼然徐步，滿不介意；李澤龍等也是視死如歸，何況未必準死。只是看出商家堡的舉動竟如此鋪張，明知少時說翻了，必有一番灑血的苦鬥，此刻全都沉住了氣，專看敵人的來派。

　　當下賓主相偕，進了廳房。廳房十分寬大，用幾張方桌對拚成長桌，上蒙紅氈，算是臨時的會客桌。姚方清請魏、袁二人入座。魏、袁坐在左上方，商家堡這邊的朋友一字兒排坐在右首，姚方清自己便坐在主位上，三個副寨主也挨肩坐下。叫一聲倒茶，穿長衫的人立刻端上茶來，每人一盞，其色碧綠，袁承烈等全不敢喝。主客相讓，只舉杯比一比。

　　飛豹子袁承烈閃目觀看在座的匪徒，在門外窗前，聚了許多。隨同姚方清入座的，只有九個。在右首客位上，第一位來賓，是一個年約五十歲的老叟，身材魁梧，相貌雄壯，掩口的黑鬍鬚，根根見肉，赤紅臉堂，酒糟鼻子，氣派來得很傲。穿著一件藍色綢長衫，黃銅大鈕扣，米色的中衣。白襪雲履，手裡團著一對大鐵球，嘩啦啦地直響，兩眼閃閃，顧盼自

如。這個老人便是遼疆頗負盛名的鐵臂無剛張開甲，很有虛名，門徒頗多。在這個老者下首，便是一個四十來歲的鼻強漢子，面如火炭，大眼濃眉，大耳撥風，巨齒掀唇，相貌凶醜，也穿著一件綢長衫，拿著一把秋扇，下面可是兜襠褲，打裹腿，登沙鞋，江湖氣派十足。在此人肩下，又是一個漢子，三十多歲，細眉朗目，瘦臉尖頭，穿灰布長衫，足登青緞快靴。第四位在座的，便是赤石嶺的賊首，坐山雕雕頭兒刁四福了。挨肩坐的，便是盜馬的禍首，馬神侯二。袁承烈依稀還認得出他來，當下只裝不認識，仍向商家堡姚寨主姚方清請問諸位的萬字。

土太歲姚方清哈哈一笑，手指首座老叟，說道：「這一位你會不認識嗎？」袁承烈道：「恕在下眼拙。」姚方清道：「這位老英雄，在我們邊外，提起來大大有名，這一位乃是松嶺的鐵臂無剛張開甲張老英雄，外號又叫恨鐵無剛。松嶺一帶的馬上哥們，全都奉張老當家為一方領袖，袁爺不認識，魏當家只該認識的了？」

魏天佑聽了，心中一動，「原來是他！」不由哼了一聲，正要開言，袁承烈早已發話道：「久仰久仰，在下初到遼東，眼拙之極，對於本地成名的英雄，無由拜識，今日幸會，也是在下的光寵。還有這幾位，也請姚當家引見引見。」

姚方清指著那面如火炭的匪首說道：「這位是雙頭寨的白馬神槍羅二當家的，官名羅信。」袁承烈聽了，也說了一個「久仰」，禁不住心中暗笑：「可恨白馬神槍一個好名色，原來是這麼一塊火炭頭，沒有把白馬銀槍小羅成罵苦了。」跟著把坐山雕刁四福，馬神侯二也給引見了。袁承烈、魏天佑對這幾個人，全都說了客氣話，彼此照例寒暄，隨後便開談判。

那恨鐵無剛張開甲，在群豪中最數年長，神情上也最數他傲慢。手中團著那對大鐵球，嘩朗嘩朗地響著，神情旁若無人，目空一切。牧場群雄

都有點不入眼。當下這張開甲首先發言，向魏、袁二人道：「這位魏朋友我是久仰過的，你袁朋友咱們是初會，不知令師是哪位，今年多貴庚了？你是哪一門的，跟韓天池韓哥們是怎麼個稱呼？」

這一張口，倚老賣老的味十足。飛豹子哪肯受這個？立刻還言道：「好說你張爺，在下哪一門的也不是，我不過乍到遼東，只可說是武林外門的無名小卒罷了。誠然咱們是初會，好在今天也不是相姑爺，用不著知根知底，誰活了多大歲數，說實了竟不相干，多活幾年，不過多糟踐幾年飯。在下此次是按時應約，要會會姚當家的。我既然能替快馬韓到場，我們的交情大概是過得著，我跟快馬韓是怎麼個輩分，好在跟局外人也無關，你說是不是，姚當家的？咱們還是拋開遠的說近的，我們今天話接前言，我們是賠罪來的，我們敬聽姚當家的吩咐。」

這一套話夠刻薄的，張開甲聽了，滿不介意，倒哈哈地大笑起來，笑得一對肉眼泡幾乎流淚，方才向群賓朋說道：「這位袁哥們倒是棵硬菜，手底下不知怎麼樣，嘴頭子居然很有刺。佩服佩服，年輕人很有兩下子，話可說回來，聽袁朋友的口氣，你是新到我們關外來的，當然跟快馬韓也不很熟了，大概總是新交。我們耍胳臂根的漢子，要是出頭給朋友拔闖，總要估量自己個人的能力，不要虛冒熱氣。想當年我張開甲，也像你老那大歲數的時候，正是初生犢兒不怕虎，接不了的也要接，管不了的也要管，不知天多高地多厚，一味硬出頭，結果碰在釘子上了，吃了很大的虧，往後再不敢說大話，冒熱氣了。好比栽一回跟頭，學一回乖，但凡不是臨頭的事，再不肯多管了，這就是人不經磨煉，不知艱難。我年輕時，跟你老兄一般模樣掏出熱腸，替朋友幫忙，不想朋友不給做臉，我把話接得很滿，朋友竟從後頭不給使勁，把我撂倒了，所以我姓張的自上了那幾回當，交朋友寒了心，事事不敢強出頭了，沒想露不了臉，倒現了眼。不過人不得一樣，像我們姚二哥就不然，我們相處共患共難，我就是他，

他就是我。他有事，我不能不問。袁老兄既然替快馬韓出頭，想必跟人家有過命的交情，才把牧場全部的榮辱，一手交給你老兄。那麼，你老兄的師承武功，我們當然要領教領教了。袁老兄既然是初到遼東，在下不知進退，我還是要問，不知，你從前在關裡武林中，何處創過業，哪道上成過名？我們問明了，才好請問閣下的功夫哩。」

袁承烈見這張開甲還是釘問，遂佯笑道：「在下忝列武林不過會個三拳兩式，哪裡提得到本領。這一回韓家牧場和商家堡姚當家起了誤會，我不過趕巧了，當面遇上，按照江湖義氣不能不給他們化解化解。又趕上韓場主不能分身踐約，我這才替他來賠罪。你聽明白了，我是替人賠罪不是替人拔闖，可是我也有一份私心，借這機會，在下得以會一會遼東道上的前輩英雄，順便可以在諸位老師面前討教討教，這可是我的福運了。在下實在是人微言輕，但既闖蕩江湖，為了義氣，倒也不惜兩肋插刀，把一腔熱血賣給識主。至於我自己夠份不夠，配也不配，我倒沒有料到，所以這才是我們青年人渾吃蠻幹的派頭，比起你老年高有德，大有身分的人，可就差多了。」說到此張目四顧，又道：「在下再發句狂言，今天的事，我願代替快馬韓，向諸位明公討教，在下只憑雙拳一身，只要你老劃出道來，我一定竭盡綿薄的努力奉陪。倘或我學藝不精，一個接不住，栽了，好在我不過是一個無名小卒，韓家牧場還有別位師傅要繼續著向姚當家面前討教。」又環指在場的馬師道：「這幾位既然到場，也都想替韓場主擔承一切。只要在座諸位把我們來的幾個人，一一指點過了，我們就算替牧場頂了差事，為朋友出了力，至於勝敗榮辱，倒是在所不計。」

在座登時有一個來賓冷笑道：「那不是來了跟沒來一樣嗎？不問勝敗，敢情合適，栽了白栽，輸了不算，這樣的拔闖，我也肯幹。」

袁承烈瞪了這人一眼，說道：「朋友不要誤會了我的意思。我這話是說勝負乃是常事，誰也不敢預保。現在乾脆說明白了吧，我們若是落敗，

我們便把快馬韓的一切事業，雙手奉獻給勝家，你看如何？」張開甲道：「好大的口氣，你就能替快馬韓作了主？他回來了萬一不肯承認呢？」

袁承烈用眼一瞪正要頂上去，到場馬師早哄然齊答道：「我們幾個人全敢擔保，我們既然出頭，我們就駝得住。這位朋友你這麼不放心，只有一招，你等快馬韓回來，我們要走了。」

又有一個賊黨，索性厲聲道：「你們說得夠多麼輕鬆，想來就來，想走就走，太打如意算盤了。諸位沒別的，既然自覺不錯，能夠駝得住，那很好，那好極了，就請諸位露一手吧。」

魏天佑登時縱聲大笑，礫礫然說道：「好嘛，我們是幹什麼來的？我們要不為領教賠情，我們何必登山拜寨？你閣下不用拿話激了，你要明白，我們是幹什麼來的！」

把「幹什麼來的」五個字連說了兩遍，斬釘截鐵，聲色俱厲，眼看要抄傢伙。

那鐵臂無剛張開甲依然狂笑了兩三聲，說道：「好好好，諸位哪裡是替快馬韓賠罪來的？你們的來意，我已知道。你們分明是到人家商家堡，叫字號叫橫來的，足見諸位是硬漢子，可就忘了，咱們是在桌面上說話，還沒有說到把式場抄傢伙呢。」

飛豹子袁承烈道：「不然不然，這乃是話趕話，在座諸位硬拿話擠，我們自承代表快馬韓，你們卻不承認，你們既不承認，又要估量我們，你們諸位的話自相矛盾了。現在舌辯無益，我們弟兄幾人謬承快馬韓以大事見托，不拘栽跟頭，活現眼，我們自然是認了命，我們現在敬請姚當家的快快擺道，我們順著道走，按著規矩接，別的問話可以不說。」

第十七章　赤鼻翁大言驚人

　　雙方的人辯到這樣的地步，這時從廳外走進來一名賊黨，向姚方清回道：「當家的，酒筵已然備齊，請示你老，在哪裡入座？」賓主至此，方才各息怒容。土太歲姚方清道：「就在這裡擺宴。」立刻從外面進來幾個嘍囉，把桌擺開，設了三席。

　　姚方清請牧場群雄坐在東邊這一席，西邊一席由鐵臂無剛張開甲坐了上首座，其餘都是幫拳的賊黨。另有一席設在主位，是商家堡各位窰主。土太歲姚方清只在末座相陪，自己親自敬了一巡酒，隨即起立向袁、魏二人及一干匪黨們說道：「眾位老師，今日肯駕臨敝堡，足使我們商家堡生輝。也給我姚方清面上增加於無限的光榮，才聊備了點兒水酒，稍表敬意，請諸位老師們各盡一杯。」說到這裡立刻把杯舉起，向眾武師一讓。袁承烈和群雄全把酒杯唇上一沾，略飲了一些，土太歲姚方清又敬了一次酒，隨又說道：「這次我這商家堡和這裡威鎮遼東的快馬韓，韓家牧場，出了點小事，我要請大家主張公道。」遂把起釁的經過，向大家說了一番，含著冷笑，轉向鐵臂無剛張開甲道：「張老當家的，我們是交情放在一邊，就事論事。我商家堡雖是吃橫梁子的，可是江湖道也有江湖道的規矩，綠林道也有綠林道的理性。我姚方清在附近一帶，從來沒招擾過。不論哪道上的朋友，我沒薄沒厚，一列看待。我對於韓家牧場，歷來更沒有得罪過。這可不是我說大話，壯門面，我跟快馬韓也是朋友，彼此關著情面，我們是井水不犯河水，誰也礙不著誰。這夥風子幫的弟兄，敢捋虎鬚，竟到韓家牧場，剪了一撥牲口走。快馬韓不能立刻扣下人家，事後有他貴場的弟兄，貪夜闖進商家堡，硬給姓姚的把這件事扣上。你們眾位都是外面朋友，請想這是什麼事，快馬韓要是遼東道上無名小卒，我倒可以

低頭忍受侮辱，可是快馬韓名氣太大了，我要是這麼低頭忍受了，我從此哪還能見江湖同道，哪還能在遼東道混？所以我奉請眾位到此，也就是請大家按著公理來說話。光棍怕掉過，這回事放在別位身上，試問能容得下去容不下去？只要眾位說是我們周老四傷得殘廢，無足輕重，我情願從此離開商家堡，我自認我不會交朋友，自取其辱。要是認為我們周四弟的手指頭，不能教人白白砍掉的，那沒別的，怎麼砍掉的，怎麼給賠上。再請快馬韓普請武林中的朋友，在桌面子上，給我商家堡謝罪道歉。能這樣辦，我們兩家化干戈為玉帛，從此後各約束自己的弟兄謹守江湖道規矩，各不相擾。若不然，我姚方清只有跟韓家牧場的好漢一決雌雄。我們全是在遼東來創事業的，咱們先說定了咱們就個頂個，開手比劃一下子，誰要把誰壓下去，誰就得挪挪地方。我的主見就是這樣，眾位有什麼主張，自管指教；只要在桌子面上說得下去，讓我即日退出遼東，我抖手就走，絕不能多延遲片刻。眾位對這事有何高見，望乞賜教。」說罷舉起酒杯，向闔座一讓，自己一飲而盡。這時土太歲姚方清立刻眼望眾人，靜待答話。

那鐵臂無剛張開甲，首先發話說：「我這局外人，既然置身事內，我倒要不怕袁老師及眾位老師傅見怪，我要進幾句忠言，這次韓家場的事，實在有悖江湖道的規矩；我雖是寄身江湖，更得處處占住理字。這次貴場失事，既然當時未能把這光顧的朋友撈著，事後跟蹤追緝，可又始終沒跟對手對盤，又沒摸出對手的底來。貴場的人只看見這夥風子幫的弟兄曾從商家堡的這條線經過，那麼是否就是商家堡的人，就未可定了。黃夜間深進商家堡的腹地，這是你們眾位失禮的地方。既要拜山，莫說明帶著傢伙，講起規矩來，連暗青子全不能帶。眾位到商家堡竟是以威力要挾，頗有進堡搜查之意，想商家堡要是低頭忍受了，從此就算折在遼東道上。明知道鬥不過快馬韓，寧落到瓦解冰消，也得跟你們哥幾個比劃了。光棍怕掉過，設身處地一想，這件事放在姚當家的身上，是否能吃這個，彼時姚

老哥和周四爺盛怒之下，就有得罪諸位的舉動，也是激出來的。你們要真是出於一時失誤，那麼一誤不能再誤，到了吃緊時，就該大仁大義，把兵刃一拋，交代幾句場面話，說明事出兩誤，決非故意尋隙，姚老哥為人義氣，當下也就把梁子解開了，你們彼此處在近鄰，互有相擾，各不相犯，姚當家的既見你們諸位肯於認錯，他還有什麼說的不成？我們姚當家的最是外場朋友，只要你們幾位肯低頭認過，他就是受著萬分委屈，也不能跟諸位過不去了，難道他真格的一點面不留嗎？無奈諸位既然恃強動手，又傷了人家許多人，又是堵著人家的家門口，他們四當家的又傷在你們手下，終身落了殘廢，試問這口氣誰能嚥得下去？莫說姚當家是商家堡一寨之主，就是放在一個旁人身上，他也是吃不消啊！我張開甲可不是跟姓姚的朋友，屈著良心來偏向著他，凡事都要往理字上講，金磚也不厚，玉瓦也不薄，我的話是一碗水往平處端。這場是非，起根發苗，完全是你們韓家牧場方面，措置失當，遇事太狂，才落得這麼一個結果。但是麻煩已然惹出來，事情總得有個了結，你們既給快馬韓扇起糾紛來，你們就該想個解決的法子。快馬韓在遼東道上，不是無聲無息的人物，按理說，他得通情理。人家商家堡吃大虧，衝著快馬韓，雖不算栽，可是你得教人家順過這口氣來。況且快馬韓的名頭太大了，姚當家的若是捏著鼻子，低頭一讓，那一來，還怎能在這裡立腳？姚當家這一回真有點萬不得已的苦衷，別人能讓，快馬韓不能讓，這就是人爭一口氣。可是話又說回來，不拘有多大的事，總有一個了結，你們諸位既然出頭，替快馬韓承擔一切，自然你們也願意息事寧人，把大事化小，斷不肯搧動火扇子，教他們兩家各走極端。依我拙見，你們諸位不妨吃完了酒，就此回場，教那快馬韓親自出馬，到人家商家堡來一趟，總得賠罪賠罪人家，這是一點。其次，再教快馬韓普請遼東江湖道，在桌面上，公評是非，由快馬韓當場認個錯兒，哪個動手傷人的，就把哪個交出來，任憑大家公平處置。這樣一辦，不管姚

當家心上願意不願意，我一定勸他答應了。這麼一來，從我這裡說，這場是非算是完。倘或你們不以為然，要拿別的法子，硬來了結，我可告訴你們，了是可以了，不過，那又是一種結局了。你們可再思再想，免落後悔。」

　　張開甲這一席話，完全偏向一方，末後更帶威嚇的口吻，牧場群雄頭一個，便是副場主魏天佑，先就氣得面目變色，張開甲指明要快馬韓請客賠罪，還要獻出肇事之人，那不啻是要魏天佑的好看。因為刀傷周老四，就是魏天佑所為。魏天佑從鼻孔中冷笑數聲，即要抗聲發言，飛豹子袁承烈悄悄扯了他一把，說話的另外有人，自己犯不上費話。於是牧場武師洪大壽微微一笑，從旁答道：「我們先謝謝張當家的一番盛意，你所說的倒全是人情。不過當時的事，不盡如你所說的情形，韓家牧場在這裡不是一年半載，平時對於江湖道全是高抬高敬，韓當家的歷來最重朋友的，就跟姚當家的別看隔著道，也是呼兒喚弟，交情很好，別的綠林，更不用說，都一樣看承。這次想不到會有不開面的朋友，摘他的牌匾，誠心想拆他的萬兒；韓場主又沒在場，我們不論如何，也得追緝這個正點，方算對得起場主，我們由一班武師分頭追捕，食人之祿，忠人之事，我們親眼見了這夥風子幫的弟兄到了商家堡這條線上經過，就搪不過貴堡沿路卡子和伏椿的眼下。我們一時冒昧，意欲登門叩問，那時本想請姚當家的幫忙，替我們向手下弟兄查問。我們想這姚當家的，念在江湖道的義氣，定能指示我們一條線索。哪知他們周四當家的竟心懷惡意，把我們誘入商家堡。張老當家的，你也是久走江湖的，我們弟兄縱然無能，遇到這種情形，也只可接著比劃了。刀山油鍋擺在那裡，就得往那裡跳，這叫事情擠住了。商家堡要是當時稍留餘地，何至於鬧到不可收拾的地步。」說到這裡，四當家周占源就要發話，洪大壽向他拱手道：「請容我說完了。……這件事據我們從旁一摸，跟我們套事的這個主兒，大概是跟我們兩家誠心攏對，他要

是夠朋友，就該明著出頭；既不敢明著找上門去，跟人家比劃，只會借刀殺人，潛施暗算，這種人物，我們真沒把他放在眼裡。這裡姚當家的明是被人利用。我們的人固然太魯莽，可是周四當家的也太辣了。我們絕不敢捕風捉影，冤枉好人，是這樣情形，不是這樣情形，反正姚當家的是明白人，請你想想好了，我們誠然傷了周四當家的貴手，這是當時我們被誘被擒，這裡當家的竟下毒手，我們的人一個接應不到，我們來的人定被五馬分屍，那又該怎麼樣呢？事已鬧到這種地步，我們當眾賠情，容敝場主回來，定然登門親自來謝罪。至於背後弄詭，故與快馬韓為難的人，快馬韓自會去找他。姚當家的，你能夠閃個面子，我們從此多進一步，周四當家的傷，肉斷不能復續，我們只能賠罪，可是賠不起別的，若是像張老英雄說的話，人家總是給了事的，不是激事的，我們不敢說什麼，我們只聽姚當家的一句話。」

洪大壽話談而不厭，暗含著把張開甲罵了。土太歲姚方清忙道：「洪老師，你這話倒是說得十分有理，本來手指頭掉了再接不上，我們的人論起來，死在你們弟兄手裡也有幾個，講人物得算自己無能。可是洪老師既講到交情，我們若是就這麼算完，我姚方清得立刻把商家堡放火焚燒，我得立刻離開遼東。今日我既請眾位大駕光臨，就得給姚方清一個公道。若是這麼辦，手指斷了換兩句空話，腦袋掉了換兩杯白乾酒，實在讓我姓姚的有些不甘心。至於洪老師說的暗中定有主使的人，這真有些血口噴人，洪老師你得給我個贓證，就憑這麼一說，我們焉能心服。」

袁承烈突然接聲道：「我們在遼東道上立足，別管是立山頭當家的或是武林中朋友，或是吃橫梁子的，講究明吃明拿，硬攔硬要。誰跟誰有梁子，桌子面上明打明鬥。暗箭傷人，暗中圖謀，那全不是漢子所為。這個人姚當家的你認得他，認不得他，那全在你。我們認定你們是為陰險小人利用，你要贓證，也有，到時候自然得挑明了簾。像貴堡所到的也全是朋

友，說句不怕過意的話，即或是彼此言語不合，動上手，跟著全染上渾水，也全是好朋友所為，沒有人敢小看一眼。姚當家的，你既然不肯把這件事了結了，那麼也沒法子，只有請姚當家的劃道吧。我們只知道殺人償命的話，那是跟老百姓們說，我們來的人不多，寸鐵未帶，當家的你想替朋友出氣，更是容易，你除非是把我哥幾個都摺在這兒，那算把仇報了，事也完了。姚當家的，你看我們哥幾個哪個身上刀口最順手，請你就自管招呼，我們哥幾個絕含糊不了。」

姚方清正要答言，那商家堡客位中的白馬銀槍羅信，冷笑一聲站起來道：「袁朋友，你們這韓家牧場出來的老師們，真夠橫，走到哪兒也得叫字號。好吧，打姓羅的這說，你們今天的事，就是把嘴皮子說破，恐怕也是白費事，咱們索性比劃下來看吧。可雖說是姓姚的事，能把我們這幾個局外人摺在這裡，周四爺的手指頭算是白砍，這場事打我說算完。」

那陪在姚方清身旁的赤石嶺匪首，坐山雕刁四福，馬神侯二說道：「羅當家的你這種辦法，我們看很對，索性我們把這件事了結了。不論是哪面的朋友，也不說我們過於好事。他們兩家的事，要是從我們這裡了結完了，多少給他們省些事吧？」

這時袁承烈奮然起立道：「好，既是這位羅當家的肯這麼成全我們兩家，這太夠朋友了。這麼血心交友的實在令人可敬，我們只有恭領盛情了。羅當家的，你既然是拿著商家堡的事當自己的事，這最好了。沒別的，請羅當家的就賜教吧。」

武師左臂金刀洪大壽也站起來道：「對，這位羅當家的既然這樣成全我們，我們別辜負了人家的盛情。事到現在，我們誰也別客氣了，索性就請這位羅當家的賜教吧！」

金鏢李澤龍也站起來道：「可是我要請示一句，這位羅當家的是秦瓊為朋友，兩肋插刀，這真是擔當的漢子。不過這裡姚當家的是否真按著羅

當家的所說的應承，請示一言，我願意當面請教。兩家勝敗只在這一手了。」

土太歲姚方清道：「姚某從來言行相顧，絕不願妄發一言，至落言行不能顧之譏。今天的事，既有好朋友給我做主，我姚方清不論落到哪步上，絕不含糊了。」

袁承烈道：「好吧，君子一言，各無反悔，羅當家的，跟眾位朋友們請賜教吧。」說到這，自己先站起來，向外就走，絲毫沒有遲疑的意思。當時這一班綠林道隨著全向外走來，這裡韓家牧場來的武師們，自魏天佑以下，全躍躍欲試，相繼隨著往外走，出得廳房，到了月臺上，彼此不言喻地分東西站住。袁承烈卻向這雙頭寨的白馬銀槍羅信抱拳道：「羅當家的，該著怎麼試試你的身手，請您不要客氣，自管吩咐，在下唯命是從，絕不教您羅當家的失望。」說罷，立待答言。

當時羅信尚未答話，那鐵臂張開甲走出匪群，向袁承烈重問師承，袁承烈仍不肯答。張開甲道：「袁老師，您雖然抱定真人不露相，可是你老兄來到遼東道上闖萬，必有驚人的本領，我們藉著你們兩家這件事，我們在袁老師跟前討教討教。我張開甲好在厚皮臉，我先搶個先，給袁老師接接招兒，讓我張開甲也見識見識名家的身手。我想，羅兄弟定能讓我莽張飛一場了。」張開甲說完這話，把胸口一腆，頗有旁若無人之勢。

袁承烈冷笑一聲道：「張老當家的，你這麼捧我，只怕捧得越高跌得越重。不過到現在也提不到名家不名家了，既是張老當家的這麼看得起我，我別不識抬愛，只好捨命陪君子。張老師下場吧。」鐵臂無剛張開甲才待往下走時，袁承烈身旁的左臂金刀洪大壽往前搶了一步，寬洪高亢的聲音說了一聲：「二位先別忙，這位張老當家的在松嶺開山立櫃，名震江湖。我洪大壽從打六七年頭裡，就耳聞大名，在下從前在離松嶺東北五十多里，那時就聽江湖上朋友們盛道張老當家的威名，我總想著拜望拜望。

偏是快馬韓把我硬架弄到寧古塔蓡場裡幫忙，更沒工夫去了。今日竟在這裡得會張老當家的，可算是得償夙願了。沒別的，我也請我們袁老師讓一場了。張老師，久仰你的拳術上有獨到之處，通臂拳在綠林道上沒有一二份。更有鐵臂功夫，我洪大壽不度德不量力，這把瘦骨頭想挨你幾下，張老當家的，你就屈尊賜教吧。」

　　張開甲在先引見時，並沒怎麼注意隨來的人，這時聽到洪大壽的嗓音，聲若洪鐘，高壯的身材，年紀有四五十歲。一張赤紅臉，粗眉濃目，一部達鬢絡腮的紅髯，氣度極其沉著勇猛。穿著件灰褡褳布的長衫，大黃銅扣子，下面穿著青布薄底快靴。穿著打扮，跟保鏢的差不多。從外面的神色上看來，頗有些不可輕侮的態度。原來這位左臂金刀洪大壽是清真教徒，原籍是直隸滄州人，自己闖蕩江湖，於武功上曾受過名師傳授，在中年又遇上以左臂刀馳名大河南北的盧殿凱，把自己獨門刀法傾囊相授，全傳給了洪大壽。只是這洪大壽性情剛烈、喜打抱不平，竟在京師惹了一場大禍，遠走遼東潛蹤避禍，十餘年的工夫，沒敢回故鄉。先在那黑狐峪鋪了幾年場子，倒教了不少的徒弟，跟快馬韓結識，日子不多，可是彼此氣味相投，一見如故。適值快馬韓從陰驚文葉茂的手中重把蓡場收回，沒有人主持蓡場，遂把這位左臂金刀洪大壽請來了。洪大壽自入蓡場，頗為出力，更兼武功卓越，威望足以服人。一到了蓡場出采期，左臂金刀更能督率著采蓡把頭們，深入寧古塔的腹地，只憑他掌中一柄金刀，除了許多毒蛇、惡蟒、凶禽、野獸。所以自從洪大壽到這裡後，較前收穫上增加了好幾倍。左臂金刀洪大壽忠於所事，快馬韓更是推心置腹，把蓡場全部的事都交給他了，蓡場的事不再過問。這次牧場突遭意外風波，洪大壽並不知一點訊息，趕到了赴商家堡踐約的頭一天，才由昭第姑娘和魏天佑等，商議著把左臂金刀洪大壽和金鏢李澤龍請了來。好在這班人跟快馬韓都是過命的交情，定能捨命幫忙。

這洪大壽是老江湖，胸有城府的。從沒動身到商家堡時，就一切事全憑著大家的計議，自己不贊一詞，對於牧場武師，更是十分客氣，可是對於袁承烈反倒沒什麼崇仰的話。這種情形，明面上好像跟袁承烈十分疏遠，不屑交談的。其實這位左臂金刀洪大壽是衷心器重袁承烈，佩服這種肝膽照人的人，所以反倒不做浮泛的客氣了。自己拿定主意，要在商家堡竭盡自己一身的藝業，幫著袁承烈把快馬韓這事給解決了。故此旁人說什麼時，自己只是點頭稱讚著，好像是對商家堡踐約赴會，不甚關心，只虛應故事，敷衍面子似的。杜興邦等在旁看著，心上有些不快。暗想快馬韓待你不薄，自從把你給請出來，蔞場的事，全權交給了你，推心置腹，哪一點也不含糊。像魏當家的，自從快馬韓沒有築下根基的時候，他們就在一處混，頂到現在，也沒有讓他獨當一面，只是在場中做個副手罷了。獨對洪大壽竟如此信服。養兵千日，用在一朝，快馬韓不在家，現在場中遇到這樣事，正該激發義氣，賣性命，才是做朋友的道理。他們看著洪大壽不聞不問的樣子，哼著哈著，隨著大家，不置一謀，也像要置身局外。杜興邦這些人心上都有些不痛快，只因為事情正在吃緊，不願自己人先起內亂，彼此隱忍不言，心中實在不悅，暗鼓著勁，想要遇到機會，準備諷刺他幾句，趕到大家來到商家堡，這左臂金刀洪大壽突變冷落的態度，隨眾當死，向對方挑戰，真個是義形於色。洪大壽跟張開甲，叫起板眼，杜興邦這一夥人方才暗叫了一聲慚愧，原來人家憋足了勁，到這時才拿出來，英雄到底是英雄。洪大壽竟這麼沉得住氣。尤其是只賣力氣，不出主意，更是少見！

當時洪大壽一發言，土太歲姚方清、鐵臂無剛張開甲，相視愕然。張開甲把話聽完，向前拱手，冷笑一聲道：「洪老師過於抬愛在下了，我是遼東道上老而不死的小卒，值不得你老兄如此推重。但是我素來抱定捨命陪君子的心，不論哪一路的朋友，只要看得起我，劃出道來，我一定出力奉陪。洪老師，咱們閒話少說，就此下場子吧。」

第十八章　商家堡群雄決鬥

張開甲、洪大壽兩個人誰也不肯示弱，立刻相偕，要往場子裡走。魏、袁二人忙問姚方清：「我們在何處討教？」姚方清道：「請跟我來！」賓主一齊站起，袁承烈這才把外面的自己人，一齊接引進來。姚方清也把他的人傳齊，就列在廣場中。

左臂金刀洪大壽往場子裡下首一站，那鐵臂無剛張開甲毫不客氣，向上首一站。彼此一抱拳，洪大壽向張開甲道：「張老師，咱們是過傢伙過拳，請張老當家的示下！」

鐵臂無剛張開甲冷笑道：「兵刃上沒眼，我與洪老師既無深仇宿怨，一個走了手，反為不美。」張開甲這話說得十分狂，就好似準有把握似的。左臂金刀洪大壽心藏憤怒，更不多說，向張開甲一拱手道：「當家的請賜招吧。」張開甲這時本應當還有兩句場面話，可是張開甲並沒往下說，把雙拳一分一錯，一立門戶，立即開招，走行門，邁過步，欺了過來。左臂金刀洪大壽用劈掌一立門戶，也隨著開招。兩下裡往一下一湊，那洪大壽竟用「黑虎掏心」，拳勢挾風，向張開甲心窩便點。張開甲見洪大壽的拳到，左腳往上一滑，劈掌往洪大壽脈上便切。

洪大壽倏地右掌往回一帶，一橫身，雙掌一分，「白鶴亮翅」，左掌奔張開甲的小腹便擊。張開甲身形一個盤旋，閃過這一招，揉身進招，從側面欺過來，「黑虎伸腰」，雙掌向洪大壽的肩背擊去。左臂金刀洪大壽隨即往下一塌腰，張開甲的雙掌擊空，洪大壽借勢打勢，「白鶴獻果」，雙掌打向張開甲的腰腹。

張開甲左掌往下一穿，往外一撥，右掌「仙人拂路」，向洪大壽的雙目點去。洪大壽竟用「翻身打虎掌」，閃過了張開甲的招數，反向他左肩

胛便卸。兩下裡見招拆招，見式打式，連鬥十數合。

洪武師的武功確受名傳，雖過壯年，依然是精神矍鑠，手、眼、身、法、步、腕、跨、肘、膝、肩，處處見功夫處處見火候，疾徐進退，封閉吞吐，深得武功中的竅要，因鐵臂無剛張開甲的武功雖也真下過功夫，可是沉實有餘，輕靈不足，在武功上吃虧在「滯」字訣上。兩下裡走到二十餘招，張開甲用了招「金龍探爪」，哪知招數用老了，變化不能靈活。洪大壽竟用「金絲纏腕」，撲地把張開甲的右腕脈門捋住。張開甲雖有鐵臂的功夫，無奈洪武師用的是巧勁，借力打力，借他往外遞掌之勢，掌上潛用足了力量，往外一帶，張開甲竟沒把這條右臂奪出去，腳步跟蹌撞出三四步去，強自拿椿站住，臉上漲得像紫茄子。

洪大壽隨說道：「張當家的你是誠心讓招吧？」張開甲苦笑道：「姓洪的，用不著挖苦人，眾目共觀，誰也不是瞎子，怨我學藝不精。你沒有給張開甲臉上貼金，倒給人抹狗屎了。我還要領教領教洪老師的左臂刀，你肯賜教嗎？」

左臂金刀洪大壽笑道：「那有什麼不可。不過在下沒帶著兵刃，我們遵約赴會，空手而來，只可向姚當家的借把刀使用了。」張開甲道：「對，咱們一樣，我也是照樣的沒帶著兵刃，咱們全借人家的吧。」兩人立刻向兵刃架子走來。張開甲抄起一桿大槍，他在這種兵刃上下過十幾年的純功夫，自己拳腳上已然輸給人家，要從大槍上把面子找回，左臂金刀洪大壽揀了一把厚背折鐵刀，試了試，比自己平常使的稍嫌輕點，還可以使用。

兩人來到場子中，張開甲道：「洪老師，咱們醜話說在頭裡，這一過兵刃，可不比過拳，一個收招不及，難免當場掛綵，我們誰帶了傷可得自認晦氣，可不能怨對手手黑心辣，洪老師可別疑心我這是賣狂，我可沒說我是準成。」洪大壽冷笑答道：「張老當家的說得極是，我們這一對傢伙，誰也保不定怎麼樣，頂好說在頭裡，死生認命。」往後一撤身，依然在下

首一站，右臂抱刀，左手成掌式，一立門戶，立刻按著六合刀法，往前一亮式，刀換左手，右手成掌式。那鐵臂無剛張開甲一立式，是六合大槍。洪大壽暗道：「很好，我是六合刀，你是六合槍，論起來是旗鼓相當的。不過我這左臂刀，教你嘗嘗是怎麼個滋味吧。」兩下裡亮式開招，張開甲這桿大槍，實有真功夫，右手握住槍，左手一擺大槍後盤，一合把，一起槍頭，噗嚕嚕，槍頭的鮮紅血擋，顫成桌面大的一塊紅雲，刷刷刷一連三把，槍頭銳勁。已完了，跟著往前欺身進步，走中鋒，直奔洪武師。洪大壽是不慌不忙隨機應變，金背砍山刀封住門戶。

張開甲大槍夠上部位，一抖槍，唰的帶著勁風，「烏龍出洞」，向洪大壽胸前便點。洪大壽見槍已遞到，忙用「烘雲托天」，左臂往槍頭上一攔，一扁腕子，順著槍身往裡一劃，刀頭往張開甲的右面便削。張開甲抽式拆式，兩下各自施展開招數，乍一動手，倒是旗鼓相當，張開甲這桿大槍，沉、拿、崩、拔、壓、劈、砸、蓋、挑、扎，槍法真見功夫，吞吐撒放，進步抽身，這桿大槍施展開，恰似一條懶龍。

左臂金刀洪大壽這趟左臂刀，更是不同凡俗。崩、扎、窩、挑、刪、砍、劈、剁，砍到緊處，颼颼的一片刀風，疾似閃電。更兼他這趟刀法，是左臂刀，全是反著的招數，張開甲未免先吃著虧。兩下裡對拆到二十餘招，張開甲的槍身幾次被洪大壽的刀裹住。勉強地應付，趕到又走了幾式，洪大壽立刻故意賣了個破綻，往前一個「怪蟒翻身」，情形是想用「烏龍擺尾」。張開甲這時絲毫不肯放鬆，往前一個趕步，竟用「玉女投梭」，往前一穿。這桿大槍竟如羽箭離弦一樣快，直奔洪武師的後心扎去。

洪武師聽得背後槍風已到，往右一滑步，一個斜轉身，右手一拔槍頭，左手的金背砍山刀，竟用「大鵬展翅」，刷的一刀，照敵人胸前斜著劈來。張開甲努力斜身閃避，將將把胸口閃開，右臂上竟被刀尖給撩了一道口子。

　　張開甲喝了一聲，拖槍一縱，已退出丈餘遠去。把大槍往上一扔，左手按著右臂上的傷口，面已變成鐵色，向洪大壽道：「好，姓洪的刀法真高，我張開甲想不到在遼東道上闖蕩了這些年，今日竟栽在閣下手內，咱們後會有期。」復向土太歲姚方清一拱手道：「姚賢弟，我算栽了，咱們再會。」說罷翻身向外走去。

　　這時土太歲姚方清，以及羅信等，全十分羞忿。尤其是張開甲，一向氣焰熏天，倚老賣老；哪知一觸即敗，弄了個虎頭蛇尾。又是頭一陣竟栽了個大的，臉上十分難堪。那羅信自忖自己掌中三十六路白猿槍，還足能應付他這趟左臂刀，遂向袁承烈拱手道：「我先跟貴場這位洪師傅走一趟，回頭再跟閣下領教。」說著就要往外縱身，忽然羅信身後轉出一人，招呼道：「羅當家的，你先等等，讓小弟先見一陣，羅當家的還是跟那位袁師傅招呼吧。」羅信一看，說話的正是赤石嶺的馬神侯二，他是赤石嶺新入夥的頭目，外號馬神，排行第二，名叫侯震，在遼東道上吃風子幫中，是一把好手，專擅小巧的功夫，和控制烈馬的本領。今日他既然要搶頭露一手，定與韓家牧場有個講究。羅信不肯攔他的高興，遂拱手道：「好吧，侯當家的給我個助威。」馬神侯震含笑道：「我要不是人家對手，羅當家的可接著我點。」說罷，立刻撲向月臺下。

　　那左臂金刀洪大壽方要轉身，馬神侯震大聲招呼道：「洪老師，請你給在下留招，我也要領教領教你這打遍遼東無對手的左臂刀。」說罷，向站在階旁的嘍囉一點手，有他赤石嶺帶來的黨羽，立刻把他的兵刃送過來。侯震使的是折鐵軋把翹尖刀，刀鋒犀利，那洪武師見是赤石嶺的馬神侯震，知道全是商家堡的一黨。聽場中武師們講過，赤石嶺早就想鬥鬥快馬韓，只是總沒有機會。更兼快馬韓也不是好惹的，所以總是兩下裡暗中較勁。這次，赤石嶺群寇，居然挑明了簾，出頭比劃，據說這次所劫去的馬，大半是他們的部下。自己倒要好好地對付這小子，好歹先給他點苦子

吃，教他嘗嘗韓家牧場的厲害。遂冷笑答道：「侯當家的，你這真是抬愛在下，我只得捨命陪君子，侯二當家的請賜招吧。」

二人各立門戶。這位馬神侯震，立刻在下首一站，那左臂金刀洪大壽也跟著往對面一站，兩下裡走行門，邁過步，立刻各自把刀法施展開。馬神侯震身手靈滑，手法緊妙，身形輕快，竄、縱、跳、躍、閃、展、騰、挪、挨、幫、擠、靠、速、小、綿、軟、巧。洪武師看侯震這種小巧的功夫，實是驚人，遂把刀法一緊，六合刀畢竟與眾不同，劈剁閃砍、封攔格拒、吞吐撒放、撤步抽身，一招一式全有真實功夫。

走了二十餘招，兩下裡居然走了個平手。洪武師暗暗驚奇，這侯震聽說不過是個偷馬賊，挖窟窿，鑽狗洞的傢伙，他居然有這麼小巧的功夫。自己趕緊把手下招數一緊，立刻一變招，改用劈閃單刀的招數；這一來馬神侯震竟有些應付不了。突然間左臂金刀洪大壽施展了「連環進步三刀」、「封侯掛印」，左臂刀往馬神侯震的咽喉一點，立刻變招為「玉帶圍腰」。馬神侯震手忙腳亂，急用上崩下劃，想把洪大壽的來勢拆開。哪想到洪大壽手底下非常迅捷，虛實莫測；在第二招往外一撒，立刻變招為「烏龍擺尾」，刷的一刀，向下盤掃來。

馬神侯震踴身一躍，躍起六七尺高，往下一落。洪大壽一個翻身，盤旋著身形，從左從後一個「鳳凰漩渦」。同時馬神侯震已經騰身下落，無論身勢如何輕靈，也變不過式來。刀來甚驟，閃避不及，竟被刀尖子掃在腳踵上，算是身形快，只把靴後跟給劃破了；雖沒受傷，也算是栽在人家手內。

左臂金刀洪大壽立刻一收式，哈哈一笑道：「侯當家的，刀法高明，在下承讓了。」馬神侯震不禁臉一紅，自己初進赤石嶺，滿想人前顯耀，張開甲與洪大壽相鬥，他看了個清清楚楚，自覺已知敵招，下場可以得綵，哪知今日竟栽在這裡，有何面目再在這條線上立足。眼珠一轉，想起

當場報復的法子。遂不再退下去，反倒提刀往裡一站，立刻說道：「洪老師，你的刀法，我實在佩服。不過我想再跟洪老師領教領教拳術上的功夫。只要是再贏了我侯震，就從此算是死心塌地地佩服你老師傅。知道我當年教我的師傅誤了我，以致使我栽跟頭現世，我不知道洪老師肯賜教麼！」

洪大壽冷笑一聲道：「那麼侯當家的還要跟在下過拳術，很好很好，我焉能那麼不識抬舉！我已說過捨命陪君子，只要是侯當家的劃出道來，我一定奉陪。」洪大壽是亢爽的漢子，雖則奔走風塵，有些閱歷；可是機詐之心，不屑施為。當時本在刀法上勝過他，這時又要求跟自己過拳，自己哪能不答應，遂毫不思索地答應他。哪知侯震容洪大壽答應完了，立刻說道：「咱們要是按著平常的拆招對拳實在沒有什麼意思，我想出個笨主意，憑洪老師這種身手，一定不把這點微末的技能放在眼裡。咱們把這裡兩丈五見方較拳的地方，豎立起十二把尖刀，咱們從這尖刀的叢中擦拳對掌，誰被地上的刀阻住了，誰算輸。可是誰失腳，誰受傷，可自己認命。洪老師你看這麼較量不比光較拳好嗎？」

洪大壽武師一聽，立刻暗暗後悔，想不到這小子竟用這種陰險的主意來騙我。我既已說出口，焉能反覆，莫說只豎立著十幾把刀，就是擺上刀山，也說不上不算了。哼了一聲，向馬神侯震道：「很好，侯當家的竟想出這種道來，我只有勉力奉陪。不過武林道上，好朋友做出事來，該光明磊落，較量武功誰也難保必勝。侯當家的應該把話說在頭裡，我姓洪的有個接不下來，我可以厚著臉走。現在我先答應完了侯當家的，我要是再說不敢奉陪，我栽跟頭也沒有這麼栽的。不過剛才侯爺講的是比拳，如今又興出這個道來，未免差點味兒罷，我說侯當家的是不是？」

馬神侯震驀地臉上一紅，向洪大壽說道：「洪老師我絕不敢強人所難，洪老師要是腳底下不大俐落，咱們可以說了不算。」

左臂金刀洪大壽呵呵冷笑道：「侯當家，咱們誰別陰誰。我洪大壽是鐵錚錚的漢子，頭可斷，人不可侮，莫說只這幾把尖刀，就是刀山油鍋，我們也得比劃一下來看了。侯爺，你不用藐視我姓洪的，還不定誰行誰不行。侯當家的就請你趕緊預備吧。」馬神侯震又含愧又覺得計，向商家堡的壯漢一點手，過來四人，從東西兵器架子拿過十二把刀來。兵刃架子以刀為最多，刀的種類也多，當時所以毫不費事，立刻取來應用。壯漢們用大槍把地上穿出窟窿來，把刀鑽埋在地上，刀尖子在外面露出一尺多長來，這十二把刀散布開，占了三丈多的地勢。

洪大壽憤憤不平，向馬神侯震道：「侯當家的，刀山既擺好，請你賜招吧。」馬神侯震，立刻一亮式，是通臂拳，這趟拳是輕靈巧快。左臂金刀洪大壽把刀遞到夥伴手中，自己想到已上了人家的當，說出來又不能不算。立刻在侯震對面一站，微一拱手道了一個「請」字，立刻把門戶一立，施展五行連環拳，在刀林之中，與敵相抗。他這手拳法，輕靈不足，沉實有餘，但一招一式全下過功夫。洪大壽十分小心，不敢輕視敵手。尤其是左眼處處得要留神，雖不是步步有刀阻著，可是進退也得時時當心。這一來兩下裡未免較平時稍慢。

洪大壽與侯震鬥了數合，漸漸把招改快。心想這種插刀較拳，利於速戰，一耗長了，自己非傷在這裡不可。招數越來越緊，施展連環進步，一招變三式，欺近了侯震，用了一招「白猿摘果」，往侯震的面前一點。侯震往外一封，洪大壽倏然往回一撤招，左掌往外一穿，變招為「黑虎掏心」，拳鋒直逼侯震的中盤，侯震往後退避，已給趕上埋的步眼；隨即斜著一聳身，立刻躥出丈餘遠去。洪大壽跟身進步，往前一縱身，立刻跟蹤趕到。「黑虎伸腰」，立刻往前一探掌，照著侯震，劈胸就是一掌，侯震用「鷂子翻身」，往回一翻，也想用虛實莫測，欲進姑退，乘旋身敗退之勢，猛然反撲過來，揉身進掌，疾求制勝，擊洪大壽於掌下。洪大壽跟招應

招，也是利於速戰，侯震一翻身，洪大壽也往左橫身，往下一斜身，用足了十成功，一個「偏身躲子腳」，右腳照侯震下盤踹了出去。

侯震轉身反撲來勢也快，這一來洪大壽的右腳踹著侯震的右腳迎面骨。但是他全身的力量，正往洪武師這邊撞，兩下裡勢疾力猛，侯震仰面向後倒去，洪武師也被震得往下倒回來。

只聽兩下裡一齊哎呀了一聲，馬神侯震被地上的刀尖穿著左肋扎過去。洪武師也被刀尖穿著左肩頭，紮了過去，立刻鮮血竄了出來，兩人立刻全暈過去。

兩下裡全過來人，各自救護自己的人，那馬神侯震受傷反倒較重，血跡殷然，作法自斃，自己劃出道兒，自己反倒受了重傷。姚方清忙過來查看，教手下人，把這兩個受傷的全搭到屋裡，給敷藥扎傷，牧場群雄咬牙憤怒，分了一個人，去照應洪大壽。這裡商家堡的人，立刻把地上埋的刀全撤下去。

這裡袁承烈憤然向對面姚方清說道：「我們話宗前言，還是請這位羅老當家的下場子，由在下奉陪。」哪知道這時赤石嶺的坐山雕刁四福，有些吃不住勁了。自己的同手弟兄一同來的侯震，當場受了重傷，生死難卜，自己若不上去接一場，就這麼回去，未免對不住朋友。況且這事弄到商家堡頭上，骨子裡還是自己這邊，才算是快馬韓的正對手，若不出頭亮一手，既教陰驚文葉茂恥笑，也無顏面回見本山弟兄。坐山雕刁四福鬼念已罷，遂從帶來的弟兄手中，要過來自己常用的那把七星尖子，左手倒提著，走到場子裡，向飛豹子袁承烈一點手，口中說道：「袁師傅，我刁老四不才，要跟尊駕臺前，討教討教。我說袁爺，你可肯賞臉下場子跟在下走兩趟兵刃嗎？」

飛豹子袁承烈哂然一笑道：「你太客氣，我是幹什麼來的？哪有什麼不可以的地方？你老兄是赤石嶺的當家的，在下慕名已久，我不只要奉

陪，我還要找刁當家的有一點小講究，咱們該算一算。韓、姚兩方的事，沒有你尊駕，也完不了事，你大概也許不明白，在你貴窯屋梁上，插著一點東西，你老兄不要忘了，那是江湖上一個朋友，手下留情，特為給您留的，若不然的話，嘿嘿，朱老祖夜探連環寨，寶寨主沒有死，那是人家姓朱的留下一絲厚道。寶寨主後來明白了，果然知情感情，做了一手漂亮活。我們講今比古，我說刁當家的，你要往這裡看一看，往那裡想一想。」

飛豹子把話明點出來，哪知坐山雕刁四福面色一變，勃然大怒，說道：「好好好，那天的事，原來是閣下玩的把戲，好嘛，您既然露了那一手，咱們總算有交情了，我今天更得就這現成的場子，補一補前情。」把七星尖子一順，就要和飛豹子算帳。飛豹子也就往前上了一步，把兵刃一提，彼此正待開招。驀然間，從魏天佑背後，轉出來一人，大笑了一聲，橫身一攔，把袁承烈攔著道：「袁仁兄，你先等一等，這位刁當家的，我久想向他領教。再說他們同夥的弟兄受了傷，栽在這裡，他們同夥立刻出頭跟著釘上來。難道我們的人，就沒有一個替手嗎？袁仁兄稍為候一候，還有這裡的姚當家的呢，我李澤龍不才，要跟刁四爺七星尖子，比劃一下子。」說了這話，回手拔出兵刃。袁承烈側身一看，知道金鏢李澤龍和洪大壽乃是莫逆之交，這回他要上場，是江湖道上朋友交情應當做的，自己只可姑且讓他上前，遂拱手道：「李師傅只管請上，只要刁四爺肯的話，小弟沒有說的。勝敗沒有關係，反正我們韓家牧場人物，哪一位也含糊不了。」李澤龍說：「好吧，我先來釘一下，我玩不轉袁老師給我接著點。」

坐山雕刁四福在東邊一帶，很有聲名，身上的功夫頗有幾下，慣使一口扎把翹尖七星尖刀。當年在寧古塔一帶，也曾踢過兩次把式場子，隻身劫過駱駝隊，把萬兒闖出來了。後來聯合了遼東道上幾個風子幫中的能手，在赤石嶺開山立櫃，居然一帆風順，很拾過幾次大油水。可是他自從

受了葉茂的慫恿，在韓邊圍子，強應了這回劫馬的買賣之後，同夥弟兄都以為快馬韓不是好惹的人物，這好比在老虎嘴上拔毛，有膽子動了人家，還得有本領接得住後場，方不致栽了跟頭。刁四福因近年氣順，很走時運，便把它看成不重要。此時見李澤龍代替袁承烈上前來會自己，心中頗有不屑之意。且凝神打量這位馬師，年在四旬左右，巨目濃眉，紫黑面皮，虎背圓腰，似乎也不是容易對付的敵手。當下李澤龍來到場心，向坐山雕叫陣道：「刁當家的，我久慕大名，今天算是初會。你是赤石嶺的瓢把子，在下不才，乃是武林中的無名小卒，可是羨慕能人的心，比旁人更熱，今天跟閣下動手，實算高攀，就請閣下不吝指導。咱們就過一過兵刃吧。」

刁四福登時哼了一聲，面看別處道：「在下一心要會的，是這位袁師傅，我倒跟閣下無緣。」竟一掉頭，向本幫中呼喊了一聲：「我說老五，你來替我陪這位李師傅玩一玩吧。」人群中，登時過來了一個細高挑，黃臉膛的漢子，此人正是刁四福的族弟，名叫刁五福。這一來好比走馬換將似的，刁四福向李澤龍笑了一笑，閃身退開了。

李澤龍心中大怒，反而也冷笑道：「不管是誰，我手中的雙懷杖，都願陪著走幾趟。」遂把兵刃亮出來，向刁五福打招呼道：「刁五爺，咱們哥們湊湊。」

李澤龍這一亮兵刃，坐山雕本已轉身要走，一眼看見雙杯杖，不禁心中暗吃一驚。拳經上說，兵器是一寸長，一寸強，一寸短，一寸險。練武的人若沒有熟練的本領，輕靈的身手，絕不敢對付這又軟又硬，不短不長的雙懷杖。人家這隻懷杖，運用起來，在一丈五六以內，你就不容易欺身攻進去。錯非是手底下真有本領，才能對付得了。刁五福的拳術還算不差，可是他也使得是七星尖子，若比起刁四福，可就差得多了。但是大話已然說出，刁四福也不好再轉身回來，只得向刁五福招呼了一聲：「多小

心一點。」刁五福正在年輕，哪裡把敵人放在心上，把七星尖子一抱，露了一手武功，掠身一躍，來到李澤龍面前，說道：「李師傅，咱們來一來吧。原來李師傅使的是這種兵器，這種兵器有軟有硬，可不曉得我刁老五接得住接不住，咱們是點到為止，你老兄請賞招吧。」

金鏢李澤龍哈哈一笑道：「刁五爺怎麼也這麼客氣？咱們是比劃著瞧，咱們誰跟誰也沒有奪妻之恨、殺父之仇，咱們是各盡本力，為朋友幫場。話說開了，您就上吧。」把雙懷杖往左臂上一抱，右掌往左手上一搭，立刻做了個請字的姿勢，走行門，邁過步，由左往右一盤旋，那青眼雞刁五福也是左臂抱刀，右手虛掩，隨著李武師，各把式子亮開，也照樣從左往右盤行。兩下裡是對面亮式子，這麼一盤旋，恰是背道而行，彼此各走了半個圓周，立刻縮步還身，各往四下裡盤旋，一來一往，雙方往當中一湊，這便夠著了招式了。那青眼雞刁五福長長的身軀，往下一挫，立刻刀交右手，揉身進招，唰的掩來一刀。金鏢李澤龍也把左臂抱著雙懷杖，往兩手裡一分，雙腕一抖，嘩啷啷亮開了招，立刻合掌一撞，嘩啷啷再一分，兩支雙懷杖的上節，全合到掌心。腳下一點，往旁一讓，往前一躥，欺敵進身，和刁老五照了面。左手懷杖往外一撤，唰的直奔刁五福的面門打去。刁五福便一斜身，左手懷杖點空，跟著李武師的右手懷杖唰啦的一下，如電光般，摟頭蓋頂，直砸過來。

刁五福才一照面，只發出一刀，便連受兩杖，當下不敢硬接硬架，急急往旁一叉左腳，讓過了這一杖，緊了緊手中刀，唰的往敵人兵刃上一封，為得不教敵人再發招，然後刀鋒一掃，順著懷杖，往外一滑，用刀來斬切李澤龍的手腕。

李澤龍看破必有這一手，右臂往下一沉，一個鷂子大翻身，雙懷杖「玉帶纏身」，照著刁五福，攔腰又打。如疾風橫掃，直剪過來，刁五福托地往上一聳身，好長的身材，居然「旱地拔蔥」，躥起六七尺，斜往外一

落，李澤龍的雙懷杖這才掃了空招。武場中登時起了一陣喝彩聲，坐山雕卻替刁五福捏了一把熱汗。

青眼雞刁五福的腳一頓地，腳尖一旋，恰恰翻轉身來，未容李澤龍追到，他便揉身還攻，翻尖刀一探，喊一聲：「咍！」

照李澤龍的小腹，斜紮下去。李澤龍剛剛追到，立刻凝身，把雙懷杖往外一帶，順勢往下一掄，嗖的挾風，照敵人刀背上便砸。刁五福很不含糊，用進步連環，往四下一抽刀，偏腕子，順刀鋒，唰的照李武師的下盤剪削下去，李武師立刻往起一縱身，也來了一個「旱地拔蔥」，身勢往下一落，雙懷杖「大鵬展翅」、「雙風貫耳」，一分一合，照敵人雙耳門扇打過來，刁五福縮背藏頭，往下一短身，就勢鴨子步，往外一探右臂，翹尖七星刀隨著往外也那麼一展，「烏龍入洞」，照李澤龍腰骨上翻手下扎，連紮帶劃，嗖的撩將出去。李澤龍一個「拗步翻身」，抬腿躲足，雙懷杖掄起來，斜肩帶背，順著旋身之力，往刁五福下盤打過去。刁五福抽招換式，掄刀進攻，猛然間旋身揮刀，橫砍敵項。李澤龍閃腰讓開，雙懷杖嘩啷一響，下打腳面，刁五福斜身跨步，往旁一竄，「怪蟒翻身」折回來，兩個人又對了盤。李澤龍的雙杖，如懶龍打滾滾上滾下，刁五福的刀，如長蛇吐信，卷後卷前，兩個人口說著客氣話，什麼是點到為止，依然是拚命進招，把兵刃使得呼呼生風，上下翻飛，人人都提出全副精神來，要把敵人毀倒在這二三百人的面前，做一個人前顯耀，一舉成名。雖然是替朋友拔闖，也是無形中給自己做臉，兩個人使盡招數，眨眼間，對拆了三十六七個照面。

那一邊，坐山雕刁四福，事不關心，關心則亂，已看出他這個族弟漸漸招數透慢，年輕人實在是把全力用得不勻。那快馬韓這一邊的人，都已看出李澤龍李武師，果然名不虛傳，把一對雙懷杖運用活了，而且氣脈延長，越打越似乎帶勁。又走過十來招，刁五福往李澤龍面門上，突然虛點

了一刀，故意詭招，有心冒險。然後一撐身，刀拖在右邊身旁，往前一拱腰，裝作敗走之勢，把一個後背，故意賣給敵人。李武師見敵人後防空虛，整個後背賣給自己了，哪還肯緩，嘩啷的一帶雙懷杖，掄圓了，照著刁五福後背，狠狠便砸。這雙懷杖用足了十成力，堪堪已然落在敵人身上。不妨這青眼雞刁五福新學了這一敗中取勝的險招，立即來一個「怪蟒翻身」，身隨刀轉，拖刀計，「探臂刺扎」，唰的施展出來，大喝一聲，就直點李武師的心窩，心中思謀看你哪裡跑？

這一刀又狠又快，金鏢李澤龍也是貪功心切，把一手雙懷杖招數用老了，再想變招閃避，哪還來得及？魏天佑等牧場群雄全都大吃一驚，有的失聲叫了一聲：「哎呀！」

哪料想，竟在這一髮千鈞之時，生死呼吸之際，李澤龍到底不愧老手，雖然貪功勾來險招，卻是武功純熟，善能救敗。

但見他往左一撐身，僅僅錯開半尺，刀鋒已到，閃開要害，沒閃開全身，唰的一下，翹尖七星刀滑左肋扎過去，登時血液流離。但在這已被刀傷之下，右手雙懷杖往上一提，唰的一下，兜在刁五福兵刃上，翹尖刀傷敵成功，餘勢難收，立刻的被兜起來，啪登一聲，飛起來兩三丈，才落下來，把他的虎口震裂。而且李澤龍左手的雙懷杖也已發出來，泰山蓋頂，直砸刁五福的頂門。刁五福才待一喜，刀已失手，方才駭然，敵杖已到，叫一聲：「哎呀！」拚命往旁一閃，也沒閃開。李武師左手雙懷杖整個地落在他的右肩頭，哼哼一聲砸了個骨折肩頹，晃一晃，栽倒在地，就地一滾，竄出圈外。李澤龍也挺身一竄，還想追敵，當不得血流如注，面目失色。早過來雙方的人，把兩人接過去救治。刁四福攙住了刁五福，杜興邦扶住了李澤龍，向掌竿的弟兄于二虎叫道：「快拿藥來！」

第十九章　衆馬師競顯身手

當雙雄決鬥時，兩邊的人全都聚在場中，注視自己的人的勝負。起初大家都以為刁五福必敗無疑，不意刁五福新學了這一招敗中取勝的施拖刀，居然先傷了李澤龍。李澤龍雖然一時大意，到底手疾眼快，居然在既敗之後，獲命救招，把敵人一條右臂打折，而且打飛了敵人的兵刃。若評判起來，只可說是兩敗俱傷，不能準說誰是略占先者。坐山雕刁四福卻十分掛勁，忙著給族弟治傷，定要下場，把這面子找回來。那邊牧場方面的人，一齊安慰李武師，李武師連說慚愧慚愧。幸虧他們預先帶著刀劍藥，由二虎取將出來，急忙遞給魏天佑，魏天佑親自給李澤龍敷治。刀傷左肋，有三寸許長一條口子，深有三四分，無怪乎血流很多，連皮肉都翻起來了。杜興邦幫助魏天佑，將藥粉按在血上，再用布條圍腰一纏。這種刀傷藥十分靈效，要是剛受傷，立即敷上，準能當時血止疼定。武師李澤龍咬牙忍痛，另有劉雍給他喝了一點硃砂定神散，向李澤龍說道：「李大哥是大意了，到底您的功夫熟，臨了還把小子毀一個不善，你看，你這傷不到半月準平復如初。那刁老五傷筋折骨，只怕接骨匠不現成，就許落了殘廢。」杜興邦也說：「至不濟這小子也得哼哼半個月，臨到一百天，你看吧，他的右臂完了。」大家儘管安慰，李澤龍仍然慚愧道：「韓家圍子的威名，算是教我給毀了。」魏天佑見他戚戚不已，深以失招為辱，忙親自鼓舞道：「這算得了什麼，比武決鬥，誰也保不定準贏，咱們是自己人，沒有什麼說的。若教您這樣看法，我前日被擒，我才是親手砸了韓家圍的牌匾的禍首呢。反正今天我們抱定決心，出死力和他們周旋，寧教人不在，也不教氣輸了。他們別看人多，也未必討得了好去。」

牧場武師群雄低議，飛豹子袁承烈只安慰了李澤龍幾句話，便去注意

敵人方面的動靜。他們雙方對陣比武，把空場子做了鬥場，他們恰好各據一邊長牆，牧場中人全在東，商家堡的人全在西。場子很大，彼此相望，個個扼腕抱肩，躍躍欲動。那刁四福已將族弟刁五福攙進大廳去了。土太歲姚方清依然立在場心，自以主人的資格，過來向魏天佑、袁承烈客氣了幾句話：「他們受傷的朋友，與其在這裡，不如請到敝堡客房中，去歇歇吧。」魏天佑忙道：「行行，姚當家不要客氣，我們不好太打擾了。我們受傷的人，打算暫時把他們送回去，堡主以為可以嗎？」土太歲姚方清陰死陽活地笑了一聲道：「魏場主怎的倒說出這話來？我們商家堡哪敢強留貴客？像諸位乃是快馬韓韓場主那邊來的人，來既自便，去也請自便，何必問我。」

　　魏天佑尚不知今日結局如何，犯不上和他抬槓，遂淡淡地說道：「既然堡主這樣講，我們暫將受傷的人送回。」剛要吩咐人送，姚方清忽然冷笑道：「這時就送，不似乎早一點嗎？依我看，索性再過一會兒，打總得做一趟送，豈不省事？」言外的意思，還有更多的人要受傷，即在眼前呢。魏天佑哼了一聲，答道：「但不知那位刁五爺的傷勢如何？敝場請著一位好外科先生，莫如把刁五爺也送到敝場，還有貴堡別位，也可以同去。」

　　兩個人互相譏諷，袁承烈忙過來說：「姚當家的，咱們且談正事，貴堡還有哪位，要指教弟等？」姚方清道：「我們早已預備好了人了。你們正忙著給李爺治傷，我就沒有顧得說。現在我們在下有幾位外邀的朋友，打算會一會諸位，尤其袁朋友，他們全要會會。」

　　說著，正要點名派人比量，突然由外面跑進來一個賊黨，來到姚方清面前報導：「報告當家的，現有虎林廳單掌開碑陸萬川陸三爺，帶著朋友到了，請當家的示下，是讓到老窯客廳，還是一徑請到這邊來？」土太歲姚方清一聞此報，臉上頓現喜容，隨向袁、魏二人抱拳道：「眾位請稍待，在下有幾位遠道過訪的朋友來到，我得去迎接迎接。他們幾位也全是咱們

道裡的人，我還要給諸位引見引見。」說罷，不待袁、魏答言，帶著身邊兩個黨羽緊行迎了出去。

工夫不大，土太歲姚方清從外面走進來，陪著高高矮矮十幾個壯漢。跟姚方清並肩走著、且行且談的，是一個面黑如鐵、滿臉亂蓬蓬鬍鬚、十分野相的怪漢，說話聲如破鑼，扇子面的身影，顯著十分猛勇。稍後一點的，是一個黃面瘦子，卻生著很凶的一雙暴眼。再後便是一群短打壯漢，一個個兇猛強捷，一望而知，絕不是尋常老百姓。看姚方清且談且笑，對待黑面怪漢，好似非常客氣，又像是十分廝熟的老朋友。滿面堆歡，一行人走上月臺。此時袁、魏二人全在月臺上，姚方清即向魏天佑、袁承烈引見道：「二位，我給你引見幾位朋友。這位是我們遼東道上的朋友，姓陸名叫萬川，有擊石為粉的鐵掌功夫。江湖人的弟兄們送了他一個外號，叫做單掌開碑，又叫做鐵掌陸。差不多我們遼東道上的朋友們，全都推崇他，稱他一聲老大哥。」陸萬川聽了，礚礚大笑，手搔頭皮道：「我們姚三哥不嘔我，誰會嘔我呢。我又不是什麼了不得的人物，我不過一個吃宋江的好老罷了。」

姚方清也哈哈一笑，手指袁、魏二人道：「這一位袁承烈袁爺，這一位魏天佑魏爺，他二位全是我的近鄰快馬韓手下的朋友。只因近日我們有點小交涉，要在今天，在此地做個交代。陸大哥趕來了，很好，你可以瞧瞧熱鬧。大概我們商家堡跟快馬韓韓家牧場的交扯，你陸大哥也聽說了。你們幾位都是道裡人，回頭你幫幫場。」

那黃臉瘦漢子，忽然口吐尖銳的聲音道：「這一位叫袁什麼烈？」姚方清道：「這位麼！這位叫袁承烈，怎麼著，二位從前有個認識嗎？」黃臉漢子不答，卻向率領來的人一點手，叫了一聲：「鄧老弟，你過來看看，這位可是你念叨過的那一位姓袁的嗎？」立刻從那七八個短衣壯漢群中，走出一人，赤臉肥軀，面有刀疤，直湊到袁承烈面前，盯了一盯。突然往後一退，到了姚方清和陸萬川二人的中間，這才說：「好好好！這一位袁爺，我早就

訪他，今天幸會，我可遇見你了。」對黃面漢子道：「倪六爺，你猜得不錯，正是這小子……我說，喂，姓袁的，我記得你從前報過萬兒，叫做什麼袁嘯風，又叫袁振武，怎麼今天又叫袁承烈了？還算不錯，你還沒有改姓，總算夠人物。」立刻雙手一拍，戟指著飛豹子，大聲說：「姓袁的，鄧二爺居然也有找著你的日子，咱們今天好好地清一清舊帳吧，夥計！」翻身又向陸萬川說：「那天跟咱們搗蛋的，就是這傢伙，陸大哥，今天瞧您的了。」

這黃面漢子，和這赤臉有疤的人，這麼一鬧，袁承烈不由愕然，魏天佑也是一愣。齊看此人，素不相識，袁承烈想而又想，忽然想起來了，湊上一步，注目細認，此人是在左眉靠鬢處，有一塊很深的刀疤，連眉毛都中斷了。身子骨又肥又矮，活像油簍。穿一身短打，把一件長衣服搭在胳臂上，十足透出匪氣。魏天佑望著袁承烈，目露疑問：「這是何人？」飛豹子袁承烈和這人回目對睨，已然想起這個人名叫火鷂子鄧熊，哦，他正是虎林廳的一個賭棍。又一想，想起當年飛豹子隻身一人，初闖關東，正是跟此人結了仇，才把自己支使得東跑西奔。袁承烈也不覺怒罵道：「好東西，原來是你呀！我也正要找你！」

原來飛豹子隻身闖蕩，在虎林廳，曾經遇見過一群土匪毆打姓孫的兩個皮貨商。姓孫的兒子，販貨到了虎林廳，被賭棍誘入賭局，一場腥賭，輸了一千多兩。終被孫某看破，不禁罵了出來，說了幾句威嚇的話。哪知賭徒暗與地方勾結，聽孫某的口氣，似要歸官涉訟，控告他們騙財，他們先下手為強，把孫某打了一頓。孫某的父親趕到，也被凶毆。這件事恰被袁承烈目睹，不禁起了不忿之心，上前勸解，一言不合，飛豹子把賭棍捨命周七打了，捨命周七忙回去呼援，把這火鷂子鄧熊勾來，二人合謀，竟趕追得飛豹子在店中存身不住。那孫某父子吃了大虧，也被賭徒監視，雇不著車，回不了家。飛豹子為此大鬧賭局，把火鷂子鄧熊擒住，當時折了他一個口服心不服。

飛豹子這才救人救徹，一力擔承，把孫某父子送出虎林廳。殊不知火鷂子鄧熊在此地頗有勢力，他本人雖差，他還有領袖，就是這單掌開碑陸萬川，在當地是數一數二吃腥飯的人物。如今無端被外鄉人拆了牌區，焉肯甘休？偏偏出事時，陸萬川已然出門，未在虎林廳。遂由捨命周七，與火鷂子鄧熊，把當地的捕頭尋來，請吃酒，遞錢財，三人嘀咕了一個下晚，打定主意，要把飛豹子當作匪類，抓入官廳，先打他一頓，再拘他一兩日，借此出出氣，並且維持賭局的威力。飛豹子是一個孤行客，平白的惹了這場麻煩，果然落了世俗那句話，強龍不壓地頭蛇，當下頗吃眼前虧，可是話又說回來，那天賭棍打人的情形，也真令人不忍目睹。飛豹子奮不顧身，把孫家父子救了，他自己的行蹤，到底被賭棍監視住，由一個姓杜的班頭，帶領夥計，作為查店，找到飛豹子，三言兩語，認為形跡可疑，立刻由店中抓他上衙門。

袁承烈是機警人物，登時明白自己是何處受了病，向官役放出幾句外場話，竟不遲疑，跟著他們走：「你們教我上哪裡我就上哪裡，我絕不規避。」他想，他自己沒有私弊，也不怕他們，豈知一到虎林廳，過起堂來，廳上的官府偏聽一面之詞，又暗中受過賭局的賄賂，遂要上刑先打，袁承烈跪在堂上，一看蟒鞭，若真打在身上，便要吃大虧，恐不能生出虎林廳。他竟一怒，陡然躍起身來，把鎖鏈一抖，照管役打去，立拔身飛上房逃走，由此被馬兵追逐，才遇上了人魔焦煥。

現在事隔數年，不想與這火鷂子鄧熊遇上了。這鄧熊出面一認，回手一招，那單掌陸萬川哦了一聲，忙指著飛豹子，問鄧熊道：「這人就是那個姓袁的嗎？」鄧熊本是飛豹子手下敗將，今天有恃無恐，大聲說：「就是那小子，拆了骨頭拔了毛，我也認得他。」湊上一步，屬聲叫陣道：「袁朋友咱們今天見面了。咱們的老帳今天可要算算。」又對土太歲姚方清道：「這位袁某，我們跟他有交代。我剛才認了半天，方才認出來。相好的，

咱們下場子說話。」

　　飛豹子發怒道：「姓鄧的，你少要張牙舞爪，你本是袁二爺手下的敗將，你還想呲毛？你敢跟我再來來嗎？你不許教別人給你替死，你放出狼煙大話，我只要你本人下場。」飛豹子叫得真夠板眼，火鷂子鄧熊吹了一氣大話，其實是在人前逞威，他還是要請他們領袖單掌開碑陸萬川替他鬥一鬥。他卻裝得活靈活現，居然抄兵刃，要鬥雪前仇似的。那單掌開碑陸萬川立刻接了聲，往前一橫身，說道：「且慢，袁朋友，我聽我們這位鄧弟兄，久已講究過閣下的行藏，我早要找你。你趁我沒在家，到我們虎林廳寶局中，胡攪了一頓。你又大鬧廳衙，作奸犯法。我為了我自己的生意，更替官面上追捕要犯，久已抱定決心，要找你有一番交涉，可惜陸三爺的家務事分了心，沒有工夫趕一隻野貓。今天好了，你又跑到我們姚哥們這兒賣起字號來了。姚哥們想必又礙了你的事了，你倒想充好漢，到處呲毛。無奈我們遼東道上，還有一兩個人物，由打我這裡說起，我要打發你老兄回老家。你何必找我們鄧爺，夥計……」說著一指鼻頭，面橫殺氣道：「你趁早衝著我陸老三來。」隨一轉身，甩脫長衫，討過兵刃，催逼袁承烈跟他下場。

　　當這陸萬川、鄧熊大聲大氣宣布飛豹子的罪狀和前仇時，牧場群雄都留神聽著。因為飛豹子袁承烈隻身投效，大展身手，這些馬師武師自然全很佩服他，只是對於他的來路，袁既諱言，眾人也不好追問，人家是剛到牧場，便立了奇功的人，群雄只有欽仰，未便多疑，可是人人心中都懷著疑團，正不曉得袁承烈從前是哪一宗派的武師，也不知他以往做了些什麼事業。據袁承烈說，只聽口氣，好像新到關東不久，從前是在關裡混，現在，在牧場和商家堡雙方決鬥之時，袁承烈忽然遇上舊仇人，這仇人又是虎林廳的人物，那麼袁承烈從前一定到過虎林廳了，他卻不曾明說過。牧野群雄此時全想從陸、鄧口中，聽聽飛豹子當年的行為。陸、鄧二人一口一聲詆毀飛豹子，牧場中人自魏天佑以下，都側耳諦聽，初疑飛豹子必然

做過殺人越貨，戕仇避禍的事，所以才諱言身世。但等到鄧熊再往深處講，才覺得不是，飛豹子大概是擾過他們的賭局，魏天佑還在留神欲聽下文，飛豹子是個心思很快的人，登時覺出這一點，向魏天佑瞥了一眼，又向敵人瞪了一眼，立刻拿話頂上去，無形中是替自己闢謠。

飛豹子厲聲叫道：「陸某人，你就是在虎林廳開寶局，施腥賭，傾害良民，糾眾毆打皮貨商的那位局頭啊！我久仰久仰的了，朋友，你接娼包賭，這也是江湖上人物幹的？你們可是做得稀奇，既然合夥通謀，把一個老實商人騙了，你們還不依不饒，要打折人家的腿，不教人家生還故鄉，連人家的老父也幾乎打死。你們這舉動比合字還不好，你血口噴人，硬說我姓袁的作奸犯科，大鬧官廳，你怎麼不說，你們勾通惡吏，要把我誣良為盜？你們在拳腳上敵不住袁二爺，你們就借仗官勢，想扣留我。姓袁的別說沒犯法，我就是犯了法，也是被你們一群賭棍，買囑了惡吏貪官，施展丟包計，故意地拖我進入你們的圈套。你們卻瞎了眼，你們竟不知你袁二爺素常不吃這一套。相好的，你當著大庭廣眾，你誣衊我鬧官衙，你們怎的不說，你們花了多少錢，才買得貪官汙吏受你支使？陸三爺你手下這姓鄧的所作所為，你曉得不曉得？你若曉得，你就是下三濫，你若不曉得，你就是渾蛋。光棍漢子只憑粗手臂，在賭場娼窯賣味，那也是活人幹的。唯有你們這一夥，比這個還不好。你們挨了打，按照江湖道，應該一聲不哼，躺在地上賣打，這才是叫得起字號的人，你們這位鄧夥計卻不然了，跟我比拳，比不過了，就跑；跑不開，挨了揍，就爺爺奶奶地叫，什麼好聽的話都央告出來了。等到袁二爺手下留情，放他得了活命，他若是另請高明，替他來拔闖，這也是道裡朋友的常行。哪知他不然，他倒買囑了班頭捕快，要把我拉入牢獄，呸，別不要臉了，這叫什麼江湖？」

袁承烈也大聲宣布對頭的醜態，對頭也大聲吆喝，陸萬川聽著太不像話，立刻向袁承烈點手道：「朋友不必瞎吵了，我們下場子，拿拳頭刀把

子說話，準比口舌講的空話響亮，來來來！走！」

飛豹子立即甩衣束帶，把一柄鋼刀索過。想了一想，復又把刀遞給杜興邦，轉問陸萬川：「朋友，我們是過拳腳，還是過兵刃？」陸萬川眼光往四面一看，兩邊的群雄正都盯著他們，遂厲聲說：「我們鄧夥計是從拳腳上輸給你閣下的，我們當然還從拳腳上找。等著我請教完你老兄的拳術，我再向你討教刀法。」袁承烈道：「好好好！」兩個人立即奔到場子。

這時牧場的武師黃震，忙從人群中闖出來，奔過去道：「且慢。」轉向姚方清道：「我們袁師傅，和我們魏當家的，乃是我們一夥的領袖，說句老實話吧，他魏、袁二位得跟貴窯出頭露面的人對手，才能相當。這位陸爺，跟在下倒有點舊過節，我不量力，要陪陸爺走兩趟。」這話有點侮人太甚，單掌開碑陸萬川猛然一轉身，把黃震上下打量了一眼，仰面大笑道：「你老兄看我不配嗎？我倒不知這位袁二爺是你們的領袖，他是你們的領袖，可不是我們的領袖，我總不能說是犯上作亂。你閣下要先跟我動手，你不要忙，等一會兒我一定奉陪，不過我倒要請教，你閣下從前跟我有過節，怎麼我不認識你呀？」

黃震笑道：「陸爺，你真是貴人多忘事，你還記得當年在殺虎口胡家牧場，被你擾散營業的那位胡四爺嗎？他就是在下的盟兄。我為了換帖的義氣，久想找尋你老，總未得其便。今天你我也算故人相逢，你別找袁爺算舊帳，你先跟我姓黃的敘敘舊情吧。」

眾人一聽，這二位又是有前碴的了。飛豹子袁承烈此時已然下場，和陸萬川對面而立，黃震跑過來，站在二人中間，捋手臂，挽袖子，就要打上來。飛豹子已知黃震的用意，是要替自己先擋一陣，考一考陸某的能為。飛豹子心中十分感激，因為大敵當前，自己倒是應該最後動手才好。但是他們牧場的打算，商家堡的人已然看出來，在姚方清邀來的朋友中，也有兩個人，要下場來鬥黃震。那陸萬川帶來的人，有一個黑臉愣漢子，

早一聲不響、撲到黃震背後，厲聲喝道：「你要鬥我們陸當家的，你還差點！」嗖的一拳，照黃震一翻身，剛要招架，袁承烈早搶上一步，從斜刺裡一探手，把那人手腕刁住。陸萬川大怒，把身子一轉，突然踢出一腳，照飛豹子肋下踹去，飛豹子忙使力一帶，把那愣漢掄到一邊，就勢一閃，又一撲，奔了陸萬川。黃震這時也奔了陸萬川，那個愣漢凝身站定，猛轉身就來打袁承烈，黃震看見了，急忙把他擋住。四個人一齊動了手，魏天佑、姚方清慌忙奔下尺臺，把兩邊勸住。袁承烈和陸萬川，為保持身分，全都哈哈一笑地退回，場子裡只留下愣漢和黃震比拳。這個愣漢名叫房紀文，也是虎林廳的賭局的打手。飛豹子鬥賭局的時候，他正跟陸萬川出門。現在他安心要撂倒黃震，教火鷂子鄧熊看著自己的能為。黃震志在鬥陸萬川，既已下場，把房紀文看了看，發出冷笑道：「你閣下倒會打冷拳，來吧，咱們明打打。」說一個明打，猛烈發出一拳，直擊踢人面門，拳勢很猛，卻是假招子，虛晃一下。房紀文應招還招，把身子一側，刷的踢出一腿。黃震立即閃開了，展開六合拳，容得房紀文收招改式，打出一拳，便微微一錯身，左手把敵掌一撥，右手「惡虎掏心」，還擊出去。這房紀文往左一閃，身子偏一偏，又是一腿，原來他會的是一套潭腿，黃震旋身一轉，繞到敵人背後，也登的踢出一腿，直蹴敵人後腿彎。房紀文忙翻身，探手一抄，黃震早把招收了回去。他這一收招，房紀文跟蹤而上，左手掌虛往外一領，右手往上一遞，刷的一手「龍探爪」，像紅蘿蔔的二指，條向黃武師面門兩眼點下去，咬牙切齒，好像準能點上。

　　黃震微微一頓，身軀往外一跨，左掌忙往外一掛，右掌嗖的斫上去。房紀文疾將招收回，左掌就勢也一掄，突然反砍，照黃震的右手腕狠切下去。黃震把右腕衛縮，左掌猛然搗出來，身隨拳進，整個身子直抵敵人懷內。房紀文吃了一驚，趕緊收招，往回撤退。仍沒有忘了他的潭腿，稍稍地騰出腳步來，他又嗖的蹴起一腿，直登黃震的小腹。黃震大喝了一聲：

「呔！」快如飄風，旋轉身來，竟又抹到敵人後背，「金蜂戲蕊」，直擊房紀文的後心。房紀文一腿踢空，身子往前一沖，又往前一掙，剛要轉身救招，立時發招。黃震哈哈一笑，刷刷刷，驟如驚雹，連發出七八拳，把個房紀文打得手忙腳亂，連自己最得意的潭腿也來不及施展。商家堡的人看得明白，不由咧嘴，這樣身手，何必出來現世？單掌開碑陸萬川也很掛火，恨不得奔過去，把他換回。卻是時不及待，房紀文越打越沒有還手的力量，竟被黃震趕得連連倒退，一面退，一面吃喊，罵罵咧咧。黃震卻一聲不響，愈逼愈急。忽然間，房紀文又抓著一個機會，好容易立穩腳步，把他的潭腿又施展出來，卻被黃震唰一轉，又撲到房紀文的後路。這一回定要把房紀文放倒，直容他一腳踢了出去，只剩了單腿立地，黃震立刻下絕情用一招「進步雙推」狠狠地平出雙掌，照房紀文後心一拍，喝一聲：「倒下！」撲登一聲，房紀文乖乖地栽倒地上了，一個狗吃屎，背朝上，臉朝下，全場譁然，不但牧場中人喝彩，連商家堡的人也叫起好來。

　　武師黃震這才停手，往旁一退，面對月臺，說道：「承教，承教。我說，還是陸爺下來吧。」陸萬川恨叫了一聲：「老房太不像話。」正要下場，不妨房紀文滾身而起突然的一摸腰，把衣襟底下纏帶著的繩鞭解下來如受傷猛虎似的，照黃震撲來。揚手一鞭，直攻要害。

　　房紀文負怒含愧，簡直要拚命。黃震寸鐵未帶，連連躲閃。全場人一聲吃喝：「別傻，別傻！」商家堡的人乾喊沒人過來攔，牧場中怒惱了武師季玉川。立刻抄起一把刀，如飛趕到，讓過了赤手空拳的黃震，把房紀文擋住。房紀文不管三七二十一，把繩鞭沒頭沒腦地就照季玉川打來。季玉川展開八卦刀法，和這條繩鞭相打，姚方清這才緩步過來，把房紀文喚住。魏天佑也走下來，向黃震大聲道辛苦，向季玉川大聲笑道：「季師傅，你著什麼急，你教這位房爺打一頓，也好轉面子啊。」姚方清哼道：「勝敗乃是常事。魏師傅先別得意，你不要忘了五天前那場笑話。」飛豹子忙道：「姚當家的，我們

不必多費話，咱們把比武的事，應該規定一下。既要過拳，就不可動刀。咱們到底是幾陣見輸贏，我也要聽聽您的意見。只要閣下劃出道來，我們牧場的人一定奉陪，不過這事情得有理有面，不能亂來。」

飛豹子這樣說著，姚方清那邊的人，嘩成一片，都因為連比數場，雖然互有勝負，可是算起來，終是牧場搶了上風。那坐山雕刁四福因五弟吃了虧恨不得立即跟牧場中人狠鬥一下，把面子找回，那單掌開碑陸萬川，也因房紀文給他扭了臉，也要親自下來找場。你爭先，我先搶鬥，亂成一團，又同是來賓，姚方清也不好強阻。再看人家牧場，卻有條有理，一點不亂，此刻正冷笑著，看自己這邊人搗亂，姚方清心中很不得勁。本來是一群馬賊，焉有紀律？快馬韓的人，都是拿軍隊紀律來約束馬師，故此就顯得整齊。亂了一陣，姚方清十分生氣，此時商家堡邀來的賓客，也出來一人，認為太不像話。此人名叫單宏德，年約四十來歲，自然也是江湖中人，本與張開甲是同鄉，二人卻是誰也不服誰。當下把姚方清和幾個要緊人物，調到一邊，私下說道：「咱們的人太顯亂了。我是關裡人，我們關裡耍手臂的人，要是起了械鬥，總由雙方推舉中證，預先定規好了，是幾陣見輸贏，比完了，輸的就得聽憑贏的劃道。或者讓碼頭，或者請客賠禮，那全在當時當面講定了，我看你們兩家的事早該在事先商定，再行動手不遲。剛才有張開甲張爺，他一個人大包大攬，我也不好說什麼。現在他老人家賭氣走了，姚當家的，你得估量一下，料敵行事。若看出勝敗準有把握，趁早和韓家牧場講好，或是五陣見勝負，或是十陣，都可以隨便，反正不能亂打一鍋粥。或者是單打獨鬥，或者亮起陣勢來，來一個群毆。那都使得，姚當家的，你自己揣摩揣摩。」

這單宏德把商家堡群豪調到一邊，說了這些話。姚方清很以為然，皺眉道：「我們原先預備的也就是這樣，先單打獨鬥，比拳之後再比兵刃，如能取勝，當然很好。若不能取勝，我這裡預備好了，就要跟他們牧場決一

死戰來一個群毆。不意還未容我們講出口來，張開甲張老英雄就跟姓袁的翻了臉，一點眉目沒講好，就一個挨一個地亂打起來；又都是我姚方清紅書大柬請來的朋友！我能攔誰呢？」單宏德道：「那不要緊，姚大哥可以從來賓中，推舉出幾個居間的人物來，由來賓約束來賓，就不落包涵了。」

姚方清頗以為然，向單宏德說：「得了，我還用推舉別人嗎？我們就煩老兄多多幫忙，給我們做個居間人好了。對付牧場，約束來賓，這全仰仗你老兄一個人了。」單宏德哈哈一笑道：「我這叫自找麻煩，咱們自己哥們，我也義不容辭，不過只我一個人不行，得再推出兩位來，由兩位約束到場幫拳的賓朋，由一位專對付牧場。和他們好裡好面，骨子裡只管較勁，表面人家來此就是客，我們不可跟他們對吵。」

當下急急私議停當，張開甲已去，別人都肯出頭了。張開甲本領只管不濟，在松嶺久負盛名，徒弟很多，大家都尊他為長者，他又好喜這個，事事慣搶上風。現在他栽了跟頭，一怒而去，來賓中你推我，我推你，又舉出兩個人來。一位是寧古塔的大馬金刀程三婁，一位是八棵樹的虎頭旺子施金林。仍由單宏德，陪同姚方清，向牧場提出條件。至於陸萬川、刁四福，也由程、施二人勸住，請他二位少安毋躁，我們挨著次序和牧場中人算帳，不必搶先，反正輪得上。

單宏德就陪同姚方清，向牧場定規決鬥的步驟。牧場中仍由魏天佑和飛豹子袁承烈二人出頭，見對方推出中間人，他們也從外請的幫手中，推舉出顧憲文、褚永年二位，作為居間人。說來也可笑，雙方見面就吵，吵著就動手。打了一陣，這才重新講究比武辦法。中間人替雙方說了一回，定規下單打獨鬥，先比拳，後比兵刃一共六次，然後會起來，結隊的鬥三次。結隊比鬥，並非群毆，也是雙方配好了人數，再行決鬥。

第二十章　戴崇俠折服銀槍

　　中間人議定，姚方清、魏天佑立即向自己人宣布。大家聽了，個個摩拳擦掌，躍躍欲動，都要搶先。牧場中人來的是客，先由他們派人，魏天佑和袁承烈低聲議論，先推季玉川上場。季玉川大喜，走到場心，把腰帶一緊，腳上早換好灑鞋，登了一登，向大馬金刀程三爨和單宏德說：「在下是韓家牧場的一個小夥計，我學了幾手拙拳，要請商家堡的賓朋貴友賜教。我身上寸鐵不拿，我絕不施暗算。你們哪一位肯來指教？」

　　話剛說完，刁四福一肚皮氣怒，不擇人而施，大叫一聲道：「在下奉陪。」單宏德、姚方清忙說：「您先等一等，這還得請您接後場呢。」姚方清向自己這邊尋看，有一位名叫謝夢同的，乃是姚方清手下的頭目，上前告奮勇，要與季玉川動手。姚方清看了看二人的體力，說道：「謝老弟，你多小心，我聽說姓季的會一手劈掛掌，你別教他刁住腕子。」謝夢同道：「當家的看著吧。」一躍身，撲到季玉川面前，雙手一抱道：「季師傅，在下先請教您一兩招。」季玉川道：「不要客氣，請您發招。」謝夢同突然喝道：「有僭了！」猛上一步嗖地打出一拳，迅雷不及掩耳，奇快無比。季玉川既已下場，焉能不防備，急急的一閃身，道一聲：「慢來，慢來！」把左掌硬往上一抬，給他一個硬架。右手「金龍探爪」，唰的向謝夢同面門抓去。謝夢同急掣回手來，雙臂一分一隔，左臂推開敵招，右臂照季玉川胸坎搗去。季玉川果然施展劈掛掌，先將左臂往外一掛，右手立即來拿謝夢同的左手腕子。謝夢同慌忙退一步，季玉川疾往前趕了一步，右手一取面門。季玉川突然一伏腰，直撲過來，雙掌平分秋色，照謝夢同雙肋直搗下去。謝夢同大脫袍，忙往左一旋身，季玉川一招緊跟一招，把劈掛掌施展開來，左劈右掛，右劈左掛，一招緊接一招，謝夢同應接不遑，猝然

279

間他也劈出一掌，竟被季玉川就手拿住，使勁一扣脈門，往回一帶，往外一擰。謝夢同還想爭奪，卻已身不由己。要擰轉過來，那一來，勢必將後背賣給敵人，他不肯吃這虧，忙將左臂橫著一插，把季玉川的招隔開，咬牙大叫了一聲，運用全身氣力，努力往回一掙。這可就上當了，季玉川正要如此，猛然鬆手往外一送，就勢一推。謝夢同本使出十二分氣力，往回硬掙，季玉川卻借勁送勁，用了個八成力順勢一擦，謝夢同登時受了二十分力量的打擊，撲登一聲，仰面就倒。卻在要倒未倒之際，身子斜著往旁一揮，便斜插楊柳式，栽倒在地上了。多虧這斜著一掙，把力量破解了不少，因此沒有十分摔實，身才沾地，就地一挺，霍然躥起來。大愧之下，怪叫一聲，又撲奔季玉川，還要接著打。

牧場中證人，顧憲文慌忙上前攔阻，商家堡的單宏德也忙過來相勸，說道：「謝哥們，輸贏是小事，咱們還有下場呢。你過來歇歇吧。」謝夢同十分不得勁，退了回去。姚方清更是不悅，想不到第一陣就輸了。忙轉身向眾人詢問：「哪位接第二場？」

坐山雕刁四福昂然過來道：「姚大哥，我已然看過他們的來派了，這一場我一定要跟他們鬥鬥。」姚方清道：「既然如此，刁四哥你多多小心，你不比他們，可是栽不得的，你還得替小弟助末陣呢。」刁四福也不言語，氣昂昂走到空場中心，向飛豹子袁承烈叫陣道：「前日夜間，你閣下到我們敝窯露了一手，其實在下早知貴客臨門。咱們旁的話不用說了，我今天一定要補你的前情。袁朋友，請你下來吧。」飛豹子袁承烈答應了一聲，說道：「好極了！」牧場別位武師急說道：「袁師傅，你等一等，這人是坐山雕，有名的馬賊，不大好鬥。待我下去一，您再接我的後手。」說這話的乃是武師劉雍。但劉雍實不是刁四福的敵手，那外邀的武師，以戴崇俠武功最好。魏天佑向戴崇俠作了個揖，剛要說話，戴崇俠已然明白了，說道：「我去會會這位刁老四。」剛剛緊一緊腰帶，登一登腳下的鞋，

那牧場的劉雍早已一個箭步，躥到刁四福的面前了。

劉雍直抵坐山雕面前，抱拳說道：「刁寨主，在下山東歷城縣劉雍，要在您面前獻醜。」劉雍是五矮身材，刁四福是大高個，二人一比，好似羊比駱駝。但劉雍昂然不怯，心中似操有十成的勝券似的。坐山雕刁四福低頭看他一眼，微微冷笑道：「劉師傅，我們也久仰大名，你在韓家場也有年了。但是在下要想會一會姓袁的，你我回頭再比，怎麼樣？」劉雍笑道：「我已然出來了，你叫我回去，我豈不丟人呢？我絕不敢與刁寨主比試，我不過求教罷了。你把我打敗，我再換我們袁師傅，也未嘗不可。」刁四福道：「那麼一說，你不成了替袁某人道的小跑了？」劉雍笑道：「好說你老，我在韓家場，本來就是小跑。我倒不怕人嘲笑。刁當家的，咱們別說閒話了，開招吧。」小矮個一跳，唰的劈面一掌。

刁四福看不起劉雍，冷不防挨了這一掌，不禁倒退一步，雙掌一封，立即開招。忍不住怒斥道：「你這是什麼規矩？」劉雍笑道：「我這是小跑的規矩。小跑還有什麼講究不成？」兩人登時打起來。兩下一湊，踢腿揮拳，一來一往，只聽得噼噼啪啪一片響亮。兩人的身手都很快，躥進跳縱，閃轉騰挪，躥高伏下，左一掌，右一腿，居然打得風雨不透。飛豹子袁承烈在旁望著，暗暗佩服，原來這劉師傅身量雖矮，技擊倒很有兩手。只是比起刁四福來，人家總是身大力不虧，劉雍吃虧身材太矮，有點摳不著敵人的要害。但劉雍也有取巧的地方，行起拳來，連走下三路，倒把刁四福逗得彎著腰來對付他。刁四福身高臂長，拳招發出來，能夠及遠；劉雍胳臂短，身子矮，未免顯得吃力。二人連走數十招，劉雍雖是左閃右避，避實搗虛。魏天佑看在眼內，對袁承烈說：「工夫大了，劉哥們勢必落敗。」他打算親自下場，把劉雍換回。只恐臨敵換人，對方必要說閒話，袁承烈把魏天佑勸住，說道：「稍候一會兒，還是在下下去。」

說話間，二人又走了十幾招。刁四福手法忽然一變，放開門戶，嗖嗖

嗖，一連六七拳，倏攻倏守忽左忽右，左插花，右插花，摟頭蓋頂，追肋搗胸，如旋風般，這邊一個劉雍一見這情形，突然往地上一栽，施展開他的燕青十八翻地躺招來。在沙土地上，骨骨碌碌，兩肘腰胯著地，兩腿上登，滿地上一陣亂翻。刁四福拳術很高，偏偏沒跟地躺招交過陣仗，眼看要取勝，到了這時，反倒吃了虧。大腿上連被劉雍踢了兩下。不禁大怒，把本身羅漢拳收起，忙換了猴拳八大拿，把長方身軀彎下來，屈伸兩臂，俯抓敵人。他這裡左一腿，右一腿。起初劉雍連踢敵人數下，無奈這地躺拳不能持久，實在太費氣力。劉雍把他的燕青十八翻使完，還沒有把敵人踢倒在地，忙忙地往外一翻，突然立起身來。雙足一頓，往旁一竄，刁四福喝道：「哪裡走？」一個箭步，追趕上前，兩人重又過起拳招來。小個子劉雍往外一敗，把後背交給敵人，容得刁四福追到，陡然旋身，施展出他的絕招，玉環步鴛鴦飛腳，把腰一撐，嗖的踢出一腿來。刁四福恰恰沖到，這一腿直踢到面門。刁四福急忙往旁一閃，伸手一撈。不妨劉雍這一腿剛飛起，倏又收回，早將那條腿飛踢出來，整踢中刁四福。刁四福身子歪了歪，就手一撈，竟把劉雍的腿腕捉住。大喝一聲，用盡平生的力，往起一掄，這一下心想定把劉雍掄個半死。哪知劉雍身輕如葉，腿被敵人捉住，心知不好，就趁敵人一掄之力，借勁使勁，腰眼用力，猛往起一挺，唰的如飛箭一般，把自己的身子直射出去，輕輕地往下一飄，剛剛及地，刁四福翻眼望見，大吼一聲，撲過來，一個腕子腳，這才把劉雍剛剛躍起的身子，重新踢倒。

全場登時起了一陣嘩噪，人人叫好。

小個子劉雍滿面通紅，一躍而起，頗覺難為情。杜興邦趕緊過來，好言相慰，魏天佑和飛豹子袁承烈也同聲勸說：「劉師傅多辛苦了。」飛豹子更特意表說：「劉師父是有意替小弟餵招，我先謝謝您。您是吃虧身量矮點。」劉雍搖頭道：「總是在下學藝不精，把式場中焉能較論個頭高矮？反

正是我丟人罷了。」魏天佑說道：「等一會兒，我們還要過兵刃呢，我們還要看劉師傅的兵刃，一定能找回場來。人人都知道拚命劉的鎖子鞭帶單刀，在牧場數一數二。咱們拳上輸了，在刀上找。」

商家堡那邊，都吐了一口氣，覺得刁四福一戰而勝，這回面子不小。刁四福也洋洋得意，向人們說：「一個小逬豆，勝之不武，諸位別捧我了。我的心意，是要跟姓袁的叮噹兩下，我才心滿意足。」遂轉向牧場叫陣，點名請飛豹子下來。雙方的中間人忙說：「刁當家當先歇一歇，這一回該著牧場的人上了。」

牧場的人果然照約定的辦法，推出一個人來，此人正是戴崇俠，乃是魏天佑由近鄰何延松家請來的護院武師，有名的好拳腳，曾以一人一手之力，打散六個馬賊。戴崇俠慨然出場，向單宏德、姚方清報了名，然後說：「在下乃是局外人，這次我們東家，為了朋友義氣，派我來給你們兩家了事。不意今天竟動起手來，動手也好，彼此研究研究武學，只是不必拚命，咱們點到為止好了。哪一位英雄來指教在下？」

商家堡的二當家蔡占江說道：「大哥，我去會會此人，此人是何家圍子的護院頭兒，何家倚重他，好像祖師爺似的，只怕他也跟……」低聲道：「只怕他也跟張開甲一樣，總自覺了不得，倚老賣老，十九也是糠貨。我要過去，把他的糠掀出來。」

蔡占江說著，背後有人接了聲：「嗐，蔡當家的咱們要朋友幹什麼？你們哥倆乃是事主，人家派出朋友來，咱們也有朋友啊。姚大哥，小弟羅信要會會這個戴什麼俠，我要看看人家是怎樣的俠法。」

此人乃是雙頭寨的二當家，白馬銀槍羅信。他的外號是抄襲白馬銀槍小羅成羅士信。他的長相卻活活氣死張飛，更不用說羅成了。這位羅信羅寨主生得白慘慘一副驢臉，連眉毛都是白的，臉上長著白癜風，左腮還有巨疽，像是誰把一個熱煤球丟在他臉上，所以才燙出核桃大這樣一塊赤紅

疤。兩眼離離即即的，嘴角也歪。他慣使的兵刃是槍，他騎的是一匹良駒，狼掏腔的白馬。他會的是醉八仙拳和花拳。武功可觀，為人狠辣；不知是何人跟他開玩笑，送了這麼名不副實的挖苦外號。

這白馬銀槍羅信取得了中證人的同意，搶到場中，向戴崇俠叫道：「戴俠客請了，我羅信要陪您走幾趟八仙拳，不知您拿什麼拳來賜教？咱爺們可以好好打一打，我一生最佩服俠客。」

戴崇俠一聽，心中慍怒，忙打量對手，反唇相譏道：「原來是雙頭寨的羅寨主也到了。在下只是混飯吃的把式匠，說什麼俠客，活狗腿罷了，久仰白馬銀槍小羅成的威名，今天有緣，得以請教您的拳招，我倒不知羅家拳也很高，您就露兩手吧。」

兩人立即開招，戴崇俠恨羅信出言冷誚，手下絕不留情，展開了自己的拳學。戴崇俠今年四十二三歲，正在年富力強之時，一向擅會八卦游身拳，也頗精外家拳，他把兩家拳冶為一爐，他行拳向以剛猛迅捷著稱，偏偏這羅信的醉八仙拳，招數也很迅快，東倒西歪似的，亂晃亂扭。戴崇俠卻忽前忽後，亂繞，兩個人在場中一開招，把人看花子眼，只看見二人亂轉，看不清誰是攻，誰是守，飛豹子不由側目，想不到這個面貌不揚的漢子，也會這麼好的功夫，素知關外英雄，以弓馬擅長，原來也頗有好拳家。卻是戴崇俠畢竟名不虛傳。兩人才一接手，戴崇俠就隨隨便便搶了先招，如電光石火般，唰唰唰，連攻十數招，羅信應招還招，也展開心得招數，兩人都把門戶封閉得嚴緊無間，一來一往，儘管亂竄卻步法分毫不亂，居然誰也沒有遞進招去。

鬥夠四五十個照面，戴崇俠臉上掛著勁，暗中已將敵招探明。忽然一頓足，雙臂上下揮動，腳步一前一後，只聽得噼噼啪啪，一陣亂響，把全盤武功都施展出來。臂如穿梭，拳似流星，腳步身法如驟雨驚風，翻翻滾滾，兩個人直打得如火如荼，難分難解。陡然間戴崇俠捉住了敵人一隻

手，剛剛的一擰，要往懷裡帶，忽然間，羅信救招上攻，探二指直點敵人雙瞳，戴崇俠急忙地還掌自救，羅信趁勢奪回了手腕，陡然間，羅信抓住敵肩，扣住衣衫。忽然間戴崇俠橫臂一格，「惡虎掏心」，猛擊敵人，好像是攻取，實在是自救。羅信也已看破，可是自己不能不鬆手，這「惡虎掏心」真真假假，虛虛實實，你若貪功，不肯撒手，這一拳打中心坎，勢必吐血。於是白馬銀槍羅信好容易捉著這一手，又不得已放棄了，把抓肩頭的一手一放，回來橫著一格，這才把戴崇俠當心這一掌破開。戴崇俠救敗轉勝忙著應招續招，唰的又搗出一拳。羅信閃招避招，唰的往旁一跳，不等敵到，抹轉來，猛攻敵人的後路。戴崇俠防到這一招，倏然的一伏腰，貼地一轉，嗖的一個掃堂腿，照準敵人下盤橫掃過去。

全場登時哄然叫險，叫妙。叫險的是商家堡中人，叫妙的是牧場群雄。敵人之險，正是自己之妙。妙字才落聲，場中砰的一聲，全場數百對眼珠全凝神盯視，認為這兩人逢著對手，打得最凶，戴崇俠一個掃堂腿，羅信立即來一個旱地拔蔥，往上一躍，戴崇俠的掃堂腿空掃過去了。白馬銀槍羅信雙臂外張像飛鳥似的才往下一落，不意腳才著地，戴崇俠使的是連環腿，這一腿貼地剛過，雙手點地，那一腿唰的又橫掃過來。躲得開頭一招，躲不開第二招，連環腿實在難對付。

眾人一驚，這時就看出功夫來了。羅信起初貪功，才被敵人轉守為攻，此刻他便料到敵人必定有此一招，眼看他被敵人掃著，他竟腳尖一頓地，刻不容緩，唰的斜躍出去。如箭脫弦，躍出一丈以外，免不得跟跟蹌蹌，栽出數步；忽然金雞獨立，居然凝身立住，慘白的臉不由通紅，怪吼一聲，翻身索敵。他剛索敵，敵人早已追到。戴崇俠猛欺上去。兩個人二番乍轉，戴崇俠凝神應付，羅信卻如狂風一般運動雙掌，上上下下，有攻無守，同時兩腿一錯一轉，緊跟著也是左一掃，右一掃，把他的掃堂腿也施展開。晴天白日下，兩方群雄分立兩廂，眾目睽睽作壁上觀，只看見兩

團人影閃來閃去，比起初更加險惡，更加迅疾，突然間白馬銀槍羅信抓住一個破綻，掌風一展，排山倒海，把下盤一收，拳招往上一起，直攻敵人上盤。雙風貫耳，拚命打出兩掌，戴崇俠挺然不退，雙臂一合，由下往上一翻，唰的把敵招破開。羅信收招改式，就在這轉瞬間，兩人連換了六七手。羅信越發憤怒，久戰無功，再行進取，騰身一招，故意誘敵來追。敵人追到，驀地施展開急三招，第一招打肋，第二招搗心，第三招「黃鶯托嗉」，上取戴崇俠的咽喉。卻不知戴崇俠招數變得更快，剛剛撥開來招，立即一伏身，滾進敵人後路。兩掌往下一抄，將敵人的腰帶捋住。羅信大驚，旋身一擰，沒有擰脫，唰的收招還手，用一個關公大脫袍，扣住了敵人手腕，緊緊地按住寸關穴，剛要往外摛，那戴崇俠舌綻春雷，怪喝一聲：「呔，去！」雙臂的力量似乎也往外甩，羅信情知敵人要往外摛自己，立即借勁使勁，把大脫袍的招不變，也順力往外一竄。

這一來上當了。戴崇俠用的是誘敵計，好像要往外摛敵人，卻突然鬆了手。手一鬆，臂一抬，又喝一聲：「呔！」驀地下絕情，一拳搗心，一掌上攄敵面。羅信把力量用空了，忙待改招，敵招已到。急急忙忙的，獅子搖頭，把臉一扭，雙手折回，來護心口。心口護住了，臉沒有躲開，噗的一掌，躲開眼鼻，沒閃開腮。戴崇俠這一掌整整搗在他的左臉腮幫上。不由得失聲哼了一聲，忙又吞聲，雙手不由得舉上去才要捧住臉，又忙收回。戴崇俠哈哈一笑，抽身就退回。

牧場群雄齊聲歡賀。白馬銀槍羅信面目鐵青，垂頭走回，一言不發。姚方清是主人，忙迎上來慰問。羅信搖頭不言，回頭惡狠狠看著戴崇俠的背影，把姚方清一抓，急急走進廳房。

他然後一張嘴，哇地吐出一口鮮血。原來戴崇俠這一下打得太狠，白馬銀槍羅信強掙著走到這沒人處才免得當場出醜，教對方奚落。但是在場群雄都是行家，都看出羅信受傷不輕。

姚方清也很動怒，罵道：「這姓戴的手下太黑了。羅仁兄，心上怎麼？」羅信半晌才說：「心上一點也不妨礙。我一定找他算帳。」羅信的盟兄鐵石鋪的蕭貴，追進來一看，忙問姚方清：「下面不是該我們人先上場嗎？」姚方清道：「正是。」蕭貴哼哼道：「我去會會他們，羅賢弟，你先緩一緩，我一定也把他們人打得吐血，才算完。」

蕭貴甩去長衫，從客廳飛奔出來，早已晚了一步。此時商家堡的二當家蔡占江，已然照約上場，單挑魏天佑，要給他的四弟周四疙瘩，報那削落四指的深仇。並且口出穢言，大罵魏天佑：「韓天池不出頭，教你們一群人物來，你們還躲躲閃閃，盡找外人替你們抗場。這不行！我蔡老二定要會會你們正主子。」

牧場本推褚永年上場，蔡占江不肯答應，一定要與魏天佑或袁承烈交手。魏天佑恚道：「我還怯你們商家堡不成？我要逃避，我就不來。我既來了，就是抱著拚命陪君子的心來的。好好好，蔡二當家的，你是商家堡二當家的，我是韓家牧場的二掌櫃，你我也算門當戶對，咱們就打打也好。」

別人全攔不住，魏天佑、蔡占江雙雙下場。這蔡占江站在場子上。捋袖子繫腰帶，擦掌，跺腳，預備好了，向魏天佑打一招呼，叫了一個「請！」字，登時彎著腰，側著腳步，繞場子走了一圈。魏天佑和他斜對著臉，也是凝眸虎盼，伏腰抓步，相反的對走了一個圈，然後兩下裡往當中一湊。蔡占江毫不客氣，立即發招。

第二十一章　龍沙叟縱火解圍

　　蔡占江是個黑懍懍的矮胖漢子，魏天佑是個中身量，氣度精強的黃白淨子，兩人恰好相當。魏天佑已失敗，此次矢志報仇，蔡占江要給四弟出氣，兩人都有拚死一鬥的決心，兩人對了面，手一抬，立即開招，蔡占江直搶先招，雙臂一屈一伸，虛晃了一招，立即遞出一拳。魏天佑微微側臉，左臂往下一掩，右臂發招，照敵人咽喉打去。蔡占江惡狠狠往外一封招，身手如風車翻轉，斜掉著角，搶到敵人左邊去。凡是拳師，都是右首靈活，專取攻勢，左首持重，多取守勢。蔡占江專奔敵人左首，教敵人不好招架。魏天佑當然明白，腳一側，身子旋轉了半圈，兩人又對了臉。蔡占江早把拳招撒放出來，拳風上攻要害。下盤移動，容得敵人招架上面，他立刻收拳，把腳一偏，照魏天佑膝蓋登去。魏天佑側身一躲，手來抓。蔡占江倏地收回腿，跟招而上，硬來摘取魏天佑的頭髮。魏天佑雙手急分，把敵拳一撥，左掌護身，右掌立即發出去，「毒蛇吐信」，虛點一招，卻滑步旋腰，如陀螺般一轉，也抄奔敵人後路。盤前繞後，連發出一拳，踢出一腿。蔡占江急急忙翻身進招，兩人又對了面。恰巧魏天佑欺敵進招，直逼到敵人立身處二尺以內，插腿一剪，運內力，伸右手托敵肋，左手護住自己，得便也要進招，蔡占江旋身自救，正好也迫近來，兩個人抵面對掌，蔡占江打一拳，被魏天佑一把捋住。右手既擒住敵腕，左拳立刻發出來，上摘敵領，蔡占江慌忙一側臉，立即往下一栽身，雙臂外分，先破敵招，趁勢雙拳一扣，直取魏天佑的兩肋。

　　魏天佑暗吃一驚，慌忙收招，右腿如彎弓，左腿如按箭，下盤用力一繃，突然的如箭脫弦，把整個身子斜射出一丈六七，這時候，蔡占江收拳已然合圍，自己抓住敵人的衣裳邊，出乎意外，魏天佑居然脫身逃出掌心。

在場群雄又譁然驚叫。杜興邦心腸熱，性最烈，忍不住向袁承烈叫道：「袁二爺，你看我們二當家的，他拳腳上不大很行，你別叫他再栽了。袁二爺，還是你下場把他換回來吧。」

李澤龍道：「嗜，不能換，都講好了。我們不能違約，回頭教他們取笑。」牧場群雄低聲私議，唯有飛豹子袁承烈看出魏天佑，確於拳學不弱。看他的戰法，也許要溜乏了敵人，再下殺手。不過有一樣，此番決鬥，是生死存亡的交關，別看現在有裡有面，臨到末了但恐不能善出商家堡。敗了或者能夠出去，那必飽受恥辱；勝了的話，商家堡如同虎口，豈能容易地就讓牧場中人倏然退出？那麼此刻比拳，理應速戰速決，好留出餘力，預備接後場。想到這裡，自己不便發話，低告杜興邦，向魏天佑通了幾句暗號。

他們這一通暗號，商家堡的人全拿眼看他們，不知他們的用意。單宏德就發了話：「我說諸位，咱們有話，應該先規定下，不要這麼喊，我一桶水往平處端，您別教商家堡挑出過節來。」飛豹子諾諾道：「是的，是的，我們本沒有背約的話，我們杜頭只是關切魏當家，教他快點，教他保持客氣，不可再傷了商家堡的人。」

他們這裡拿話繞兌，場中魏天佑已然默喻，立刻改變拳招，這一回再和蔡占江對打，果然滿是上手招數，有進攻，無退守。蔡占江也喊了一聲：「有勁！」登的也把拳風一緊，唰的一個「金龍探爪」往上三路走，直點魏天佑的面目。魏天佑往後稍稍一退，蔡占江的招數走空，他就倏地一個「怪蟒翻身」，陡又合上來，施展他的得意外家拳，「大摔碑手」，立起右掌，驟發出來，挾著一陣銳風，惡狠狠照魏天佑的肋下打來。魏天佑急急地讓招迎招，右手掌往下一沉，左手掌仍護身心，用「斜掛單鞭」，一面自救，一面猛切蔡占江的右掌脈門，這又快又狠。蔡占江怪吼一聲，縮掌不迭，往開處一閃，立即還搶上來，唰的一個盤旋式，展開他的十八羅

漢手，「腿力跌宕」，一蕩一開，照魏天佑攻來。魏天佑二目凝定，容得蔡占江的招數已然發動出來，不能再收回，不能再改變，這才軒眉吐氣，霍然地往前一上步，一個「跨虎登山」頓將敵招破解。倏又一變招，伏腰進取，倏又一變招，「十字擺蓮」，借招進招，反來往下攻取蔡占江的下三路。

蔡占江到這時候，方才識得魏天佑的實力。心中儘管詫異，身手依然不亂，閃開了，迎上去，「移身換步」，極力地往旁躲閃，於是魏天佑的拳風緊抹著蔡占江的身子掠了過去，這一招很險，蔡占江大驚，又繼之以大怒，立即一搶，搶出敵人背後，忙把腰桿一挺，展雙掌，推窗望月，猛往外一推，先把敵招封得一封，立即欺身進前。趁魏天佑剛要旋身之際，他就斜跨一步，又撲到敵人背後，用「雙陽塌手」、「小天星擒拿手」，掌力直打到魏天佑的後心。

魏天佑一招走空，見敵人往自己背後繞，便知敵人用意不好。便倏地一個轉七星步，彎腰伏背，如車輪般一轉，猿臂突伸，長身一展，恰恰地等到蔡占江的拳打到，恰恰地探手一抓把蔡占江的手腕撈住了。登時借力往外一帶，蔡占江走了空招，身不由己隨勢一撲，他卻有著十多年苦練的拳學，見勢不妙，趕忙地來一個「怪蟒翻身」，借此轉身泄力，以免跌倒，哪知魏天佑一招跟一招，一腿跟一拳。乘著敵人拚命掙扎，轉身自救之際，魏天佑驀地躥上去，一聲不哼，陡然踢出一腳。

這一腳用了十二成力。正踢在手忙腿亂，失招救招的敵人身上，恰當中盤以下，下盤以上。這正是兜襠的 一腳，這一下踢出去，哼的一聲，蔡占江仰面翻天，直跌出一丈以外，倒地不動一動了。

原來魏天佑這一下，整整踢中要害，相距極近。齊力十足，商家堡的二當家蔡占江，竟只哼了一聲，登時殞命。

全場譁然。就是魏天佑，也不由一愣。

　　商家堡大當家姚方清，三當家郭占海，四當家周占源，一見這樣，一個個如飛奔來。周占源首先趕到，過去一扶，扶不起來，伸手一摸，呼吸已絕。不由怪吼了一聲：「好，你個魏天佑，你們這是賠不是，還是堵著門行兇？大哥，大哥，喂，三哥，你們快來，咱們二哥不行了，教這魏天佑王八蛋給踢死了。」

　　周占源跳腳怪喊，姚方清早從月臺上，一躍而下，箭似的跟蹤來到。也照樣雙手一扶，探手一摸。三當家郭占海從人群中奔到，蹲下身子，仔細驗看。想不到僅僅這一踢，居然會登時傾生。郭占源放聲大哭，姚、周一齊落淚，魏天佑也不禁失措，固然有意取勝，實在沒有安心殺人。況且他們志在求和，和不能求，方才比鬥，實在打算搶上風，卻不願多傷人，免得再生枝節。他們會議時，已然商定。哪知道空手鬥拳，便傷了他們的要緊人物，再講到動兵刃，更無以善後了，並且眼下便是不了之局。

　　魏天佑很躊躇地站在那裡，正要挨過去慰問攙扶。其實人已踢死，何須再扶，他卻是不能不交代一下外場話。魏天佑正要湊過去，周占源早已大叫著，撲奔他來。

　　周占源竟從身上拔出匕首，怪跳怪喊怪罵著，右手已傷，用左手提著手叉子，照魏天佑便刺。

　　魏天佑兩手空空，寸鐵不帶，急急地躲閃，且躲閃且說：「我們講的是格殺勿論，怎麼你們……怎麼，怎麼，我又不是成心。」

　　周占源大罵道：「姓魏的，你不是成心，誰是成心？你削掉四大爺的四個手指頭，你不是成心；你一腳踢死我的二哥，你又不是成心？你王八蛋，你鱉犢子，你媽巴子，你龜孫，你兔蛋！」四當家周占源簡直不知罵什麼話，才能解恨。手中的刀，是沒頭沒腦的砍、刺、劃、扎，一下狠一下，把整個身子直擠到魏天佑身上，恨不得一下子，把魏天佑的靈魂從肉身中擠出，也教他到陰間給蔡二爺賠罪去，他才甘心。

魏天佑是空著兩手，連連退閃。當此之時，飛豹子袁承烈、黃震、劉雍、季玉川、李澤龍，以及雙方中證人，先後撲到。救死扶傷，勸阻動手翻臉的周、魏二人。

飛豹子身法快，在牧場這邊，他是第一個趕到的。本來趨奔蔡占江的屍體，看見魏天佑正在危迫，也就顧不得許多，空著手來勸。

馬師杜興邦靈機一動，忙抓住戴崇俠，叫道：「不好，不好，這就要翻臉，群毆。戴大爺，你多偏勞，快調動咱們的大隊吧，大隊還在棚欄那邊呢。」戴崇俠也是心慌，忙奔向大隊，吩咐整頓兵刃，快往場子裡面開。大隊皆驚，立刻抽兵刃，往裡面馳援。

杜興邦這邊，就慌慌張張，叫著兩個夥伴、四個馬把式，把魏、袁諸人的兵刃抄起來，火速地往場子核心送。

商家堡群豪全體譁然騷動，也紛紛地你告訴我，我告訴你，抽刀，拔劍，開弓，取箭。大械鬥登時掀開。

姚方清急命部下人，把二當家蔡占江的屍體舁回總窯。他自己跳著腳地向大眾宣布牧場群雄的歹毒可恨。大眾早已看清，立刻抄傢伙，包圍袁、魏二人。飛豹子袁承烈勃然變色，也急急傳話，向魏天佑招呼一聲：「快走！快走！別像上次再受圍困了！」這時杜興邦恰將刀矛遞到。魏天佑、袁承烈各取兵刃，卻是稍遲了一步，他們往外奪路。

他們牽領的大隊，往裡救應自己人，竟被商家堡群豪攔腰截住。周占源、郭占海認定魏天佑是禍首，各提利刃，圍住魏天佑亂刺。袁承烈得到兵刃，忙過來，抵住了郭占海。魏天佑擋住周占源，二人且戰且走。

大寨主姚方清牽領部眾和來幫忙的賓朋，刀矛齊上。牧場李澤龍、劉雍等，都被分截開。飛豹子、魏天佑，更被困在核心。飛豹子大吼一聲，向姚方清叱道：「你們真真豈有此理！不是說的是格殺勿論，為何亂打起

來？」亂打吵聲中，也聽不見答話。袁承烈忙向魏天佑招呼，兩人立刻湊在一處，背對背互相保護，齊向外闖。

姚方清雖然督大眾來截牧場外隊，卻是此地乃是他們的第三道卡子，不比大寨，僅有木棚牆，沒有磚牆。戴崇俠、褚永年等，努力一衝，把木柵衝倒，外面的人立刻衝突進來。袁承烈、魏天佑奮力外奔，恰恰裡外合了幫。因望見高臺上商家堡群豪，正在調動弓箭手，弓箭手已然擺好陣式，只因自己的人夾在中間，一時不敢亂射；齊向場上的群賊，大聲招呼，教他們地上的人閃開，他們臺上的人便好開弓放箭。地上的群賊聽不清紛亂的呼聲，但已看明情勢，不邀而同，齊往東邊聚。

這樣子，弓箭手剛剛得手，不妨牧場群雄的前面，立刻沒人攔阻了，飛豹子大呼一聲：「趕快奪路！」他們一個個全是武功精強的武師，立即各展身手，向側面的敵人虛晃一招，紛紛列成一條直線，往棚外搶去。月臺上群賊只射出兩排箭，牧場群雄已然躲避著箭道，貼牆根逃了出來。

姚方清看見這情形，大叫：「不要放箭，跟他們刀對刀，槍對槍，一個也別放！」可惜喊晚了，鬥場中的十個牧場武師陸續闖出棚外，與自己大隊合在一處。姚方清立刻把自己手中長槍纓一擺，往敵人那邊一指，商家堡群寇立即撲過來。

商家堡的人在廂房中還藏有後隊，司號令的賊人，發動暗號，所有伏兵全部撲出來，前前後後足有一百六七十人。牧場的人只有一少半，勢力顯然不敵。飛豹子按預定計劃，請魏天佑奔到前邊開道，自己挺一口利劍，與劉雍奮身斷後，先與賊人交了手，不等分勝負，立即鼓噪一聲，往回敗下去。

姚方清罵道：「你們跑回韓家場，我也要追到韓家場，我不放火燒了你們的牧場算我不是人。」大隊蜂擁，分兩路開來，似雙龍出水陣，窮追牧場群雄，一點不放鬆。

這時有六七個牧場中人，一步落後，被群賊圍住，登時有兩人負傷。飛豹子單劍斷後，一眼望見，大吼一聲，奔往接救。李澤龍也跟過來，兩人刀劍並舉，殺出一條血路，把自己人居然救出來。

　　姚方清已督大隊，猛撲魏天佑，忽回頭望見袁承烈如入無人之境，恨得他大叫一聲，請刁四福督同大隊，仍追魏天佑。

　　他自己挺長矛，來鬥飛豹子。黑纓槍一抖，照袁承烈後心就刺，袁承烈往旁一閃，揮劍一磕，頓覺這桿槍十分有力，姚方清果不愧是一寨之主，他的槍又快又重又穩。飛豹子忙把劍一順，猛然一躥，直抵姚方清身邊，唰的一劍，上砍敵首。姚方清把槍一抬，當的把劍格開。袁承烈還想抹槍桿，來斬敵人的手，姚方清如何肯上這當？槍纓一擺，掉轉來，猛往外一彈，這一下如果彈上，劍必被磕飛。袁承烈也不肯上當，立即抽劍。兩人只鬥了十幾個照面，飛豹子一看，自己大隊已然遠去。自己救出來的人也已逃出來，敵人大隊要來抄自己的後路。他便不肯戀戰，虛砍一招，一聲不響，抽身便退。施展飛行術，立刻追上大隊。

　　此追彼走，迤邐行來，已穿過樹林。賊人前隊立刻招呼自己人：「小心埋伏！」不想林中並無埋伏，只這一遲延，牧場大隊已然奔到自己拴放馬匹的那個土坡後面了。魏天佑忙帶十幾個人，出死力擋住追兵，其餘的人紛紛上馬；上了馬，立刻往牧場逃。這杜興邦獨不肯上馬，他卻牽定兩匹馬，一匹自騎，一匹是袁承烈的。直等到袁承烈如飛奔到，他這才把馬韁交給飛豹子；他這才飛身上馬，也往回逃去。轉眼間斷後的人只剩下飛豹子、魏天佑一行了。飛豹子忙替魏天佑斷後，仍催魏天佑快往前趕。魏天佑點頭會意，也飛身上馬，豁剌剌地逃走了。

　　姚方清遠遠望見，不由愈怒，這時刁四福剛剛也到，忙向姚方清道：「不好，他們要跑。咱們不能教他們跑了。」姚方清冷冷笑道：「他們倒想跑，我們前面還有兩道卡子呢，他們有本領闖出去，我才佩服他。」且說

且追，再往前看，哪知牧場群雄忽然改了道，不走來路，揣他的去向，似因前有卡子，他們便不回本場，要往西逃似的。姚方清忙說：「他們要落荒！快走！快走！前邊卡子上有馬。後邊我們三夥計一定也要調動馬隊的。」

刁、姚二人健步前行，一口氣奔到第二道卡子，卡子上果有十幾匹馬，立刻上馬再追。他們的大隊也調出一百多個騎馬的人，越過步隊，追趕上來，登時合在一處。牧場的人落荒逃，他們就落荒追。眨眼之間，追出一半路程，再看逃人，遁入前面一道土崗之後。遙望土崗，馬奔必起飛塵，卻是牧場群雄一到崗後，便望不見飛塵了，似乎他們已然停住，又似他們棄馬步行了，姚方清正在疑惑，刁四福道：「管他娘的呢，快抄過去，看他們跑到哪裡是一站。」

兩個人並馬而奔，此時放緩了，要揣測敵情。姚方清部下，有十來個人，竟不服氣，一直撲過去。忽見土崗上，那飛豹子、魏天佑兩人現身而立，向姚、刁喝道：「你們快給我回去，你們再追，我可就對不起了。」姚方清道：「放屁，有本事，你們只管施展！」

這一句話說出，敵人那邊，袁、魏二人冷笑兩聲，一齊跳下土崗。他二人才跳下去，突然見土崗後火光一閃，姚方清眼力尖，失聲叫：「哎呀，快退！」一言未了，翻身下去，搶到一個小土坡後面。果然中了敵人之計，火亮閃處，突然的轟然一聲大震，魏天佑已將埋伏發動，二十名獵戶，二十名牧場火槍手，把大抬桿點著，五桿一放，分為兩撥，轟轟的幾聲大震，登時把商家堡群賊的前隊打散。有好幾個賊中了鐵沙子，被打下馬來。

那姚方清退到小土坡後面，氣得怪叫如雷。刁四福道：「我們上當了！」姚方清道：「刁四哥，你往後看吧。我們這邊也有布置。他們有火槍，我們難道說就沒有了嗎？」放下那話了，容得牧場放七八排槍，那商

家堡後隊開到，果然也有預備。後隊有二十多匹馬，駕著十六輛耙犁車，車上竟也有五六十桿火槍。姚方清立即指揮，不必和他們迎面招呼，快快地繞到他們後方，攻他們的後路。

當下，照樣用雙龍出水陣的陣式，把十六輛耙犁車分為兩隊，包抄到土崗後，尋好地勢，架上火槍，照那牧場群雄開槍處，**轟轟**地還發了十一二排槍。

此時雙方已決鬥群毆，變成大隊作戰了。有火槍拒住，誰也不敢上前，商家堡的人前隊後隊陸續開到，都選擇形勝之地，擺好了陣式。姚方清和郭占海商量，要另分出一隊，帶火槍暗襲韓家牧場的本場。陰驚文葉茂忙獻一計，最好同現在的人數中，只留下一少半，和他虛比劃，大隊慢慢撤下來，繞道偷營去，快到快馬韓牧場內和他的私宅內，放一把火，這一來就可把快馬韓的根基，一舉覆滅。葉茂說出此策，那姚方清正在氣頭上，連聲說好，不過仰望天色，此時正當申刻，日光未落，恐被敵人看破，還是稍支持一刻，挨到天夕，太陽一落，便照計行事。商定後，把火槍節省著用，只零零星星幾聲，留著火藥，作為攻打牧場之用。

他們這樣打算，可是再聽敵人那面，火槍聲也稀少，不知是火藥不足，還是另有詭計。姚方清環顧部下，要選兩個身手輕捷的人，穿林撥草，速到土崗後探看一下，看看敵人是否大隊溜走，抑或別有策略。這時刁四福手下的竊馬賊，閃出兩個自告奮勇，要過去暗探。姚方清舉手道勞：「二位多辛苦吧。」

二人立即躍然前往。施展出盜馬的伎倆，蛇行而前，徑奔土崗後路，眼看著二人溜過去了。

姚方清便在草坡後聽信。直候了半個時辰，未見二人回來。正在心焦，忽然由第三道卡子上，飛奔來兩匹馬，大叫道，「當家的，請你回去吧，咱們的老窯大概走水了！」

　　商家堡群賊一齊大駭，他們此刻全伏在坡後，故此沒有望見。據這卡子上的人報說：夥計們正在瞭望臺上觀望四面情形，偏有一片樹林遮住視線，望不見敵人底細。偶一回頭，竟瞥見總窯附近飛一縷濃煙，不知是本窯走水，還是近處放火。

　　是一個警報，姚方清大驚失色，顧不得抗鬥牧場，急急繞出草坡，奔到第二道卡子上。卡子築有瞭望臺，慌忙上臺一望。此時夕陽要落未落，引頸回望，果然在老窯北邊泛起火光。塞外曠原，風勢極猛，火光一起，頓成燎原之勢。姚方清頓足大罵道：「壞了，我上了敵人的調虎離山計了！」

　　姚方清一陣著急，幾乎摔下來。手下人忙把他扶住，立刻替他傳令，把三當家郭占海、四當家周占源，一齊請來，又通知邀來的助手，火速地收隊，回救大寨。只留下四十多人和六根火槍，在此斷後，大隊全數上馬，往回飛奔。

　　快馬韓牧場，和商家堡的決鬥，竟因這黃昏時的一把火，給他們解了圍。姚方清率大隊，趕回救火，早把一座大寨燒得片瓦無存了。

　　他們一面努力救火，一面根究放火之人。他們都猜疑是牧場所為，但是又沒有捉住真贓實犯。姚方清恨極、怒極，收拾殘兵，仍要攻打牧場，以泄火燒本窯之仇。不意就在失火的第四日，姚方清睡在第三卡上，半夜中大辮被人割去，還留下一束，寫著一個大「沙」字。

　　原來這把火並非牧場放的，實是飛豹子夜探赤石嶺，遇見的那個老叟，在暗助牧場一臂之力，在最吃緊時，放了這把火。

　　這把火也好也壞，好是當時救了魏、袁二人，壞是由此更結大仇。

　　不過快馬韓這人很講外場，做事最有妙法。過了半月，快馬韓回場，詢知此事。不等姚方清來找，他便請出許多人，登門道歉，答應下代為重

修已燒的房舍，只是蔡占江的一命，周占源的四指，無法補償，所以姚方清仍不肯甘休。偏偏快馬韓遇難成祥，逢凶化吉，那姚方清的獨生兒子，年方十八歲，忽然被仇人架去。快馬韓居然只憑一張名帖，替他救回，這樣一來，雙方這才暫且解開了死扣，姚方清一時不便再找快馬韓了。

飛豹子袁承烈，竟從此大得快馬韓的器重，不久快馬韓便把自己唯一的愛女，許嫁給飛豹子，又不久，魏天佑患病嘔血，纏綿病榻年餘，便死去了。快馬韓立即提升飛豹子，做了自己的助手。

那魏天佑一死，姚方清這才沒得話說，正對頭既已不在人間，便不好意思再與快馬韓做對了。這都是以後的事情了。快馬韓旋又接辦人蔘場，飛豹子代為劃策，制服了擾鬧蔘場的雪山一怪，又為奪金礦威服遼東三熊，單打獨鬥，一舉而打敗了三熊，三熊竟拜飛豹子為師，飛豹子的威名越發的震動了遼東，牧野雄風的故事至此結束。

整理後記

　　本書是「錢鏢四部作」之三《武林爭雄記》的續集。

　　本書初稿撰於 1942 年，系鄭證因代筆，在報刊連載。1943 年由天津正華出版部出版單行本卷一時，白羽大加增刪，如「高紅錦潰圍喪儷」、「赤鼻翁大言驚人」、「戴崇俠折服銀槍」等章的故事，均系白羽所加。正華版共分四卷，卷四約在 1944 年初印行，這是正華出版部印行的最後一部白羽小說。「正華」亦從此關閉。

　　本書雖是《武林爭雄記》續集，但故事並不直接銜接，且有若干矛盾。如《武林爭雄記》的末尾出現的遼東俠隱父女在《牧野雄風》中則變為「師徒」，女性也變為男性。《牧野雄風》的內容前後亦有若干矛盾，如「緣起」敘袁振武戰敗張開甲，第 18 章卻寫成洪大壽以左臂刀傷張開甲，結構上亦欠嚴密。為此，宮以仁先生曾改編《武林爭雄記》和《牧野雄風》，在結構上將袁振武在關內活動部分劃入《武林爭雄記》，袁投入寒邊圍以後的故事編入《牧野雄風》，並抽出鄭證因代筆部分擬《飛豹奇遇》書名，署名宮、鄭合著，附於《牧野雄風》之後。

　　1947 年上海勵力出版社分上、下兩冊再版，白羽再次修改潤飾。

整理後記

第一章　飛豹亡命逢怪叟

第二章　人魔詭笑戲惡奴

第四章　少年客洞崖搜奇

第七章　焦人魔壘石誘敵

303

整理後記

第九章　申凌風唧恨行刺

第十章　飛豹子弄巧成拙

第十二章　飛豹子單騎緝賊

第十五章　韓昭第秣馬厲兵

整理後記

第十八章　商家堡群雄決鬥

第二十章　戴崇俠折服銀槍

牧野雄風：

廢長立幼出師門 × 遍歷江湖求絕藝 × 胸懷大志屢碰壁，為一吐冤抑奔走數年，尋訪名師的習藝之路！

作　　者：白羽

發 行 人：黃振庭

出 版 者：崧燁文化事業有限公司

發 行 者：崧燁文化事業有限公司

E-mail：sonbookservice@gmail.com

粉 絲 頁：https://www.facebook.com/
　　　　　sonbookss/

網　　址：https://sonbook.net/

地　　址：台北市中正區重慶南路一段六十一號八
　　　　　樓 815 室

Rm. 815, 8F., No.61, Sec. 1, Chongqing S. Rd.,
Zhongzheng Dist., Taipei City 100, Taiwan

電　　話：(02)2370-3310

傳　　真：(02)2388-1990

印　　刷：京峯數位服務有限公司

律師顧問：廣華律師事務所 張珮琦律師

定　　價：399 元

發行日期：2024 年 01 月第一版

◎本書以 POD 印製

Design Assets from Freepik.com

國家圖書館出版品預行編目資料

牧野雄風：廢長立幼出師門 × 遍
歷江湖求絕藝 × 胸懷大志屢碰壁，
為一吐冤抑奔走數年，尋訪名師的
習藝之路！ / 白羽 著 . -- 第一版 .
-- 臺北市：崧燁文化事業有限公司，
2024.01
面；　公分
POD 版
ISBN 978-626-357-908-8(平裝)
857.9　　112021673

電子書購買

臉書

爽讀 APP